第五届

郁达夫小说奖

获奖作品集

Di-wu Jie Yu Dafu Xiaoshuojiang
Huojiang Zuopin Ji

《江南》杂志社 主编

浙江文艺出版社

郁达夫小说奖

放眼全球华语写作
独树评语公开风气
倡引浪漫放达风格
守卫小说艺术纯粹

第五届郁达夫小说奖终评委和审读委成员名单

终评委 （2018年9月）

主　任

陈建功　中国作家协会副主席、作家

成　员 （按姓氏笔画为序）

马　原　同济大学教授、作家
李敬泽　中国作家协会副主席、评论家
苏　炜　美国耶鲁大学东亚系资深学者、作家、评论家
阿　来　四川省作家协会主席、作家
张抗抗　中国作家协会副主席、作家
施战军　《人民文学》杂志主编、评论家
袁　敏　浙江省作家协会副主席、作家
程永新　《收获》杂志主编、评论家

审读委 （2018年6月）

（按姓氏笔画为序）

王　尧　苏州大学教授、评论家
王春林　山西大学教授、评论家
任芙康　天津市文艺评论家协会主席、评论家
李云雷　《文艺报》新闻部主任、评论家
李国平　《小说评论》主编、评论家
杨庆祥　中国人民大学副教授、评论家
张学昕　辽宁师范大学教授、评论家
张　莉　北京师范大学教授、评论家
张燕玲　《南方文坛》主编、评论家
孟繁华　沈阳师范大学教授、评论家
洪治纲　杭州师范大学教授、评论家
胡殷红　中国作家协会办公厅原主任、作家
贺绍俊　沈阳师范大学教授、评论家

第五届郁达夫小说奖获奖作品

中篇小说奖
王安忆《向西,向西,向南》
《钟山》2017年第1期

中篇小说提名奖
计文君《化城》
《人民文学》2017年第10期

王手《第三把手》
《收获》2017年第3期

孙频《松林夜宴图》
《收获》2017年第4期

短篇小说奖
白先勇 Silent Night
《上海文学》2016年第1期

短篇小说提名奖
蔡东《朋霍费尔从五楼纵身一跃》
《十月》2016年第4期

邱华栋《云柜》
《当代》2016年第1期

哲贵《柯巴芽上山放羊去了》
《人民文学》2016年第12期

目 录

中篇小说奖
向西,向西,向南 / 王安忆　　　　　　　　　　003

中篇小说提名奖
化城 / 计文君　　　　　　　　　　　　　　　045
第三把手 / 王　手　　　　　　　　　　　　　088
松林夜宴图 / 孙　频　　　　　　　　　　　　116

短篇小说奖
Silent Night / 白先勇　　　　　　　　　　　173

短篇小说提名奖
朋霍费尔从五楼纵身一跃 / 蔡　东　　　　　　187
云柜 / 邱华栋　　　　　　　　　　　　　　　201
柯巴芽上山放羊去了 / 哲　贵　　　　　　　　216

附　录　　　　　　　　　　　　　　　　　231
◎郁达夫小说奖评奖条例(修改稿)
◎第五届郁达夫小说奖中篇小说终评备选篇目及审读委成员评语
◎第五届郁达夫小说奖短篇小说终评备选篇目及审读委成员评语
◎第五届郁达夫小说奖终评综述
◎第五届郁达夫小说奖终评委成员评语

中篇小说奖

向西,向西,向南

王安忆 / 著

一

其实,陈玉洁和徐美棠早在十年前即有过交集,那是上世纪九十年代初,柏林,库当大街上,接近歌剧厅的街角,开一扇门,倚门立一个白衣白裤的亚裔男人,抬头看,门楣上方写几个汉字,就知道是中国餐馆。周末,向晚时分,白昼的跃动平息,夜生活尚未拉开帷幕,正在休憩的间隙。薄暮中,这条街仿佛被遗忘了似的,只剩下玉洁和这家中国餐馆。她与侍者对视着,忽觉得这并不是本族人,深目隆鼻,精瘦的骨架子,要知道,此地的中餐馆,不定是雇佣华工的。对方也在犹疑,不知道当她哪里人。最后,他们用英语打了招呼。走进店堂,临窗坐下,唯有她一个客人。这时间对本地人远不到饭点,他们都是夜猫子。男人送上菜单,看见汉字写的菜名,就有一种安心。点了什锦面,还回菜单,问道:会华语吗?男人眼睛亮起来:原来是中国人,还以为从英国来,英国过来的人比较多。几近雀跃地,一个转身,到楼梯口,仰头向上喊:老板娘,有中国人!楼梯上响起脚步声,老板娘下来了。

在中国人里,老板娘的身量算得上高大,亦因为中国人看中国人,才看出年纪在三十和四十之间,穿秋香绿色的裙装,袖口撒开,像鸟翼般,随动作起落。绕过空着的餐桌,走到玉洁跟前,双手支着桌面,问从哪里来。玉洁回答上海,对方自报来自青田。青田,知道吗?总归听说过青田石!这时候,什锦面上来了,罐头笋、猪肉、芥菜、甜椒,切成筷子粗细,很悭吝地放两株青菜,面和汤的味道与这些全不相干,显然来自现成的酱料。她埋头吃面,女人站着,眼睛越过头顶,望向窗外,继续说话。她的普通话带着口音,大约就是青田一带的吧,玉洁没去过那里,辨别不出来。话音流水般淌过去。视线与墨绿桌布上的那双手平齐,于是注意到这双手,硕大、丰润、骨肉匀停,能劳动,却不是苦作,所谓得心应手,大约就是指这样的。如此一坐一立,吃完了面,店堂还是只她一个客人,不禁出声道:生意冷清啊!女人被她的话唤醒似的,打住话头,低头看一眼,说:今晚比赛足球,都看球呢!德国人很奇怪,脑筋有毛病,我们和他们,完全是两种人类。她笑起来,结了账,推碗离座,道了再见。这就是玉洁和美棠的第一面,彼此都没有问名姓,连模样都是含糊的。

走出餐馆,天光依旧亮着,街上除她之外,多了一对情侣,忘情地接吻。夕照贴地而起,瞬间掠过去。歌剧厅前终于有了人迹,厅堂里已聚起些声气。检票与领票,前后照应,添几分动静。观众坐有半席之满,在足球杯的晚上,亦可称得上座了。剧目是芭蕾《吉赛尔》,乐池里传来定音的管弦声。

陈玉洁在外贸公司做公关经理,上海与汉堡是姐妹城市,两地往来频密。这一回是为一批货迟迟不能上岸,汉堡港的理由是中国货轮的外漆有几项环境指数不达标,装卸工人不能作业。玉洁在汉堡与各部门交涉,请求重新检测,再次审核,最后一关是工会,同意一定天数之后,才可接近货轮操作。汉堡有公司租赁的公寓,没有食宿之忧,只是寂寞得很。于是,周末便去柏林一趟。这个国家的工会拥有无限权力,休息日绝不允许工作,就不会出状况,她也只好休息。白天去勃兰登堡门、柏林墙遗迹、美术馆、老教堂……最后的节目是芭蕾。她买的四等票,这一区域只有十来个人,散坐四处。前边有空位,可是没有人移动,这是一个纪律严明的民族。想起方才老板娘的话,德国人是一种奇怪的人类,就又要笑。场灯暗下,乐池里的光就仿佛夜航中的船舶,她呢,茫茫大海中的礁石。音乐响起,舞者在舞台上列成各种队形,奔跑、跳跃、旋转。因为座位的关系,大约还有心情,离她十分遥远,就像一帧镜框里活动的图画。有一时,她睡着了,被掌声唤醒。掌声很整齐,先期经过排练似的,什么时候起来,什么时候止住。然后,中场休息。出去走动走动,第一遍铃声后回座,每个人都在原位上,她依然独自一人。音乐奏响,她又沉入睡眠。

走出剧院,天黑下来,街上却一片亮,路灯,霓虹灯,广告灯箱,咖啡座,餐馆全开张了。热狗铺前排着队,麦当劳里满是人,汽车揿着喇叭,年轻人呼啸而过,高举彩旗和气球。电器商店橱窗里的电视机播放新闻,站一圈人看,她才知道,德国队进入决赛。走在人潮中,几乎迈不开脚,满目都是笑靥,互相叫喊,擦肩而过一伙人,竟然横过旗杆抽她一下,回头看,无数笑靥相迎。可依然是离远的,隔一层膜。走回旅馆,洗漱上床,窗外依然喧哗。铜管乐队在游行,其中一支小号特别高亢,随她入梦里。是这样的夜晚,使得其他一些细节变得清晰,留下印象,以至于许多年过去,换了场景,这两人互相都认出了。

汉堡的公寓,人称中国大厦,是由几家国资单位联合买下一幢旧楼,再翻倒重起的,专供企业外派人员居住。风格与周边高层住宅无大异,那多是战后的建筑,平行与垂直的线条结构,与现代极简主义有关,更是从实效出发,用料经济,施工快捷。中国大厦是近年造成,就更新、更高,因此也变得孤立。那白色的塑钢框架的窗户格子,一行行,齐崭崭,要是望进去,内容就丰富多样了。房间里斜拉的铁丝,晾着毛巾、衣服,床上张挂的蚊帐,桌面立着热水瓶,电饭煲吐吐地沸滚,里面炖着猪蹄和鸡膀;窗台内侧的瓦盆里养着小葱,蒜头抽出绿苗,其中一叶上缠着祈福的红丝线。过日子的劲头一股脑冒出来,中国式的日子,乱哄哄,热腾腾,与使领馆的中国式不同,那是官派的,这里却是坊间社会。

中国大厦的住客来自四面八方,你就可以听见各种方言在此交流:东三省、云贵川、江浙、山陕、闽广、两湖,最终又汇合成北方语系的普通话。有长住,有短留,长可至半年之久,短呢,落一下脚便转移。陈玉洁原本只一周计划,延宕到两周,事情办有六成,公司方面让她再坚持一周,索性彻底解决。不料余下的四成是最为琐碎困难,就又是两周过去,还看不到结束。一人在外,新鲜感维持半月已达临界,初始就有长久规划另当别论,她却是随事态演变,一日一日拖下来,难免焦虑心起,不耐得很,情绪变得低落。汉堡这地方,阴晴无定,云开日出时,眼前一派明媚,坐在湖畔,柳丝婆娑,微波荡漾,水面点点白帆,真仿佛仙境。转瞬间,天空沉暗,树丛密闭,湖中的天鹅呱呱地叫,鸽群呼啦啦盖顶而来,像是鹞鹰,豆大的雨点砸下。赶紧起身,回程中,乌云忽地破开,迅速向四围退去,湛蓝的穹顶越扩越广,万物晶莹闪烁。心情却鼓舞不起来了,鲜丽明朗的视野反而让人忧郁。

后来,非不得已便不出门,有时候,整天待在住处。白日里,客房都走空了,清寂中,动静声声入耳。清洁工开门闭门,说话嬉笑,吸尘器轰然响起,又轰然停止,修理工的击打,新入住的客人经过走廊,行李箱的轮子咯嗒咯嗒滚压地面,没有吵着她,却是让她安心,不自觉睡着。不知道过去多少时间,在一股饭菜的气味中醒来,恍惚以为是在公司的食堂里——饭点到了,窗户板推上去,大锅、小炒、米饭、面食,热气蒸腾,汹涌澎湃。雪白的四壁刺痛眼睛,闭了闭,方才想起身在何处。中国大厦的餐厅,中午不开张,少数几个客人,就直接到后面厨房,锅灶边上,盛饭盛菜,倒有几分居家的气氛。这一日,大师傅的媳妇从山西老家来探亲,下厨帮忙,做的是家乡饭猫耳朵。揉得十分劲道的面,揪成手指头大小的薄片,下在汤里。黑木耳、胡萝卜、西红柿、青芦笋、紫茄子、白山药,切成片,上下翻滚。大海碗,灶台上一字排开,老陈醋胡椒面,任意添。这一餐饭呀,吃得汗泪交流,痛快,亲热。

一同吃过猫耳朵,就有交情似的,由此,认识了来自沈阳的一个姑娘。她是通过熟人关系住进中国大厦,还是个学生,在波恩读商科,她带陈玉洁去到火车站的中国书店。书店门面不大,进深却几乎穿透一个街区,四层高。顾客多是中国学生,来淘减价的教科书,学生总是手紧,看的多,买的少。还有从火车站过来的行旅中人,为消磨候车的时间,也是买少看多。相比这有限的客流,书店显得过于宽敞。除了老板,一楼收银台后面的小个子广东男人,似乎没有其他店员。那是个寡言的人,甚至是腼腆的,偶尔在过道走个对面,头一低就过去了。但并不意味着性情冷淡,她很快注意到,书店仿佛是个中国留学生的服务站。临上火车需要办事情的将行李寄存这里,刚下火车的又推门咨询交通和住宿,自行车轮胎瘪了,进来借打气筒,再有借用电话和厕所,帮助收发留言消息。显然,中国人尤其留学生圈里人都知道他,一传十,十传百。来自香港的他——沈阳女孩告诉她,并不像通常港台人那样,与大陆学生有隔阂,生成见。那时候,中国大陆学生留洋海外正在草创阶段,经济上,货币不能自由通兑;政治上,体制为对立两边;初度开放,人数少,根基浅,远没有形成自己的社会。与中国大陆亲近者,多是左翼知识界人士,而左翼运动发生地则以美国为中心,比如反越战,比如台湾学生的保钓。第二次世界大战后的德国,正经历漫长的反省与疗伤,对于这个热爱思辨的民族,类似东方哲学的静修,难免是沉寂的。所以,来自社会主义中国的学生,呈孤军作战之势。后来,陈玉洁知道,香港人是一名基督徒。她开始进出书店,当那里半个驻地,港务局方面的业务亦顺利结束,她回国了。

二

回想起来,九十年代是个节点,上个周期完成,进入下一个。苏联解体,冷战告终,中国改革开放,经济腾飞,香港回归,亚洲金融危机,美国"9·11"……世界资本主义体系一方面扩容,另一方面,介入异质成分。具体到中国大陆,由政府推行市场经济,进入全球化,同时筑起防火墙,可说旱涝保收,完身通过世界性危机,外汇储备激增,国库充盈,个人财富积累。在陈玉洁个人,二十世纪的最后十年就好比一夜之间,又像是几个世代,来不及后顾,一径地向前。从外贸公司买断工龄,自营进出口。大学毕业分配在政府部门的先生早几年已辞去公职下海,先是承包一家体育用品商店,赚第一桶金,然后与几个同学去南非购买金矿,再又掉转龙头,向内发展,到山西开矿和炼焦。这十年于他们二十世纪五十年代出生的人,可说是原始的,又是最后的发展机会。就在他们奋起的同时,六十年代后生冲刺新型产业的前沿,时间越进两千年,就将是又一代风流引领。总算立定脚跟,不仅获得财富,更是在一波连一波的产业浪潮之间,占据衔接的一足之地。他们的事业起自计划和市场两种体制的狭缝,左右逢源,亦屈抑迂回,得尽先机,也种下后患,暧昧的受益最终造成身份的尴尬。

他们的孩子,一个女儿,在千金买醉的日子里成长。陈玉洁至今记得,二〇〇〇年世纪之交,一家三口乘豪华游轮夜游黄浦江。十五岁的女孩,穿一件珍珠白低胸露背礼服,那时候,真还不懂得怎么穿,将她往成年女性里打扮,更显得人小,比实际年龄更幼稚。手腕上套个珠包,踩着高跟鞋,站在大厅里,茫然不知所措。巨大的枝形吊灯从挑高的通顶上垂下,灯芯做成烛状,壁上也是烛状的灯,立在金银座的水晶盏里。无数彩带、气球、鲜花,玻璃珠子穿在尼龙丝上,红灯笼也穿起来。眼睛都不够用了,脖子也仰酸了。视线慢慢移下来,这就看见餐台,呈十字向四面伸展,冷食、热菜、烧烤、中式、西式、和式、蛋糕、水果、巧克力。女儿第一盘就直接奔甜品,各色小点心,粉红、淡紫、浅绿、鹅黄的奶油和啫喱,第二盘还是小点心。那颜色形状首先诱人,尤其诱惑女孩子,其次是香甜的口味,小孩子都是口重又嗜糖,平时受大人限制,从不曾饱足,此时敞开,非但不干预,还是鼓励的眼神。可惜到第三盘,便吃不动了,就这,还只是餐台上末梢的一点点,前菜和主菜丝毫未沾,都要哭出来。岂止孩子,大人不也是憾憾的,只不过能自持,不像孩子那般坦然不掩饰。接近子夜时分,餐台撤下,顶灯暗下,地灯点亮,一池莲花盛开,乐队和歌手仿佛是从地心升上来,音符从天庭降落,众人环绕起舞。父亲带女儿下了舞池,两人都不太会,基本就是走步,从这头到那头。看他们在人群中忽隐忽现,有几回女儿的脸正对她,表情十分严肃,好像接受成人礼,就觉得女儿正在脱去小姑娘的形骸,飞速地长大,长成那件珠光晚礼服里,真正的主人。舞池到处是这样的美人,衣袂飘兮,巧笑盼兮。她走神了,没注意人群哗动中倒计时的数秒,只听得最后一声,当!海关大钟敲响,彩带剪断,纷纷坠落,珠子漫撒开来,红灯笼亮了,原来里面都是电灯芯子。船正走到吴淞江口,调过头,外滩沿岸一带同时放起烟花。那游轮顶上的吊灯突然迸裂,露出玻璃穹盖,于是,一朵一朵烟花在深邃的夜空绽放,化成流星雨,缓缓垂落,时间就此走进二十一世纪。

女儿自小在祖父母身边生活,与他们聚少离多。在出生成长的十多年里,正是她和丈夫激烈打拼事业的阶段。他们都是上海普通人家,一条街上的邻居,就读同一所小学,又在"文革"中划地段分进同一所中学,是本地市民典型的婚配形式。中学毕业一个去崇明农场,一个留在上海分配工作,分得很好,在外贸局——照今天话说,就是办公室小妹。后来,崇明的那个凭一己之力考取大学,上海的,就是陈玉洁,由单位送外语学院委培商务英语,原去原回。那是个百废待兴的时期,机会很多,他们可说是得天时地利的一代。等两下里读成,都已是三十岁,这才生了孩子。上世纪八十年代,上海住房的紧张,全世界闻名,由此生出多少悲剧和喜剧。他们原是在公婆房间里隔出一条做婚房,两人上学各自住学校宿舍的几年里,丈夫的兄弟住进他们的房间并且生下孩子。这期间,他们夫妻的私人生活都是在周末和节假的宿舍,他或者她的同屋回家,让出空间,供他们享用。所以,住房局促是他们脱离体制自主创业的极大动因。挺着六七个月的肚子,肿着脚踝,去后勤部门索讨房子。局办公楼是外滩一座老建筑,殖民时代留下的,石砌的墙壁,天花板很高,动静都有回声,走在里面,是有压迫感的。当时不觉得,年轻,又是单位里最低阶职工,况且,大家不都一样?为住房、晋级、加薪、奖金,一趟趟跑领导办公室,赔着笑脸,叹着苦经,事后回想,却是很屈辱的。就这样,分来一间房,面积不大,朝向也不好,西北,是一套公寓里的一间。这套公寓不知出于何种历史原因,被拆分成三户人家,公用厨房和厕所。但无论怎样不便,住进公寓,身份就不同了,下一轮的争取和调配中,资本也不同了。很快,这一间加上丈夫单位增配的一个亭子间,二换一,换来新工房的一个独立单元。换房的经过,也是不堪回首。电线杆子上贴告示,房屋交易集市寻觅对象,所谓房屋交易集市就是马路边上,自发形成的几块地方。捐客一类的人物应运而生,他们手中掌握许多信息,从而串联上家下家。时间一久,陈玉洁自觉得也能成为业内一员,日后独立出来做贸易,是否从这里起念,只有天晓得。

这套一室半的单元房位处虹桥,其时还未开发,属城乡接合部,上下班需经过一条铁路。远远听见道口铃响,路障放下,挤进等待的自行车和行人里,一列火车吐着白汽驶过。倘是客车,就看得见车窗里的人,满脸旅途的劳顿,不知道在他们的眼睛里,自己是怎么样的。这条铁路横亘在面前,将新城区和旧城区隔开,他们被划分在新的一边,即是逐出,同时呢,又是纳入,纳入进另一种命运。

住进这一处房子,动荡结束,终于安定,将女儿接来。女儿已在市区一所重点小学就读,而这边且是草创,周边还很荒凉,学校的品质可想而知,决定暂不转学,每天由父亲接送,顺便可去看望婆婆。辛苦是辛苦,但一家人不必分住几处,算是团圆了。就在此时,方才发现,女儿与他们是生分的。跟阿娘长大,宁波人称祖母"阿娘",阿娘们称得上是上海中等阶层的一个类型,她们精明、仔细、能干、豁辣——沪上人说,给宁波人做媳妇不易,可她们自己不也是从媳妇熬成婆的吗?她们带出来的小孩,尤其小女孩,都有一张刁钻的嘴和一副刁钻的性子。一上来,他们就感到棘手了。绿豆芽,要摘两头;鱼,只吃腮上瓜子大小两片肉;豆腐是要去皮的。穿衣服也很麻烦,一件套头衫,后领的商标一头脱线,她按惯例索性将那一头也扯下来,多年紧张甚至惶遽的生活将她磨砺得粗糙和简单,孩子却哭了,说应该缝上去,否则就分不出前后。鞋面上的浮尘不擦拭干净也是要哭的,马尾辫不是高了低了就是歪了。随身搬过来的几大包杂碎,她看也看不懂。那些花花绿绿的铁发卡,掰开,再按下,沿发际线扣一排;喝水的壶盖藏着机关,这里一揿,那里跳起来,吐出一个嘴;透明的小贴纸上的人物动物有名有姓,贴哪里也有名堂,而且重要……这些零件又不是阿娘的传统了,而是来自现代都市物质生活,阿娘家住在淮海路中心地段。有一次,她下班早,去学校接女儿,遇到班主任,说起往返路途的辛苦,老师惊讶道,不是就住在附近吗?原来女儿一直将阿娘家的地址报给老师和同学。小姑娘和同学走在前面,她推着自行车跟随其后,看那矜持的小背影,比同年龄孩子高一点,所以就在中间,一个挽一个胳膊,有些小妇人的风度。陈玉洁说不上喜欢,也说不上不喜欢,女儿长大了,却不是想象中的长大。这种复杂的心情一直潜藏在母女之间,到二○○○年的跨世纪晚会,再度浮出水面,却是另一番情景。这时候,做父母的,与女儿相处和谐,陌生感逐渐消弭,甚至有几分亲热。

偶尔地,她会生出怀疑,这样的改善是出于哪一种原因。血缘是一种,共同生活是一种,还有,是不是还有什么?她从国外公务回家,省下津贴补助买成礼品,最多的是女孩子的衣物,内心里多少有一些讨好的意思。她和丈夫总是讨好的,为补偿抚育的缺失,其实也没有那么理性,一家三口,本应是亲近的。女儿得到礼物,绽开笑容,一个返身,抱住妈妈的颈项。软软的小身子,贴在怀里,她有些羞怯呢!真希望不要长大,就这样。她喜欢女儿的笑脸,下眼睑很饱满,一旦开颜,便呈现两个窝,像猫咪,又像花。随年龄增长,圆脸变长脸,脸颊滑顺下去,笑窝不见了,显出少女的清秀,却又有一种凛然——不知道事实如此,还是心理的缘故,她始终有些怕她呢!这也是所有父母对长成的儿女的心理,生恐被遗弃似的。有时与朋友交流,彼此就像在攀比这种感受,很享用的呢!但内心深处,又觉着不像对方的单纯,在某个地方存着差别,而且是本质性的。生活在进行,不等她想明白,已经到下一个阶段。

他们买了商品房,先是四室两厅的公寓房。装修大半年,搬进去,住下两年。其中有一间北屋,从来不曾使用。紧接着就搬进另一套,复式两层。偏离市中心,但后来居上,成高档地区,住户以日韩籍为众多。女儿进一家私立中学,和小学同学疏远往来,阿娘呢,也不常走动,这个老城区的孩子成了新人类。礼物和礼物激起的喜悦还在继续,却已不只是出国带回,且随时随地,量和质都在增加。整套卧室家具,钢琴,电脑,音响,万圣节的鬼装扮。这个街区已兴起万圣节,基本是自己和自己玩,没有讨糖和捣乱的小孩子,南瓜灯在店铺的玻璃窗里闪烁,少男少女们穿了吸血鬼的长袍在街上呼啸走过,其实显得很寂寥。最后,女儿高中毕业,直接去美国读大学,可谓人生大礼。因学业中等,就读一所设计专科学院,校址却是在纽约曼哈顿,学费和食宿极昂贵,有什么呢?钱已经不是问题。

因生意上的事暂时走不开,就由丈夫保驾护航送去纽约。看父女二人走进国际出发厅渐渐远去,女儿比二〇〇〇年晚会上又高出半头,身着旅行装,双肩背包上垂挂粉红水晶的吊串,随着走步一摆一摇,就有一股跃动,欣欣然的。没有回顾,就这么径直走出视线,她们母女相处向来冷静,从不滥情。回到家中,推开女儿卧室的门,打算收拾整理,不料想,一下子撑持不住,坐倒在床沿上。那是张童话里公主的卧床,高高的弹簧垫,白色床柱上托着金球,圆顶帐垂下来,珍珠纱上布着小朵玫瑰花。眼泪溃决,流了满面,这才相信"血浓于水"是千真万确。

三

多半的原故是女儿在美国读书,还有就是寻找新商机。她将德国方面的贸易收缩了,转移到纽约。然而,距离上的靠拢并不使她们更亲近,分别初的那一段激情没再回来过,反而是,平淡下来。女儿抽条的身子显得很纤细,穿低腰的撒腿裤,长款的背心外面套一件横宽的背心,都是黑色,踩一双夹趾草编凉鞋。学习设计的人总是从自己身上开始实验,创造独特性。最终,很奇怪的,这些独特性又汇合成同一种风格。看女儿走在街上,走在魁伟壮硕的外族人里,四肢、身体、衣服、头发,一侧剪至耳上,另一侧,齐腮,垂下来——仿佛在飘。不少男孩,也有成年人,被吸引目光。这些目光,就像风,将她送得更远。偶尔地,女儿会挽着母亲的肘弯,便感觉到纤细的手臂里的骨骼,不是小时的柔软,而是坚硬的,有一股力度。

女儿租住的是一种称之为"工作室"的房屋,一大间,除厕所和冲淋房,再无其他区隔,住户根据自己需要分配使用。因为楼层很高,还可架成阁楼。这样的房型,得自于二战以后的苏荷地区,废弃工厂车间被艺术家用作画室,渐变为风尚,建筑商适时跟进,开发房地产市场。以此可窥见波希米亚人走入布尔乔亚,嬉皮变雅皮的过程。所以,这间位于中城的"工作室"其实相当中产化,玻璃幕墙、细木地板,牙白色烤瓷漆的橱柜,后现代极简主义的灶具和卫浴,以及连房屋出租的餐桌椅、工作台。这样的环境里,席地而卧的床垫,东方图案的靠枕,随意摊放的杂物书本,反显出造作。她不懂设计专业是什么样的内容,从外部看起来,女儿无疑是业中人士的做派了。

在决定长住,计划买房之前,她都是住酒店。睡地铺起卧不方便还在其次,难以忍受的是无遮蔽全敞开的空间。不夜城的光,从窗帘叶片里透进来,躲也躲不开,好像当街躺着。女儿并不反对母亲住酒店,多少透露出迹象,孩子已经有自己的生活。一个不问,一个不说。有些私密的话题,至亲间反倒不易沟通,又尤其是她们这样亲中有疏的母女。有几次和丈夫同来,住的是中下城的老酒店。在美国,说老酒店不过是更欧洲化,代表新大陆居民来源地的历史。那都是狭小、逼仄的房间,自点早餐,到晚间,酒吧咖啡座上满满的,需挤过人堆,向柜台上领房间钥匙,沉甸甸的铜头钥匙放在柜台背板上的小格子里,射灯自上向下照着职员的脸,很像希区柯克电影里的一帧景。

丈夫喜欢这样的老酒店,女儿也喜欢,凡住这里,总是过来。换一种情形,就是她过去了。来到这里,多半是在底下酒吧消磨,单独的桌子永远不够用,于是,不相干的人凑在一长条大案子边上,各说各的。女儿显得格外兴奋,比平时话多,丈夫呢,捧着酒杯,缩着手肘,避免碰到邻座的人,脸上布着笑容。她却怀疑,他们实际上真的有表现出来的那般享受。看上去,更像是一种坚持,将"快乐时光"坚持到底。酒吧门口的招牌上,不都写着"快乐时光"的字样!酒店的"快乐时光"里,中国人极少,像他们一家三口的中国人,大概仅此一例。那实在不是个家庭聚会的场合,这三人未免显得不合时宜,可他们一坐就是半夜。送女儿去住处——步行即可到达,两人再返回。子夜时分的清寂里,藏着无数喧哗,那沿街的,一半沉在地面下的门扉,一旦开合,就涌上来,引起一阵骚动。

他们沉寂地走过一段,凛冽的空气驱逐了困盹,方才她可是困盹得很呢,此刻醒过来,开始说话。她说,要不要在美国买房?好啊!他说。女儿的房租加我们的酒店费用,差不多是一套厨卫的钱了。说到这里,他就正色道:不要考虑钱,钱不是问题。话里有一股豪气。他们这一路对话,都是有豪气的。倒退十年二十年,做梦都做不到。是啊,钱不再是问题,可也是个问题,就像上了发条,开关启动,自行运作,以级数增长,令人不安。想这世界上任何物质的总量都有限度,哪经得起如此递进生产。她有时会提议关闭生意,不要再赚了,一个人一辈子究竟能用多少钱?丈夫的回答是,你以为我们是净赚?不是,我们是和世界通货膨胀赛跑,趁脚力好,多领先几步,等脚力弱下来,就少落后几步。然后,丈夫便举出几个数据,证明通胀的速度和程度。按马克思政治经济学理论,通货膨胀是为解决危机,同时酿成新一轮危机,所谓搬起石头砸自己的脚——丈夫一旦打开话匣子,谁也刹他不住,所谓"马克思政治经济学",在他们一代人,就是蒋学模的一本教科书,在世界冷战格局下,以共产主义为人类社会最终目标的前提下,诠释资本演变。现在人早不读它了,但里面不乏真家伙,也就是硬道理。丈夫继续道,二战以后,技术革命大爆炸,迎来第三次浪潮,似乎可能消化危机,事实上,只不过暂缓,将局部纳入总量——"总量"这个词出来了,正是陈玉洁的担心。你以为总量可无限增长?他问她。不能,她回答。增长的是缝隙,就像受过冻的萝卜,糠的,这就是泡沫经济,所以,我们必须和通胀赛跑!最后总结。这时候,他又变成虚无主义,不相信人类历史的进步。

他们走进酒店,"快乐时光"方兴未艾,领了钥匙进电梯,经过一条狭窄的走廊,推开房门,迎面是满壁墙纸的缠枝花,天花板顶线的雕饰,窗帘打着沉甸甸的结子,床幔垂下流苏,椅套、茶垫、桌旗,丝线经纬底下藏着隐花,门窗、家具、用品的边缘都是曲线,底足是弯脚,镶着金边,重重叠叠,是维多利亚时代的风尚。事实上,酒店不过开业于上世纪七十年代,酒店的典故,关于一名女演员的风流韵事,是百老汇款的。床垫很厚,很软,人卧得很深。听见枕边人的鼾声,不由哧地一笑:真会装!也不知道笑的是哪一个,然后,沉入睡眠。

她自己来,通常是住新泽西,真正的北美式标准间。遍布全中国,直贯县镇级的酒店模式就来自于它。宽敞明亮,自助式早餐,价格只到那类老酒店的三分之一甚至四分之一。越过哈德逊河看曼哈顿,不过上海浦东与浦西的距离。这酒店主要客源是旅行团,尤其中国旅行团,占一半以上,其次东欧和日韩,再有些本土的学生团体。她虽是散客,但因为常来,一住又是半月一月,甚至二三个月之久,所以店方就将她打包进旅行团,享受大折扣,价格又下来一截。虽说钱不是个问题,可是,不还要和通胀赛跑吗?收缩德国方面的生意,转向美国,一时上还摸不到门。多年来积累的经验和人脉,都是在欧洲方面,在此可说白手起家,从头开始。来美国之前,都说这里地大物博,制度自由,有许多机会。听起来,很像近代史上所写,冒险家的乐园上海,实地一看却大不以为然。近十年内,中国的人力物力,犹如水银泻地,充盈每一寸空间。大到并购企业,小至浙江义乌小商品市场的发圈发卡,工业有中型机械,农业有果蔬植种,几乎无一遗漏。于是又回到老本行,中国餐馆,购买老店,开张新店,华埠从曼哈顿飞跃皇后区法拉盛,迅速扩大。陈玉洁数次往返,一年时间过去,依然委决不下,往哪里开拓。她倒也不急,多年历练,磨出了耐心,只是出于勤勉的本性,不开源就必得节流,能省即省。

酒店里每天有一团团的中国游客进出,闹哄哄来,闹哄哄往。一个人住久,终有些寂寞,所以,并不嫌嘈杂,还以为有意思。那些常受指摘的大妈们,与她属同一代人,在匮乏和争夺中度过岁月,大堂里一个空位都不放过,即便只是出发前短暂的等候,她是理解的。有时候会主动搭话,提供咨询,解决语言沟通问题。有一回,一个老年团的旅客向她打听大都会博物馆的票价,她如实告之,从一元到二十五元,全凭自愿。对方顿时愤愤起来,这个团费以外的自选项目,导游收费竟每票三十。看他们气咻咻找导游理论的背影,便知引起事端不小,赶紧避开。这些闲嘴调剂了客居的生活,否则就太闷了。这个酒店,让她想起汉堡的中国大厦,住在那里的时候,独自一个人,但有公务在身,总是社会中人,多少有些刻意地回避交道,有大国企单位的骄矜,也有避免麻烦的用心,是一种自恃的寂寞,而现在,是真寂寞,仿佛游离在真空地带。

女儿从来没到过新泽西的酒店,静听母亲述说那些杂碎,似乎只是出于礼貌。她们母女间一直或者说越来越保持礼貌。这固然没什么不好,可也没什么好。有一回,听完母亲的大妈们的故事,大约觉得应该做出些反应,不至显得态度冷淡,女儿说出一句评价:老阿姨多半是粗鄙的。她顿生反感,回击道:"老阿姨"这称呼就很粗鄙!母女极少起冲撞,她出言又过激,女儿不禁怔一下,然后笑一笑,过去了。还是年轻人更有礼貌。她却有些微的失望,心底积蓄着一股冲动,自己都无法解释的,就是想刺痛女儿,可此方矛头一出,彼方适时避让开,到底没交上火。

女儿真正的兴趣所在,是关于买房。在这里,议题变得具体了,不像她父亲,从务虚始,到务虚终。每一次去——住新泽西酒店,就总是她去女儿住处,每一次,都得到一批售房信息,从网络上搜索下来,也有她朋友推荐,全是曼哈顿岛,或中央公园周边,或苏荷,切尔西,抑或第五大道。许多中国人在那里买房,女儿说。她以商量的口气建议,为什么不考虑皇后区,那是中国人聚集的地方。女儿笑一下,这样的笑容,常会使她瑟缩,自觉得变成受教育的人。女儿笑一下,说,从投资角度出发,曼哈顿的地产有更大的增值空间。她嗫嚅道,法拉盛一带正趋向上扬。自知说服力不够,就又添一句,中国餐馆多,生活方便。女儿回答一句,曼哈顿也有许多中国餐馆,重要的是文化生活丰富,性价比更高。对话沿着买房的主题进行,倘若换成她父亲,每一个岔口都会旁出去,比如餐饮,比如乡谊,比如文化,都可激发谈兴,见仁见智。说的和听的,一概忘记初衷,不知道来自哪里,又去往哪里。当年,她便是被带入迷局,一去千万里,回头看,沧海桑田。难免感到庆幸,几回折转关头,都没出错招,尚还有歪打正着处。似乎有一条潜在的轨迹,引导他们的脚步。事实上,应该感谢那个时代,刚从计划经济走出来,选择是有限的,非此即彼。倘是另一种选择,道路不同,结果未必有大差别。草创的世界,各路英雄殊途同归。不像今天,机会很多,陷阱也同样多。但不论怎样说,丈夫确是性情中人。女儿不像父亲,那么就是像她,理性、清醒、冷静。这些禀赋在她,更多体现在谨慎,甚至一定程度的保守。女儿呢?似乎,她忍不住想,似乎缺乏热情。

环顾女儿的住处,有一种刻意的凌乱,大小靠枕东一个西一个,斜面长案上散放着绘图工具,形状莫名的雕塑直接立在地板上,台灯、蜡烛、香薰、几盆水生植物,分布在餐桌、茶几、料理台、上阁楼的木梯边缘。杂物的堆砌中,因为总体上几何线条的结构面,呈现肯定的秩序。女儿不在的时候,一个人待在房内,小心翼翼地走动,避免搅乱这些物件的摆放,她觉得,这间"工作室"公寓房,很像一个橱窗,第五大道上的奢侈品商店橱窗。她怀疑,这面橱窗的背后,还有没有日常性的生活。她想起她的婆婆家,终年散发着咸齑和虾酱的腥气,那是宁波人家特有的气味,从八仙桌底下的坛子里蹿出来。小小的女儿,跪在椅上,操一双竹筷,吃海瓜子,一只一只送进嘴,然后划一大口泡饭,很快,跟前堆起一堆壳,透明的粉红的螺钿。那细细的颈脖子里,也有一股子海瓜子的咸味。现在,小姑娘长大了,身上的气味换成可可·香奈儿的国际香型。

在女儿的安排下,她还见过一位房屋中介商,荷兰裔的美国人,会用中文说"你好""谢谢""恭喜发财",古怪的发音里有一股油滑。介绍的房屋在公园西大街,原本是酒店,然后改成住宅。宽大的门厅、走廊,房间分走廊两侧排列,依稀可见昔日酒店的痕迹。推进门去,迎面满窗绿荫,正对中央公园。受限于原先的客房的格式,内部形制多少有不合常理处。比如原先的套间要成为独立的两卧,不得不横断空间,立一面墙,辟出玄关,重新开门,难免局促,厨房和浴室对于家庭起居也是逼仄的。她倒有点动心,因为想起上海的那种前厢房,而且,使用过的房屋有一股烟火气,是过日子的气息。她没有流露喜欢,但询问得仔细,让中介先生窥见成交的可能性,即便这一处不行,还有另一处呢,中国人可是购房的国际主力。往返对答,中介先生也判断出这个中国女人属理性消费人群,相当专业,正对他口味。他就是不怕专业,而对不专业生惧,在这法制社会里,对规则有共识,一切都好说了。

女儿在一旁静听,态度变得驯顺,向来严峻的表情松弛下来,小时候的笑靥隐约又回来了。她温存地投去目光,想到小小年纪一人在外的诸多不易。这一天,母女间相处和谐。和中介先生告别,对方说了一句恰如其分的中文:后会有期!三个人都笑起来。然后,她们走进公园,挽着胳膊。早春时分,气温还很低,前一场雪未化尽,吸纳着正午的热量,空气凛冽,直入肺腑,身上起着轻微的寒噤。载客马车走过去,马粪味扑鼻,带着畜类的体温,在清冷中散播开。一个跑步的男人赶上她们,身上冒着热气,奇怪的,也有着同样的体味。女儿的手伸在肋下,使她想起很早以前,那软软的小身子,不由紧了紧臂弯。母女间的肌肤之亲向来很少,事实上,不是吗?她也是缺乏热情的母亲。

女儿说:那人好像怕你呢,妈妈!如何见得?她问,小心翼翼地,多少有点巴结。女儿做了个表情:转着眼珠,飞快地睃巡,就像一个猎手跟踪他的猎物,有几分神似。她发现女儿竟然是活泼的,并非表面的矜持。谁知道,也许在心里骂我们呢!她说。嗯?女儿停下脚步,困惑地看母亲的脸。怕和骂,是同一件事,她说。什么事?女儿问。我们的钱!她回答。哦——女儿吐出一口气,迈开脚步,手滑出臂弯,走到前面半步。绒线帽顶的毛球随脚步摇曳,留长的头发从帽底流泻下来,垂到黑呢大衣肩背。她想起自己的青春,在惶遽中度过,不曾流连,就远遁不见踪迹。那背影忽然顿住,转回身来,说:所以,妈妈,所以,我们要买房子,买给他们看!这孩子气的话里有一股凛然,她明白这凛然的来由,不在父母亲身边长大的孩子,总是缺乏安全感,于是,过度防卫。清寂的公园,四边楼宇远在地平线上,母女二人站在大块的天空底下,仿佛遗世孑立,心中就有苍茫生起。这是她的孩子啊,近不得,远不得,拿什么去爱你呢?

下一回再来,是与丈夫一起,在林肯中心对面新建的公寓里,全款买下一套。其时,复古主义一改为现代主义,自有一套理论。他认为,酒店是幻象,住宅则是现实,前者是一时间,后者是长此以往,一是传奇,一是日常,彼此不可取代互换。而且,他强调,必须新建筑,不能二手房,前人的遗痕会成为魅影,打扰现在式的生活,那些幽灵的传说,逐渐在科学中显形,比如红外线,比如超声波,比如暗物质,现代物理学正在向东方神秘主义归宿……她的心情却正相反,一旦买定房子,反倒像是做梦,一个明晃晃的白日梦,说话起着回声,身影倒映在蜡光铮亮的地板。丈夫似乎也有些生畏,噤下声气,办完手续的次日,便丢下妻女,独自回国去了。

四

有时候,她不禁会想:为什么是我,为什么是我们?四周都是异族人的脸,忽然间恍惚起来,不知道自己身在何处。面对生活急剧的变化,女儿比她镇定多了,更像是知道要什么,并且向目标接近。搬进几件家具——这时体会到丈夫拍板买新公寓的正确,不需要装修,直接就可入住。几件家具虽不足以填充偌大一套房,但到底消除些空旷。她继续寻找开拓事业的方向。女儿临近毕业,是读硕士,保持学生身份,若不是,就要求职。学习设计的学生一大堆,尤其是中国学生。这是个暧昧的专业,什么都沾,又什么都不沾。所以,她需要将女儿的出路纳入她的计划。这一日,到唐人街买菜,一时兴起,走上威廉斯堡大桥,往布鲁克林去了。

布鲁克林正在兴起,大有飞跃的势态。可是,像她,一个谨慎的生意人,本能地对这种经济发生的模式持保留态度,那就是制造业衰退,以艺术家为主体的设计型产业进入——这类产业的利益链相当含糊,在资本市场的考验中,命运很不确定,或者淘汰,或者转变,抑或真如预期的蓬勃发展,然后又回到萧条。苏荷地区经历大半世纪走完的周期,如今越来越短促。省略发生过程的复制,总是缺乏自然的生命力。历史进入现代,复制又在加速。大约在机器诞生,再推远,人类掌握工具的时候,就已经注定的命运——她发现自己在沿着丈夫辐射型的思路,漫游开来,哑然失笑。天下着毛毛雨,威廉斯堡大桥的步道上极少人迹,城市在脚下搏动,桥面震颤,顶上是巨大的钢架结构。这城市定是在生产钢铁的年代建设,你能感受坚硬的程度。钢铁铸造一座城市,尚有剩余,于是流向战争。在地面看,威廉斯堡桥不过从东河这岸到那岸,走上去,可是漫长。引桥跨越几个街区,河面又出乎意料地宽阔。偶尔有人迎面走来,观光客和慢跑者。列车轰隆隆驶过,整座桥梁都在跳跃。太阳忽钻破云层,大放光明,雾气下沉,沃拉博特湾、曼哈顿桥、布鲁克林桥,一下子浮托起来,水鸟飞翔。只转瞬之间,云层闭合,光线收起,景物又退下了,仿佛海市蜃楼。这地场真是大,开发四百年,不过只是一个角。所以,就还有一股原始的野蛮力量,从现代性中穿透出来。

计算一下,陈玉洁在桥上足走了有一个钟点,步道在引桥中段向地面下去,穿过桥墩的钢柱,就站在了路口。停了停,顺势一转,依街道数字排列,从小号码向大号码走去。路上很清静,建筑多是陈旧和简陋,多少是破败的,犹太人的"贝狗"店,还有中国餐馆,间杂着狭小门面的店铺,是年轻人自创的品牌服装和小礼品,后现代设计型风格,稀奇古怪,用途不明,显示出物质过剩时代生长的一代人的消费理念。这样的小店,每一分钟都有无数间开张,又有无数间关闭,不是作为单个,而是一个群体,维持着它们的存在。然而,谁能就此下结论呢?在一整个街区的草根性中,这些小铺子,却是华丽耀眼,穿越到未来,那里兴许有传奇在等着呢!时间已到午后两点,饭店都歇了,准备晚市开业。又走过一个路口,看见中国字样"牛铃",名字有一些新鲜的情调,但招牌底下的门面,却是唐人街的旧俗,红灯笼,绿窗棂,翘檐上的黄琉璃瓦,日晒风吹,再蒙上油垢,显得灰暗。倒也让人踏实,因有一股柴米油盐酱醋茶的气息,透露出温饱的人生。

店门侧边的街道,停着一辆小型运货车,地面上的铁盖掀起,露出一个男人精瘦的上半身,接着卸下的货物。她伸头向店里张望,黑洞洞的,也是歇业的样子,正要退出,却听一个女人的声音:吃饭吗?循声看去,门内酒柜后面原来有人。她说是的,女人就说,随便坐。稍适应店堂里的暗,走进去,在临窗餐桌坐下。天光带着窗玻璃上的污迹,映在桌面。酒柜里的女人问:吃什么?声音远远传过来,更显得店堂的空廓。她看见桌上夹子里有一束菜单,懒得翻看,只简单说一声:炒饭!这是每个中国餐馆必备的速食。隐约感觉女人叹口气,走出酒柜,向后厨去了。显然,厨工们休息了,不得不亲自出马。小货卡卸车完毕,扣上挡板,路面的铁盖板放下,这些动静都是清脆的。后厨里的排风扇打开了,呼呼响,油锅毕毕炸开,葱花的气味就传过来,有一股居家的安宁。店堂里的暗将空间四合,人在里面,甚至是温馨的。她想,布鲁克林是个不坏的地方。排风扇停息下来,在惯性里当当响了两声,听见男人和女人的说话。不知道说什么,只是一些音节,短促地轻盈地来回。店堂和厨房连接处有一方亮,嵌着男人的身影。大约是搬运,推拉收放,动作生风,像是有功夫。女人端着餐盘出来了,未到跟前,已香气扑鼻。

葱青蛋白的炒饭上,覆着一层金黄,仔细看,是油渣,送进嘴,原来是炸虾米。女人并不走开,而是站在桌边,指导用餐,将虾米和饭一并入口,果然,米饭软有劲道,虾米松而酥脆,口感味觉受用无穷。好不好吃?女人问。好!她顾不上说话,只回答一个字。算你有口福!女人说,是我们家乡的饭食,从来不做给客人。家乡何处?她稍停下筷箸,问道。青田,女人回答,依然站在桌边,两只手支在桌沿。余光所见,是一双丰白的大手,就有些记忆回来。女人继续说:温州那一系的菜在外国打不开,洋人就认那几样,酸辣汤、咕肉、宫保鸡丁、春卷,美国人的脑子有病!陈玉洁忽然想起了,抬头看女人,女人不看她,眼睛平视窗外。有汽车驶过,还有人声,零落的,这一处,那一处。洋人是一种奇怪的人类,女人说,他们没有口福,从小到大,就吃那些炸鸡,烤牛排,煎三文鱼,无论什么肉,都要做成一块一块,用手抓得起来,然后再添加调料,所谓"沙司",这"沙司"又只是几味,翻来覆去的。说话间,盘子清空大半,她的思绪已经跑开,听不到女人说话,却在一件事上盘桓。她见过这女人,可是又无法断定,不相信如此巧合。正是不相信,才更觉得是见过,因为非出于巧合,而更像是机缘。她放下筷子,问出一句:老板娘从何处来到美国?女人吁出一口气:说来话长。转身喊一声,男人即来到跟前,收走盘子。然后拉开椅子,在对面坐下:我就不当你客人,老乡见老乡。眨眼工夫,男人又到跟前,送上一壶茶两套茶具,腿脚进去颇有架势。女人说:你看他像不像李小龙?陈玉洁笑:像!女人正色道:练过咏春拳,拜师傅的!随后加一句:我男人。男人一笑,露出洁白的牙齿,旋即离开,不见人影。

十六岁从家乡出来,我今年四十六,整三十年,半个甲子。两人面对面,没有其他人,生出一股推心置腹的气氛。陈玉洁说:我比你长四岁,半百。对面人说:还以为我长你呢,真后生!谢了夸奖,心里推算回去,七十年代初,正是革命时期,国门紧闭,一个十六岁的女孩子,有什么通道出来?女人仿佛看穿她的心思,接下去的叙述正可谓解答疑虑。十六岁,个头这么高,女人伸手在一米多点的位置比画一下,又瘦,自己都记不清,夹在什么人的胳肢窝里,搭车、乘船、走路,再搭车、乘船、走路,到了欧洲。她心里又是一动,定睛看过去——饱满的脸颊,眼睛周边略有些松弛,眸子却是亮的,短鼻梁,厚嘴唇,宽下巴,肤色稍显黑粗,但因为紧致,就有一层光,是个健康的女人。却又拿不定了,是那个人吗?其实连长相都没看清,仅一个轮廓,而眼前这个,具体,生动,于是,就不像了。陈玉洁小心翼翼地问:你的意思是偷渡?女人笑起来,抬手四下一扫:我们都是偷渡,他是游水,游到香港,然后——你们在哪里遇见的?她问道。女人做个制止的手势:还没到这一段呢!她被逗乐了,像不像的那回事扔到脑后,忘记了。

说出来怕你不相信,没有人相信,登岸头一站,意大利佛罗伦萨,竟然长个头了,身上阔出一圈,就是现在这样。确实让人不敢信,女人又一次窥到陈玉洁的心思,解释说:你知道为什么?她摇头。我们温州人是生在石头缝里的人,挤着手脚,好容易挤出来,砰地发开了,就像爆米花!两人都笑了。佛罗伦萨去过吗?她点头。你们是旅游,看的表面文章,不会知道内情——内情是什么?她问。对面人倾过身子,耳语般说:到处是我们的人。她不由也倾过身子,压低声音:真的吗?对面人点头:不止佛罗伦萨,罗马、巴黎、里昂、布鲁塞尔、阿姆斯特丹、柏林——她怦然心动:柏林?是的,到处是我们的人。哦!她说。再告诉你一个秘密,女人向她招手,示意靠拢,这样,就头碰头了。你知道,全世界的经济命脉掌握在谁手里?她回答:美国。不!女人摇头否决,犹太人。嗯?她离开些,看着对面人,那人狡黠地眨眨眼,说:温州人就是中国的犹太人。

光线移过来,从女人侧脸照过去,可能是用了一种植物染发剂,呈出红紫色,就像鸡冠,她忽然又觉着是同一个人,不是因为外形相像,而是某些潜在特征促成的机缘。女人自十六岁开始的阅历可够漫长曲折,难怪要话说从头。遭驱逐,买卖假护照,蹲移民监——移民监有什么呢?吃喝保证,还放电影,社工服务,心理疏导,还教英语,关键是要有人!女人强调。就这么一程接一程,一关过一关,后来到了柏林。又是柏林!她要插话,被制住:你知道我怎么到的柏林?我怎么知道?她反诘,两人开始熟稔。结婚!这倒出人意料了。也是青田人,早多年出来,已经入籍,在威斯巴登开餐馆,你不会知道,很小的城市。可是她偏偏知道,就在法兰克福近边。女人看她一眼:你倒是知道的不少!有些不满意讲述被打断。那一年夏季,威斯巴登举办美食节,市政府提供摊位三天,中国人的食亭总是春卷打底,青田人开车到阿姆斯特丹进春卷,阿姆斯特丹的春卷大王,上财富榜的,女人呢,正在那里打工,然后,就把人和春卷一起捎走,春卷送到威斯巴登,人带进柏林,那时候,还分东西两部,就在西柏林库当大街开出一家分店。她终于插进话去:我是不是去过你的店?然后说出时间,地点,以及老板娘的形貌,几可断定,就是你!对面人并不惊讶,在一个餐馆老板娘,阅人无数,不像她,会以为是传奇。有可能!女人承认,更像是敷衍,不忍让她失望。那时候,老头六十岁,我二十六,就是说,出来整十年,总算有了身份。

话说得轻巧,事实上,上世纪七十和八十年代,欧洲殖民地纷纷独立,移民潮涌动,人口激增,德国二战重建中的土耳其劳工尚未消化,合法居留谈何容易。具体到个人,六十岁的年纪阅历,一定还有家小,而且,很微妙的,不是居住威斯巴登,而是飞地柏林,其间一定有许多曲折。但在对面的人,什么没经历过呢?就也不在话下。她好奇的是,如何一见钟情。青田话呀!女人说,有多少人听得懂青田话?无论你说英语、德语、西班牙语,就算普通话、广东话、上海话,青田口音藏也藏不住,老头听我说话,眼泪就下来了。她质疑:不是说,到处都有你们的人!女人说:可是也要遇得到,比如,今天,你遇到我!她感觉到女人的机敏,机敏里不单是反应快,还有一点慧心。男人走过来,与女人说着什么,又退回去。大概是商量,什么放什么地方,什么又作什么用。你们说的什么话?她问道。他说福建话,我说青田话。说得通吗?她怀疑。女人大笑道:要看什么人和什么人!说罢,推开椅子站起身,知道是结束的意思,就要买单。女人说:看着给吧。她抽出二十元,压在茶碟底下,女人抬头示意,走来一个华裔女人,收走钱。又有一个墨西哥人,过来擦拭桌子,员工进来上班了。不知觉中,过去半天时光。走出"牛铃",心里还有许多未解的疑问,比如,福建人与青田人,也就是女人的"前夫",不知道能不能这样称呼,他们如何交接班?显然,福建人还年轻,看起来是出劳力的人;又比如,为什么从柏林来到纽约布鲁克林?但又觉得这些疑问已经有解,这样一个女人,可能制造任何传奇。她没有继续在布鲁克林游逛,也没有按原路返回,而是走过两个路口搭乘地铁,回曼哈顿去。这半日的经历让她疲乏,又有一种满足,邂逅、美食、陌路的人生故事,仿佛跟随走了一程。都是计划外的遭际,集中在同一时间里降临,令她应接不及,倒把去布鲁克林的初始目的搁置了。

接下来的日子,变得忙碌了。女儿正式告知,要读硕士,于是,寻找学校,提交申请,报名,缴费,一连串的手续。此时,国内金融出台新政,汇兑额度有变,她注册的公司——其实是个空名,为的是签证与货币进入,就需要打通关节,另辟路径。她决定回国调停,买机票,定行程。可是,丈夫的合伙人来纽约度假,她当然有义务出面接待,于是推迟动身。这些到底也难不倒她,都在可控范围,冷静处理,乱麻中理出头绪。事情只要一件一件做,没有做不完的时候。客人到的这日早晨,先在电脑查到飞机准点信息,然后启用优步系统叫车,向纽瓦克机场去了。

虽然步步周到,接人却并不顺利,后来回想,其实是兆头。看起来,两件事情没什么关系,可大千世界就像一张网,网眼扣网眼,所有的事端都连在一起,所以,她还是视作预兆。飞机已降,却久久不见人出来。眼看着几次航班先后到达,依然少有人出来。打电话联络,对方不接听,等对方来电,她则手机故障,接不起来。特别通道出来三两人,问得的消息只不过是,海关处排长队,过关的效率低,窗口少,人越积越多。然后,又有三两人出来,再然后,就仿佛突破瓶颈,络绎成阵,却看不见要接的人的身影。她怀疑自己错过,因与这人所见不过几面,都不太想得起来确切模样,于是出门到出租车站上搜寻,忽又怕正巧这时人出来,掉头跑回去。往返梭行,焦虑得很,颇不像她一贯行事作风。好不容易,隔了玻璃门看见大腹便便一个男人,空着手,摇摇摆摆走来,已经看见她,远远地挥手。

五

合伙人一行四人,他,太太,太太的妹妹,再加一位助理。从行李车上一摞半空的箱子就可知道,主要任务是采购。助理小殷兼任导游、翻译、拎包,陈玉洁并不必陪伴全部,为尽地主之谊,到的当晚,在哥伦布圆场边的一家米其林店接风宴请,随后再视情形而定,随时准备提供服务,反正"全天候",她笑道。合伙人姓戴,是丈夫大学里的同级,看年轻时照片称得上英俊,如今发福了,找不到原来的样貌,仿佛成另一个人。他们这一代成功人士,到此时多是急流勇退,享受胜利的果实,在戴先生,就是口舌之欲,所以养成现在的身形。经长途飞行,在时差的折磨里,照理没什么胃口,可戴先生的味觉依然能够分辨细微的差别。他说,和女士不同,他的任务是吃,因此,可不可以脱离团体,单独活动?眼睛看向太太,征询的却是陈玉洁的意见。小殷归购物团,陪吃就当另安排,方才不是说了吗?全天候。如此这般,以后的日子里,每到饭点,她就去到酒店,而戴先生已经在大堂等候。太太们早出发一二小时,甚至更早,天方亮,便驱车往长岛奥莱去了,然后,向晚时分,归来集合,一同去吃晚餐。她的计划是中午小吃,晚上大吃。前一晚就做功课,网上搜下菜单与图片,供作挑选,听多方意见,最后由她民主集中,做出定夺。

俗谚道:祸从口出。这话真就应验了。

要说她和戴先生,原本并不相熟,甚至可说生分。她和丈夫的事业,从头起就没有交集,各自的人际社会就也不重叠。晚饭好些,人多嘴杂,将时间分摊,各说各的,又总能说到一起,自然就热烈起来。中午一餐,单独相对,就受到冷场的压力。难免过度积极,一个没说完,一个就开言,形成争抢,为礼让一并打住,立时变得沉寂,又一并张嘴出声,彼此都是紧张和窘。这也被视作不好的兆头,如她的性格和历练,待人接物向来从容,这一回,却失态了。于是,话题泛滥,必要和不必要,该说和不该说,滔滔不绝,一泻几千里。说和听的都无法集中注意力,任其无度扩张弥散,其中多少挟带出一点实情。真正的端倪,是女儿识破的。

有两三回午餐,女儿与她同去,三个人,其中又有一个年轻人,气氛就活跃了,她也松弛精神,偷得几分悠游。每一次去,戴先生都会替女儿买礼物,每一次分手,就都提着大包小盒。回到家中,坐在地板上一个一个拆封,包装纸摊在四周,就像过圣诞节。她说:戴先生这么破费,真不好意思!女儿没抬头,忽然从鼻子里哼一声,戴——她这么称呼,"戴",呈出一种客观的立场——戴送我礼物,爸爸送维维安礼物,总量上是平衡的。"总量"这个词是从父亲那里来,丈夫他,凡事都是从总量计。心里一惊,这才发现,"维维安"这个名字已经在说话中出现许多次,太多次,仿佛已经是个熟人。镇定一下,说:维维安是谁?与你有什么干系!女儿抬起头,望着母亲:别装了——说得不错,他们家的人都会装。别装了,女儿说,那是个小三,跟着爸爸到这,到那。是一代人的缘故,还是只是个体,女儿说话如此直接,直接到粗鄙。你爸爸的助理,自然要跟随左右。她辩护道,自己也觉着是软弱的。年轻人笑了:你听戴的口气,好像我们已经承认她,都没有一点遮掩回避。那更说明一切正常!她听见自己的声音变得尖厉。女儿又笑:好,好,正常!她看着女儿的脸,那么年轻、美丽,同时,有邪恶。做小三的,正是这样的脸。她控制不住地,举手抽过去一个嘴巴,那脸上立时泛起一片红,眼泪下来了。女儿将礼物从膝上推下去,站起身回自己房间,重重关上门,砰一声响。她被自己吓坏了,站在原地,动弹不了。从来没有动过手,一直是小心翼翼,也很久没看见过女儿的眼泪。地上铺着礼品的包装纸、彩带、晶片、玫瑰花样的按钉,似乎铺到了地平线。这么大的房子里,只有她和她。

心跳得很快,却很奇异的,有一种类似愉悦的痛快,终于,终于发生了!发生了什么?该发生的。她想起戴——现在,她在私下也称他"戴"了,戴有一口头禅,"你知道",凡陈述一个人一件事,必要说一声"你知道",于是,维维安的存在,就都是"你知道"。她好笑地想:你才知道呢,我什么都不知道!

为什么是我?仿佛天问。为什么不是我?反过来又问了一句。她陪女儿读书,他打拼挣钱,这样的家庭模式,在他们的阶层已成普遍。同时的"普遍"还有,还有维维安。她其实一直在等待维维安现身,必须有一个维维安。正因为有维维安,才能相安无事,社会和谐。她静了静,然后拨打小殷的手机,表示道歉,晚上突然有事,不能陪大家吃饭,但餐厅已经订座,某条街某个号码。小殷说,没事没事,包在他身上了。听起来,对面的环境很嘈杂,小殷的声音破壁而出。关上电话,尝试将戴的出行换一种组合,由丈夫率队,维维安,维维安的姐妹,或者说是闺蜜,再加一个"小殷"。很好,四个人是最合理的人数,乘车一辆,吃饭一桌,可一并出动,又可分头并行,而他们一家三口,在数学上是个素数,物理上则不对称,总之,缺乏平衡的条件。

她做好简单的晚饭,等女儿出来,心里准备着道歉的措辞,承认女儿的判断有道理,以达成共识,然后,然后怎么样?要表态吗?是决裂,还是接受现实?事情来得太快,猝不及防,可是,事实上,她一直在拖延。戴的来到,从接机开始,到每餐饭没话找话的焦虑,都是预兆,预兆真相逼近。她几次起身走到女儿房间门口,欲敲门又作罢,本来就有畏心,如今这一时刻,更是不敢面对。她这才发现,她们母女被安置在这地方,多少有着受打发的意思。饭菜都已凉了,女儿走出房间,看起来,表情无异常。走到餐桌边,直挺挺坐下,说,已经给父亲发信,要去巴黎学艺术——维维安去得我去不得?说罢,捡起筷子,吃起饭来。她久久不动碗箸,有一种寒冷,原来,她不需要表态,谁都不要她表态,她这个当事人,结果成了最无关的人。

戴在纽约的余下几日,循事先安排顺利度过,购买与美食均超额完成任务。又添了两口箱子,戴的腰围似也扩出一周。送到机场,看他们走进海关,四个人的背影换成那四个人,想象中的组合,迅速转身离开。最初的冲动,是回上海,机票就在手里,只需签日期,但很快颓唐下来,去又如何?一进一退之间,丈夫那边来邮件,说去了香港。那么,她也去香港。香港是客地,这样处境和心情,实在凄楚得很,于是又迟疑了。时间在无所作为中过去,越发像是一种默认。她转而希冀丈夫来,买房至今,已有一年半,丈夫再没有出场,回想那一回走,难免有落荒而逃的迹象。近来,关于女儿去巴黎的事,照理应当全家一同商量,可都是父女两人邮件往来。女儿每一项要求,合理或不合理,父亲全欣然答应,不作深询。既像是还债,又像是敷衍。这段日子,生活费用以及女儿的额外开销,依然按月汇到,不知从哪里收集的汇兑额度,更可能是及早转到外汇账户,这意味着什么?意味他希望她们母女安下一颗心,住在纽约,衣食无忧——从这点说,并没有放弃责任,继而想起戴的一句话,他感慨道:这世界上有多少单亲妈妈!怎么说起来的?前后文想不起来了,反正聊天嘛,漫天漫地地海聊,又都喝了酒。心里一动:维维安会不会就是其中一个?她不禁血脉偾张,心跳加速。去香港的念头又生出来,而且无比强烈。她拿起电话,打给惯熟的旅行社,了解飞香港的航班。问答之间,情绪复又平定。这就是她,与外界交道总是冷静、克制、礼貌、矜持。于是,讨论到具体票务事项时候,冲动消失,她改了主意。放下电话,她兀自笑一笑,忽明白一件事,所以她想做这,想做那,最终什么也不做,其实就一个原因,她不知道该做什么!有谁能告诉她,她该做什么?这就又明白第二件事,那就是,异乡异地,她去了来,来了去,无论住多久,都是在过路,她没有朋友。

女儿转向去巴黎读书,撤销纽约学校的注册,索回部分学费,报名一个法语课程,小班授业,价格极昂贵,父亲照单全收。有什么可商量的,"维维安去得我去不得"!最初的狂怒过去之后,女儿找到维护权益的方式,就是花钱,于是安静下来。法语课也给生活制定纪律,每日上课下课,朝九晚五,散漫的时间归入河床,流向某个目标。余下她独自一人,仿佛在宇宙洪荒,无边无际,无羁无绊。她毫不怪罪女儿自私,在这样的年龄,成长本身就有无数困难,何堪外部的变故,能保住自己就很好。至于她,即便最消沉的时刻,也有一种自信,自信不会坠落,只是需要耐心,切勿慌乱。丈夫不再来电话,当然,她也不去电话。显然已觉察出什么,也可能,本来就是戴领了使命,有意露出口风。也好,她想,很好。她想,真是太好了!她继续装不知道,他也装她不知道,他们都会装。

天气好的时候,她出门走走。樱花绽开,一树一树。什么种植,到美洲新大陆全都变样了。亚洲的樱花,像"雾",扑朔迷离,在这里却是确凿肯定。历经寒冬,春阳高照,人们拥上街头,无端地笑和叫喊。她却从欢欣的人群中辨出几张落寞的亚洲人的脸,不由猜测他们的身份、来历、生活。梅西百货里,每个专柜几乎都配备中国销售员,接待中国顾客,其中也有落寞的脸,在柜台间无目的地游走,她就是其中一个。有人往手里塞广告和试用样品,说些什么,她听而不闻,只看见嘴的翕动。在凹凸分明的异族人面相里,中国人脸显得扁平多肉,中国话也显得音节短促,声调突拔。不乏有年轻貌美的女孩,妆容精致,穿着时髦,表情傲慢,出手极为阔绰,大约都是维维安们。未曾谋面,就知道维维安的形貌,这已经成为概念,她,是另一个概念。怪不得,她想,怪不得美国人分辨不出中国人谁是谁,因为都是概念。有一只手,拉住她的胳膊,不禁吓一跳。是"兰蔻"品牌的销售员,中国人。当然是中国人,唯有中国人,才会动手拉人。这只中国手,按着她的胳膊,向下滑去,握住她的手。她并不反感,也没有挣脱,就这么留在销售员的手掌里。那是个中年女性,眼影和唇膏都泅染出边缘,就这样大妈型的女人,加倍会拉人。试试吧!大妈恳求道,不一定买,试试没关系!身不由己地,被按坐在椅上,椅背放下来,成半躺,合上眼睛,由一片清洁棉片在脸上擦拭。柔软的、清凉的棉片抚过脸颊,不防备地,眼泪涌出来。棉片擦去旧痕,新泪又下来了,她几乎哽咽。棉片湿透,又换干的,很快又湿透,再换一片。整个过程中,"大妈"始终静默着,直到做完清洁,试妆完毕,她还是买下一瓶粉底霜,方才说出一句:对自己好一点。她惭愧起来,不回头地逃离"兰蔻",走出梅西。

然而,这次际遇让她想起一个人,两回邂逅,称得上有缘,下一日午后,便出发往布鲁克林"牛铃"去了。她依然从威廉斯堡桥步行,走路可使心情平静,也可以消耗时间。也许是出发早了,还是脚下加快速度,或者是路熟,到地方,午餐供应尚未结束,正是热火朝天。老板娘亲自上阵,点单、下单、买单,托着菜盘餐桌间梭行。今天,换了一身白色衣裤,丝绸与化纤合成的材料,垂荡感很强,随动作起伏,前襟和裤脚上的彩绘花样时隐时现,有点像戏台上的女子。她茫然站在门口,牛铃一径地响,没人过来领座。有几度老板娘的眼睛掠过来,又掠了过去,似乎没有认出她。等了一刻,终于有人过来招呼,认出是上回管收账的华裔女人,将她领到中间一个单人小桌,靠着立柱,这样,更不易被老板娘发现了。女人快手快脚送上一杯水,从桌上夹子里抽出菜单放在跟前,旋即要离开,赶紧叫住,也不看菜单,就点一个炒饭,希冀唤起老板娘注意。一抬头看墙上的时钟,已过中午饭点,客流依旧汹涌,甚至排起等座的队伍。窗外街道上的人和车也比那日稠密,竟然有换了人间之感。不一时,炒饭上来了,不是上回的,而是所有中国餐馆里专对美国人口味,虾仁、鸡粒、葱段、蒜头、芥蓝叶,盘边镶几片炸龙虾片。吃着炒饭,眼睛追寻老板娘的身影,立柱挡着视线,目标就常常消失踪迹。倒是后厨里的油烟一团一团送过来,仿佛看见那精瘦汉子立在灶火前翻着炒勺,铁铲铛铛地敲着锅沿。勉强吃下三分之一,再加把力,也为拖延时间,大约有一半光景,就招手打包和买单,起身向外走。她有意绕路,在餐桌间曲折往返,寻机会与老板娘照面。老板娘埋头在收银机前,她又加紧脚步过去,不等走近,老板娘却又离开了。推门的瞬间,她感觉到自己的荒唐,萍水相逢,何以解忧。这时候,身后伸来一只手,代她推开门,阳光扑面而来,几乎睁不开眼睛。是那个华裔女人,开口道:老板娘谢谢你,下回再来!不及回头答话,已被新进的客人从门边挤开。

阳光在地面流淌,这一条街就变得颜色鲜丽,忽然想起,这一日是周末,所以人多。她这一个闲人,早已经没有日程的概念,尤其这一段,作息制度瓦解,更失去坐标,仿佛回到混沌世界。走在布鲁克林的街上,路人中大半是游客,手里握着照相机,东拍拍,西拍拍。她也是游客,一个老游客,看惯了风景,却还不回家。无意中,跟着游人,走进小店,一踏入门,就听风铃一声响。店主和顾客都是年轻人,商品也是小孩子的喜好,就又走出来,继续向前。再进下一家,风铃又一声响,街上风铃声连连,呼应与唱合。终于折回头,上桥,向曼哈顿走去。桥上也比那一日熙攘,桥下的水面起着反光,闪闪烁烁。桥栏上零落挂着同心锁,胡涂乱抹的言语就离谱了。心情多少开解些,甚至还用手机拍了几张照片。走到引桥,曼哈顿的市声拔地升起,一片轰鸣,偶有电钻的锐响从中穿透,轰鸣又蛰伏下去。塔吊在半空中缓缓移动,好像巨兽在监控它的猎物。她,迎头过去,不是勇敢,而是没奈何。

六

事情一开头,就径直往下走。还是那个戴——自从戴来过,丈夫就不再与她直接通信息,这就更像是一个预先安排。戴和她通话,告诉说最近形势变化,她先生不便自己出面,所以托他转告。人事更迭,频繁出台新政,他们这些依凭国企背景的民企,本来身份暧昧,如今处境就十分微妙,所谓"拉一把过来,推一把过去",无论过去还是过来,接下来的麻烦都不少,正面与负面的拒斥力量相等。在草创时期,骑政策中线所为,到立法趋向完善的当下,几乎件件都是出轨,他们这一批创业者,可说是有原罪的人,蹚过污泥浊水,替世人顶着十字架——现在,她想,圣坛要出来了!耶稣也要出来了!说话人仿佛不是代言的戴,就是丈夫本人,远兜近绕,归纳起来,一个公式:抽象问题具体谈,具体问题抽象谈。她很知道,他们其实越走路越窄,尤其新一代的虚拟经济起来,他们的实体性经营方式就算走到了刀锋上,这才叫"拉一把过来,推一把过去",过来过去都是下滑。生产和市场都是有限资源,又到了重新分配的时刻,危机随之来临。唯有丈夫这样的人,才会扯到"原罪"。对是对,可就是"扯"得很。她想着丈夫这个人,原来这么近,现在无比远。所以——戴说,现在,我们最好做隐身人,继续保持暧昧,留在模糊地带,回顾历史——历史也来了!她又看见丈夫的身影,回顾历史,这一片模糊地带比清晰地带宽阔,它处理了许多理论和实际的两难,总之——她打断戴的话:你的意思是——戴脱口说:不是我的意思!接着改口:也是我的意思。她不由一笑:你们的意思是什么?戴变得嗫嚅了,她忽然感觉,丈夫就在戴的身边,几乎听见他的呼吸声。戴期期艾艾道:就保持现状,一动不如一静。好的,她说,放心,我哪里都不去!对方沉默着,她也沉默,两边都等待着,等待谁先挂电话。是礼貌,在这里则成为一种对决。时间过去,对方到底没挨过她,挂了。她浑身颤抖起来,就像高热引起的寒战,不得不双手环抱,从一个房间走到另一个房间,从厨房走到浴室,从这个浴室走到那个浴室。这套公寓,简直成了囚室。她走遍每一个角落,来回穿梭,身上的寒噤稍平息些,才发现牙关咬得死紧。做着深呼吸,松弛肌肉四肢,心跳恢复正常,她能够思考了。

回想戴的电话,她以为国内正调整经济结构,许多企业主引退江湖,如丈夫这一行,涉及能源,追究起来,难逃咎由,滞留香港,不失为权宜之计。他早申办香港居留,如今满七年,便是合法居民,可是,可是……如果没有维维安,一切顺理成章,现实却是有一个维维安。她想到方才的回答,过于斩截,至少应该提些建议,比如,他可以来美国,全家团圆。丈夫英语不好,是一个否决的理由,再说,女儿要去巴黎,就谈不上团圆。那么,她可以去香港呀!她设想的反驳是,美国新买的房子怎么办?卖了!她在心里说。然后,又会得到一大段全球经济的预测性谈论——这个问题可撞上他的强项了。如此自问自答,果然只剩下一条路,她哪里都不去。想象中的对诘十分聒噪,都听得见声音,自己一个人的声音,对方只是沉默。这沉默漫延过来,将她一并淹没。

陈玉洁在沙发里坐下,疲倦极了。公寓里依然只有最初添置的几件必要的家具,动静都有回音,仿佛一个巨大的空洞。许多时间过去,日光转移,房间暗下,将空洞遮蔽起来,她感到一点安心。蒙眬听见门锁响,一惊醒,原来睡着了。一张年轻美丽的脸,凑得很近,就在她睁眼的瞬间,又离开了。女儿回来了。惶惶想道,没有做饭,让女儿吃什么?等着听女儿抱怨,却没有。自从有了维维安,很奇怪的,不是在他们父女之间,而是她和她,起了隔膜。有时候,她觉得女儿恨自己,恨她无能,让维维安插足。大概还恨她不是维维安,否则,父亲的爱就不会这样分裂。二○○○年的晚会上,父女俩跳舞的情景出现在眼前。二○○○年,不是开玩笑的,真的,什么终结了,什么又开启了!

思绪弥漫,忽听见女儿的声音:吃饭了。方才还动弹不得的身体,这时腾地起来。女儿打开餐桌上方的灯,摆放餐盘,盘里冒着热气,是速成的意大利通心粉。她坐到桌边,有些惭愧地,低头捡起叉子。餐桌很大,足可以坐下十至十二人的大家庭,就像意大利人的家庭。现在只有她们两个,一头一尾,隔着一具枝形烛台,阻断双方的视线。她大口吃着,夸赞道:很好!自己都听出声音里的巴结。女儿说:谢谢。她们简直成美国人了,家人之间不停地道谢和道歉,这可以视作礼貌,同时呢,是不是也意味感情荒疏。停了一时,女儿说话了:法语课放假,我准备去上海,看阿娘。哦!她答应道,明天替你订机票。已经订好了,女儿很快回答。她抬头望过去,离得很远,在烛台的金属花枝后面,埋在灯影里的,绰约的脸,又长长地"哦"了一声。明白了,女儿去的不是上海,是香港,她父亲出的机票钱。还是那句话,钱不是问题。不知道他们父女如何交割的,背着她,她已经出局了,没她的事。心里却另有一阵轻松——从女儿的示好,浮泛的,冷淡的示好,就可看出有事,现在知道是什么事了。女儿很快吃完,将空盘子留给母亲,事情说完,洗盘子的活就还给她了。

洗完盘子,收拾干净锅灶,对着厨房的窗口看一会儿。这幢公寓楼,兀自耸立,站在高层,就像身处云端。城市之光升起来,又将它托得更高。是装糊涂,还是为佐证猜疑,她走出厨房,到卧室里取了一沓钱,去敲女儿的门。等里面说声"请",才敢推进去。女儿背对门,蹲在地上整理箱子,她说:把这钱交给阿娘。女儿说:有了。还是将钱放下,用镇纸压住。女儿没有回头,从背影看,似乎在哭,肩背微微颤动。纤细的娇好的身体,后颈里有一个浅窝。她都能感觉到这身子的体温和气味,还有哭泣。她想过去抱抱这身体,可明显感觉到一股拒斥。还有她自己,也在拒斥着接近。越是至亲的人,越是近不了。女儿在疏远她,事实上,她不也在疏远女儿吗?两个受伤人,各领一份伤心,合起来就是两份,情何以堪。她悄然退出,带上门。

下一日,她又去了布鲁克林。本还是决定走威廉斯堡桥,但中途改变主意,转为地铁。忽然心急起来,等不及要到"牛铃",见到老板娘。见到又怎样?上回去,见到也像不见到,原就是陌路,又因为陌路,才可倾心相诉。出来地铁,时间才到午后一时,生意正忙碌。但不是周末,兴许好些,就直往"牛铃"走去。她可以等,等客流过去,老板娘闲下来。就像上上回,面对面坐在无人的店堂,听老板娘讲述。这回该轮到她讲,就扯平了。过几个路口,即到"牛铃",推开门,果然不是周末的热烈,七成座光景。华裔女人一边送菜一边回头照应:随便坐!显然认得她。走进几步,在上回立柱后面的小桌坐下。华裔女人端着餐盘经过,放下一杯水在桌上,来不及说一声"炒饭",人已经走过去。四顾周围,没有老板娘的身影。华裔女人却又站到跟前,她想说炒饭,开口却是面条。什么面?女人问。牛肉面,她说。炒面汤面?汤面。这几句应答往来速度很快,方有结论,女人抄走菜单,又不见了。留心看店内形势,但见华裔女人和墨西哥跑堂,脚不点地,折返于前堂与后厨之间。后厨传出的声气亦有些两样,烟火吞吐不那么汹涌澎湃,铲勺砧板的敲击则显得零落。老板娘始终没有出现。汤面上来了,鲜浓异常,便知不是从食材中提取,而是来自现成的汤料,那几片牛肉是后放的,来不及煮滚,所以就半凉。有一种变故在发生。她慢慢地吃面,等待老板娘露面,或者说,等待事态水落石出。客人少去些,仅余几位,其中包括她。时钟指向两点,华裔女人立即挂出打烊的牌子,站到收银机前清点小费。看来,眼下由她掌管店内事务。

碗里的汤喝尽,墨西哥人已经换上自己的衣服,双膝敞着破绽的牛仔裤,白色T恤底下看得见硬实的肌肉,走过她身边,笑一下,露出洁白的牙齿。现在,她是最末一个客人了。推开碗,站起来,走到收银机前索得账单,按最高一档小费给付。慷慨的数字让华裔女人脸色变得柔和,她趁便问:老板娘不在?对方含糊地说"是的"两个字。她又问:去哪里了?回答依然是含糊敷衍的:出去了。什么时候回来?她紧问一句,收银机后的人抬起脸,表情转为警惕:是老板娘的朋友吗?这句话将她问住了,顿一顿,说:是。女人怀疑地看着她,复又低下头去,不再回答。她仓惶退后,向门口去,自觉有落荒而逃的意思,反倒不甘心,镇静下来,说道:我们在柏林就认识。华裔女人一怔,猜不出眼前人什么来历,脸上又换一种表情:老板娘的事情,我们并不知道。

吃了个软钉子,多少有些悻然,走出来,茫然四顾,不知要往何处去。身后玻璃门里,有一双猜度的眼睛,想:这个女人是做什么的?她终于举步,沿街走去,街道渐渐开阔起来,也更加清寂,绿地和石阶上面,矗立一座犹太教堂。从底下走过,却进入一扇栅栏,浓荫蔽地,花枝扶疏,蜜蜂嗡嗡飞舞。想不到布鲁克林如此广大。她在石凳上坐下,不远处是儿童乐园,有母亲和孩子玩耍,话音和笑声散开来,轻盈地振动空气。她呼出一口长气,醺醺然的,仿佛有一股醉意袭来。小孩子走近跟前,仰头看她。黑亮亮的脸蛋,头发被红绿丝线扎成五六个小辫,朝天冲起。小孩将一枝花扔过来,她探身去牵手,却一个转身跑了。就这样,坐到太阳西移,该起身走了。掸去膝上的落叶,出公园,循来路回去搭乘地铁。经过"牛铃",禁不住往里看一眼,这一眼分明看见一个人,在收银台后面,不是老板娘又是谁?猛一推门,门里人倒是一惊。这时,华裔女人忽从店堂深处现身,说道:她等你好久!心中涌起感激,感激代她说出这句话。老板娘并不觉得有什么唐突,从收银台后面走出,领她到临窗的餐桌,就是她们头一回谈话的地方,面对面坐下,女人已经端上一壶茶。其实,她这时意识到,老板娘早已认她作朋友,所以也就不问为什么事而来。积郁的情绪舒缓下来,倾诉的欲望也不那么迫切了,平静地看着对面的人,这就发现这人样貌有变。原本饱满的脸颊变得松弛,于是皱纹生出,不仅是面部,衣服里的身子也枯索了,肩袖处空落落的。华裔女人退出店堂,留下她们自己,就像那一天,可是不对,少了一个,在后厨入口处,光影里的身影。你男人呢?她问。病了!老板娘说。什么病?照理不该这样紧追,疾病属于隐私,她们中国人却大可忽略不计。再则,她们是有缘人。肝病。老板娘果然不瞒她,她却纳闷,肝病的人做大厨,可是大胆得很。医生怎么说?她接着问。换肝!对面扔过来两个字。有保险吗?那人苦笑一下:我们这样的人,都是自己保自己。她倒吸一口气,不知道说什么好。那人却奋勇起来,高声说:我可以把我的肝给他,切一半,可是,什么医学伦理法规,非亲属关系,不可捐供体。可是夫妻属于亲属关系,而且最密切的亲属!她说。对面的人奇怪地一笑:我和你说,洋人的脑子有毛病,他们相信文书,市政厅的注册,或者教堂里的誓言,戒指换来换去,你愿意我愿意,就不相信眼睛,这是一种有病的人类!她明白他们没有婚姻合法手续,倘现在办理,就又要增加审核手续。我的心肝!压低声叫道,将头埋在臂弯里,伏在桌面上,不动了。

　　本来是这一个说给那一个听,结果还是那一个说给这一个听。

　　精瘦、细长、腿脚有功夫、拜师学过咏春拳、福建籍的男人,柏林时候,是她餐馆的厨工,比她年少十岁,彼此有心,但因东家尚在。这东家于他们双方都是有恩,可说是收留他们的人,决不可辜负的。青田女人看着她,又奇怪地一笑:按洋人的脑筋,我没有义务。我和老头,既没去过市政厅,也没上过教堂,威斯巴登那边,老头家里,还有一大群人呢!她没问一大群人里有没有他的太太,有又怎么样呢?我们有人心!青田女人握拳捣捣胸口。老头是在柏林这边走的,没受罪,一觉睡下,再没醒来,积多少德,才有这般福气?也是个受苦人,跟伯父出洋,漂到欧洲,二战以后,德国战败重建,需要劳工,才有了身份。这时候,积攒了些钱,就在威斯巴登这地方,做中国餐业,起先是一个亭子,渐渐做大,又各处开出分店,柏林店就是其中之一。老东家过世,她电话通知威斯巴登,等那群人来到,接上手,便离去了。店、房子、家什、钱款,都留下了,就带走一个人。下巴向后厨方向一抬,后厨沉寂着。所有东西都在人家名下,平日里,老头没少给她,做人要凭良心!拳头又在胸口捣捣。两人离开柏林,来到这里,也是投奔老乡,不是温州人,而是福建人,反正,都是自己人!从柏林来到纽约,可真看不惯,就像国内说的"脏乱差",你知道——青田女人说,德国人特别会收拾,脑子有病归有病,收拾东西却不得不服气,一大优点!她不由笑起来,多少天来,头一次展颜。不过,"脏乱差"有"脏乱差"的益处,就是活路多,脑筋坏得轻一些,比较好商量。两人笑起来,并且,一发不可收拾,前仰后合,直笑到眼泪出来,才渐渐收住。

好了,开出这间店,安下家,再生个孩子——青田女人看着她,正色道,你不要笑!我没有笑!她辩解。你笑我生不出来,上回报纸说,七十岁的老太太,还生下一对双胞胎。她不知道哪一张报纸登过这样的奇闻,面对这个女人,伤心欲绝,又野心勃勃,还能说什么?我身体好,生理年龄很年轻,例假正常,整日价想着和男人上床!两人又笑,止住笑又添一句:只想和我男人上床。话说回到这里,气氛沉寂下来,愁容浮起,方才脸上的光彩褪去,蹙眉道:按我们家乡话说,我这样的女人身上有毒,沾一个,灭一个。她心里一惊,有些被乡下人的迷信吓住,嘴上却道:没那样的事!对面的人忽昂扬起来:有这样的事,也不是我!头一个,是寿数有限,该当死的;这一个,还没死呢!我命好,罩得住他,你信不信?她点头说:信!

茶喝干了,什么时候,华裔女人进来店堂,坐在一隅,将筷子插进纸套,再又按桌摆放。到开业的时间了。隔着距离,主雇俩来回说着什么,用的是相近的方言,就知道华裔女人也是青田一带籍贯。她听出几个字,"后厨"和"前堂"什么的,大约人工不足,不是缺大厨吗?于是就要重新调配。都没想一想,贸贸然,脱口而出:我可以帮忙!那两人都一怔。青田女人说:你能做什么?至少,她嗫嚅起来,至少,洗碗!青田女人说:我付不起你这一等的洗碗工。她想表示不要工钱,又怕人以为说大话,不如客观一点,就说:按市价就行。两人都看她,检验说话的真假,她红着脸,又嗫嚅一句:反正我也没事。这一句话比较能信服人,她确实是闲人一个,谁都看得出来。于是,她留下来,当然不是洗碗,洗碗太屈才了,青田女人说,做前堂。这样,自己可以掌勺,不必让小工上灶。华裔女人取出一件制服,紫红色的棉布做成中式斜襟立领,裤子倒是西式,裤脚上各有一个盘龙的印花,脚下是塑胶平地布面鞋。她为难起来,商量说能不能就穿自己的衣服,像你一样——她指指青田女人身上的荷绿裙装。女人说:我是老板娘!她只得换上,两人都忍着笑。老板娘忽想起什么:你找我有事?她回答:没有,我就是没事!一半是人手的需要,另一半是,好玩,就像小女孩扮家家的游戏,穿上制服的她,变了一个人。青田女人上下端详她一回,问:怎么称呼?她说出名字,对方也说出,陈玉洁和徐美棠彼此结交认识。

七

如此,陈玉洁过起一种上班族的生活。每天十时走出家门,搭乘地铁。纽约尖峰时段已经过去,人流稀疏下来,车厢里也空裕了。现在,她能够辨别出,座上客多有餐馆里的工人,表情既是漠然,同时又有一种自足。她虽然不像他们的职业化,可至少,也是有去处,知道要做什么的人了。十点三刻踏入"牛铃"——这是一具真正的牛铃,来自德国绿草茵茵的巴伐利亚州。华裔女人,她跟着美棠叫阿初姐,已经在店堂,后厨里有人到,听得见砧板声响。美棠时在时不在,视福建人那边需要而定,事实上,不在的时间在增多,店内的事务基本由阿初姐掌管。这是个谨慎的女人,口风很紧,从对店务的态度,陈玉洁以为或者是有投资,或者就是恩情重。温州人以乡谊为契约,自成一个社会,内里的规则外边人是无法谙透的。饭店照常营业,但仿佛有一种气息发散出去,生意日渐清淡,小费收入减少,墨西哥人离开了。陈玉洁的加盟就变得重要起来,甚至必不可少。她且格外卖力,其中既有新鲜的成分,也有帮助美棠的原因,更主要的是,这一段日子,她的心情在好转。女儿走了——确定去香港无疑,女儿的信用卡是她的副卡,看得出消费地所在。难免想象父女聚首的情形,他将如何介绍维维安?会不会引女儿进他那个家——她确定无疑,那里有一个家,人是需要有一个家的。女儿和维维安怎么相处,她们应该年龄差不多,属同一代人,也许能做朋友。那晚,女儿饮泣的背影出现眼前,她明白,女儿对即将发生的事情早有准备。一个人的公寓,更显得大而无当,为摆脱四周空间的压迫,她将其余房门都锁上,只在自己的一间里活动。当走过客餐厅去厨房的时候,听见自己的足音,就觉得这种压迫追逐而来。于是,将咖啡机、面包机、微波炉移进卧室,尽最大限度减缩活动面积。

"牛铃"完全是另一个世界,这段时间的相处,阿初姐和她似走近了些,称呼从"陈小姐"改为"玉洁",还与她商量店务。现在,没法和美棠谈什么事了,"魂灵走出了",这是阿初姐头一回向她评价老板娘。生意几近减半,阿初姐建议做成自助餐,以低价招徕,后厨和前堂的劳动都可节省。陈玉洁则对自助餐的客源抱怀疑,只怕新客未来,旧客已走失,她的意见是减少菜式。事实上,她发现,客人经常点的也就那几味,大多只是虚设名目,装门面而已,但凡遇到促狭的客人点将,或是说无货,或是勉强凑合。如今的大厨是原来的小工,能将常用的几道应付下来已属不易,再要有额外之举,一定砸锅。阿初姐觉得有理,当场拍板。两人也不去问老板娘,自主改写菜单,送去打印压膜。次日的下半天,美棠来店里,对菜单的革新视而不见,一路走到临窗桌前坐下。这一回,是陈玉洁端上的一壶茶。因穿了服务生的制服,先没认出她,后又说:以为是阿初姐呢。又低头不语。两人一个坐一个站,沉默好一时,美棠抬起头,认真看她,她被看得发怵。过一会儿,那人开口了:原先他身体好好的,每日早起一套咏春拳,自从你来,就出这样的事!阿初姐在那头看着,身影显得紧张,怕她们起口角吗?她静一静,在对面坐下,说:我确是个有霉运的女人,但并不在这一路。哪一路?那人脸上浮起讥诮的笑容,问道。霉在桃花运上,她说。那人收起冷笑,暗处可见阿初姐的身影似也松弛下来,放心了。陈玉洁开始讲自己的故事,三言两语,交代完毕,自己也惊讶这样没有感情色彩。兴许,她说,你们夫妻和美,不定是借我的呢!美棠目不转睛地看着她,她接着说:无论什么事,总量不变——天哪,她也说出"总量",这才叫不是一家人,不进一家门!总量不变,老天爷分配不同,这里多一点,那里就少一点。什么鬼话!对面人轻声道,脸上的愠怒退下去,换一种温柔的表情。

这一天,美棠在店里守到打烊。晚饭时,她亲自下厨,做一盘温州炒饭,端给陈玉洁。就是头一回来"牛铃"吃的,米饭炒到粒粒松散,珠润玉滑,覆一层金黄的油炸虾米。自己也不吃,就坐在对面,指导她如何将米饭和油渣合起,一并入口,直看她吃到盆干碗净,吁出一口气,起身说:走吧!

生意不可阻止地下滑,这就是个连环结。店堂越冷清,上客越少;上客越少,店堂越冷清。外卖还勉力维持原状,送外卖的人手,墨西哥人却走了。只有阿初姐自己送,陈玉洁路不熟,又不会骑摩托。她曾经想过开她的车来,可那是一辆迷你宝马,太不合时宜,就打消念头,镇日留守,于是,店务有一半归她处理。每天提早一小时出门,推迟一小时进门,这又有什么用呢?客人继续少下去,有时候,一个上午不上座。厨工坐在后门口用手机打游戏,阿初姐到美棠处帮助料理家事,美棠回中国老家,找一位大师指点,福建人一个人在家休养。陈玉洁现在店堂里梭行,餐桌摆得不能再整齐,碗碟洗得不能再干净,玻璃窗明晃晃的,如此的清洁,只让人觉得肃杀。要知道,布鲁克林是个闹哄哄、乱糟糟的地方,整个纽约就是个闹哄哄、乱糟糟的地方,所有人同时说话,为使自己的声音听得见,不得不吊着嗓门,你高过我,我高过他,他再高过你,最后谁也听不见谁。

美棠从国内回来的那一日,情绪高涨,大师的箴言极其鼓舞。大师说,福建人的星命是在西边,前半段他是顺势行,从香港到欧洲,到美国,不是一路向西?然而,在东岸滞塞久了,应继续向西,所以,就准备迁移。"牛铃"怎么办?玉洁问。美棠说出一个字"卖"。阿初姐声色不动,陈玉洁则是一惊:卖?美棠斩截道:卖!陈玉洁不由惘然,她已经将"牛铃"当成自己的家,若不是有它,每日晨昏如何度过?不要!她的声音带着哀恳。美棠避开她的眼睛:人命关天!说罢走到收银台,打开收银机,又推上,再打开。事实上,心绪烦乱,不知从何入手。玉洁镇定下来,说道:卖给我!连阿初姐都吃一惊,可是,不谓不是个出路。开个价!她说。美棠的手停下来,转脸向她,忽怒从中来,说:知道你有钱,有钱人买幢楼就像买棵白菜,可是,你知道怎么经营?你会吗!玉洁说:我雇你做经理。美棠止不住笑出来,笑着笑着哭了,人朝后一退,坐倒在地上,双手拍着地面。她上前拉扯,被阿初姐止住,动不了。号哭声在店堂里回荡,其中夹杂着诉说,是青田话吧,没一句听得懂。

这一日,"牛铃"照常营业,美棠对玉洁说,饭店接手,一日不可停业,否则就少去一堆回头客,若要装修,只有夜间施工,懂吗?方才一场恸哭,将多日的积郁清空,脸色变得澄明。懂了!她驯顺地答应,心想阿初姐不让她上去劝是对的。那人接着说:留住现金,现金为王,所以,中午必收现金,晚上才刷信用卡。懂了!她说。中国话说,天网恢恢,疏而不漏,这个国家是法网恢恢,密而有漏,你知道区别在哪里?不知道,她谦虚道。读过的书白读了吧!一个是天网,一个是法网!那人得意地说。天网是全罩,法网只罩一半,我们是罩不住的那些人,所以这也不合法,那也不合法,动一动就犯法,但是,在天道里,都是入籍的人,这就叫"星命"——说到此,停下来,仿佛陷入茫然,不知该往何处去,顿一顿,又接下去——所以,我们要往西岸去。西岸什么地方?玉洁问。走一程算一程!"叮"一声响,进来客人,阿初姐赶紧迎前领座。那人却不肯挪步,当门站着,这才看清是个洋人,英语却说得磕磕巴巴。他说不是吃饭,是寻工。问他会什么,回答"拉面"。这三个人就都笑起来,他却很认真,说曾经在老家布拉格跟过一个中国师傅,学过两年"拉面"——"拉面"两字是用中文说的,发音很准。美棠和玉洁互相看着,问:要不要?一个说:你是老板,你说了算。另一个说:没过户,你就还是老板!那洋人不知道她们说什么,来回看她们的脸,最后美棠做了个拒绝的手势,来人退出了。

如此搅扰一下,卖店的话题搁置了。又仿佛是一个谐谑的开头,剧情变得活跃。到下半天,忽然上客了。美棠到后厨掌勺,小工将砧板剁得山响,阿初姐的女儿,一个高中生,也喊来帮忙。看女孩伸开小臂内侧,稳稳搁一溜碗碟的手势,就知道在中国餐馆里长大,却不会说一句中文。热腾腾的气氛,像是起死回生,又像最后的晚餐。第二日上午,街区格外寂静,一夜狂欢之后,宿醉未醒的样子。生意回复平淡,美棠也回到时来时不来的旧况。阿初姐告诉她说,在法拉盛找到一位中医,给开了方子,有几样药引很难得,老板娘正寻觅。这才叫病急乱投医!阿初姐叹道。陈玉洁倒有一时的心安,因暂时不会有变故,只期盼现状维持一日是一日。每到收工,与阿初姐一并结账,关窗闭火,两人在"牛铃"门前分手,一个驾摩托,一个步行往地铁口。周末的地铁,总是很乱,停开的停开,并线的并线,陈玉洁始终没有总结出规律,都是走着瞧。这日错了一条线,下在陌生的站点,站台上没有一个人,心里有些生畏,索性出站上到路面。远远看见新建的世贸中心,夜雾缭绕中,塔尖发出幽光。她辨别出方位,徒步往中城走去。

  凌晨时分,城市在静谧中浮托起来,升高了,空气凛洌。她生出一种奇怪的分离,好像一个自己看着另一个自己,走过一条街,又一条街。红绿灯兀自转换,路口无车亦无人,只有她自己,穿行在楼宇之间的峡谷。她张开双臂,简直要飞起来,飞到楼尖上,俯瞰曼哈顿岛。

  这一日,回到公寓,推门就见灯光大亮,上锁的房间敞开门,客厅地上桌上堆着东西,女儿赤着脚跑进跑出。她有一点激动,喊了一声,女儿转过脸,蹙眉看她,问道:哪里去了,这么晚!她说:上班。女儿转回头继续忙碌,似乎有一丝笑影掠过,笑她:你能上什么班!女儿看不起她,她很理解,转身回自己房间,女儿却又说出一句:看你过的什么日子!她站住脚,掉过头,看着女儿:我过什么样的日子,你们比较满意?她着重说"你们",而不是"你",话里有话,难免是刻薄的。她注意到女儿比走前略丰润,经历十多个小时飞行,竟然还很精神,看来这一个月过得不错。女儿瑟缩了,喃喃道:对自己好一点嘛!她心软下来,又一次听到这句话,由女儿说出来,到底不同些。她叹一口气,说:我过得很好。女儿低下头,将桌上一堆礼盒推向母亲:给你买的。谢谢!她说,看见包装袋上写着"崇光百货""金钟广场""太谷城"的字样,不是从香港来又是从哪里来?女儿说:下月就去巴黎,已经找好一所学校,那人付了全部学费。"那人"是指父亲,一阵痛楚袭来,她让孩子失去父亲。事实上,父亲还是父亲。停一时,她问道:爸爸还好吗?这个问题真把人难住了,女儿停了更久的时间,然后回答:不知道。

  这一夜没有睡好,临天亮方才入眠,一觉起来已是上午十点多,大叫不好,赶紧起床。公寓里静悄悄的,女儿的卧室门紧闭,里面藏着女孩子酣甜的睡眠,几乎听得见纤细的鼻息声。她忽然想到,女儿走了,她又将是一个人在这公寓里,四壁空空,邻里老死不相往来,难得见面,需用外国语寒暄。禁不住悲从中来,冲出门去。电梯下到底层,穿过大堂,站在楼前的合欢树花影地里,静了静,将眼泪吞进肚里。

　　到"牛铃"已经中午,料想不到,美棠在店里,正和阿初姐说笑,看上去心情不坏,大约药引子觅到了。两人都注意到玉洁神色有异,阿初姐装没看见,美棠的眼睛一直追着,就晓得放不过她,不如照实说了。其时,心情平静下来,却如死水一潭。美棠的眼睛还在她脸上,仿佛看得穿她,说:你这样不行! 陈玉洁不明白了:这样是怎样? 美棠说:这样的就是这样! 陈玉洁无心纠缠,不予理会。美棠的手搭上她肩膀,硬是扳过身子,这使她想起梅西百货里的那个兰蔻女人。中国同性间不忌惮肢体接触,这是多么好的文化啊! 美棠扳过她的身子:你要学会崩溃! 这倒出乎意外得很,转过眼睛,直看着对面的人。崩溃呀! 美棠说。陈玉洁想起这青田女人坐在地上呼天抢地的情景,要是也能来那么一下,或许会轻松很多。可是,她真的不行! 美棠继续启发:你看外国电影,洋人碰到屁大点事情,就尖起声音大叫,撕扯头发,然后到洗手间,拉开柜子,翻找药瓶子——哗啦啦撒一地! 美棠学着电影里女人的疯狂动作,陈玉洁笑起来。要崩溃,才能救自己! 美棠说。看她还是笑,便叹气:你可真能熬,那还怕什么呢? 牛铃"叮"一响,上客了。

八

　　女儿索性不回来,她也就撑持了下去,可一来再一走,情况就不同了。公寓里又剩她一个人,形影相吊。她想,儿女就是让人软弱的一样存在。她很羡慕美棠能够崩溃,崩溃也要有能量不是吗? 像美棠这种元气丰沛的女人,才可如火山爆发,岩浆奔腾。她显然热力不足,也是受文明毒太深,异化了本能,自持的结果就是自伤,一日一日萎缩。美棠说,跟他们一起去西岸,地方都定了,圣迭戈。为什么是它? 从中国回来路上,在芝加哥机场转机,遇到一个台湾老太婆,说是老太婆,也就六十来岁,在圣迭戈开餐馆,抱怨儿女都不生孩子,不让她做祖母,说一旦有第三代,立马卖掉餐馆,专司喂养。美棠说,要卖就卖给她。虽是戏言,但两人认真交换通信方式。美棠向玉洁说着这段路遇,眼睛烁亮,在日渐消瘦,瘦成长条的脸颊上,有一点叫人害怕。这梦呓般的憧憬并不鼓舞,反是沮丧。事态不可逆地颓圮,越来越加速,越来越不祥。这两人各在迷局,头脑已经糊涂,单阿初姐一人清醒,照管店务。实在忙不过来就遣女儿来帮忙,有时小姑娘还带来意大利籍的小男朋友,两人唧唧哝哝说着情话,交臂而过抽空亲个嘴,难免打翻碗盏,或者上错菜点,轻佻的举止不合当事人的心境,但也调节了"牛铃"里的阴沉空气。

这一天的中午,依然小猫三只两只,帮工的小男女在学校上课,陈玉洁和阿初姐两人对付,尚有余裕。"叮"一声铃响,进来的是美棠,脸色平静,并不说话,径直走过店堂,向里走去,在通往后厨的过道口一转身,不见了。陈玉洁寻到跟前,见地下室楼梯上,有人影一闪,随即也下去。暗中几条光线,从顶盖的金属板缝隙透进来。她磕绊着循动静迈步。空气中充斥一股咸腥辛辣的气味,由脱水的鱼鲜和肉类合成,是唐人街特有的,一旦走近,便扑面而来。她想起第一次来到这里,远远就看见,盖板翻起来,精瘦的福建人,半个身子探出街面,接货放货,行动生风。她叫了一声,纸箱后面传出回答:让我崩溃一下。她不作声了,等待有惊天动地的事情发生。时间在沉默中过去,什么都没有发生,但是,她又分明感觉到一种坍塌,先是一角,再是一面,然后一层一层陷下来。灯啪地打开,地下室一片通亮,却更像是夜晚。阿初姐的声音在头顶响起:你们在做什么?上客了。她振作一下,转身上去,留美棠自己,崩溃吧!她在心里说,按物质不灭的原理,收拾收拾,再做一个人。

方从地下室上来,不禁让地面上的光明炫了眼睛,今天是个好天气。她依阿初姐指点,去到窗边桌上,放下一杯水,客人屈指叩两下桌面道谢,然后将手点在牛肉汤粉一栏。这一位先生,亚裔的脸,从形状看,大约是香港人。她忽觉得面熟,仿佛见过,又不知在哪里。客人双手插在短夹克的口袋里,安静等待上餐。看不出年纪,似乎是中年,因发顶稀薄,面上也见沧桑,但却有一种单纯,让他显得年轻,就像一个在校的学生。汤粉送来,他自己从桌上调料瓶倒出辣椒酱,覆在碗上,筷子一搅,还未进口,额上已冒出汗气。从吃口看,也像广东一带的人籍。牛铃响一声,进来人,隔一条街上修路的南美人,每回都是同样,一块猪排,炸成两面黄,一勺米饭,几朵绿菜花,最后浇上酱汁。近些日子,他们成为中午的主要客源。吃饭带打尖,可消磨一整段休息时间。没什么赚头,但有他们在,店内就显得不那么萧瑟,客引客的,也带进少许生意。香港人还在吃,头埋进汤碗,顶上稀发受了热,竖起来,看上去有点滑稽。顺道时,她替他添了茶,手指头又叩两下桌面。她想,他要是发声说话,也许就想起来是谁。可他一直不张口,于是,那一点模糊的印象消失了。

南美人离座上工去了,香港人这才招手买单,临走终于开口,问道:老板娘不在吗？她犹疑一下,回答:老板娘很忙。哦,他说,然后走过店堂,推门出去。声音和姿态都是温和的,是个有教养的人,陈玉洁收拾起碗盘,心里想。中午营业过去,她们几个已经吃过,美棠方才从地下室上来,脸上没有泪痕,甚至相当平静,这平静是崩溃之后还是之前？她暗忖道。阿初姐下厨做一碗汤饭,捡几样咸菜放在面前,走开了。陈玉洁站在桌边,看徐美棠用餐,这情景使人想起初次邂逅,但是反过来,这一个坐,那一个站。她告诉说,方才来个客人,问起老板娘。美棠"哦"一声。她继续描绘客人的形象,也是没话找话,气氛不至太沉闷:身量不高,黄黑皮肤,态度谦和,口音里——这就吃不准了,因为客人惜字如金,说话极少。美棠说:知道了！再找不出话题,就枯站着,看美棠吃下一碗汤饭。饱食使神经放松下来,方才的平静更可能是极度紧张。此时,脸上浮出红晕,显得十分慵懒。抬头看她一眼,说:那人也是从德国过来,原先在汉堡开书店——她这就想起为什么面熟,那个沉默的书店老板,搬着半人高的书走上走下。书店呢,盘给谁了？陈玉洁问。盘给谁谁要？赔本的买卖,拿老爹的钱不当钱,早晚一回事,关门大吉！美棠仿佛很来气,说出一大串。刚才应该叫你的,玉洁颇有遗憾。千万别！美棠举起一只手挡在脸前,我怕他。她纳闷着,想不出怕他什么。举起的手捂住眼睛:我怕上帝,他是上帝派来的。美棠的手久久不放下,看不见手掌后面的脸,她拾起空碗,走开了。

　　这天夜里,福建人走了。阿初姐打电话给她,约好次日一早去吊唁。美棠的家在布鲁克林福建人集居的街区,不晓得是哪一代的唐山客过海到这里,买下地皮,翻造房屋,出租给同乡人。纵横的街巷,墙上用中文和注音写着:同安道、南平道、泉州道……大约以籍贯命名。美棠所住莆田道,一条狭街尽头搭起灵棚,两行花圈排到街口。一是入乡随俗,二也是生计繁忙,丧事免去繁冗,一切从简。遗体直接从医院送去殡仪馆火化,然后送回,停放在本乡人的祠堂,一间独立的二层小楼。灵棚里只设一张相片,相片中人很年轻,也是精瘦,不笑,严肃地看着祭奠的来客。她和阿初姐各点三炷香,送上白包,就赶回"牛铃",饭店照常开业,正如美棠说的,停一日,拒一批回头客。吊唁的人群里,看见前日来店里的香港人,听见有人与他招呼,称他潘博士。

　　三天之后,美棠来到"牛铃"。前一日里,新聘的大厨上工了,也是福建籍,但来自不同的县份,早几日就找下了,碍着美棠,等尘埃落定,这时才进店。他称阿初姐老板娘,陈玉洁并不以为意,很快发现,"牛铃"已然易主。其实,自福建人得病,美棠就一直向阿初姐出让她的份额,终于,所剩无几。等福建人走了,其余的全部脱手。这一切,都是在陈玉洁不知情下进行,她到底是局外人。美棠不在"牛铃",她也就没理由在了,最后一次来到这里,一是向阿初姐道贺,二也是,怎么说呢?前后几个月相处,她总要道别一下吧!阿初姐将她们安顿在临窗的桌上,她们总是在这张桌上,面对面。阿初姐一道一道地上菜,很快铺满餐桌,留下她们自己说话,不再作陪——都是自己人,阿初姐说。这一日,最忙碌,进货、卸货、与新厨子交涉,又有应工的面谈。美棠双手抄在胸前,合目养神,她不敢打搅,沉静着。只听牛铃"叮"一声响,又"叮"一声响,再"叮"一声响时,进来了那个香港人,潘博士,看着她们,犹豫一下,走到立柱后面桌前坐下,与两人隔一段距离。

  他又来了!她轻声说。谁?美棠合目问。潘博士,她说。美棠笑一笑。请过来一起坐?她问。美棠没回答,就知道至少是不反对,于是立起身过去请人。潘博士受她邀请,没有意外,站起身随后跟来。阿初姐眼明手快,立刻将他的茶盅碗盏收拾起,几乎同时摆开在她俩桌上。现在,他与她坐一边,面对合目不动美棠。有了第三人,气氛就活泛一些,她说:曾经见过你,在汉堡的书店。他当然记不得,抱歉地笑。她又说:那时候,中国学生往你书店好比跑娘家。他欲开口说话,结果还是笑而不语。她觉出这人的有趣,说:书店关门,中国学生没地方跑了,会感到寂寞的!潘博士这才说出一句:今非昔比。这一句可解释中国学生的处境,也可用来解释他自己的,称得上言简意赅。怎么来美国的?她问,自觉得像是审讯,但好奇心迫使,还因为此人的厚道天真,所以就不怕失礼,放肆了。他依然笑着,低下头,惭愧的表情。美棠却在一边出声道:传播福音来了!陈玉洁想起当时就有人告诉,这是个基督徒。美棠说:把老爹的钱造完了,只剩下福音了!她想拦住话头,这话既是渎神,又是伤人。他却接了过去:书店很难经营。美棠睁开眼睛:要我说,所谓福音,就是诅咒,是不是?我男人已经见好,遇上你,掉转身坏下去,坏到底!这是美棠一贯的逻辑,起先不还把她当灾星,如今转到这一位身上,是出于迁怒,但也可能是一种怪力乱神论。他强辩一句:他到上帝身边了!美棠冷笑道:上帝是谁?我们不认识,他应该在我身边的,在那里——她的手指向后厨——在那里炒菜。后厨里的油烟涌出来,仿佛呼应她的话。美棠!陈玉洁叫起来,不要再说了!她真有点骇怕,怕说话人会受罚。美棠转向她:起先还有些信呢,去教堂听讲经,听到什么"尘归尘,土归土",就坐不住了,分明一个大活人,怎么就变尘土了?晓得这不是讲道理的时候,陈玉洁还是竭力劝阻:生死由命,不是潘博士的事!命?凭什么规定生死,是谁给它的权力？美棠态度很好，摆出一副讨论的架势。老天！陈玉洁乖乖地回答，就像受了魅惑，跟随走去。不还是上帝吗？美棠微笑着看对面两个人。她挣扎道：癌症是目前的科学尚无法解决的难题。对面的人歪着头：科学出来了，到底上帝还是科学有决定权？这样就进入有神论和无神的命题。陈玉洁认真起来：上帝有决定权，但它要借用一双手去实施，科学就是这双手！徐美棠问：为什么是科学的手，而不是你我的手？她说：你我太渺小了，一个人的时间也太短促，要经过许多许多代，才能发出一点光芒，科学之光！对面人说：这话我不能同意，照这样说，我们都是白耗时间，浪费生命？潘博士被她们的对话吸引，兴奋起来，几次插话，企图发表意见，都被挡回去。他哪里是她们的对手，一个有强悍的性格，另一个则是知识的力量。但他的笑容，那么谦逊和惭愧，更好像一切都是他的错，于是又显得无辜。他只能不断扶一扶杯盏，它们在双方激烈的手势底下，差那么一点点就倒翻到桌子底下去。

　　三人走出"牛铃"，已是薄暮，这一餐饭，从午前到午后，再到晚间营业时间。阿初姐送到门前，嘴里说着"再来再来"，事实上都知道不会再来了。三个人都有些醉，无端地高兴着，走在街上。抬头看见电线杆上高高吊着一只靴子，原来是修鞋铺招徕生意的广告。美棠说：洋人的脑筋很有毛病！潘博士弯腰拾起几块石头，瞄准了向靴子投射，终于有一块射中，靴子动了动，玉洁说：它接受了福音。三个人在威廉斯堡桥口分手，各往各处去。她走上大桥，引桥在布鲁克林上空盘旋，离河面老远老远，等她走到桥中心，灯光亮起了，在心里喃喃说一声"科学之光"，继续向前走。

　　后来，陈玉洁和徐美棠真的去往加州圣迭戈，西岸的南部。那个台湾老太婆出售的餐馆还要向南，临墨西哥边境的一个小城，到采摘草莓的季节，就有大批的墨西哥人过境到农场做工。这里的墨西哥人比纽约的温和，应该说，所有族裔的人都比纽约的温和、安静、亲切、友善。大城市将人磨砺成一种坚硬的材质。这餐馆是当地唯有的两家中国餐馆的一家，已有四十年历史，那老板娘用它养活了三男二女，终于，第三代出生，便收官退休，享含饴弄孙的天伦之乐。她信守诺言，将餐馆出让给徐美棠，严格说，是徐美棠的朋友陈玉洁。按先前的立约，陈玉洁做老板，徐美棠任经理，经理兼大厨，老板负责前堂。原来的一个厨工，一个跑堂，还有一条大狗，一并留下来。那狗太老，不能承受迁徙的动荡，似乎自知无法跟随旧主，很认命地趴在窝里不动。临别时，泪眼对泪眼，很久很久，无奈门外车喇叭一径地催，方才一拍两散。

餐馆总共十来种菜式，编号排序，无论鱼肉荤素，一律都是滚水中汆一汆，然后浇上预先调好的酱汁——老板娘称之"打沙司"，不惜赐教，如何配料，打出味厚色浓的"沙司"。出于恭敬，一一应道，心里却不以为然，决定另开新路，往精细清淡方面发展。来客对盘中物流露出谨慎的态度，几天时间过去，一个人也没有了。只得因循老板娘积几十年经验创立的路数，方才渐渐回来客人，生意重又兴隆起来。餐馆没有申请酒牌，不设酒吧，晚上收市比较早。总体上说，小城的夜生活相当节制，只有公路边上的一家餐厅，通宵营业。尤其周末，聚集着年轻人，电子乐的低音，咚咚地敲击，空气起着震荡。从纽约那地方过来，多少会觉得沉寂，可两个人互相做伴。打烊以后，坐在厨房灶头边，做两个温州家乡菜，烫一壶日本清酒，电视机里播放着美棠所说"脑筋有病"的节目，有当无的，半个晚上过去，剩下的便是酣畅的睡眠。她们的睡眠都改善了，公路上疾驶而过车辆，从梦里穿行，使人不至于彻底坠入虚空。

即便是这样平淡的日子，也会有意外发生呢！有一日早晨，门敲响了，里边人还没开业呢。敲门声止住，过一时，又响起，来回几番，终于耐不住，开出门去。这一开门不要紧，一声尖叫冲上天。陈玉洁以为发生抢劫，大白天的，竟还有这大胆的事，跑出来，也是一声尖叫。面前站着一个人，谁？潘博士！风衣上蒙一层土，身后一辆租来的车，也是一层土，垂手提一个旧背囊，腼腆地笑着，不好意思抬眼。两个高个子女人，一人一边架着胳膊，脚跟离地提进门去。问他怎么会来？他不回答，也不需要回答，管他怎么来，总之，他就来了。

潘博士住了三天，重又上路了。他出身香港一户富商人家，父亲指望他参加家族事业，攻读商科。他对经商一无兴趣，但也听从父命，来到德国读经济。第一年就被高等数学击败，转读哲学，为此和家庭决裂。终究是自己骨肉，父亲给出一笔钱，从此不再负担，无论生活还是学业。另有一笔存于托管基金，结婚成家时方可支付。他用到手的钱开出汉堡的书店，书店终于关门，便到教会做义工，挣些吃喝。因他始终没有结婚成家，所以名下的第二笔钱便不得动用。逐渐地，他发现自己，最适合的生活是，做一名游僧。开车行驶在西部的沙漠，仙人掌一望无际，太阳照耀大地，前方是地平线，永不沉没。

2016年10月27日　上海

中篇小说提名奖

化 城

计文君 / 著

一

偷来的锣儿敲不得——酱紫知道,却让自己做了回掩耳盗铃的笨贼。

有胆做贼,有心吃肉,就得有身硬骨头去扛打。电话那端林晓筱的斥骂排山倒海汹涌而至,酱紫每次试图分辩都被兜头打了回来,后来她就沉默地挨着,林晓筱的攻击越来越高能,酱紫几次想吼回去,可到底忍住了,忍得整个身子微微战抖。嘟嘟嘟的断线音响起了,酱紫才松开微微痉挛的手,任由电话掉在床上。

出租屋里静得让人不安,其他房客都上班去了,只剩下主卧里的酱紫,和她失业在家终日打游戏的男友罗鑫。酱紫感觉身体还在抖,她必须要自己平静下来,她带着怒气狠狠地咬了一口自己的胳膊——没用。看着自己臂上青红的牙痕,酱紫倒在床上,细细辨析这次疼痛也阻止不了的感觉,好像不是平素克制带来的身体抖动,而是遍布全身的战栗……这让她想起小学五年级的暑假,偷偷跟着邻家男生去游泳,第一次学会扎猛子,水的凉意和压力让肌肤起了战栗,陌生的刺激感,难以分辨是快意还是恐惧——再次浮出水面,一种被释放的自由和明亮的夏日阳光同时拥抱了她,她挥动胳膊,水花四溅,放肆地喊叫了一声。

酱紫被自己的叫声惊着了,她没想到自己竟然真的一跃而起并且喊了出来,电脑前戴着耳机的罗鑫沉浸在游戏里,无知无觉,纹丝不动。酱紫跳下床,冲进卫生间,困倦、污浊、纠结的感觉被淋浴头喷出的粗壮水流裹挟而去,温热微红的皮肤略带刺痛。她开始涂身体乳,在手指的呵护和爱抚下,失控的身体终于平静了下来,酱紫从衣柜最里面拿出一套装在防尘袋里的蓝白格子纯棉家居服,郑重穿在身上,走出房间,穿过凌乱的客厅,走到阳台的落地窗前,脏脏的、冷冷的玻璃窗外是同样脏脏的、冷冷的空气。遥遥对着远处冬日浓重的雾霾中阴沉模糊的建筑物轮廓,酱紫开始了一场只有她自己明白意义的祈祷仪式——抚摸着家居服,嗅着身体乳弥散出的洋甘菊的清甜气味,那气味让人想到春天的田野,清新,有力,生机勃勃……

那气味更让酱紫想起了林晓筱——很多年前,就是在洋甘菊的气味中,林晓筱和酱紫曾经亲密到赤裸相对……刚才电话里的嘶吼叫骂开始在酱紫脑子里回放,极端的愤怒让林晓筱动用了全部的脏话储备:贱人、婊子、Bitch与"半掩门子"相映生辉——酱紫有些恍惚,就在不久之前,林晓筱还深情款款地在她耳边说:"Man always gone, but the girl still here."

那天,两个三十一岁的女子去看《七月与安生》。林晓筱从电影三分之一处开始流泪,断断续续一直哭到结尾,走出放映厅时泪还没止住,包里带的纸巾都用完了,酱紫忙不迭地给她递纸巾。林晓筱带着哭泣方止的鼻音,把头靠在了酱紫的肩上,说了这句话。

酱紫一时间不知道该如何面对林晓筱的大抒情,只能用另一只手揽住绯红羊绒衫下林晓筱日渐圆润的肩头,用力捏了一下。林晓筱收了泪,吊在酱紫的胳膊上,边走边说:"十四年了,到现在,还能和你在一起,真好!"

这一幕"故都清秋怜香伴",此刻想来,让人觉得不大真实;奇怪的是,刚才闺蜜反目的狗血场面,也让酱紫感觉不大真实……当然,酱紫理智上是很清楚从昨晚到今晨发生了什么——昨晚林晓筱让她紧急救援遭遇家暴的小姑姑,但酱紫却偷录下了人家的"家丑",并在今日凌晨卖了这段视频——因为林晓筱的小姑姑,是那位红透天际的艾薇女士。

艾薇应该算是最早的一批新媒体红人。2012年9月,微信公众号平台上线不足十天,艾薇的"临水照花人"就面世了,一个月后订阅数超过三十五万,拿到三百万的天使轮投资,成为当时颇具冲击力的新闻。随着两季综艺谈话节目"艾薇女士的客厅"在多家视频网站上的热播,2016年2月14日,艾薇的盛世微光文化传媒宣布完成B轮融资,估值达二十亿人民币。

这一切的基础,是艾薇女士和她那五百多万男女"闺蜜"粉丝——"薇蜜"。艾薇一千六百天如一日地细语叮咛薇蜜们如何在现世的艰难中真正地爱自己,亲力亲为展示各种"爱自己"小道具的魔力,任何一款都立刻能把你幻化为临水照花、灵魂与肉体都香气弥散的仙女(或男神),即便无法当下就如艾薇一般收获甜蜜的爱情、成功的事业、美满的婚姻和讲格调有品质的生活,至少也可以收获周遭人艳羡的目光,保有不被庸众理解的文化优越感……对于艾薇深情的细语与长情的陪伴,薇蜜们的回报则是每年在"薇店"消费超过一亿人民币的实际行动。

艾薇和后来那些卖面膜包包、同样粉丝数百万的"网红"有着质的不同,艾薇的身份还有作家、文化名人。人们在"艾薇女士的客厅"里看到的,是一个网络时代的林徽因,诙谐智慧,在各色文化人中间笑舞飘飘欲仙的喇叭管袖子,不管是谁出轨还是谁"出柜",都能聊得精致高雅,情浓说赌书泼茶,情殇讲焚花散麝,总有迷人的味道破屏而出……

艾薇之于酱紫,从少女时代的人生偶像到如今仰望如神祇的行业大咖,一直是影响她命运的重要力量,遥远、微妙却又巨大。就在盛世微光召开新闻发布会的当天,酱紫正式辞职,成为一个内容创业者。

微信公众号、头条号、微博、直播平台以及各种其他自媒体App、社群部落……形成了吞吐量惊人的精神产品的自由市场,先走一步的大咖们,譬如艾薇,创造了不可思议的财富神话,被激励或被蛊惑如酱紫这样的小商小贩们,也就蜂拥而至了。只是到了2016年,做微信公众号的比街上卖煎饼的还多,西安的钟楼、扒村的瓷窑都开了自己的微博,一个人,零基础,运营出有影响力能挣大钱的大号,怎么看都像是白日梦!

白日梦,酱紫却也做得起承转合,有章有法。她以微信公众号"后真相时代"为核心载体,同名头条号和微博营销号作为支撑,兼顾直播,不定期也做几分钟的视频——别人也都是这套章法,哪儿哪儿都是人挤人,既然没有独辟蹊径的可能,酱紫只能在货色上下功夫了。作为移动互联网上贩售内容的小贩儿,跟现实世界的小商贩也没什么本质区别:推车赶早市,夜市摆地摊,白天躲着城管到处窜……做内容跟卖萝卜白菜牛仔裤一样需要真金白银做本钱,却又像天桥撂地一样,要有平地抠饼的本事。

每次在公众号文章底部写下"欢迎打赏"四个字,酱紫脑子里就会回响起郭德纲调皮妩媚别具韵味的《大实话》:"曾记得早年间有这么句古话,没有君子不养艺人……"

即使那些"热爱真相的小伙伴儿"真是跟她"心连着心"的"君子",酱紫也不敢指望他们集腋成裘养活她——指望他们,外卖点份儿披萨都得咬咬牙。既然辞职创业,嘴上不说,心里多少还是揣着肥马轻裘快意人生的奢望。若说酱紫内心深处一点儿没有自觉比别人优越的地方,也不是实话,毕竟她和艾薇这样的"大神"中间只隔着一个闺蜜林晓筱,如果酱紫能够做到对风投有吸引力,不出意外应该不难得到艾薇顺水推舟的加持,更乐观些也许看到了"后真相时代"可堪栽培的潜质,艾薇会伸手将其揽入盛世微光的怀里也未可知……

酱紫没合伙人也养不起团队,但在圈内混了三四年,嘴甜手快腿勤人缘好,找到性价比合适的摄影、剪辑、后期制作以及美术设计也不难,虽然很多都是任职大公司的熟人干私活挣钱,酱紫必须迁就人家的时间。为了维护粉丝黏性,准时推送是必须的,酱紫一路跟头流汗咬牙挣扎坚持,她相信只要保持好势头,她就能在时限之内争取到风投。酱紫给自己的时限是一年——不是因为她有足够的自信一年之内拿到风投,而是她目前的积蓄只够支撑一年。如果时限到了,她只有两条路可走:一条路是举债延时,她无疑将人生押上了风险巨大的赌桌,延到何时是尽头?另一条路则是宣告创业失败,重新找工作。找到一份薪酬合理的工作对于有着相当不错职场履历的酱紫来说,应该不会很困难。真正的困难在于,酱紫将再次战战兢兢捧起如琉璃盏般脆弱的"安稳人生",生怕命运中有个风吹草动就失手打碎了,不知道会在什么地方去遭受飞剑穿胸的惩罚。

两条路可走,却都不愿走,酱紫只能争分夺秒地拼了。十月份,有真有假的粉丝数过了二十万,酱紫也能接一些调性相符的软广了,总算爬出了只见钱出不见钱入的黑井,但扒着井口算一算大账,酱紫还是在赔钱赚吆喝……也就是在这个时候,酱紫对艾薇心存的那点儿指望彻底变成了失望。这种扒着井口等救援的状态不知道还得坚持多久,撑得胳膊酸痛的酱紫为自己缴完十月份的社保和所得税之后,查了查自己账户里的余额,耳边响起了爆炸装置倒计时的嘀嗒声。

酱紫每天都与溺水般的绝望斗争着起床,开始忙碌却自感徒劳的一天——像长跑中到了体力极限,喘息剧烈到呼吸成为创痛,仿佛下一步就会倒下,她不知道自己还能坚持几步……

这样的日子里,酱紫生活中唯一纯粹的欢愉就是带着薄醉和罗鑫在床上颠鸾倒凤,那一时所有的思想和情绪都被驱逐,只剩下蓬勃的肉体翻滚开合,淋漓的汗液在身体上冷却的瞬间,身心澄澈,随之降临的是任何现实与梦想都无法穿透的结结实实的睡眠……

罗鑫是酱紫生活里的必需品,性能优良且维护成本不高——罗鑫失业后因为很少出门,除了吃喝之外也没什么花费,只要不停电不断网,他不会用任何问题去麻烦酱紫。自然,酱紫也不能用任何问题去为难罗鑫——即使像今天这样酱紫人生中的"大日子",她依然没有打扰罗鑫,让他继续心无旁骛地跟着不知身在天南海北还是回龙观附近的英雄联盟战友,一起为摧毁水晶枢纽忘死搏杀。

罗鑫一夜未眠在打"撸啊撸",酱紫也一夜未眠——前半夜在"偷锣",后半夜在销赃,然后窝在床上忙忙叨叨计划如何善后,再然后就被闺蜜林晓筱怒骂了半个多小时,林晓筱挂电话的结束语是:"我他妈就不该相信你这贱货!小姑姑说过,你早晚会伤害我,早晚有这一天!"

酱紫嘴边浮起一丝含义模糊却不无决绝的微笑,无声地反驳着——你小姑姑错了,十四年前,现在,都错了……

二

2002年,酱紫与林晓筱在郑州读大学时相识,那一年,她俩都是十七岁。

那时酱紫还不叫酱紫,叫姜丽丽。姜丽丽成为中文系女大学生的第一个月,从颇为拮据的生活费里挤出了十九元巨款,买下了艾薇的散文集《最美的地方》。她从初中开始喜欢艾薇,艾薇不是著作等身名动天下的大家,但作为盈盈一朵在文摘杂志上常开不败的小白花儿,文字秀丽,语调婉转,似有似无的忧伤之后总有无凭无据的希望,不由得姜丽丽那颗少女心不喜欢。

喜欢和喜欢也不一样。姜丽丽更喜欢泰戈尔,但她不会认为自己能成泰戈尔,可对艾薇的喜欢,却有着另一番意味——十七岁的姜丽丽内心深处有个羞于对人言的念头:这样的文字其实她也能写,写得应该不比艾薇差多少,如果她的高跟鞋也曾踩过东京、台北和纽约的街道,她相信自己一样能感觉出温度与质地的差异,描出浅草的塔影,阳明山的苔痕,中央公园的秋叶纷纷……

那些文字无比精细却又无比模糊地描述了艾薇的世界——姜丽丽不了解却无比向往的世界。于是,《最美的地方》成为象征物,象征着姜丽丽全部的人生理想。艾薇也就成为她的人生偶像,熠熠生辉地指引着道路与方向……对于现实重压之下的姜丽丽,《最美的地方》具有显性和隐性的双重安慰作用,没课也不需要去打工的秋日午后,躺在安静的寝室床上翻看这本书,夸张点儿说,满足的是摸着《圣经》默默祈祷式的精神需要,而非简单的阅读。林晓筱从上铺探头,看到姜丽丽歪在枕头上捧着本书,伸手抽走,看了看书名,笑了。

姜丽丽误会了林晓筱的笑,以为那是嘲笑。也难怪姜丽丽会误会,林晓筱开口卡尔维诺闭口博尔赫斯,身边那些把《平凡的世界》当文学经典的同学,在她眼里差不多就是文盲。若不是姜丽丽熟读张爱玲,能用"因为懂得,所以慈悲"之类的招式应对几招,只怕林晓筱也未必肯对她垂以青眼。

既蒙青目,自然珍惜,姜丽丽生出了十分的小心。姜丽丽和林晓筱一样,在班里有些孤单,林晓筱的孤单是因为她目无下尘,而姜丽丽的孤单源自没有时间也没有经费和同学交往。自幼被人收养的特殊身世,使姜丽丽总有一种"异类感",这种原本该带来深深自卑的自我感觉,不知道和什么东西发生了奇妙的化合作用,反而给了她一种无缘无故的优越感——譬如贬谪凡尘遭受磨难的仙女,或者沦落民间为人奴役的公主,再狼狈再不堪终究也有不俗之处。姜丽丽从小就习惯了作为异类的孤单,也习惯了同学或明或暗的嘲笑,认定自己属于一个不为俗人了解的高贵族群,这种念头不可对人言,却给了她一副应对外界伤害的金钟罩铁布衫——所以同寝室的女生当面叫她"林大小姐的丫鬟",姜丽丽都能泰然处之,但她怕林晓筱的嘲笑,怕林晓筱的青眼变成白眼。

姜丽丽一直觉得自己的同类罕见稀少,难以辨认,但同声相应同气相求,真的遇上了,她会知道。姜丽丽遇上了林晓筱,认定她是同类。毕竟相处日短,虽然林晓筱那份"可堪与之言"给了姜丽丽巨大的肯定和鼓励,但她们之间还远没有同类相知的确证。因此姜丽丽分外小心地揣摩着林晓筱的想法,以免言差语错被她误解为惯常嘲笑的那类俗人,却不想如此小心,还是被嘲笑了。姜丽丽欠身坐起,忍着难堪的羞恼与难言的惶恐,身体微微战抖,低声说:"我知道,你不看这种书……"

林晓筱的脑袋又从上铺勾下来,把书还她:"艾薇是我小姑姑,亲的。"

姜丽丽靠在冰凉的墙上,她用书遮挡着正在狠狠掐着自己左臂的右手,疼痛让身体不再战抖,她松开手,慢慢揉着胳膊,安静下来的身体里,那点尖锐的疼,从左臂转移到了胸口……

原来,林晓筱不仅有个曾在老家当过市委书记的爷爷,有个在郑州当银行行长的爸爸,有好多当这个局长那个书记的叔叔伯伯,还有一个在省报做记者的作家小姑姑——而这个小姑姑竟然还是艾薇!

林晓筱与这个本名林爱东的小姑姑只差十二岁,从小就是她的跟屁虫……林晓筱从上铺爬下来,盘腿坐在姜丽丽的身边,讲着艾薇。姜丽丽抚摸着艾薇的书,渐渐驱散了胸口的那丝疼,并且为自己的狭隘,惭愧了一下……

姜丽丽心内一念翻转，竟成为一件足以改变人生的大事——自己的理想与神祇，原来离自己竟如此之近，近到只隔着一个林晓筱——林晓筱许是上天派来引领自己的使者……

姜丽丽抛却了鼠目寸光，满心欢喜地领受了命运对她的暗示。她越发热切而刻意地追求着与林晓筱的"同步"，不管是《存在与时间》《疯癫与文明》还是《挪威的森林》《追风筝的人》……只要林晓筱提到，姜丽丽必然跟进，哪怕是偷偷恶补。但姜丽丽慢慢发现，林晓筱对于一切的兴趣都是清浅且浮泛的，前一天还是无比热切赞不绝口，第二天就会带着倦怠和漫不经心，评价为不过如此，姜丽丽深入研究之后准备好好和她探讨一番，林晓筱却早已兴味索然了。

即便如此，姜丽丽也丝毫不会松懈，军备竞赛一般阅读与积累，始终保持与林晓筱对话的资格和能力。唯一的例外是提及艾薇，只要林晓筱谈起她的小姑姑，姜丽丽就会变成一个充满着羡慕和崇拜的聆听者。姜丽丽没见过艾薇本人，却又对她无比熟悉，她知道艾薇的一切大事小情，大到她的婚姻名存实亡，小到她新买化妆包的牌子是"维多利亚的秘密"，蕾丝质地玫红颜色花朵图案……

林晓筱的讲述与艾薇的文字，支离破碎、阴影斑驳的生活与玲珑剔透、花叶葳蕤的心思，互相颠覆，却也互相成就。不完美的理想世界与不完美的人生偶像，却带给姜丽丽巨大的鼓励和前所未有的信心——她的理想世界此刻看起来如此真实清晰，仿佛近在咫尺……对于大多数文艺女青年来说，耽于幻想就会不接受现实，不接受现实就会充满挫败感，自然而然就滋生出无数苦闷与眼泪……姜丽丽却似乎没有按照这个逻辑顺理成章地成长为一名合格的文艺女青年。

姜丽丽决心做文艺女青年里的"异数"，《包法利夫人》《欲望号街车》之类的文本，都被她读成了训诫。洞悉了艾薇的"真实与谎言"，姜丽丽既目光高远又踏实理性——她对理想世界的执着，不仅没有成为她的软肋，反而成为她对抗现实的盔甲——当下、周遭的一切，不重要，因为她有未来和远方……

唯有林晓筱身跨仙凡两界，她既是姜丽丽的当下，又是姜丽丽的未来，这种混乱的比喻，只有姜丽丽自己能懂，她不会告诉任何人，包括林晓筱本人。不知道从哪儿看来的，女性的友谊是靠交换秘密维持，姜丽丽独特的身世让她远比同龄的女孩子有着更多也更为独特的秘密，而恰好林晓筱也有储备充足的秘密可供交换，两个人也就越来越情深意长。

2003年除夕夜,姜丽丽一个人在放假后就停止供暖的寝室里蒙头睡觉。手机铃响了,林晓筱在电话那端嚷着让姜丽丽到学校门口等她。姜丽丽裹着厚厚的防寒服在雪地上来回跺脚,一辆奔驰开过来,大灯照得她眯起眼睛,林晓筱下车,摇摇晃晃地踩着积雪跑过来,敞的银色羽绒大衣里是红色紧身针织裙,上面酥胸半露,下面黑丝配长靴,她跌跌撞撞地过来,扑在姜丽丽的怀里,香水酒气熏人,笑着说:"跟我走!"

　　姜丽丽在车上焐出了一身汗,进了暖气充足的别墅,浑身热得刺痒起来。幸好林晓筱没让开车男孩进来,站在玄关处,姜丽丽不仅脱掉了防寒服,也脱掉了套在里面的毛衣毛裤,一身秋衣秋裤依旧热烘烘的,她抱着自己的衣服,呆看着作为影壁的近两米高的独山玉雕的山子。

　　林晓筱扯下靴子,也不穿拖鞋,东倒西歪地拉着发呆的姜丽丽上楼。姜丽丽知道林晓筱和自己生活在不同的世界,她对那个世界的拟想,是由朦胧的意象构成的,她从来不知道"富丽堂皇"四个字化为真实具体的物质时,竟会带给人一种要窒息的感觉——踩着厚厚软软暗红底子明黄团花图案的羊毛楼梯毯,姜丽丽努力调整着呼吸。

　　洗澡的时候,姜丽丽放松了,被寒冷和厚重衣服束缚多日的身体解放了,在热水的抚摸下愉悦起来。林晓筱裹着浴巾充满羡慕地看着淋浴下的姜丽丽:"你身材真好——好得不像黄种人,黄种女人哪有那么翘的屁股,那么大的奶?!"

　　姜丽丽接浴巾的时候,猝不及防被林晓筱抓了一把,尖叫一声,回手去抓林晓筱,两个人闹了一会儿,林晓筱拿出身体乳,开始抹身子,然后递给擦干身体的姜丽丽:"替我擦擦后背。"

　　姜丽丽轻轻将乳液涂过林晓筱的后背:"真好闻,这是什么香?"

　　林晓筱醉笑着回答:"洋甘菊——来,我给你涂!"

　　姜丽丽全部美容用品只有洗澡洗脸通用的一块香皂和校门口地摊上买来的大桶洗发水,把如此细腻芬芳且昂贵的乳液涂满全身,是件奢侈到足以引发罪恶感的事情。她躲避着林晓筱涂抹乳液的手,连声说着"好啦好啦",无意间扭头,看到镶嵌在洗脸台上面的巨大镜子,镜子里是赤裸的她和她,林晓筱白皙娇小得像只鸽子,衬得姜丽丽越发高大黝黑,让她想起童年村头大树上的老鸹——林晓筱的手沿着她的后背慢慢涂,最后把手上残存的乳液全抹在她弹性十足的屁股上,画圈按摩。

　　姜丽丽笑着躲开,说:"我都没这么细致地抹过脸!"

　　林晓筱去给她拿换的衣服,姜丽丽穿上看镜子里的自己——她在发光,任何服饰都是遮蔽那光芒的障碍物。姜丽丽恋恋不舍地用林晓筱递过来的蓝白格子的家居服裹住了发光的身体,从卫生间出来,林晓筱光腿穿着件巨大的白T恤从楼下拎了瓶红酒上来,她倒了一杯递给姜丽丽。

楼下传来开门声,接着有女人喊了声:"晓筱!"

林晓筱一惊:"我小姑姑!她怎么来了?!"

姜丽丽惊得更狠,她的心开始狂跳,完全没有理会林晓筱的第一反应是去抓电话。艾薇的拖鞋踩着楼梯毯上楼,足音很轻,姜丽丽脑子里却轰轰响着一声一声的雷——艾薇出现在她面前,浅笑盈盈:"姜丽丽是吧?晓筱常提到你。"

沐浴在神的光辉和恩宠里的姜丽丽,产生了一种要跪下去的冲动,她笑着,努力克制,克制得浑身战抖——她默默地掐着自己让身体平静下来。艾薇的人比照片更美,明眸皓齿是一样的,但顾盼之间眼波流淌的那份迷人,是再艺术的照片也盛不下的。姜丽丽那一刻感觉自己像个不知天高地厚的乡下少年,爱上了黄金马车里的贵妇。

艾薇笑对姜丽丽,扭脸对拿着手机的林晓筱时却收了笑:"别打了!我让门口车里那小子滚蛋了!你到底喝了多少?!跟我过来!"

林晓筱跟着小姑姑进了房间,开始她还嚷嚷着犟嘴,很快被艾薇呵斥得没了声音,艾薇说话的声音很低,姜丽丽听不清楚,但她却能清楚感到,除了和她一起喝酒,林晓筱肯定还犯了更严重的错误——为了不让自己更心慌,她去翻茶几上的一本厚书,拿起来才发现是套影碟,《欲望都市》。林晓筱出来了,装作什么也没发生一样,说:"这个剧特别棒,看过吗?"

姜丽丽笑笑,摇摇头。艾薇换了身纯白睡袍出来,像尊大理石雕像,站在卧室门口:"丽丽你睡那间客房。林晓筱,回你的卧室,好好想想!明天一早跟我回家给爷爷奶奶拜年!"

林晓筱搂着姜丽丽,挑衅地看着小姑姑:"我要和姜丽丽一起睡!"

艾薇静静地看着林晓筱,姜丽丽从头顶到脚心都在发麻,林晓筱和小姑姑僵持了一会儿,丢开了姜丽丽,走进自己的卧室,砰地用力关上了门。

艾薇朝愣着的姜丽丽绽开了微笑:"丽丽,你不要理她,成天胡闹。休息吧。"

姜丽丽半梦半醒地过了一夜,早上听到林晓筱在外面嚷嚷的声音,脑子清醒了,坐起来摸摸身上的蓝白格子的纯棉家居服,又有了梦也非也的恍惚,外面林晓筱嚷出了一句:"黄卫红,黄卫红,我记住了!烦不烦哪你?!"

姜丽丽只觉得一盆雪水兜头泼下来,她的脑子瞬间清醒了。艾薇说话的声音很低,但只"黄卫红"三个字所蕴含的信息量,对于姜丽丽来说,也足够了。

姜丽丽迅速穿好了自己的衣服,热得难受,她想迅速离开这里,但还是仔细地把家居服叠整齐,放在整理好的床铺上,抹了把额头细密的汗珠,拉开了门。林晓筱坐在外面的沙发上,宿醉之后的头痛让她脸色很差,看见姜丽丽还是笑了笑:"过来,咱们得挣压岁钱!"

姜丽丽笑得有些哀伤,艾薇拿着两个红包过来。姜丽丽躲闪了目光,没有接,林晓筱跳起来一把抓过来,把其中一个塞进了姜丽丽的裤兜。

艾薇开车先送姜丽丽回到学校。林晓筱从车上拎下来一个大购物袋,说:"都是吃的,我把那套《欲望都市》碟子也给你放里面了,你可以用我放在寝室的那台旧电脑看。"

艾薇落下车窗,拿出一个纸袋,里面装着昨天姜丽丽穿过的那套家居服,她笑说:"这套衣服你穿挺合身的,我买回来也没穿过,送你了!"

姜丽丽这次没有躲闪目光,定定地与艾薇对视:"谢谢艾薇老师。"

艾薇依然在笑,姜丽丽发现那笑在和她对视的过程中变得有些僵硬,艾薇先挪开了目光。

姜丽丽用目光告诉艾薇,她知道"黄卫红"三个字的含义。

《卫红姐姐》是艾薇前几年写的一篇回忆文章。艾薇家隔壁住的是人大黄主任,漂亮的邻家姐姐卫红带着七岁的艾薇读《致橡树》,告诉半懂不懂的艾薇,那些从艾薇卧室阳台攀爬到了卫红姐姐卧室阳台的橘色喇叭花,就是诗里提到的凌霄花……艾薇八岁那年,卫红姐姐被人杀死在卧室的床上,凶手是她师范同窗中最好的朋友。艾薇不止一次见到那个女生,常到卫红家来住,瘦瘦的,不怎么说话,艾薇碰到她们打招呼,她也只是笑笑。她用一块石头把卫红砸死在枕头上,然后从黄家阳台爬到林家阳台,跳墙跑了。林家是一排小院顶头第一家,邻着路。她也没跑多久,很快被抓然后枪毙了。她没有交代为什么要杀人,但艾薇半懂不懂地听着身边的大人感叹,天差地别的两个人——那个女生是农村人,毕业之后分回了老家公社教高中,而黄卫红则分进了市文联……这件事成为艾薇挥之不去的噩梦,她跑去爷爷奶奶家住了,军分区干休所门口有持枪站岗的解放军,让她更有安全感……直到数年后,父母搬了新房子,她才搬回家住。卫红姐姐是艾薇的文学启蒙老师,而对卫红的死,艾薇直到二十年后写这篇纪念文章时,依然有着深深的恐惧和困惑——作为凶器的石头是那女生装在包里带去黄家的,所以那晚她不是冲动,是预谋……

姜丽丽在文摘杂志上读到这篇文章时,还在读高中,印象很深刻,当时她莫名觉得那个凶手更可怜——总会有别的办法……

"黄卫红"带来的阴影很快被《欲望都市》的明艳陆离遮蔽了,纽约那个书写城市与性的女专栏作家,让姜丽丽拟想的理想世界图景加大了景深。艾薇是清晰的前景,远远的,多了那个在曼哈顿伸手拦车的Carrie Bradshaw……

姜丽丽在学校附近的音像小店里复制了林晓筱借给她的前五季《欲望都市》,用来勤加修持。林晓筱告诉姜丽丽,第六季已经有预告片了,只是等到她们真的看到第六季的剧集,大三已经结束了。

三年来,两人校内双宿双飞,课余却各奔东西。她们再也没有踏足过对方的真实世界,只是用诉说搭建出言语的世界,邀请对方来参观,姜丽丽从不抱怨,林晓筱从不炫耀,她们站在自己的世界张望对方的世界,始终保持着"差异视为无物,君心定似我心"的默契……

这份默契甚至让她们携手踏过男人这座火焰山。

姜丽丽和那个男生的关系刚刚完成质变,回家过周末的林晓筱对此还一无所知。次日中午在食堂,那个男生吃饭时坐到了姜丽丽和林晓筱的对面。姜丽丽才想起来一直没回这个男生的短信。

昨晚东风渠堤上,姜丽丽和约她看电影的体育学院的男生一起走回学校。姜丽丽还未从《红磨坊》的哀艳里出来,猝不及防被身边的男生揽入了怀里,堤旁绿化带里的丁香在夜风里弥散着浓烈的花气,姜丽丽从来觉得那味儿很呛,几乎算不上花香,但在此刻,竟也是让人心旌摇曳的芬芳了……

早上五点半,姜丽丽从学校后面小旅馆的床上爬起来,没有惊动还在熟睡的男生,匆忙赶到兼职打工的快餐店上早班,九点赶回学校上课。男生发来短信抒情,上课素来认真的姜丽丽没心思回,后来也就忘了,下课和林晓筱一起来吃饭,见到男生才想起来——姜丽丽有些不好意思地笑了笑,是致歉,也是打招呼。当着林晓筱的面,男生也没多说什么,只是闲聊。林晓筱竟然颇感兴趣地接过了男生的话茬儿。男生显然是被林晓筱的笑语晏晏鼓励了。姜丽丽目光流转,不动声色地笑着。

姜丽丽只是消极地不再主动联系男生。果如她所料,姜丽丽再无消息去,那男生自然也再无消息来。姜丽丽心底那丝失落与难过引起的涟漪倒也不大,只是在下午的语言学课上跑了会儿的神儿。林晓筱略带戏谑地享受着这个男生的追求——这是她度过青春的方式。姜丽丽淡然平静,浑若无事。可惜那个聪明俊朗的男生想得太过周全,自我感觉与林晓筱关系稳定了之后,主动向林晓筱坦白了与姜丽丽短暂得约等于"无"的前史。于是剧情再次逆转,同样是中午的食堂,林晓筱拉着姜丽丽坐在了男生的对面,两个女子默契得不需要任何言语交流,只是互相看了看,谈笑间箭飞如雨,男生遍体鳞伤,狼狈逃窜。

后来,这件事儿无论是对于姜丽丽还是林晓筱,都成了可当成笑话讲的人生囧事。姜丽丽还有意无意地问过林晓筱,艾薇是否知道这件事。林晓筱说知道,小姑姑说难得有女生像她们这样。

姜丽丽在心底笑了……

要毕业了,姜丽丽陷入了考研失败、就业无门的愁云惨雾之中。对于打了三四年工的姜丽丽来说,找挣钱的地方不难,难的是找一份学以致用的"正式"工作。对于"正式"一词的理解,姜丽丽约略认为等于"体面"。只是略有些体面的单位,简历递过去基本就是泥牛入海,好不容易有个面试,姜丽丽被面试官眼光一打量,整个人就感觉像缩水了一般——中文系本科,既没有北大、清华、复旦这些名门大姓的高贵血统,也没有"985""211"这些闪光番号的加持,不用别人嫌弃,先就自惭形秽了。

林晓筱的前途也无着无落,她想追随年初辞职的小姑姑去深圳,遭到整个家族的反对——尤其是林妈妈,更是以死相要挟。

林晓筱说:"我妈对我嚷嚷的,都是当初我奶奶对小姑姑嚷嚷的原话:先给我把丧事儿办了,你想去哪儿去哪儿!"

两个人在文化路路口的报亭前站着,姜丽丽拿下那本印刷精美装帧奢华的女性时尚杂志,翻到艾薇写的专栏《悦己》,那期的文章是《五月的新娘》,作为主笔的艾薇亲自上阵展示婚纱,照片里艾薇下颌微扬,裙袂飘举,黛青粉艳,巧笑嫣然,图文并茂地告诉所有的姑娘:要相信,总有一天,奢侈品和爱情将一起盛开成五月的玫瑰园……姜丽丽吃惊地在文章里读到了艾薇的婚礼日期。

林晓筱在姜丽丽耳边说:"小姑姑为了不给自己亲娘办丧事,只能给自己办喜事了!"林晓筱这位继任的小姑夫是位大学教授,在北京,两家算是世交,爷爷奶奶最终同意了,艾薇才得以年初和那位刚提了县委书记的前夫离婚,然后辞职——不是去北京,而是去深圳,接手主编这本时尚杂志……

姜丽丽默默地合上了杂志,林晓筱掏钱买下了一本,说:"我下星期去深圳,参加婚礼——小姑姑说有好几个品牌的赞助,场面会很大……我们家就我妈和我去,我是去看热闹,我妈去看管我,然后再把我押解回来!"

姜丽丽拉着林晓筱进了旁边的花园商厦，在一楼专柜刷卡买了一瓶150毫升的CHANEL NO.5，她让林晓筱把香水带去深圳，送给艾薇作为结婚礼物。林晓筱一脸惊讶。姜丽丽从来都是安于接受林晓筱的各种赠予，安于外出吃饭永远让林晓筱买单，她们之间不会有那种俗气的客套——这是一种两人都舒服的姿势。姜丽丽并没解释自己的一反常态，用玩笑的口吻说："精心点儿，不是给你的！"

林晓筱终于什么也没问，笑笑收下了香水。

林晓筱给姜丽丽带回来一本艾薇的新书《最好的时光》，书的扉页上写着"祝福丽丽"，下面是艾薇的签名。迎着林晓筱的目光，姜丽丽绽开了笑容，把书抱在胸前，连声说着谢谢。

林晓筱把自己扔在姜丽丽下铺的床上，心满意足地说："我就知道你会喜欢！"她开始说艾薇的婚礼，略带不屑地提及某女影星太瘦了，生活里不好看，那种脸型只是很上镜，口水滴答地咂舌赞叹某位文青偶像英俊逼人，被他看一眼多巴胺都会开始分泌，偏还那么有才华……

林晓筱躺在床上长吁短叹："我才知道，自己真是没见过什么世面……"

姜丽丽抱着书站着，紧紧地抿着嘴角，她在克制，克制得浑身战抖，就连平时有效的疼痛，现在是彻底失效了，最后在战抖中她脸上板结的笑，开始龟裂，崩塌……预感到即将失控，姜丽丽有些焦灼地扭动了一下身子，突然说："我要上厕所。"说着就往外冲，与正进门的室友撞了个满怀，室友手里端的脸盆被撞掉了，水洒了一地，盆里泡着的脏球鞋和姜丽丽手里的书都滚在泥水里。姜丽丽蹲下，捡起书，哭了。她猝不及防的眼泪让室友也不好再埋怨她，林晓筱忙起来，抓起毛巾擦干书，姜丽丽也不去卫生间了，趴在自己的铺上，痛痛快快哭了一场。

这场大哭真正的原因，姜丽丽没有解释，林晓筱也没有追问。林晓筱那天就默默地坐在床边，等着姜丽丽哭累了，拉她起来，请她去学校门口的小店里吃烤翅喝啤酒。微醺的两个人手拉手走出来，姜丽丽含混不清地唱着"发如雪，凄美了离别……"林晓筱忽然说："对了，小姑姑说，她有个朋友是郑州一家杂志社的执行主编，你要是想去试试，让我把电话给你。"

姜丽丽因此认识了周鹏，接着在周鹏主编的《中原名流》杂志社做了临时工编辑兼打杂的。不久，姜丽丽在省报副刊上发表了处女作，并且有了酱紫这个笔名。很快，姜丽丽三个字只在需要身份证和户口本的场合才会出现，她要在所有人的心中口中，彻底成为酱紫。

三

"人生若只如初见,何事秋风悲画扇。等闲变却故人心,却道故人心易变……"车里飘着软绵绵的女声,念经般单调的旋律,让一夜未眠的酱紫昏昏欲睡,她含含混混地想,有多少人知道,这首词原本无关男女之情,是纳兰性德写来劝朋友的,也不知道那位朋友发生了什么……被故人骂得狗血喷头的酱紫,洗干净了自己,完成了祈祷仪式,坐上来接她的导演助理的车,去了大兴的星光影视基地。

星光影视基地东园里能看到很多知名网络综艺节目的标志,几层楼高,一个个张牙舞爪雄心万丈的模样。酱紫下车前戴上了口罩,空气干冷污浊,导演助理停好车跑过来,酱紫跟着她走,感觉走了好久,还没有走到,这条路真长……

路再长,她也终于走到了。

酱紫被一群专业人士围着,调整台本、选择造型、服装,走位、化妆、拍摄……三天后酱紫录完了视频,接下来是做剪辑和后期效果。酱紫第一次动用如此正规的团队来做"后真相时代"的视频。这是她送给艾薇的礼物,一如十年前买那瓶CHANEL NO.5,她为十年后的这份礼物也倾尽了全力。

酱紫离开大兴是那天上午九点,睡眠严重不足的一周,她一上车眼皮就开始沉甸甸地耷拉下来。昨夜起的大风刮出了湛蓝的天,车窗外是在风中剧烈抖动的灌木、枯草,酱紫不觉想起电影画面里的英格兰荒原,念头一转,远远的地平线上真的次第出现了城堡、风车、教堂钟楼……酱紫最初以为自己产生了幻觉,开车的导演助理告诉酱紫,那是坎特伯雷香草庄园,夏天的时候这里有大片的玫瑰、郁金香和薰衣草、鼠尾草开出花海……

五年之后,酱紫看见了林晓筱的婚礼举办地。

林晓筱毕业后去了北京,电影家协会下属的一家出版社,虽然工资不高,却是事业编制并能解决北京户口。林晓筱说她老爸也没指望真能办成,凑巧这家出版社要招人,凑巧要学中文的本科生——只能说是运气好。

酱紫知道,这是林晓筱与父母艰难博弈之后的最终结果。作为合格的文艺女青年,要林晓筱进银行系统或者去国税局做个小公务员,无异于逼良为娼,她无比贞烈誓死不从;而长久以来把艾薇视为家族中害群之马的林爸爸林妈妈,唯恐一撒手女儿就会追随小姑姑坠入孽海情天导致人生动荡不安,以死相搏也定要找个安稳妥当的地方安放独生女这个易碎珍品。

林晓筱做图书编辑,酱紫做杂志编辑,她们依然同步地文艺着。

酱紫除了编辑工作,另外一个重要职责就是兼任周鹏饭局的女主人和女仆人,恭恭敬敬满面笑容地称呼所有人为老师,洒脱、佻达地接下老师们开的各种高级和不那么高级的玩笑,酱紫晕乎乎地笑着,如梦如醉一般……

不管是梦还是醉,总会醒——酱紫知道,只是酱紫不知道会醒得如此惨烈。

2008年一个冬日的清晨,出租屋的门和窗一起被砸得粉碎,破门而入的一群男女扑向床上尚未完全清醒的周鹏和酱紫。周鹏很快被两个人高马大的男子架走了。剩下的三个女人,将酱紫撕扯拖拉到了走廊上,酱紫一双手根本无法招架六只复仇的手,她只能护住自己赤裸的前胸,任由她们掐拧抽打……就是这样的抵抗也让她们有理由更加愤怒,其中两个女人抓着她的胳膊揪着迫使她坐起来,另一个女人反复抽打她耳光,依然不能解气,抬起穿着皮靴的脚狠狠踢向酱紫的小腹——酱紫感觉到一种濒死的恐惧没顶而来,疼痛之后,她感到身子下面温热潮湿,然后慢慢冰冷起来——那个踢她的女人抽了抽鼻子,叫起来:"吓尿了!你这骚货知道怕呀!"她叫着伸手扯掉了酱紫的睡裤,把湿乎乎的睡裤丢在酱紫的脸上,继续踢起。酱紫彻底放弃了抵抗,疼痛、寒冷让酱紫麻木起来,等她们终于丢开了她,酱紫团起身子、蜷缩在地上,不出一声。一个女人蹲下来,揪起她的头发:"现在就滚!滚回老家去!别在这儿给你爹妈丢人现眼!年纪轻轻干什么不好?偷人家男人!贱!"

酱紫的耳朵嗡嗡作响,听不清那些叫骂了,女人狠狠啐在她脸上,她怔怔地看着那个女人,天色忽然昏黄起来,那女人因为逼近而硕大扭曲的脸,慢慢变得模糊……酱紫清醒过来时,那个女人啐在她脸上的唾沫,已经干了,自己的人中上留着房东掐的深深的指甲印。

酱紫离开了经三路的出租屋,离开了《中原名流》,却没有滚回老家去——她没有老家可滚。亲生父母在生了三个女儿之后,还是没有盼来儿子,她是他们生的第四个女儿,出生第二天就在乡卫生院让人抱走了。姜丽丽是养父母给她起的名字。养父母年过四十没有孩子,从卫生院抱回女婴不过一年,养母却怀孕了。养母抱着弟弟,怨天怨地痛惜为她付出的三千块钱,这成为姜丽丽生命中的"原初场景"。整个童年,她最大的愿望就是快点儿长大,长大就有本事离开那间夜里常被猪拱开门的小柴房,到另外一个世界去。

那个世界最初的模样是在县一高当语文老师的大姨家——那是一个有童话故事和画书的地方。终于,七岁的姜丽丽觉得自己长得足够大了,所以在很平常的一顿打骂之后,她用自己仅有的一块红纱巾包起全部的衣服,沿着满是笔直杨树的乡村公路,走了七八公里,走到了县一高的家属院,站在了大姨家门外,敲开了理想世界的大门。

大姨扯着姜丽丽回到养父母开在公路边的修车铺理论,姜丽丽死死地抱着大姨的腿不撒手,又是哭又是哀求,引来了不少善良的路人观众。迫于舆论压力,双方达成了协议,姜丽丽跟着大姨上学,养父母每月拿给大姨五十块钱,大姨还是大姨,爸妈还是爸妈。这项协议执行得并不彻底,但大姨也没真的计较。大姨脾气不好,是县里出名的厉害老师,却也是姜丽丽人生最初阶段的神——只要学习好就能赢得神的恩宠,这对姜丽丽来说并非太难的事。她考上了县一高,养父母看在大姨的面子上,勉强让她读了高中,但把丑话说在了前头:高中要上就上吧,大学家里可供不了,毕竟家里的弟弟也要读高中考大学呀!

姜丽丽拿到大学入学通知书后,回了一趟养父母生活的村子,迁户口。她绝口不提学费、生活费的事,倒是养母沉不住气,先提了,姜丽丽低声说:"不用家里操心。"养母酸溜溜地撇嘴说:"本事真大!以为我不知道?市里捐助贫困生,有你!你以为这种好事儿伸头人人一份儿?!那是你大姨拿烟送酒求学校政教处的韩主任跑回来的!做人得讲良心!"姜丽丽不回嘴,默默地走进里屋,墙上满满贴着弟弟从幼儿园开始历年得到的奖状。养母在外屋故意提高声音说:"鸡皮热,鸭皮凉,鸡皮贴不到鸭身上!她不跟你亲,你再亲她也没用……"养父在院子里吼了一句:"咋恁些废话?!"

姜丽丽在夏日熹微的晨光中离开养父母生活的村庄,再也没有回去过。她甚至也没有回过和大姨一起生活了十年的小县城——她要读书,同时还要打工养活自己,她没空儿回去,当然,也不想回去。大姨是她在这世上唯一温暖的牵挂,她也只是在每年过年和大姨过生日的时候,寄回去一份精心准备的礼物。

酱紫不可能在六年之后回头,再把自己变回无处安放的姜丽丽。她离开了经三路,在郑州西郊一家私人辅导中心找了份工作,继续做酱紫。

酱紫和林晓筱,来自不同世界且始终生活在不同世界里的两个女子,继续神奇地保持着分享一切的亲密情谊。不足为外人道的隐秘,她们会告诉彼此——林晓筱知道酱紫和周鹏之间的一切;酱紫也知道林晓筱在家长安排下的每一次相亲和所有地上地下的男友……

2011年5月,二十六岁的林晓筱结婚,身在郑州的酱紫,没有被邀请参加婚礼,单就"坎特伯雷香草庄园"这个婚礼举办地的名字,酱紫就拟想出了整整一部英剧,但她知道很多置身现场的人不知道的复杂剧情。酱紫知道,林晓筱在婚礼前一晚的单身派对进行中,拉着某位赶来祝福的前前前男友回房间重温了半小时鸳梦,然后在酒店露台上带着醉意哭着打电话给她:自己的青春结束了……

从留下的照片和录像上看,次日的草坪婚礼梦幻完美。但酱紫知道:林晓筱的妈妈因为婆家聘礼中的黄金克数不对——不是99克而是100克,认为是歹毒的婆婆心存诅咒,林妈妈在家骂了一夜那位正红旗出身的亲家母,次日被小姑子艾薇死拉活劝才黑着脸去了典礼现场;婚礼当日虽然天公作美放了晴,可是草坪上积水还在,林晓筱鞋袜湿透地站着,完成了整个典礼……

林晓筱去马尔代夫度蜜月,她在QQ群和刚出现的微信朋友圈里晒的蜜月照片,甜得掉牙,暖得烫手,美得像旅行社广告,但只有酱紫知道蜜月房间里的真实情景:一连几天,都是这边林晓筱和她视频聊天,那边新郎全神贯注在看NBA季后赛的直播……

聊天的林晓筱同样是欢乐的,她正拿着硕大的红珊瑚戒指——婆婆给的礼物,向酱紫远程科普宝石级珊瑚知识,什么莫莫、阿卡的……她现在戴的是最顶级的牛血红,但浅色也有珍贵的,日本有一种叫作"天使之肤"的粉色珊瑚就很少见……林晓筱给酱紫看戒托后面的虫眼,这是天然珊瑚的特征……丈夫在那边叫林晓筱,让她打电话叫送餐,他饿了,要看比赛不能出去吃饭——林晓筱叫了两客印尼炒饭就又回来和酱紫说话了,酱紫看她莫名有些丧气,就诚心诚意地说,再昂贵华美的珊瑚也有虫眼,因此才需要高超的镶嵌工艺遮挡,没有虫眼的只能是廉价的假货……林晓筱拿起刚才放在桌上的珊瑚戒指戴在右手食指上,又把戴着一克拉婚戒的左手比在一起看,然后开心地笑起来。

林晓筱说,她喜欢酱紫,因为酱紫有着过人的理解力,无边无际的体恤和慰藉人心的强大能力。酱紫笑着回答:"彼此彼此,只怕你比我更胜一筹!"

这话倒真不是虚与委蛇,酱紫还记得在林晓筱面前暴露少女时代最大的暗黑秘密时,林晓筱给她的那个温暖的拥抱。

大三那年的夏天,还没有成为酱紫的姜丽丽,破天荒放了林晓筱一次鸽子,在校门口傻等半天的林晓筱打来电话,她才慌忙道歉,说临时有事,忘了答应下班后陪林晓筱去逛街。林晓筱悻悻地嗔怪她两句,挂了电话。姜丽丽没有告诉林晓筱,她此时距离校门口不足百米。

姜丽丽坐在路口那家小面馆临窗的桌前,对面坐着一个消瘦的中年男人,她收起电话,和男人继续说笑吃饭了。男人宠溺地夹了面前的酱牛肉递过去,姜丽丽隔着桌子欠起身,张大口淘气地连他的筷子都咬住了,男人疼爱地笑着,慢慢抽出筷子,她也笑着坐回去,用力嚼着牛肉。无意间一转头,看见了玻璃窗外惊讶得眼珠子都快掉地上的林晓筱。姜丽丽平素常说自己是个天煞孤星,这个从天上掉下来的"亲人",显然需要解释一下。姜丽丽指着窗外的林晓筱说了声"我同学",起身出去。男人怔了一下,有些慌张地看看姜丽丽的背影,又看看窗外的林晓筱,从桌边的烟盒里摸出一支烟,点上。

店外,林晓筱尴尬得几乎转身要跑了,她面对着姜丽丽,傻乎乎地说了句:"你不用出来。"姜丽丽故作轻松地笑笑:"没事儿。"接下去,两个人都有些手足无措,说不出话来。林晓筱忽然向前,一下子抱住了姜丽丽。姜丽丽瞬间有了泪意,林晓筱用力拍了拍她的后背,放开她,头也不回地跑开了,姜丽丽笑着揉了揉眼睛,转身进了面馆。

那天晚上,姜丽丽没有回寝室,她住在了外面。第二天在校园里,姜丽丽告诉林晓筱,那人姓韩,是她读高中时的政教处主任兼政治课老师:"他对我很好。"

姜丽丽的语气里有巨大的肯定——这个四十岁男人给了十五六岁的姜丽丽异常复杂的生命感觉:她还记得他第一次长久地吻她,在她嘴里留下了浓厚的烟味,回到寝室楼,在水房里刷了十五分钟的牙,都依稀还有不洁的感觉;她也记得一片黑暗中被他压倒在值班室窄窄的行军床上时那种扑面而来的气味,污浊却温暖;还记得课间操时,操场边他披着藏蓝中山装捏着烟蒂板着瘦长的脸在巡视,队列中她在做扩胸运动,伸展双臂,他严肃的目光里跳跃出一丝只有她能捕捉到的疼爱、怜惜的光,那光带给她灼灼的让人血肉膨胀的愉悦;无法言喻的恐惧与前所未有的安全感同时降临,有恃无恐肆无忌惮与小心翼翼如履薄冰并存……当他擦着满脸的油汗告诉她,终于托熟人为她争取到了一份日报社发起的本市贫困生助学捐助,姜丽丽内心首先涌起的,不是关于未来的无限憧憬,而是终于得到解脱、获得自由的巨大喜悦；虽然后来姜丽丽握着临别时他送的那部红色翻盖的三星手机，会嘴角带笑地想一会儿他，心底那股甜甜酸酸的味道不知道应该归入淡淡的思念，还是温馨的回忆，但姜丽丽实际上和他早就是渐行渐远渐无书了，那晚是他们分别三年后的第一次见面，见面如久别重逢的亲人……所有的感觉都是如此复杂，复杂到作为当事人的姜丽丽都无法言说，甚至无法清楚辨析——但最后，姜丽丽决定肯定这些感觉。

不只是对自己的过往、对林晓筱的当下，对任何人、任何事，酱紫越是理解，越难轻易否定。不过这份"过人"的理解力，对于酱紫的写作反而构成了某种障碍，她写的故事总是不够拧巴，不够苦难，也不够底层，缺少痛苦、血泪和愤怒，文学杂志的编辑老师忍不住对着酱紫那些云淡风轻的文字咂咂嘴：不尖锐，不深刻，不够狠，没有生活——你应该是很有生活的呀?!

酱紫不知道该如何消除老师的困惑，老师也不知道如何解决酱紫的问题。老师是在周鹏饭局上认识的熟人，离开时他让酱紫抱走了一大摞各种文学期刊。编辑老师倒不纯粹是为了缓和退稿的难堪，而是真心认为酱紫需要补上阅读文学期刊这一课。最会揣摩人家"规矩"的酱紫自然是一点就透，但她多少对这些"规矩"有些腹诽：如果文字的世界和现实的世界一样，甚至更糟——那干吗要那个世界？但她不会傻乎乎地把心底的这句话说给任何"圈子里"的人听——眼下和周遭的一切并不重要，她要去北京。

2009年的夏天，艾薇也去了北京。林晓筱说，奶奶被查出乳腺癌晚期，希望死之前看到小姑姑的孩子。艾薇当即就辞职去了北京，努力要怀孩子。艾薇的孩子并没有天遂人愿地到来，林晓筱的奶奶就去世了，林晓筱说小姑姑在葬礼上哭昏了过去，回到北京病了很久……

艾薇和林晓筱都在北京，酱紫认为这是命运的暗示。

酱紫的写作生涯以及与周鹏的关系，都没有因为离开经三路就戛然而止。酱紫陆续发表了两三篇小说后，周鹏帮她争取到了一次到北京参加全国青年作家高级研修班的机会。

酱紫事先没有告诉蜜月中的林晓筱，林晓筱从马尔代夫回来后不久，酱紫突然出现在了她面前。酱紫看着林晓筱惊讶地张着嘴说不出话时，笑了。酱紫手里拎着一个塞得鼓鼓囊囊拉不上拉链的手包，身后拖着少皮没毛的塑料箱子，里面装着她的全部家当。酱紫坐了一夜火车硬座，清晨七点钟抵达北京西站,她没有直接去高研班所在的文学院报到,而是先去找林晓筱上班的出版社。

酱紫看着林晓筱笑,笑着笑着落下泪来,林晓筱跑过来拉住了她的手。林晓筱的手肉乎乎的,软、细、温暖、有力,安慰里透出的强势,酱紫的手温柔地回应着林晓筱的手……

四

五年来,林晓筱守着一份工作一个老公,生了一儿一女,酱紫则走马灯似的年年换工作、换住处、换男朋友……虽然酱紫的住处越换越远,但即使隔着大半个北京城,林晓筱和她时不时还是要见个面。她们永远单独约在外面见面——家里不方便,有别人也不方便——看电影,看展览,看演出,或者逛街购物吃饭喝茶聊天……在五道营胡同改作希腊餐厅的北京老房子屋顶阳台上,细细分辨伯爵红茶里那点儿佛手柑的清香,窝在藤椅里抬头看青砖灰瓦上秋阳光影的变化,不约而同跷起的两双玉足,四只大红鞋底不期而遇时,她们会相视一笑……言语建构的世界消失了,一切都是真的——她曾经拟想过自己身处北京的种种美妙细节,真实的此刻似乎比自己当初的拟想还要美妙——如果酱紫不被理智提醒:自己脚上踩的大红底是从微商那里购入的来自长三角或者珠三角的高仿货,而林晓筱穿的则是和老公一起参加戛纳电影节时自己买的货真价实的Christian Louboutin,她老公的作品去年参加戛纳的短片竞赛单元,还得了个奖……

她们依然生活在两个世界,唯一改变的是酱紫的感觉。此前林晓筱的世界对于酱紫来说,是理想、远方和未来。当这个理想世界拥有了北京这个名字,当酱紫来到了真实的北京,远方与未来就消失了,两个世界奇妙地重叠在一起,只是隔着一层透明的膜,看不见摸得着撕不破——龇牙咧嘴去撕一张看不见的"膜",会显得像个疯子。于是,酱紫顽强地淡定着。

酱紫依然不抱怨,林晓筱依然不炫耀。酱紫不用抱怨,铺天盖地书写京漂生活辛酸、描摹帝都生存艰难的文章被无数人在朋友圈转来转去,每天都有人在替酱紫抱怨,但即便如此,那抱怨依然是别人的,不是酱紫的;林晓筱也不用炫耀,她的生活在朋友圈里全方位直播,"苟日新,日日新,又日新"——可酱紫的朋友圈中,谁又不是如此呢?林晓筱好歹还算克制,不会赤裸裸地炫富、无格调地晒娃,只是参加丈夫朋友拍的电影首映式或者某位相识大导的戏剧邀请展,还是要秀一秀——当然,主要是为了给朋友做宣传……

三十岁的酱紫,略带缅怀的忧伤和宽容的微笑,想着自己十七岁的旧梦,她现在能够理解自己,理解自己和林晓筱两个世界的成因,并且因为理解而接受这无力改变的现实。她告诉自己,两个世界各有各的艰难困窘,也各有各的岁月静好——不同而已。林晓筱用熟练的修图技术铺陈出来的清贵优雅的生活现场,别人看不出,酱紫却能闻得出,那越来越浓重的无聊造作和郁郁寡欢的气味。而酱紫蝉蜕蝶化,如今弥散的不是穷酸气土腥气汗臭气,而是与林晓筱一样的迪奥"真我"的香氛……酱紫为此感到欣慰,毕竟她真的把自己安放在了北京。

酱紫在高研班学习一周之后,就通过招聘网站找到了一份兼职,那家文化公司也在高研班结束时正式和酱紫签订了劳动合同。酱紫到北京后首先就辗转于两个对比鲜明的生活场景中:总算入得门墙的酱紫,在文学院高研班里见到的文学同道或者前辈,无论真假深浅,总有几分"竹篱茅舍自甘心"的恬淡,而去公司开创意策划会,妖孽丛生的会议室里总是烈火烹油热锅撒盐……墙里是老梅寒姿,墙外是浓桃艳李,原本心存腹诽的酱紫自然不想守——想守也守不住!

时也运也命也,红杏出墙的酱紫正遇上和风暖日的春天。

也就是从她到北京的那年开始,文创孵化器、创业者咖啡馆甚至某些居民楼都成了蜂巢蚁穴,蠕动着无数从事内容生产的文化传媒公司,方生方死,方死方生;接下来两三年,微信公众号几乎成为每家企业的标配,小公司外包,大公司自己养团队——花样翻新地讲述魅力故事,早就冲破了文艺的边疆,成了不分行业的全市场刚需。最善审时度势的酱紫,凭着良好的文字能力、良好的沟通能力和同样良好的体力,在北京的职场道路走得异常顺利,她的月薪半年之后从三千加到了五千。一年后跳槽,高情商高智商的酱紫面对 HR 经理开出了月薪税前 万的价码,签下那份工作合同后,酱紫有一种破茧成蝶的飞扬感,一颗心翩然起舞,如同扑面而来的团团飞絮,在京华三月的浩荡春风里扶摇直上云端……

只要风足够有力,能飞上天的不止柳絮,还有那头著名的猪——四年来旁听过多场商业计划书宣讲的酱紫,当然知道,这个时代最伟大也最可爱的地方,就是每个人都有可能站上风口与浪尖,缔造传奇。但十八岁就经由艾薇而对文字祛魅的酱紫,即使那些文字里加上了四处奔突的箭头和各类柱状图、饼状图、曲线图、SWOT 分析图和 Excel 表,做成了酷炫的

PPT，讲故事依然还是讲故事，她早就练出来了一双冷眼——讲故事是要别人相信，而不是自己相信。

酱紫几乎从来不相信自己讲的鸡汤故事，但这丝毫不妨碍她日渐精进自己的熬汤手艺。酱紫可以熬浓浓的励志鸡汤——《当你爱上读书的时候，世界就爱上了你》《出身寒门，有一条路可以通往高贵》，善意提醒的胡椒鸡汤——《别在该看世界的年纪去买包》《记住你很贵，别便宜任何人》，自黑向上的麻辣鸡汤——《香奈儿NO.5与韭菜盒子都很香》……别人的征途是星辰大海，酱紫的道路是从回龙观到海淀黄庄。

因着一手漂亮的鸡汤文，也因为在几乎天天加班的情况下，她奇迹般地拿下了中国传媒大学传播心理学方向的在职硕士学位，酱紫在公司颇受器重，工资绩效加上稿酬，她是公司文字编辑中拿得最多的。楼上那家互联网公司白皙清秀的技术男，从天天在电梯里碰面，经过一年的任职试用，正式升级为谈婚论嫁共凑首付的同居男友，所以从回龙观到海淀黄庄这条路，她走得踏踏实实。

某种意义上，酱紫的淡定竟也是真的了。

因此，酱紫对林晓筱发的朋友圈总是凑趣、捧场的，没话说至少也要点个赞。林晓筱依然残存的孤高自许，在朋友圈里的主要体现是她从不转发烂俗的公众号文章，不仅酱紫写的不转，就连小姑姑艾薇写的也不转。但2015年的年底，林晓筱却破天荒在朋友圈里转发了一篇公众号文章。

林晓筱转发这篇文章时颇为自豪地写道：作者"花斑麂子"，自己的婚礼伴娘，多年好闺蜜，突发奇想去弄了个公众号，没想到第一篇文章就成了刷爆朋友圈的"十万加"，眼光毒文字好，才气纵横么么哒！

"花斑麂子"这篇描述所谓"昌平名媛"生活的文章，看得酱紫失去了淡定。

作为月薪税前两万居住在回龙观或者天通苑附近的"昌平名媛"，怀揣尘世间最为壮阔宏伟的梦想——买房，成为十三号线上的寄居兽，在用"中古""古着"字样遮掩的二手货淘宝店逡巡，会因为早餐要买六块钱的煎饼还是八块钱的肉夹馍在心里挣扎一下，闺蜜聚会时拎在胳膊上的古驰包会在那个名为"闲鱼"的寄售App上来来去去，周日早餐切开牛油果或者喝英式下午茶时咬一口粉红色马卡龙，宛如天主教徒在教堂里领受的那口红酒配面包，是一种升华灵魂的神圣仪式……文章里这些真实准确的细节，刀片一样将她剥皮剔骨，一种崩塌解体的痛楚让她头脑混乱，神游一般被汹涌的晚高峰人流裹挟着出了回龙观地铁站,她花了一段时间来辨析自己的情绪——类似的文章她见得还少吗？就算这篇文章改控诉为自嘲,措辞刻薄有趣,也不至于让她反应如此强烈呀？

只是因为,这是林晓筱转的——酱紫的生活境况被剥得一丝不挂推到了林晓筱的面前——难道酱紫认为林晓筱此前对她的真实的生活境况一无所知吗？酱紫忽然觉得自己很可笑,但她又不清楚自己究竟在笑什么:长久以来自我催眠得来的良好感觉？还是刚才内心那番毫无意义的山呼海啸？

酱紫一抬头,发现同居男友站在地铁站外,显然是在等她——男友的父母今天到北京,是专程为他们的婚事来的。酱紫和男友决定不办婚礼,过两天去领证,签下看中的那套二手房,作为他的新婚妻子一起回家过年。酱紫上午就订好了快捷酒店和一起吃晚饭的餐馆——看着他一脸心事,她陡然有了不祥的预感。

果然。男友接到父母之后,在车站就发现父亲走路困难,母亲遮掩说腿有些肿。男友觉得不对劲儿,追问了半天,才知道父亲的糖尿病引发了肾炎,父亲一个劲儿解释:"没事儿,这都是慢性病,在家住过医院了,吃着药呢。"

受过高等教育的儿子,通过三分钟的网上搜索浏览,就基本了解了这种病的严重性。他把父母安排到了酱紫订的快捷酒店,就直接过来等酱紫,要告诉她自己的决定——父亲需要在北京治病,农村合作医疗能报销的比例有限,而他是家里唯一挣钱的孩子,他不能不管。

酱紫听完他的话,说:"先回家吧。"

一路上,两个人都一言不发,回到出租屋,酱紫低头坐在沙发上脱靴子。不知道是因为疲惫、沮丧、悲哀,还是在拥挤的地铁上站了一个多小时脚有些肿,她拽了几拽,竟然没扯掉靴子。

酱紫丢开拽不下来的靴子,抬头看着男友,男友无声地滚下泪来。

酱紫说:"别哭。明天咱俩一起去取钱。总得吃饭——你请父母到家里来吧,外面的饭油大盐多,咱们一起做。"

酱紫和男友两个人查着百度买食材,又查着食谱做了一桌清淡却用心的饭菜。虾仁蒸蛋是父亲可以吃的,豆制品却不可以,稻香村的坛子肉,男友去年带回家过,父亲不能吃,但母亲喜欢吃……其他房客善解人意地为他们让出了餐桌,一顿晚饭倒也吃得其乐融融。饭后,酱紫拿出了捆扎着银红色缎带的盒子,里面是条浅驼色山羊绒戒指披肩——她为未来婆婆准备的见面礼。巨大的披肩水一样从窄窄的指缝间滑过,男友母亲怕烫手似的摸都不敢实在地摸,坚持要酱紫自己留着戴,她从自己的中指上拔下个颇为厚重的金戒箍,说:"闺女,你去打个好看点儿的花样,是个念想儿。"

酱紫抓住男友母亲的手,笑得很甜,说:"您先留着,等我去家里再给我。"

第二天,酱紫将男友交给她的存款全部取出还给了他;一周后,男友父亲住进东直门肾病专科医院,男友将全部东西搬到了同住在回龙观的一位朋友那里;平安夜,男友回来,用红色缎带绑在腕子上,把自己当作圣诞礼物送给酱紫,圣诞清晨,用一个带着牙膏味道的吻,把她叫醒;2016年元旦,两个人用萌萌的微信表情互致新年问候,那之后,他们彼此再无消息……

酱紫失去的与其说是伴侣,不如说是战友。他们之间的情感究竟是不是爱情并不重要,但他们之间真的有感情——男友说,就像在森林里,他被老虎咬住了腿,酱紫根本无力杀死老虎救出他,留下只会一起葬身虎口,最好的办法当然是丢下他逃命——他会大喊着让她快跑!快跑!

失去战友的酱紫陷在一种镇定自若的绝望里。酱紫从七岁就开始孤军奋战的强大内心,竟然因为几个月的温情浸泡变得如此脆弱——她自己也不知该如何是好。她上班下班,说笑购物,一如既往,不摔东西,不号啕大哭,不跟任何人发脾气……她心里正在发生寂静无声的崩溃,除了她自己无人知晓——没有人知道,她站在地铁站台上,看到对面显示屏上滚动播放着百事可乐"过年回家"系列微电影,突然涌起迎着开过来的地铁跳下去的冲动——为了克制这种冲动,她会在站台上抖成秋风中的叶子,又为了克制这种让人诧异的战抖,她狠狠地咬住自己的手腕,直到嘴里有了血的腥甜……

酱紫将那条羊绒披肩寄给大姨作为过年礼物,像过去很多个春节一样,一个人把头埋在食物、影视剧和各种娱乐视频中间,七天也不会显得太过漫长。只是今年的第一天就有些难熬,酱紫窝在沙发里把《欲望都市》从第一季复习到第六季,到晚上喝光了两瓶红酒——她醉了,醉得像很久以前那个除夕的林晓筱——酱紫忽然很想林晓筱,很想和她说句话,她抓起电话打了过去,电话一直没有人接……酱紫把自己扔回到沙发里,电脑按顺序播放着《欲望都市》的续集电影,屏幕上,被抛弃在婚礼上的女主角凯莉,正将手机扔向加勒比海……

如果除夕那晚,酱紫打通了电话,和林晓筱两个人闲扯一番,约个节后见面的时间,在挂断之前接受一下林晓筱四岁的儿子两岁的女儿奶声奶气的新春祝福,酱紫也许就会接着复习完《欲望都市》的两部续集电影,在酒精和电影双重麻醉带来的温暖中沉沉睡去,也许在2016年2月14日那天会打起精神去公司上班而不是辞职;三月份遇到新房客罗鑫,五月份罗鑫失业后让他住进了自己分租的主卧,六月份见到把她看成儿子拯救天使的罗鑫父母,与他父母齐心协力劝阻罗鑫打游戏鼓励他找工作,努力培养一个可以谈婚论嫁的继任者,自己的积蓄加上罗鑫父母的帮助,十月份在自己获得购房资格的时候,签下梦寐以求的购房合同同时筹划婚礼……

酱紫后来想想,自己的人生原本可以按照上面的剧本演绎。

但那晚她没有打通电话——她也真是醉了,不然也不会在除夕夜去打扰合家团圆的林晓筱。林晓筱和她不一样,她是两个孩子的母亲,一个四世同堂北京土著大家庭的长孙媳妇——据说她夫家长辈有很多讲究,但林晓筱也不无得意地吐槽,她丈夫开玩笑说她是"演技派中国好媳妇",他们全家欠她一座小金人儿。

想着林晓筱在为自己的小金人儿努力,自然没空儿回电话,酱紫却还是忍不住去看手机——竟是在盼望了……她盯着电脑屏幕上的电影画面,忽然泪崩——窗外是北京的除夕,不是纽约的新年夜,空中没有飘飘的雪花和《友谊地久天长》的歌声,没有皮草裹在睡衣外面打不到车就坐地铁穿过城市来告诉你"you are not lonely"的闺蜜……酱紫一个人在演自己的春晚,上半场号啕大哭,下半场对着马桶呕吐,敲钟时她漱口洗脸,起身打开窗户。

遥遥一片烟花交织而成的绚烂的海,这片光与色的海悬浮在半空中,翻滚出金红艳绿的浪,一波一波……凛冽的寒风中有着浓浓的硫黄味,密集的鞭炮声宣告着新春到来,酱紫的酒意在那浩荡铿锵的烟火气中彻底醒了,她关上窗户,回到沙发上,自言自语:"好了,哭也哭过了,闹也闹过了,自己跟自己撒娇也撒完了——还是笑着活下去吧!"

这话不是鸡汤,而是酱紫想明白了,除了笑着活下去,她没有别的选择。她把自己的这次绝望崩溃理解为撒娇——想跳下地铁站台的冲动也包括在内。委屈了,被伤害了,想要的被夺走了……我死给你看!酱紫的理智终于回来了——死给谁看呢?没人会看——就是看,也是看新闻——连故事都不是,只是事故,说不定还是笑话……

酱紫恢复理智之后决定洗洗睡了。关了灯,闭上眼,残余的酒意让她在枕上依旧有着轻微的眩晕,睡意蒙眬降临——她又回到了那个黑暗的小柴房,猪圈里那头不安分的母猪又在拱门了——不能再开门放它进来了,虽然冬天和它依偎着睡很暖和,第二天妈看见了,猪和她都会挨打……酱紫忽地坐了起来,抹了一把额头上的汗。

她长大了,大到那个柴房里的小姑娘从来没有想象过的年纪,三十岁,不,从这一刻开始该是三十一岁了,从那个小柴房,到大姨家的小床,到大学寝室的上下铺,房东留下的弹簧塌陷的席梦思……从高中政教处的值班室,到经三路的出租屋……从乡卫生院到县城到郑州到北京……自己靠一股无以名状的蛮力仿佛走过了几生几世,在她以为自己终于结束了狼奔豕突的求生之路,可以假装有些诗意地栖居在北京的五环外了,于是就让那股帮她渡劫转世的蛮力消失了——此刻,她发现,自己依旧是柴房的那个小姑娘,所谓安稳的幻觉,不过是与那头母猪在黑暗和睡梦中的温暖依偎,命运随时都会降下责骂和棍棒……酱紫内心的蛮力因为恐惧和愤怒再次被召唤了出来。

无产阶级在革命中失去的只有锁链,而将获得整个世界——酱紫忽然想起这句话,跟着这句话出现的,是久已淡忘的韩主任的瘦脸,那是高一的第一节政治课,他用炫技的语速极快地背诵完整篇的《共产党宣言》,就为告诉学生,政治课的诀窍就是背背背……酱紫看到了十五岁的自己,那个一无所有的小姑娘,仰着脸看着讲台上的老师,她的眼睛亮晶晶的,她被那些陌生的话语本身吸引了——她喜欢那精巧的比喻,喜欢那强烈的措辞,喜欢那无法抗拒的感染力……于是,她相信那话,于是,她无比勇敢……

她曾经勇敢,她依然勇敢。

林晓筱对于酱紫辞职创业最为热情的肯定性措辞就是"勇气可嘉"。那是春节后她们第一次见面吃饭,酱紫本想继续谈下去,但林晓筱几乎立刻就把话题转到了新片《疯狂动物城》上。林晓筱前一天带儿子刚看过,却意犹未尽,一听酱紫还没看,立刻说:"必须看!五楼就是影城,吃完饭我陪你再看一遍!"

酱紫在林晓筱如痴如醉讲述狐狸兔子和树懒的缝隙处插话问:"初七那天,我去了你小姑姑的新闻发布会,她宣布的那个'一千零一夜'计划,具体内容你知道吗?"

林晓筱愣了一下,说:"我不清楚。她哪有空儿跟我废话呀?——你知道吗,迪士尼细节做得特别棒,动物城里的广告牌和购物袋,都有小心机……"

酱紫怔怔地望着喋喋不休的林晓筱,忽然觉得很陌生,陌生得像假的——不只是艾薇,从前她们津津乐道的很多话题,不知何时都从她们的谈话中淡出了。两个人当下的生活里再也没有什么苦涩艰难、不足为外人道的"隐秘"可聊了,她们之间只剩下了纯粹的"闲话"——轻松了还要轻松,快乐了还要快乐,像嚼着满嘴的棉花糖,甜腻,空虚,让人疲惫……

林晓筱拉着酱紫奔向五楼影城,林晓筱的手依然如故,肉乎乎的,软,细,温暖,有力,安慰里透出的强势,然而此刻酱紫的手,却烦躁得想狠狠地甩开林晓筱的手……

五

酱紫对艾薇心存指望,不是肤浅庸俗的攀龙附凤,幻想因此可以鸡犬升天。对于成为行业大咖的艾薇,她虽然保留了少女时代充满深情的暗恋与崇拜,但爱得并不盲目。她的指望,是对艾薇事业发展路径深入分析之后的合理预测。

"临水照花人"早期发展神速,是因为艾薇有时尚杂志基础粉丝的老本儿可吃,加上入行最早且很快得到了投资,短短数月就膨胀成为百万量级的大号,接着视频节目上线,艾薇的人设从带着文青气质的时尚偶像,升格为情商智商颜值三高、自带"人生赢家"光环的文化女神,媒体曝光率进一步推升粉丝数量,艾薇一时无两的风头,就这样形成了。可惜时光无情,虽然不过两年,艾薇和薇蜜们却都已经"老"了。

那些从时尚杂志时代转移过来的铁杆薇蜜,早就结婚生子进入了下一个人生阶段,关注和消费重点开始转移,无论是母婴、健康还是情感、心理、夫妻关系,更不要说竞争激烈到肉搏的美妆、健身领域了,艾薇都谈不上什么专业性,她身上"女神"色彩太浓,"达人"色彩不够,专业竞争力较弱。其次,艾薇并不是"90后"甚至"00后"的时尚偶像,而这些"后"们则是无法忽视的消费主力群体。再者,"艾薇女士客厅"固然成功,但视频节目的文化定位与"薇店"的产品设定之间存在着微妙却致命的错位,喜欢"客厅"那种"高端文艺范儿"的人群,只怕未必会为"薇店"里的"庸脂俗粉"买单……"薇店"过亿的年销售额不过是强弩之末——"粉丝"消费的驱动力固然因为情感代入有一定的黏性,但对于在移动互联网上越来越见多识广的薇蜜们来说,"薇店"也越来越像一个缺乏辨识度和吸引力的老旧杂货店了。

市场很残酷,繁花似锦转眼锦绣成灰的公司并不罕见。酱紫相信,她都能看出来的危机,艾薇也一定能看出来。微格基金在这当口能乐观地投给盛世微光两个亿,应该是有原因的。所谓百足之虫死而不僵,哪怕死了也有庞大的肉身可以成为哺育后代的养料,更何况艾薇此刻将衰而未衰,她最为明智的做法必然是将影响力在有效时间内完成转移,从爆款延展成平台,从大咖升格为宗师,开宗立派,生生不息……

酱紫扪心自问,还有谁比她更有资格位列艾薇的门墙呢?!

艾薇在新闻发布会上语焉不详地提及融资后将启动"一千零一夜"计划,给所有有话说且会说话的人一个讲述的舞台——酱紫带着心有灵犀的欣慰与快乐,在人堆里给麦克风前的艾薇鼓掌。

五个月后,盛世微光的"出道"App上线,这是艾薇宣布的"一千零一夜"计划的一部分。"出道"是为有"脱口秀"才华的素人准备的"星光大道",盛世微光将为这些有才华却缺乏资源和平台的明日之星提供所需要的一切,从包装到推广,竭尽全力。"出道"有直播和录播视频两大板块,录播投稿要求是原创且没有在其他任何平台播出过,无论直播还是视频,经由"出道"推出后盛世微光与作者共有版权,酱紫通过官方渠道和"出道"的编导联系,了解到平台主推的那些主播都和盛世微光签有至少为期五年的"卖身契"。大咖站台,现场酷炫,星光熠熠的发布会全网直播,看完那些闪亮登场的首批签约主播的表演,酱紫内心一声长叹。

酱紫猜对了一半——艾薇的做法,是从爆款延展成为平台,从大咖升级为宗师,但她没有猜到,艾薇同时还换了场子和调子,把客厅、书房换成了天桥、八大胡同,从林徽因变成了赛金花,广告语中"风华绝代"那四个字倒不用换,还能接着用——酱紫的用心揣度苦心追随,却不得不换成自作多情自以为是了。

酱紫从艾薇"低到尘埃里"的姿态转化中,读出了一种全面的自我否定——艾薇放弃了价值观输出。艾薇是靠价值观强输出的鸡汤文起家的——虽然那时候还没这个词,她的"客厅"其实是她的"道场","临水照花人"不过是姿态别致的布道者,布道者应该选择门徒,而不是摇身一变成为经纪人,老鸨子!

酱紫失却了与艾薇的默契——也许这默契从头到尾都是她的一厢情愿,沮丧里夹杂着难言的愤怒和怨恨,但她也就放任自己在心里无声叫骂了十分钟,然后冷静下来审视艾薇的选择。"出道"看似创新的模式,骨子里却因袭了艺人经济的模式,人身约束契约对于艺人是生效的,而对于优秀的内容生产者往往是无效的——"脱口秀"核心价值在于内容,而非表演,"出道"的定位似乎是兼顾了内容生产者和表演者,这种"脚踩两条船"的精明,最终会变得有些尴尬。

酱紫也知道自己这点儿小道理多少有些酸葡萄,能超越资本掌控的优秀内容生产者毕竟是凤毛麟角,所以现实就是要么按人家的规则玩,要么就出局。酱紫随即调整了自己的定位,把"后真相时代"前一百期的运营情况整理出了一份完整的资料,并且附上了精华文章和视频资料,郑重拜托林晓筱,转交给艾薇。

一个月后,林晓筱约酱紫看电影,同时给酱紫带回来一份带着微格基金抬头的书面反馈:"后真相时代"泛娱乐的市场定位垂直度不够,粉丝的行业精准度不高,商业模式无法成立。对于投资人最为看重的团队构成和退出机制,前者目前来看核心成员多是兼职,稳定性差,后者则几乎没有涉及。总之,暂无投资意向,最后面有微格基金投资顾问的签名。

林晓筱说:"我也弄不懂你们这些事情。反正小姑姑说你挺能干的,做到现在这个程度,不容易。只是还有些问题,她说有合适的机会就让人联系你。"

酱紫没再多说什么,和林晓筱一起去看《七月与安生》了。大银幕上周冬雨笑眼弯弯,身边林晓筱涕泗滂沱,酱紫脑子里想的却是微格基金的反馈,哪些是实话,哪些是虚辞……回去的路上,林晓筱挽着她的胳膊,一路抒情怀旧,酱紫看着前方渐次亮起的路灯,心绪低落到极点——投资人指出了她真实存在的缺陷,但那是缺陷,不是缺点,她无力去改变……

酱紫沉默里的哀伤被林晓筱阴差阳错地误读成了与她心有戚戚,她在酱紫耳边轻声说:"十四年了,还能和你在一起,真好。"

酱紫百感交集地笑笑。她送给艾薇看的资料,并不是一份适合给天使投资人看的商业计划书,酱紫希望艾薇能够看出"后真相时代"的潜力和价值,伸出援手弥补那些她无力改变的缺陷,然后共同面对资本;或者只是通过这些内容看出酱紫本人的能力,向她发出合作的邀请……艾薇竟然什么都没看出来——也许是不想看出来吧?也许你本来就没有,让人家看什么?

就在酱紫对艾薇的失望即将转化为对自己的灰心时,乌迪出现了。

乌迪是"羊驼牧场"的创始人,羊驼别名"草泥马",所以"羊驼牧场"的slogan就是:"好好骂人,天天向上"——从名字和口号就可以想见乌迪的风格了。"low逼""贱人"以及各种"婊"是"羊驼牧场"里高频出现的词汇,虽然上线不过一年,却风头正健。乌迪一出江湖就剑指艾薇,一口气推了十期撕艾薇的长文,图文并茂条分缕析地论证艾薇这位"专注熬汤二十年"的殿堂级"鸡汤婆",兜售的是撒了心灵砒霜的毒鸡汤——文化的羊皮下藏着消费主义物质崇拜的恶狼,不仅吞噬你的心灵,还要掏空你的钱包。乌迪原创了一个专属名号敬赠每期节目里都要烹茶的艾薇——"龙团凤饼婊"。

艾薇不仅笑纳了"龙团凤饼婊"的雅号,而且专门为此做了一期节目名为《风月婊鉴》。在节目里和嘉宾笑谈"绿茶婊""红茶婊""奶茶婊""咖啡婊""菊花婊""龙井婊""普洱婊""圣母婊""观音婊""地沟油婊""麻辣香锅婊""黑芝麻糊婊""(海天)酱油婊""农夫山泉婊"——无色无味,瞬间可以变成各种"婊",她不制造"婊",而是"婊"的搬运工……艾薇和她请来的嘉宾旁征博引,谈刻板印象、性别歧视、传播学中"沉默的螺旋",分析这些甚嚣尘上哗众取宠的污名化表达,事实上是一些素质低下的新媒体人在恶化"意见气候",并非大众真正的选择;谈粗俗、低劣的语言表达,甚至将脏话升格进入日常表达甚至书面表达,是在污染我们的汉语,戕害中华文化……总而言之,乌迪才是制毒贩毒的千秋罪人,精神雾霾制造者!

艾薇和乌迪风生水起精彩激烈的隔空互撕让双方都上了热搜,不仅乌迪一战成名,艾薇也为正和多家风投谈融资的盛世微光造了势,事实上成了一次互惠互利的互相捧场。只是生意归生意,人心到底是人心,艾薇对乌迪恐怕实在是喜欢不起来,就连礼貌敷衍都不大做得到。融资完成的新闻发布会后有个简单的冷餐会,乌迪握着香槟杯大方地上前向艾薇表示祝贺,艾薇颇为勉强地和她碰了一下杯子,却只冷冷地握着杯子,连象征性举到嘴边都不肯,随即就转脸和旁边的人说话了。乌迪不无尴尬地自己咽下了那口酒。

酱紫当时就站在旁边。

那天是春节假期过后第一天上班,酱紫去单位辞职,收拾自己的东西,在同事的桌上看到了当天下午新闻发布会的请柬,就跟着混了进来。站在人群中鼓掌之后,自然想上去说句话,艾薇始终被祝贺的人包围着,酱紫站在旁边等机会,看到了乌迪尴尬的瞬间。酱紫看看艾薇周围的情形,感觉自己是等不到说话的机会了,而且艾薇目光几次从她脸上扫过,神色完全是在看陌生人——她想必从酱紫身上辨识不出当年那个姜丽丽了。酱紫念头一转,迎向转身走开的乌迪,做自我介绍,并且掏出手机,给乌迪看自己刚刚推送了一期的公众号"后真相时代"。

酱紫知道自己有些冒昧,毕竟乌迪也算江湖一号人物,她甚至做好了应对冷遇的心理准备,乌迪却笑着拿出手机关注了这个公众号,并且说:

"名字不错!"

也许乌迪只是出于社交礼貌的赞扬,但依然使得酱紫瞬间心跳加速。

"真相只是你的选择。"乌迪念出酱紫精心设计的slogan,咂摸了一下,笑着朝酱紫挥挥手,"回去好好学习你的文章。再见,柯南!"

酱紫那晚反复回想乌迪的表情:看到公众号名字时她眉毛一扬,眼睛里闪过一丝欣赏的光,而看到自己提出的口号时咂摸那一下,似乎是有些费解,又觉得有些意思……八个月后,酱紫收到了一个自称为乌迪的微信好友邀请。

酱紫将信将疑地加了这人的微信,发过去一个问候表情,很快收到了一段语音——竟然真的是乌迪本人!

"酱紫你好! 我是乌迪。情人节那天被你撩了一下,就坠入情网了,一百零八期'后真相时代',每寸肌肤都被我的目光深情抚摸过。做公众号的妖艳贱货多了去,但有颜有胸还有脑的就不多了。能用本格推理的调子讲八卦,一讲一百多期,很牛逼! 看你坚持过了一百期,我就让HR去查你的资料了,你的前任说你器大活好,现在还没有被人包养,我就忍不住春心荡漾了。明天下午中关村车库咖啡,一点半到三点,约吗?"

酱紫把这段四十七秒荤素花搭的语音听了三遍,听完才意识到自己满脸是泪——喜极而泣! 酱紫心底翻滚着喜悦的浪花,当然,还有难言的感激。

酱紫到的时候,乌迪还在和人谈事,酱紫等咖啡的时候盯着墙上的那句"创业者的乌托邦"出神,送走前一个谈事儿的人,乌迪和端了咖啡的酱紫回到座位上。乌迪那天是机车皮衣本色牛仔裤配牛津鞋,板寸,桑葚紫的唇膏,若她不开口说话,肯定会被人误会性别。乌迪是艾薇的同龄人,酱紫原本恭恭敬敬执弟子礼,在乌迪的反复"调戏"下,渐渐放松起来。

乌迪给她两个选择,一是带着"后真相时代"加盟乌迪公司,乌迪去年拿到了风投,可以给她配团队,承担全部运营费用,酱紫会分得高管团队的相应股份,同时还有薪酬和项目提成;另一个则是乌迪加盟"后真相时代",但她目前无法投入资金,只能提供相应的资源,帮助酱紫一起寻找风投。

乌迪一本正经地说:"说白了,前一个是我上你,后一个,是你上我,选个姿势吧?"

酱紫扑哧笑了,没说话。

乌迪凑近她:"不用跟我玩儿口嫌体直那种套路——金风玉露一相逢,便胜却人间无数。哎,表情这么惊讶! 我是流氓不是文盲——从古至今,大流氓都很有文化。"

酱紫笑还在,多了丝意味深长:"就算是金风玉露,太阳一出来都没了,到时候多情反被无情恼,何必呢?咱们慢慢来,好吗?"

乌迪愣了一下,大笑起来:"这是我听到的最深情别致的拒绝……你是撩汉高手啊,谁给你当万年备胎,都当得无怨无悔——"

酱紫笑中有了几分真实的悲戚:"真不会撩——只顾忙着学活下来的本事了,没这技能!"她朝乌迪竖起右手:"天生的,我没有爱情线。"

乌迪抓住她的手,仔细看,很认真地说:"还没长出来,会长出来的!"

酱紫笑起来。她很清楚,乌迪给的第一个选择,等于酱紫拿着自己做了小一年的"后真相时代"在一家规模不大的创业公司找了份工作,实在划不来;而后一个选择,则意味着对价不确定的情况下先给了乌迪股份,也划不来。

酱紫虽然颇有心机地矜持了一下,没有当场宽衣解带选姿势,却和乌迪迅速进入了"热恋"状态。只要"羊驼牧场"有事,乌迪一声招呼,酱紫召之即来来之能战,且不讲条件不计报酬,遇上突发事件需要的急稿,她写得又快又好。投桃报李,乌迪会给酱紫一些意见,酱紫一点就透。同时乌迪给酱紫介绍了一位中戏的老师,酱紫咬牙拿出数万元学费,开始上一对一的表演课程。有机会乌迪也会叫上酱紫,非正式场合见一些投资人,牛鬼蛇神见了不少,能掏出真金白银的天使还没出现,但酱紫无缘无故地快乐了很多。

11月18号是酱紫三十一周岁的生日,她今天庆祝生日的方式是打开直播房间,一边不断和进来的人打着招呼,一边聊起了自己"一个人庆祝生日"经历——七岁时她一个人爬上了村头的大树,在上面待了一天;十七岁时她在郑州一家酒店做服务生,竟然在收拾一个包间时,看到了一个完整的蛋糕被丢在房间里,像是专门送给她的;三十岁时,就是去年,她帮助分手的男友收拾东西,搬家搬了一天,晚上抱着故意被她藏起来的男友的T恤哭着哭着睡着了……而今年,她在和好几万热爱"真相"的小伙伴儿们一起愉快地玩耍,很充实,很开心……看着有人说心疼有人刷礼物,酱紫的开心倒也不是装的。她龇着牙不断说谢谢哥谢谢姐谢谢我的"小苹果",有人让她唱歌,酱紫说自己五音不全,喊了两句麦:"我一人饮酒醉,醉把那佳人成双对……"自己先笑倒了。

酱紫这时收到乌迪的一条微信:"天蝎女,英国佬儿给你送份大礼——'后真相'被牛津辞典选为2016年度热词!"

酱紫想起自己给公众号起名时本来准备叫"丑陋真相",但觉得"逼格"不够高,从"后现代"想到了"后真相",上网搜了发现还真有这个专有名词,而且含义还正是自己想要的那种感觉——天意呀!

酱紫当即就在直播中宣布了这个消息,五分钟后,礼花弥散屏幕,她不无得意地念出了经典励志鸡汤金句:"我若盛开,蝴蝶自来。我若精彩,天会安排!"

六

酱紫怎么也想不到,老天接下去给她安排了一场怎样的意外。

那晚十点,酱紫接到了林晓筱的电话:"我小姑姑出事了!"

林晓筱又急又气,方寸大乱地告诉酱紫,艾薇的丈夫在工作室打人砸东西,不巧工作室今晚只有艾薇一个人,艾薇受伤了,但不知道伤得怎么样——林晓筱的家住在西边,即使晚上道路通畅开车过来也要四十分钟,她猛然想起酱紫就住在附近。酱紫挂断电话抓起包往外冲,忽然她站住了,脑子飞速运转——就在此时,林晓筱的电话又打了过来,告诉酱紫已经把位置发给了她,让她赶快过去,其他人也在赶过去的路上,很快会到——她要酱紫不要怕……

酱紫知道自己遇上了什么——她低头翻了一下包,确定要用的东西都在。酱紫一边往楼下冲,一边叫车。她的住处离艾薇的工作室不到两公里,三十秒后抢单成功的出租车就到了楼下,十分钟后她跳下出租车——在车上的十分钟内,酱紫将包里的全部偷拍设备彻底检查一遍,针孔摄像机镜头、电池和存储卡都没有问题,在跳下出租车的瞬间,按下启动键……艾薇工作室所在的北京北小区7号别墅前,种着一排小叶女贞,酱紫站下了,抬头寻找小区监视探头的位置……

酱紫是最早到达现场的人,她拼命按门铃,好不容易把门叫开,冲了进去。等到林晓筱赶到的时候,已经有四五个人赶过来了,发疯的候绍祖也被人弄走了。林晓筱和女助理帮艾薇洗澡上药。酱紫看看屋里站着的人,一个也不认识,所有人都神色紧张,时不时互相低声耳语,酱紫拿起自己的包,跟身边的人交代了一声,离开了。

酱紫步行回家,走路的时候可以好好想事情。她的电话响了。林晓筱打来的,她在电话里叮嘱酱紫一定要对艾薇遭遇家暴的事情保密,留下时间给艾薇的团队来应对公关危机。

酱紫简单地应了一声"好",隔着电话,两人有瞬间尴尬的沉默,还是酱紫先开口:"我懂。去照顾你小姑姑吧,放心。"

遭遇家暴,对于一个女人,应该是不幸,而不该是丑闻。但对于艾薇,却意味着人设崩塌——她的婚姻幸福与否,不是私人生活问题,而是产品信誉问题。四个月前,2016年的七夕,艾薇刚推出了专门谈婚姻的新书《我愿意》,书中她现身说法地谈了夫妻相处之道,在以硕大的花体英文"I Do"为底纹的书皮上满是艾薇关于婚姻的金句。虽然这本书里夹带了某钻石品牌的软广,而且销量远不如艾薇的前几本书,但依然有数万薇蜜愿意买单。如果他们发现艾薇在撒谎,不知道有多少颗玻璃心将瞬间粉粉碎。而且按照舆论发酵的逻辑,追问家暴原因,自然要去扒当事人——如今有谁经得起扒呀?艾薇人设崩塌,对于盛世微光来讲,或大或小都是场公关危机。从林晓筱刚才的电话里只言片语的透露,公司还想封锁消息维护艾薇原有的人设,酱紫觉得很傻很天真——怎么可能?!

酱紫挂了电话,看见有数条未读微信的提醒,有两条是关于艾薇遭遇家暴的。一个是她以前的同事,十分钟前看到有人微博爆料,来询问真假;另一个则是乌迪,什么也没说,只是转发了一个微博链接。酱紫点开看,映入眼帘的第一张照片,就是酱紫站在工作室外按门铃的背影……

酱紫到家后集中刷看微博,艾薇遭遇家暴的消息正在蔓延,虽然措辞都保留了相当大的回旋余地,但那些暗示性的用语里充满了恶意的揣测——基本是对艾薇做了有罪推定。一个名为"八婆"的娱乐营销号说得很露骨:"她临水照花,照着照着你就绿了,绿着绿着你就怒了。"从消息爆出来到现在将近一个小时了,盛世微光还没有任何回应——酱紫略带嘲讽地想,难道他们的方案是无为而治,等着公关危机自行消失吗?

酱紫给乌迪回了电话,说了自己刚才在路上想到的方案。乌迪在电话那端没应声,似乎在思忖,很快,她说没问题,分头行动。挂了电话,酱紫在那个名为"圈子"的业内人士群里兜售自己手里的视频。半个小时之后,酱紫在群里说,视频已经售出,谢谢关注。酱紫就这样完成了销赃。这个头儿虽然开得简单粗暴,但说东走西,一丝不透接下去的情节,意外之后还要有意外——好故事不都得这么编吗?!

酱紫第二天就跑去大兴,跟乌迪帮她连夜搭的班子一起做视频,编下面的故事去了。当然,对于故事的重要组成部分——艾薇家暴事件的舆论发酵,她们时刻都在关注。

最正面、最厚道也最少数的评论是"拿别人的家事炒作,无聊恶俗",绝大多数心明眼亮的人民群众,自然早就看穿了这对夫妻表象浮华本质丑恶的婚姻。与艾薇相比,候绍祖知名度相对较低,能扒出的猛料有限,只是有人跳出来揭发当年艾薇也是"小三"上位，候绍祖本就是个抛弃患病前妻的"陈世美"，渣男配渣女，报应不爽。至于艾薇，陈芝麻烂谷子半真半假的"黑历史"和数位"奸夫嫌疑人"，被操碎了心的新媒体小编们和无数无私无畏不辞辛苦进行义务劳动的网友们，扒出来交给群众吃着瓜嗑着瓜子细细审判了。就连艾薇那位已经在省第三监狱认真改造灵魂的前夫的贪腐案情，都被扒拉出来以飨观众了。

数百万薇蜜分裂成了"挺薇派"和"踩薇派"两大阵营，阵营内部再细分：有心疼女神遇人不淑的，有心疼粉丝自己真心错付的，有骂艾薇作的，有恨艾薇老公渣的，有的相信艾薇冰清玉洁"不是潘金莲"，有的相信候绍祖"宝宝心里苦宝宝不说"最后忍无可忍……不过大家骂起酱紫这个出卖朋友的"心机婊"倒是万众一心，酱紫那不知身在何处也不知姓甚名谁的父母祖宗被各种语言反复"问候"了三四天，直到酱紫精心制作的那期视频上线。

这期"后真相时代"的视频剪辑后时长三十八分钟，题目为《艾薇女士客厅暴力事件》。酱紫先山寨了一把柯南，用烦琐的证据、缜密的逻辑、完美的推理建构出雄辩的故事，成功说服了绝大部分善良的群众，把自己洗得干干净净：她把事发当晚所有相关通话、微信和微博爆料所显示的时间截屏，拼出一条时间轴，证明了在自己离开艾薇工作室之前四十分钟，接到朋友要求保密的电话之前半个小时，将视频卖出前两个小时，已经有人在网上曝出艾薇被家暴的消息了。

接下来是酱紫对邀请的专家的视频采访，专家对爆料微博和照片进行专业技术分析，查证出来所谓爆料照片应该是监控录像截图——又通过各种蛛丝马迹捋清了这一消息最初的传播路径，查出了最初的"源发地"是一个匿名注册的微博，至于这个"风行天下"是谁以及如何获得的监控录像截图，再没有更多线索和证据出现之前，只能作为悬念保留了。

对于自己为什么会在进入室内后偷录视频和卖出录像，酱紫交代的犯罪动机是保护艾薇。酱紫录像的最初动机是作为证据交给警察或者法院，她没有想到艾薇在遭受如此巨大的痛苦之后，竟然会选择隐忍。

酱紫播放了进入室内之后录下视频的部分内容：

受伤的艾薇依着酱紫的胳膊坐着，想是在积攒力气，她抓住酱紫的胳膊，挣扎着站起来，酱紫撑着她，艾薇朝楼梯后面指了一下："卫生间。"

酱紫扶着艾薇到了卫生间的门口，艾薇进去，关上门，酱紫从门上的磨砂玻璃上能看到她当即就贴着门滑坐在了地上。酱紫站在卫生间门前，哭得浑身战抖——酱紫当然不会在节目中对观众解释，她之所以哭是因为和艾薇贴近时闻到的气味,告诉她艾薇身下流淌出的液体是什么——关于经三路的惨烈记忆如同被解除封印的蛇怪,从意识的深渊中蹿出来,一下咬住了酱紫的咽喉,她在剧痛中无法呼吸,泪水夺眶而出……

酱紫接下去深情地、有选择地讲述了与艾薇之间长达十四年神奇而深刻的命运交织。那晚,内心无比矛盾天人交战的她决定尊重艾薇的决定,虽然她一点儿都不认同这种决定。

酱紫对着镜头,一脸天真的倔强和凛然的正气——盛世微光资本方为了自己的利益绑架了艾薇,无视艾薇真实的痛苦和所受的伤害,要她继续维持婚姻幸福的人设假象是卑鄙无耻的。后来家暴事件遭到曝光,艾薇善良的愿望落空了,酱紫面对艾薇被无端猜疑,决定用自己的录像还公众以真相——从艾薇丈夫砸东西吼叫的内容判断,根本没有涉及任何第三者。至于为什么是"卖出"而非"直接公布",酱紫无比淡定地说,免费的东西很难得到重视和珍惜。更为重要的是,她和艾薇之间特殊的关系,如果由她直接发布视频,那些被阴谋论腐蚀得心肺全黑的人,肯定认为是假的。

"真相是什么?面对漫天飞舞的信息碎片,你所获得的真相,其实就是你的态度和选择。"酱紫用这句话结束了她脱口秀的理性部分,随着背景音乐换成《橄榄树》,酱紫开启了抒情性的下半部分。她选读了艾薇《最美的地方》,画面开始不断叠加艾薇行走在世界各地的照片和各种书影……酱紫提醒所有的薇蜜:你们还记得那个拥有诗与远方的年轻的艾薇吗?

"我在搜集前面的资料时,发现了艾薇曾经和另一位美女作家同框的老照片,你们能辨认出来吗?如今这位麻衣素裙的文艺老阿姨,就是上世纪末那位敢对着记者镜头展示乳房的魔都甜心。她们走过了怎样的心路,有谁知道呢?靠着荷尔蒙的力量与家长、现实以及尚未开放的社会风气搏斗,遍体鳞伤,四面楚歌,作为同盟军的青春撤退了,自己也就投降了,'结束铅华归少作,屏除丝竹入中年'。把妥协、失败、压抑、扭曲打扮成现世安稳红尘修行,叛逆少女华丽转身为人生赢家,暗黑青春埋入记忆,不会再和任何人说起自己内心的各种拧巴——这是不少生于上世纪七十年代的小姑姑们,共同的来处与去路。"

满屏的照片蝶飞羽散,镜头转回到摄影棚内,酱紫手里拿着艾薇的那本新书《我愿意》,在钢琴声的陪伴下,读出其中一段:

"婚姻是尘世间最为接近宗教般虔诚与英雄般梦想的事物,丈夫与妻子都是奉献者,也是受享者,是完全交托的信徒,也是完全担承的神祇,由无数当下执子之手的小确幸,累积而成此生与子偕老的大欢喜。

"这是谎言吗?不,这是催眠的咒语!艾薇不是在欺骗你们,她在给自己施咒——这段话背后透出的隐忍与艰难,早就清清楚楚地告诉了所有人,她的婚姻并不幸福!如果有人和我一样变态,细细看过艾薇此前所有的公众号文章和相关视频,她提供了太多的夫妻相处之道,自己如何做如何做——她说起过自己的丈夫为她做过什么吗?任何具体的实际行动,而不是温暖、踏实这样虚头巴脑的水词儿——从来没有,一次也没有。她为什么不说?也许,她只是不愿意撒谎。

"这就是我能告诉你的'艾薇女士客厅暴力事件'的真相,无趣又残酷!薇蜜们,你们可以选择做艾薇的闺蜜,也可以选择做艾薇人设的消费者。你们发现一直告诉你们要爱自己的艾薇,其实并不真的爱自己,作为闺蜜,你们会觉得心疼,作为消费者,你们会觉得上当。真相,只是你们的选择,你们会怎么选呢?我是酱紫,就酱紫(这样子)。"

视频上线后的当天晚上,酱紫当时还和乌迪待在大兴,刚看完几家正在录制的知名网综,回到酒店楼下,乌迪下车站在楼外面抽烟,酱紫不肯先进去,披着羽绒服站在旁边陪她,这时接到了艾薇助理的电话。

酱紫与助理约好了"谈谈"的时间,挂了电话感慨起来刚才看过的那几家网综的制作团队和投资规模,酱紫由衷地说,不要说"临水照花人",就是"羊驼牧场",今后都很难再有了,新媒体留给小商小贩们的窗口期结束了,只剩下"权力的游戏"——强大资本与高端资源的冰与火之歌。

乌迪没应声,狠吸了口烟——"羊驼牧场"虽说拿到了天使轮投资,但也走上了一条"长不大就得死"的不归路。

酱紫顿了一下:"如果可能,我想把'后真相时代'卖给盛世微光。"

乌迪被烟呛了一下,咳嗽起来。

酱紫不为所动地,近乎自语地说:"'后真相时代'变现的机会很难遇到——我也等不起。而且,如果可能,我想签约'出道'——"

乌迪平稳了呼吸,抓住酱紫的肩头,盯着她的脸。不知道为什么,酱紫迎着乌迪的目光,闻到她喷出的混合型香烟的气味,心里怦然一动,脸红耳热起来,躲闪了目光:"我有正经话要和你说。"

乌迪点了一下酱紫的鼻尖:"说呀!"

酱紫笑着躲闪,夸张地做出娇羞状:"待我长发及腰,少年娶我可好?"

乌迪扑哧笑了,拉了拉酱紫肩头滑落的羽绒服,说:"你若安好,我备胎到老!"她把手里的烟蒂用力摁在熄灭烟头的金属盘子上:"去艾薇那儿长头发吧!不过你得做好心理建设——你相信阶级感情吗?"

酱紫不解地看着乌迪。乌迪说:"这世界上没有无缘无故的爱,也没有无缘无故的恨。我们之间就是阶级感情——都是从爬虫修炼成人的异类。对于生下来就是人的艾薇来说,你必须让她感到安全,舒服……"

七

酱紫回龙观的分租房里,一周未见,罗鑫依旧在电脑前打英雄联盟,姿势都和她离开时一模一样。酱紫故意拉了一下他的耳机,罗鑫受了干扰,却处乱不惊地控制了自己的动作,毫无失误。

酱紫有些悻悻地把包扔在床上,进卫生间去了。酱紫从卫生间出来,没有再打扰罗鑫,深吸一口气,坐在床上开始整理透明文件夹里要给艾薇看的文件,竟被锋利的纸边划破了手指……

见到艾薇之前,先见到了林晓筱。酱紫站在工作室门外,看到来应门的是林晓筱,略有些意外,愣了一下,还是笑了。林晓筱也笑说:"快进来。"

林晓筱除了略显疲惫,有些兴致不高,一切如常,仿佛小姑姑不曾出事,她和酱紫也不曾因误解反目,仿佛过去一周什么也不曾发生……这让酱紫瞬间恍惚,自己一周前接到那个骂她的电话不是林晓筱打的?

酱紫曾经拟想过如何与林晓筱再次重逢:雨过天晴,嫌隙冰释,按照酱紫所熟悉的林晓筱的人设,她应该会把略带羞涩的尴尬化解在眼泪里,把道歉隐藏在甜蜜的嗔怪和近乎撒娇的委屈中……酱紫则会给她一个温暖的拥抱,说一些从乌迪那里学来的情话,让她破涕为笑……

不仅幻想中的琼瑶剧没有上演,林晓筱甚至连一丝一毫心照不宣的致歉致谢的暗示都没有——目光里没有,微笑里没有,她选择性失忆一般,站在那里笑说"快进来"——酱紫的失落坠到底,炸裂,腾地竟然在心头升起了一团愤怒的蘑菇云——她必须克制,克制得浑身战抖……酱紫狠狠地捏了一下裹着创可贴的受伤的食指,疼痛终于让她冷静下来。

一楼装修装饰得有些过度的客厅,酱紫亲眼目睹过一场浩劫:黑檀雕花的茶船被掀翻在地,红酸枝的博古架玉山倾倒,碎了一地的精致中间,倒着身穿宝蓝色毛衫、头发散乱、嘴角淌血的艾薇。墙上原本挂着"玉堂富贵"四扇挂屏,玉兰、海棠、牡丹、金桂的花叶都是各色玉石在乌木底子上拼接镶嵌而成,那扇海棠被砸在地上,木裂石崩,艾薇红肿的脸颊上落了一粒粉色的拼海棠花瓣的芙蓉石碎片,酱紫轻轻用手指捏掉……现在,客厅和林晓筱一样,也看不出一丝一毫历劫的痕迹,就连替换后的那扇海棠与其他三扇都嵌合得天衣无缝,又是珠联璧合的一墙玉堂富贵了。

林晓筱把酱紫带到了二楼,二楼打通了客厅与房间,中间放着一张大会议桌,围着桌子坐着几个陌生的男女,通露台的落地玻璃门前放着一架精美的藤艺摇椅,暗蓝色碎花图案的巨大垫子,上面坐着身穿香槟色丝绒长袍式家居服的艾薇。她看到林晓筱和酱紫两个人过来,微微一笑:"姜丽丽吧?在外面碰上,真是认不出来了。你和他们好好谈。"

艾薇说完,起身走进旁边的阳光房里去了,并且随手关上了门,酱紫隔着玻璃门看着她在一排白的紫的开得正盛的蝴蝶兰掩映下,拿起花剪开始修剪一株旁逸斜出的福建茶。林晓筱则把自己扔在旁边的沙发上旁若无人地玩手机,艾薇的助理过来,请酱紫在会议桌前坐下,然后逐一介绍与会的公司人员:首席内容官,人力资源总监,"出道"项目总监,视频部总监,会议由人力资源总监主持——酱紫才意识到,艾薇助理邀请她过来,是参加"出道"视频主播的面试。

酱紫的手还在包里,捏着那份文件夹——她绝不能用这种姿态进入盛世微光。她脑子里闪过昨天和乌迪的谈话,随即也就调出了应对方案。她调整、酝酿情绪,人力总监慢条斯理地说了几句客套话,请她介绍基本情况,酱紫低着头没有应声。人力总监有些诧异地又说了一遍,酱紫抬起头,已经是满眼泪水。

酱紫站了起来,不看会议桌上的人,看看玻璃门外的艾薇,泪水夺眶而出,她拿起包走到林晓筱跟前,哽咽着说:"林晓筱,我以为我们是朋友。"

酱紫一边哭一边冲下楼梯,冲出别墅,在小区里不辨方向地跑——林晓筱追了出来。接下来,酱紫和林晓筱,一个哭着跑一个喊着追,刚才没演的琼瑶剧这会儿演了,戏剧任务略作调整,流泪的换成了酱紫,安抚的换成了林晓筱,过程有些仓促,结局倒是一样。

那天的事儿,后来想想颇有些不可解之处,或许是酱紫自己天天设计"真相"落下病了,巧合这种事,在现实中是存在的,但她认为更大的可能性是,不只她有剧本,人家也有。

不管最后演了谁的剧本,结局反正都是大团圆。酱紫如愿以偿,成为"出道"的签约主播,而她的"后真相时代"接棒"艾薇女士的客厅",成为盛世微光2017年的主打脱口秀,这种做梦都梦不到的好事儿,竟也成了现实。事实上,"后真相时代"从产权归属上来说,已经不是酱紫的,而是盛世微光以一百五十万人民币收购的无形资产了。

这笔钱,让酱紫按揭买下了顺义一处新楼盘里九十七平方米的房子,乌迪陪她去售楼处签的合同。两人一起出来时,酱紫显得很平静,一直沉默着,半天才说:"还是得活下去呀。"

最后一期"艾薇女士的客厅"为接下来的"后真相时代"预热,主嘉宾是酱紫,那期的标题就是《想不到你是'酱紫'的酱紫》。酱紫本人猛料放不停——出生两天被亲生父母卖掉,童年被养父母虐待,中学被老师性侵,自己供自己读完大学,"因为爱情"误做"小三儿"被人暴打,写小说却因"没有生活"不被认可,未婚夫的一声"快跑"让北京成为她的悲情城市……但她直面一切苦难、挫折、难堪、丑恶和残酷,努力去选择美好、善良、深情和高贵——这样的信念支撑她去做"后真相时代",她想告诉所有人,无论在怎样的境况下,人永远都有选择……这期视频的浏览数一周内超过了五千万,弹幕多到看不见酱紫的脸。

"真实"成为酱紫人设的关键词,这是在和策划团队讨论时,所有人,包括酱紫本人,都可认的。不过酱紫很清楚,她得为这样的人设付出相应的代价——这种"真实"是供人消费的,极少有人愿意让这种"真实"进入自己真实的人生。在获悉真相的罗鑫父母眼中,酱紫就从天使变成了妖孽,他们忙不迭地跑到回龙观,把自己那坠入妖怪洞中的儿子,连拖带拉地领回老家去了。酱紫认定自己多半要孤独终老了。

乌迪安慰她:"算是设了道初选的门槛吧。也是好事——以后敢追求你的,都是真爱。你的爱情线长出来了吗?"

酱紫举起手给乌迪看:"还没有。"

乌迪握着她的手说:"会长出来的。"

酱紫笑了,挽起乌迪的胳膊走出售楼处,说起四月北大那场名为"微时代、新资本与媒体责任"的论坛。事前盛世微光的策划团队和酱紫,始终没有就她主题发言的内容和风格取得共识。公司认为她应该在媒体面前强化人设特征,直率、真实、毒舌吐槽,文艺范儿但要接地气——网红特质是她的本命。酱紫认为去北大耍宝不只是轻薄肤浅,更是愚蠢。首席内容官却认为引起争议成为话题是好事儿,最好也有十几个博士教授联合起来写文章骂你,你就彻底火了,她甚至动用了核威胁——如果酱紫一意孤行,就会被公司认为违约,将支付高额赔偿。

盛世微光接手后的"后真相时代",只沿用了酱紫独特的本格推理作为节目延展路径,规模和形式都做了彻底改变。除了当期的主咖,每期还会邀请六位演艺娱乐明星,在节目中被酱紫的推理"逼问"出与传闻相同或者相反的个人经历。第一期的主咖是艾薇,有六位或者遭遇婚变或者被爆导致他人婚变的当红艺人作为同期嘉宾,酱紫在那一期中获得了"幸福掘墓人""真相小姐"等多种爱称。"后真相时代"作为明星当众清洗自家脏床单的秀场,实在是满足人民群众不断增长的八卦需求的良心之作。负负得正,勇于自黑自嘲自曝其短的艺人反而变白变可爱了,不少路人跟着就转粉了。"后真相时代"改版后第一期《艾薇女士离婚事件》全网上线,浏览数直接破亿。2017年3月8号,酱紫被邀请参加了网红大会"女王节"特别节目,从主持人手里接过了"丑闻女王"的水晶王冠,和其他几位花样百出的女王一起昂头拍照——不低头,不流泪,看我戴着王冠笑!

写了多年的鸡汤文,酱紫蓦然发现,原来自己活成了励志鸡汤本人。酱紫比别人更明白,鸡汤有毒。她不愿意在北大放肆,不是担心被博士教授们骂,而是担心靠这种单薄的人设她活不过一季,很快会被观众厌倦、厌恶!

她还是一意孤行了。

酱紫在北大论坛上发言,谦逊柔和,落落大方,白衫黑裙锁骨发,踩着十二厘米的高跟鞋站在发言席上,手握遥控笔娓娓道来。她先颇具"学理感"地厘清概念,梳理源流,然后谈"后真相时代"的文化特征与"后福特主义"社会转型,谈"微时代"带给个人主体性充分成长的可能,也带给个人心灵前所未有的阶层压力和价值观冲击,从社交媒体在信息传播上的杠杆作用,谈到新媒体人必须充分自觉认识到在意识形态建设中不可推卸的社会责任,最后她用《诗经》风雅正变的概念类比推出论点,无论是研究者、投资人还是从业者,都应该秉持"求正容变"的态度,给优质内容和良好的媒体生态以无限的可能。

乌迪后来在网上看到了这段标题为"网红学霸碾轧北大博士——震惊了"的视频,她的评价是:"俨然活脱儿又一个艾薇,装逼技能满分。"

酱紫告诉乌迪,艾薇好像有什么新计划,不仅不做节目了,也卸任了盛世微光的总裁,新总裁还带了位总编辑过来,所以首席内容官也换人了。

乌迪从酱紫的脸上读出了什么,追问一句:"你也升职了,对吧?"

酱紫挽紧乌迪的胳膊:"CCO助理。"

乌迪念白似的叹了一声:"侯门一入深似海,从此萧郎是路人。"

乌迪没有成为路人，酱紫越来越在情感上依赖她了。乌迪既然说她们都是修炼成人的爬虫，酱紫和乌迪约好端午一起喝雄黄酒，看酒后谁会现原形，没想到一早林晓筱打来电话，说艾薇约她过来吃饭。酱紫心里纠结了一下，还是去了。

端午清晨落了雨，酱紫和艾薇在二楼阳光房里说话，林晓筱一个人躺在屋里玩手机，一身秋香色暗花软缎长裙的艾薇坐在巨大的根艺茶桌前，低头泡茶，身后一株古桩石榴盆景开着红艳艳的花，她依旧如此明艳动人，酱紫想起初见艾薇的情景，眼眶莫名有些热。艾薇说："晓筱病了，我要带她去治病。"

酱紫一惊，扭头看室内的林晓筱，这半年没怎么见，刚才只是觉得林晓筱胖了很多，艾薇递给酱紫一杯茶，说："她已经出现幻听了，是不是精神分裂，还不能确诊。家里接连出事，晓筱的爸爸，年前被双规了，现在还没结果，她妈妈情绪很不好，我这边又这样……她那个老公——还有孩子……本来你是唯一让她感到轻松快乐的人……"

艾薇的声音很轻，口气淡然，且语焉不详，但酱紫迅速理解了全部，一阵咬啮的疼痛开始在胸口蔓延，疼得她暗自无声吸气。

艾薇笑了一下："丽丽，本来这件事我不打算说，但是我有一位很重要的朋友——如果没有她，说不定我早就是晓筱这样子了。她建议我找个合适的机会告诉你真相。我知道，那个'风行天下'就是你，你自导自演了一场大戏。"

酱紫血液瞬间凝固了，她看着艾薇，甚至都忘记了反驳——除非撒谎，她也没有什么可反驳的。她在艾薇门外留下了偷拍设备，并且在众人到来后及时取回，利用手机匿名注册微博"风行天下"，发出爆料截图照片，并且"@"了几个相关的娱乐号，完成了后来她作为自证清白的铁证——这是连乌迪这个同谋都不知道的秘密，现在却被艾薇说了出来。

艾薇捧着只娇黄耙花锦地纹的主人杯，嘴角噙着一点儿笑："小区是有监控录像的，我知道你躲开了摄像头儿，没有被录上。但躲避本身，足以说明一切了。我那个朋友说，老天假你之手，用一座虚构的城池，庇护了困顿、疲惫、恐惧之中的我，我该向你说一声谢谢。知道'法华七喻'里的'化城喻品'吗？"

酱紫怔怔地点头。

艾薇笑了："你倒真是无书不读——知道风雅正变，还知道法华七喻……"

酱紫小声说："是那天在北大开会，有一位不认识的老师告诉我的，我也不是真的知道……"

艾薇说:"既然她说了,我就不多说了。以后经常和晓筱联系吧,多和她说说话。我逼她,她才跟你打电话——她现在已经不愿意和别的人说话了。"

酱紫郑重地答应了一声,默默喝了一口茶,艾薇起身去厨房看饭菜准备得怎样,酱紫一个人,看着雨落在玻璃墙上,留下泪痕一般的印记……她竭力搜寻着记忆里和她说过话的那位老师,越努力那人的脸就越模糊——鲜明的只有那天她们站在校园里一棵老杏树下,风过,有簌簌的花瓣落在那位老师的肩上,她始终不曾伸手拂去……她说,幻化的城,却能提供真实的庇护和休息,但化城很快会消失,因为你还有前路要走……

酱紫当时听得半懂不懂的,现在她也不知道自己是否真的明白了,只是感觉心底有个地方,原本那里像干涸冻硬了的井底淤泥,从来不曾见过天日,此刻却照见了暖暖的光——玻璃墙上的雨痕还在,依稀有了日影,酱紫走到敞开的玻璃门边,切切地叫了一声:"林晓筱……"

2017年6月1日　枫舍

第三把手

王 手/著

1

我的店开在工业区的宽带路,工业区里鞋厂多,我的店就是卖鞋料的。鞋料是什么?许多人不知道,以为鞋料就是鞋材,其实不是。鞋材是大件,比如皮、革、衬、胶、鞋底,那叫鞋材。那鞋料呢?那是说得好听,是为了和鞋材沾点边,其实它应该叫鞋杂,比如鞋带、鞋扣、鞋钉、鞋线、鞋纸、鞋撑,还有榔头、帮钳、剪刀等等,说白了,都是些不起眼的东西,旧社会叫作小头生意。

经常来我们店里买东西的有几种人:一、采购员,过来一看,丢下一张单子,里面写着要买的东西,说,这些东西,你先配起来,我转一圈之后再过来拿。这些人,虽然也来采购,但心里其实是看不起的。二、小厂老板,事必躬亲,又斤斤计较,一分一厘也杀来杀去,目的只是想告诉你,别想糊弄我,我精得很。三、也是小厂老板,夸大口,甩大袖,拿了再说,搞起来很豪爽的样子,心里根本就没有底,到时候逃债的就是他。四、外地人仓库员,东西好坏不管,便宜要紧,而且言必谈回扣,哪怕吃一碗面也好。这样的人,我一般都会和他们老板提醒一下,吃里扒外,和过去的叛徒差不多,等于身边挖了一个无底洞。

据说,台湾人来这里找合作伙伴,不一定找员工众多的,不一定找设备精良的,不一定找厂房宽裕的,但一定看合作人的品行,人是不是正派,做事靠不靠谱,平时讲不讲信用,能不能吃苦耐劳。从这一点得到启发,我们做小头生意的,也往往喜欢上述人等的第二种,勤力、顶真、节省、不含糊。我老公说,这是一种精神,大老板都是从这些开始的。

2

经常来我们店里的一位女老板叫李回珍,人不是很漂亮,穿着也中性,这个样子我们一般地认为她干练,觉得她管的厂一定很规范,很有秩序。尤其是她开的那辆宝马车,单门敞篷跑车,马上就显现她的经济效益了。我老公说,这种车,五十八万,没有足够的实力,养都养不起。要知道,我们尽管做鞋料多年,但也才刚刚接触轿车的滋味,一辆十二万的桑塔纳,平时兼坐骑和运输,宝贝似的。

我前面说过,做生意也在挑客户。不对胃口的客户,也不是不做,只是一般地应付应付,而对味的客户,我们就重点巩固她,研究她。女老板的老公叫张国粮,他们原是九州下面文县的,那个叫刘基故里的地方,还是一个族里的,从小在一起玩大。后来,也是听了别人的蛊惑,结伴到外面讨生活,其实是弹棉花,走南闯北,风餐露宿,按照现在的说法,只能混个吃的。几年下来,所有的收入也仅是五十床棉胎,还是截留顾客的棉花攒的。后来,又听了别人的鼓动,到武汉去卖鞋,才渐渐有了一点基础。很多人不知道卖鞋是怎么回事,以为一定要懂鞋,或自己做鞋,其实不用。你只用知道九州是中国的鞋都就行,在九州可以找到鞋就行,能看懂鞋的信息就行,就可以在外面吹嘘鞋了。那时候的九州,在外面都是鞋的名声,外地人误以为全中国只有九州人会做鞋,误以为只有九州的鞋子最好,张国粮和李回珍就是钻了这个空子,出去蒙的。他们先是到武汉租了一个柜台,租柜台是当时九州人在外面打拼的典型形式,生意刚刚涉足,资金捉襟见肘,开店肯定不行,只能租个柜台湿脚练手,就好像在赌桌的边上押一个角,也等于在别人的锅里蹭一碗汤喝。他们把九州的鞋子带出来,摆在别人的柜台上,李回珍在武汉守柜台,张国粮则武汉、九州来回跑。一九九四年的九州来福门,还不是一个很正式的市场,只是一个自发的地摊集市,从信河街这边走过来,沿松台山边上拐进去,一条小路一直通到茶厂桥边。一九九四年的九州鞋,也是鲜有档次的,都是刚刚从家庭作坊里脱轨出来,刚想尝试做工厂阶段,都不知道什么鞋才能适销对路,也没有销售渠道,于是,摊子就这样摆出来了,鞋也是这样开始展示的。张国粮像一条嗅觉灵敏的狗一样,在来福门一带巡过来巡过去,他相中了自己喜欢的样鞋,马上就摆上了武汉的柜台。这样来来回回,辛苦是自不必说,但乐趣也是层出不穷的。这一年,他们的第二个孩子出生了,李回珍的月子都是站在那里"坐"的,能腾手做饭的时候,张国粮又跑回九州了。

现在,夫妻俩就在工业区里面办厂,武汉的店,丢给别人看了,自己杀回来做真正的鞋佬了。老公说,勤劳的人,卖针也会赚,卖葱也有吃。但他们毕竟是小打小闹,毕竟还没有大钱,他们想在工业区里买一个厂房还是很难的。怎么办?他们找小的、地点偏的、价格便宜的,最好是有什么说说的。还真找到了一个,什么小啊偏啊便宜啊都符合心意,就是死过人有点不爽,这就是所谓的说说,而且还是比较要命的说说。很多人一听到这个就向后转,讳莫如深,太不利市了。但张国粮和李回珍没有放弃,这是他们吃苦耐劳后练就的脾性。他们找派出所、找管委会、找鞋厂鞋佬了解情况,信息综合过来不是传说的那样。说这个厂欠了债,债主逼上门了,双方像古时候打仗一样,拉了阵势在门口吵架,结果恶语将债主的妈妈骂死了。这件事本来是民事却走上了刑事,本来可以协商的却走上了判决,这个厂也从此被恶名缠绕,瞬间倒闭,厂房也一直荒废在那里。张国粮可不是这么想,他给自己找到了理由:人死在门口,就好比点球踢在门柱上,弹下来也没过球门线,还不算进。于是,张国粮咬咬牙,把这个厂房买了。

老公还调查得知,张国粮真正赚的钱不是在武汉卖鞋,也不是在工业区办厂,而是在上海炒楼盘。前阵子又相中了一处烂尾楼,是和朋友一起相的,但因为价格高,一班人正纠结着。张国粮却偷偷地找到业主,撇开朋友,斜出一刀,把这幢烂尾楼独吞了。这件事做得有点粮,朋友们齐声痛骂张国粮。但老公却认为,张国粮在道义上是有点问题,但为了利益的最大化,他果敢,有魄力,还是难能可贵的。现在我们知道了,把生意看得很重的人,做起事情来一般也都是比较认真的。

3

九州的生意一直是被人诟病的,也是全世界最烦人的生意,以赊当账,但九州人非但没有不好意思,反而觉得是自己的特色,真是"把陋习当文化,把缺陷当传统"。就拿我们这些鞋料生意来说,大的如皮革、胶水,小的如剪刀、鞋带,要货不带钱,赊账成传统,都是家常便饭。久而久之,赊成了关系文化的一个载体,觉得赊是看得起你,赊是照顾你生意,反之,不赊就是不懂规矩,就是没人情味。赊账唯一的好处就是客户高兴,拿了就走,好像不用钱一样。但赊账的弊端却是很多很多的,忘的、反悔的、耍赖的、退货的、逃债的,只要他手头没钱,什么事情都可能发生,因为主动权在他的手里。杨白劳真没有钱,黄世仁再逼也没有用。我们曾一度想把它正规起来,一律现金结算,但马上发现自己是徒劳的,而且还犯了忌,不仅寸步难行,还逃了不少生意,所以最后,我们只好妥协。但我们也定了一个规矩:三百以内的鞋杂,一律付现,否则,宁可不做。而一些有关系的、有规模的、有信用的客户,我们也设置了条件,比如李回珍的厂,我们就给她"三月一结",也算给她一个面子了。

4

李回珍的厂叫"福禄寿"。她总有别出心裁、异于常人的地方,那个"死过人"的厂房,她精打细算,只在一层安了条流水线,再搭了些违章建筑挤一挤,上面的两层,都被她布置起来出租了。按照李回珍的说法,小厂嘛,能做鞋就行,不要搞那些虚的。这样说起来,她的福禄寿就有好几条水灌进来,厂房出租一条水,武汉的店一条水,上海的烂尾楼也是一条水,再加上自己做鞋一条水,日子是丰饶而滋润的。

这时候的福禄寿,日产女鞋两千双,不算大也不算小,但名气已经有了一点点,地方上给女鞋排个队,勉强还能挤上个前十。他们已经不像刚办厂那时那样拼命了,因为钱已经有了,力肯定也会少了一点。他们还在做鞋,纯粹是出于喜欢,就拿李回珍来说,她就有女鞋三百双,看中了就买,不一定都穿,但一定是一个绝佳的资料库。张国粮也经常地从中寻找灵感,他画女鞋有感觉,他觉得女鞋就像花,时开时变,一个时期一个样。做女鞋最讲究与时俱进的,女鞋换季快,样式多,做靴有高帮和中帮,冬鞋有里毛和外毛,凉鞋有全凉和半凉,拖鞋有盖掌和夹趾,有皮带草的,也有皮带布的,更有布带草的,有带饰和不带饰的,有正打带和斜打带的,总之变幻无穷,每一款都在考验人的智慧和心志。男鞋就不是这样,千篇一律,不分季节,一以贯之,万变不离其宗。

据说,每月的头三天,张国粮都要到武汉去。这事一直都是这样传闻的。我们这个店,正好在工业区的进口处,有时候像个联络点、中转站,总会有这样那样的人歇歇脚,总会有这样那样的话头。到武汉去干什么?当然是自己厂里的事,门市业绩看一看,店里的库存盘一盘,有瑕疵的鞋子修一修,把员工的工资发发掉,再就是到商场里转一转,看一下其他鞋样。这些事,都是明摆着的,张国粮就是向李回珍汇报,都是可以摆到桌面上的。但张国粮心里清楚,他是去幽会店员周节如。而每月的头三天,正是周节如最干净利落的日子,那些烦人的缠绊,怎么粘也粘不上这三天,挺让人放心大胆的。

有细心的人留意,那天一早,张国粮都是准时地从厂里出来,自己开车到汽车西站,停进了地下停车场,然后乘七点头趟的班车赶到武汉去。车子走出太平岭,上了绕城高速,进入沈海线,就可以眯眼打个盹了。一路上,不是高山就是隧道,当然,高山和隧道对于张国粮来说都一样,他都不会去关注,他的心早就飞到周节如那里去了,她会怎么样呢?这会儿起床洗漱了吗,还是早餐后在准备开张?她是忙碌而憔悴的,还是绷着心里的热闹而神情淡然的?只有到了江浙接壤的地方,眼前的景物才会突然地豁然起来,或一片江海,或一派欣欣向荣的都市,张国粮这才稍稍地精神起来。他走出车站,打的前往利德商厦,他们在武汉的店就开在商厦的四楼。那是他和李回珍在商厦开盘之初买下的,面积九十多平方米,辟了门面,做了个小仓库兼修理间,还可以安一个带厨房和卫浴的小卧室,像一个小家。这时候,已经是下午两点时分了。

进入商厦之后的张国粮,我们就可以想象他了。在这个楼层的商户看来,这一天就是这个门面的节日,他们放了假,还会很不合时宜地拉下卷门,然后像杳无音信了一般。他们是这个楼层的另类,所以会有人留意,暗中惦记。店里来了什么人?发生了什么事?什么时候离开的?抑或就一直躲在店里?他们怎么工作、怎么吃饭、怎么休息,大家都不知道,都在猜想。这样的状况沉寂了半天,准确地说还要加上晚上。直到第二天,张国粮和周节如又会泰然地出现。他们似乎像刚刚才来到店里,装模作样地清点鞋子,一丝不苟地盘存仓库,中饭简单地对付一下,下午又仔细地核对账目,再安顿好面上的事情,人们就看到了一顿相对丰盛的外卖被叫了过来,摆在店里的柜台上,他们或站或坐自由地吃着他们的晚餐,这也是张国粮来了之后的一次公开亮相。路过的其他商户见了,都会热情地招呼,小周,你老板来看你来啦?周节如也会大方地应对,嗯,一起坐下喝一杯哦?气氛和情绪都是恰到好处地友好着。

晚饭用罢,张国粮开始逛商场,这也是他每次武汉之行的必修之课,美其名曰:了解行情,掌握信息,为接下来的鞋样设计做准备。他也会顺手买几双时令的女鞋回来,一般是李回珍两双,周节如一双,这种表面文章周节如懂,因此她也是欣然接受的。李回珍脚大,三十八码,周节如脚小,三十四码,张国粮每次都会说三十四码的难买,但他都能像采宝客一样给周节如买到一双别致的,周节如心里也是暗暗高兴的。第二天,利德商厦四楼的福禄寿门面又照常营业了,隔壁有心的商户会发现,周节如的气色很好,较之上月底的那几天要更好,就像花儿刚刚被施过了肥浇过了水,有时光鲜得简直判若两人。

5

李回珍有一次偶尔说起,张国粮给她买鞋,也是有一些年头了,没什么可惊乍的。开始的时候也许是出于心意,现在即便是买,也是在走一个程序。买与不买,都没有什么可强调的。李回珍也是很久没有认真穿鞋了,情绪上不由自主地淡了,主要也是自己的脚出了问题。脚出了毛病,穿鞋还会有什么心思呢?没有。

李回珍三天两头都会来我们店里坐一坐,每次,她厂里要的鞋料,她都会自己来采购。她要鞋料也很经济,一般只要三天的量,这样好掌握,便于调整,不会浪费。李回珍要是来,老远就会听得到,宽带路是工业区进口的一条大路,她的宝马车一进来,声音就不一样了。宽带路好,进来的车普遍都开得快,她的单门敞篷跑车开得更快,一快,声音就像是野兽吼,一快,车子就像是离弦箭,一下子就蹿到了我们店前。

这会儿,李回珍坐在我店里,一五一十地要东西,鞋油、鞋刷、鞋撑、鞋纸、鞋溜,这些扫尾工序上用的东西,要不了多少钱,但她也都要一一过目,一一敲价,才踏实。她坐在我店里的时候还抽烟,她说自己是抽爽烟,但那会儿她就抽了两支。我知道,她一抽烟,心里一定有不爽了。她一抽烟,我就会说她,说她最近脸黑了,说她乌星又多了。她掩饰说,原来就这样啊。她说,弹棉胎时我生了第一胎,月子里我一天也没有休息,就把脸给做黑了,乌星满地。我说,那以前看不出来。她说,以前人舒服嘛就化一化,现在都死人一样,哪还有心思化这些啊。化一化指的是收拾一下,人确实也是这样,身体不清爽,什么都了无心绪。李回珍说的"死人一样",指的是"不宁腿"。这个病我没有听说过,但经她这么一说,也确实感觉到她的腿有点异样,她坐在那里的时候老是换腿,像是坐不稳妥,或无处搁腿的样子,手也不自觉地会摸一摸,拧一下。她说,在你这里我已经是硬忍了,在家里哪里是这样的,恨不得把脚割开来看一看。她还说,真是情不自禁地难过,坐着躺着都不安宁,做事情还会有心吗?她这样说了,我就可以想象,人要是手指上扎根刺,也都是浑身的不自在,何况她还是一条腿。我关切地问,睡着时会不会好一点?她说,就更加别提了。一句别提了,画外音就是无奈、尴尬、不便、隐讳,只好不问。我劝导说,有些事,放下给张国粮干,自己别那么用力,没看见,什么事都过得去。她马上接话说,放下给他?他快活死了,都巴不得我不要出来。

晚上,我回家跟老公说起李回珍的病,老公嘎嘎说,这病名还真好,有意思,但感觉就不是致命的,致命的病,名称都很直截了当。老公会上网查资料,他的很多稀奇古怪的知识,都是从网上来的。我不会,我怕烦,我一看需要翻来覆去地点,马上就算了。老公查了百度说,这真是一种怪病呢,也说不出哪里不好,像是神经方面的问题,就是做脑电、肌电,它也没有反应,也没有神经系统的阳性体征,真是无从看病。我说,是啊,像我们有时什么阳性,什么这个+那个+,什么红血球白血球,干脆就吃药。那没有阳性指标的,怎么也会不好呢?老公说,所以才叫怪病嘛,怪病的特征就是没有体征。老公又说,李回珍有怎么说吗?我说没有,我就是见她的脚老在动,好像很难受的样子。老公说,资料说有虫爬感和蚁走样,总觉得腿里有东西在爬,就忍不住要动腿,有事忙着还好,安静时尤其严重,资料说,有一夜动四十次之多的。我说,四十次?那还怎么睡啊?一夜算八小时,等于十分钟就要动一动,那怎么受得了。老公说,你有没有问她是怎么睡的?我说,这怎么问?我才不问呢,我只是和她做做生意,又不是她闺蜜,我只是替她难受。老公说,你也要关心关心她,看有什么好帮的。说白了,她的身体和我们的生意有关,她出了问题,生意就会受到影响。我说,那倒也是。

后来,我才有意识地问了李回珍的睡觉情况。李回珍也不忌讳,说她因为不宁腿,早就和张国粮分床了。李回珍说,他说我老动腿,像触电一样,颤一下抖一下。他忙,有时候会很困,刚一安下,就被我动醒了,弄得他很恼火。如此反复,分床也是必然的。分床了,有些事自然就省略了,分床了,亲密的程度也就淡弱了。

李回珍的腿根本就静不下来,自然也就没心思工作了。正好那段时间两夫妻在吵架,李回珍就更没有劲头了。吵什么呢?吵张国粮老往上海跑,上海的业绩好,厂里的前景无所谓。吵要不要用他哥哥的胶,乡下人就这样,舍不下的兄弟亲,哥哥开店卖革,还是李回珍给铺的底,这回又卖胶了,想要张国粮再支持他。李回珍的意思是,我们已经尽心了,帮他开了店,又用了他的革,就不用管他了,管也管不尽。张国粮的意思是,反正要用胶,何不用一下哥哥的呢?我们生意场上有一句话很经典,生意如果都做成了朋友,那这个生意也就做到头了。也就是说,很多事就会被情面碍住,就没有原则了,就没法做了。李回珍担心的就是这个。李回珍说,再说了,你哥那人,你又不是不知道,很多事情都是讲不清楚的。这话里带了点贬人的意思,张国粮就不要听,他说,你要是这样说,我就偏偏做。李回珍也嘴硬,说,那好,你做,我不做,到时候我看你怎么收场。张国粮马上接口说,不做是你自己说的啊,我请别人做,正好你身体也不好,干脆在家里待着吧。李回珍一气之下就不出来了。

李回珍不出来,我也是有担心的,担心前面的账结不了,担心其他人不买账,现在竞争这么厉害,没有情面,也许生意就给做停了。但表面上,我又不能这么说,我只能装出一副宽慰的心肠,让李回珍趁机休息,磨刀不误砍柴工,调好了身体,再出来不迟。我还把老公网上查来的一些建议教给她:不要看西医,访访中医看,看有没有什么偏方之类的。中医说这病属于痹症,可能是外邪入中,湿邪痹阻,血脉瘀扰,肾脏虚弱引起的。另外,一些辅助措施也可以试试看,比如睡前用热水泡脚,比如用艾叶煎水擦洗,比如艾灸、针灸。办厂的人一般都忙得天昏地暗,即使去看病,也都是火急火燎的,没有耐心的。我这样和李回珍一说,她就很感动,说,还是你好,从来没有人和我说这些的。

我老公后来说,生意不等于铜臭,也是人情交往的一种形式,你稍稍地一动情,马上就把她巩固住了。

6

有人这样跟我说,说李回珍自己不出来,正中了张国粮的下怀,他就把武汉的周节如叫回来了,说她在武汉做得不错,说她管理上有思路,顺便把李回珍的班给接了。也有知情人说,周节如开始也是有顾虑的,毕竟这是进入了福禄寿的核心,她一个外人,她扛得住这么重的担吗?张国粮说她,你想那么多干吗?你就当换一个地方赚钱呗。周节如说,老板娘不会和我吵架吧。张国粮说,这就看你的智慧了,你把厂里搞好了,就是最大的说服力。周节如不知道深浅,"噢噢"了两声。

李回珍得知入主厂里的是周节如,心里不免有了一些忐忑。有时候来电话跟我说,说心里一点也没有底。是啊,这样的事,谁也没碰到过,谁也没有经验。开始的时候,张国粮还是极力地说服李回珍,在武汉,你整个店都交给她看,现在是在你的眼皮底下管管厂,你还有什么不放心的。后来,张国粮干脆就两句话,要么,你自己来,你身体吃得消吗?要么,你来挑人,你纵观全厂,有几个像样的能担你的重任?李回珍貌似回顾了一下厂里的管理,确实,"一篓的田鸡",也只有周节如的眼睛亮一点点,就不响了,但她心里,总觉得张国亮像打着"冠冕堂皇"的幌子。

从福禄寿的全局来讲,张国粮是老板,李回珍是老板娘,而周节如只是一个具体做事的,要说得好听一点,就是职业经理人。叫人做事,就得给人权力,给人好处,张国粮给她的权力是可以签字付款,给她的好处是每双鞋抽一块钱。这两招都很有效,周节如马上就头兴尾兴了。这两点,细心的员工也马上发现了,张国粮和周节如的关系不一般,就算为生产应该给她这样的权力,那李回珍也不过如此啊;而周节如的待遇,显然已远远超过李回珍了,虽说整个厂都是李回珍的,但产生效益往往不是以人的意志为转移的,也不是一两句话能够讲清楚的,一双鞋要转换成利润的环节很多,鞋要做得对,做得没有浪费,又要卖得好,卖完了还没有压仓,钱还要都能及时地收回,投入再生产都没有出错,那最后剩下的钱,才叫自己的钱,否则,中间任何一个环节出了差错,那钱都还是别人的。张国粮不计其他的让周节如抽头,显然是额外的照顾了。周节如的得意藏不住,据说,也曾跟张国粮提出,想借钱买辆车开开,说现在骑辆自行车,没地位没花路,不受人待见,拳也打不出去。被张国粮马上打消了念头,说你别招人啊,别上了凳子上桌子啊,你先定下心来做几件事,车还怕买不到啊。现在跑事情,先拿我的开,奥迪A4,开出去不会叫你塌神气的啊。

  工业区一带,都是中不溜秋的鞋厂,说得难听点,都是没赚过大钱的,即使有辆车开开,也都是实用型的。什么叫实用型的?柳州五菱面包,好一点的,尼桑皮卡,前面坐人,后面载货,既是代步车,又是工具车,经济又实惠。只有张国粮和李回珍的福禄寿做得稍好一点,又在外面待过,眼界高一点,车也好一点。以前是李回珍的单门敞篷跑车在这条路上呼啸来呼啸去,现在她不出来了,换周节如了。周节如开车也挺闯的,她喜欢开快车,虽然叫得没那么响,虽然只是老板的奥迪A4,但还算比较拉风的。

  据福禄寿的工人反映,相比于李回珍,周节如的情商要稍稍地高一点,她会想到打"人情牌"。有一次在青海开订货会,就带了许多"昆仑雪菊"回来,厂里大小二十多个管理,人手一罐。周节如送东西的方式也很特别,一个个叫到办公室,问问生产情况,问问有没有困难,然后把雪菊塞给他,弄得一个个都觉得自己很心腹似的。周节如还会宣传,说这个是千年雪山上的野菊,喝了养肝保肾。这东西大家没见过,泡起来颜色诱人,喝起来沁人心肺,就觉得这东西很神秘,一定很贵。后来我老公说,我们是少见多怪,在新疆,这东西摊地,二十块钱可以装满满一罐。

  私营企业的最大特点就是省,大家都自诩自己是"浙江省","浙江就是我省",精打细算,一毛难拔。为什么?都是过去苦惯了,先是苦干,再是苦熬,最后是苦苦经营。我们的店也一样,尽管生意也做了好几年了,但仍旧不敢大手大脚。店面能小则小,缴税好逃就逃,车也开得一般助手也不敢乱叫……也因此,乍碰到周节如的这份慷慨,反响还是挺大的。有人说,还是周节如会体恤下属。也有人说,李回珍就不会这么做,整天进进出出,哪天想到带东西给我们啦?总之,周节如的一个小伎俩,就让李回珍的形象打了一点折扣。

消息传到李回珍那里,就有点不爽,就觉得周节如大手大脚,恬不知耻,说脑子也不想一想,真拿自己当什么人了,轮得到她来分东西吗?李回珍还把状告到了张国粮那里。张国粮也说,怎么搞得像机关那样的做派,确实不合适。又说,但出发点还是好的,也是人性化管理的一部分嘛。这话李回珍不要听,说,有本事她自己出钱去,拿厂里的钱做人情,谁不会啊。李回珍和张国粮这么说,实际上就是在打招呼了,她心里其实早就想好了,她要教训一下周节如。到了月底,工资还是要李回珍发的,在造工资册的时候,周节如的雪菊钱,李回珍毫不犹豫就将它扣了下来。张国粮发现了,说,过了啊,没必要啊。李回珍强词夺理说,那个谁,把鞋子做软了,我们也照样扣他多少钱。那还仅仅是一双鞋,这雪菊的性质可不一样,那可有拉帮结派的嫌疑啊。张国粮也不好多说,嘿嘿一笑,掉了一句,神经过敏。

后来听说,周节如也找张国粮了,觉得委屈。张国粮安慰说,想开点,别计较这些,知道"堤外损失堤内补"的道理吗?这话有点老,周节如一下子没听懂。张国粮又说,吃得苦中苦,方为人上人,这总懂了吧。周节如看了一眼张国粮,鼻子里哼哼了两声!

7

周节如还是想干点事情的,她不是我们想象中的"寄生虫"。请原谅,我们平时都不叫她周节如的,为了表明我们对李回珍的立场,以及我们对这件事情的态度,我们背地里都叫她"小三"。我们一般说起小三,都觉得她们的目的就是敛财、贪吃懒做、破坏别人家庭,但周节如还真的不是这样。

时值四月,正是鞋业的淡季,冬鞋已经落市,凉鞋还没有计划,单鞋才刚刚出样,好卖不好卖还不知道,女鞋也不明这年的倾向,也忌讳贸然,一切都在观望而不敢轻举妄动。要是往年,李回珍就会趁机安排自己出去讨债,工人们则暂且放假,机器也适当地做些修缮,不对吗?很对。四月,也不知怎么回事,偏偏是外销鞋最热闹的时节,这个规律没有人去研究,似乎也已经模式化了。但外销鞋难做,外销鞋要求高,外销鞋利润低,老外又特别爱挑剔,因此,专做外销的厂家就很少,一般的鞋佬也都对外销敬而远之,没觉得做外销是什么本事,有什么了不起。这时候,周节如偏偏在反其道而行之,她太想有所作为了,太想改变自己的地位了。她联系那些外销厂家,帮那些定单多任务忙的鞋厂做加工,按她的话说,就当不赚钱,就保个工资也行,把那些工人养养住,免得他们手生了,心散了。否则一放假,工人散马一样,好的被别人挖走了,差的也盲目流失了,到时候要用人,一个也找不到。对吗?也对,甚至感觉到更对。这不,我店里都明显闲下了,福禄寿的东西还照拿,这就有一点点意外了。

做外销可不是那么简单,除了前面讲的鞋要做好,老外对做鞋的外部条件也不含糊,挑厂要看看环境和秩序。为了这,周节如准备把车间理一理,"螺蛳壳里做道场"没有关系,主要是别那么乱,别那么无序,机器排一排,工序隔一隔,到时候要是老外来,一站就能看出个流程,一眼就能感觉出管理。尤其是在墙上新装了排风,那些东一个西一个的小电扇,周节如不管是谁的,一律都把它清理了。大家都说好,说这样理起来,就像虱烫了一样。

可是有一天,这些清理出来、堆放在车棚角落的电扇,就像长了脚一样突然不见了。周节如把管理叫来一问,说二姨拿去卖了。二姨是李回珍的二姨,平时在厂里搞搞卫生,当然也对任何破烂情有独钟,且下手神快。捡破烂干吗?当然是拿去换钱。这事一旦上了瘾,那厂里的很多东西都会不翼而飞了。这还了得,这成了什么体统,说好听的是资产流失,说难听的是变相的偷盗。那些天,周节如的心里有一条虫子在爬,她突然觉得,自己接下来有事可做了。

还有一件事也是顺便撞在周节如手上的,要是往常,也许还不那么当紧,现在是外销业务,是非常时期,这就怪不得周节如不好意思了。就是张国粮的那个哥哥,他不是做花皮吗?后来又做了胶水。花皮做了外销本来也挺好看的,但烘箱一过,居然有褪色的!不用说,肯定是以次充好了。后来胶水又做了假,臭得不得了,被周节如结结实实抓了个现行。上面早就明文规定,含甲醛甲苯的胶水一律禁用,现在都用天然乳胶了,但天然的价高,所以就有人动起了歪脑筋。这还得了,这会出人命的,那些血小板减少、急性恶性白血病,就是这些毒胶水导致的。

周节如痛快淋漓地在心里报了"雪菊之仇",处理了这两件事:二姨,赔!哥哥,退!

她和李回珍的较量也就这样不由自主地悄然开始了。

有一种心态是很有意思的,不管对错,被老板老板娘管着都是很舒服的,管死了也都心甘情愿。但被一个外人管着,而且是这样角色的一个外人,哪怕她管得都对,心里也是别扭的,也会生发出许多不服气来。工人们当然是无所谓的,或说没有主张的,他们一般都是随大流,不管厂里的好坏,你给什么料,他就做什么鞋,做坏了也不心疼,能不能做久他也不着急,甚至是身在曹营心在汉。而管理层就会不一样,就会有很多想法,就会有个情感倾向。管理层是些什么人呢?不是亲戚朋友,就是心腹手脚。他们的想法各式各样:开助动车的嫉妒周节如开汽车,拿年薪的不满周节如抽提成,有签字权的觉得周节如削弱了他的权力,可以叫采购的现在连吃回扣的机会都没有了。当然,他们也知道周节如和张国粮的关系,他们不会明目张胆地去说周节如,但他们会拐弯抹角地说话:说别人还以为福禄寿改旗易帜了呢;说一些供应商有顾虑,怕她说了不算;说处罚那个处理这个,厂里的管理格局被打破了,原来是你一个我一个的,财务你一个我一个,邻班你一个我一个,仓库你一个我一个,生意你一个我一个,相对平衡,互相制约,利益也都能照顾得到,这个你一个我一个就是张国粮和李回珍的关系,现在被周节如打破了;说原来厂里为什么这么稳定,就是因为有这种伦理结构在起着作用,而且是巨大的作用。

于是,二姨哭诉到张国粮那里。张国粮本来对这些事也反感,就挖苦二姨,你那些东西放那里会馊啊?你家里储蓄罐就缺这几块钱啊?就算你积极,你换了钱贴补些厕所的卫生纸,添置些食堂的酱油醋,我也说你节约,说你爱厂如家,你把几块钱放兜里干什么?

哥哥的事,这么大,简直是咎由自取,是自己打自己嘴巴,张国粮一句话,你说都不用说了。

据说,李回珍也找张国粮探讨过这件事,她不是在为哥哥他们说情,她说的是另外一层意思。说打狗也要看主人哪,她这样,分明是在"打柱子应板壁"嘛。又说,我又没想做世界五百强,她搞得那么正规干什么?还说,擅自接生活做外销,她想在这里搞试验田啊?做砸了,我们的身家性命也搭上了。李回珍说,我只想守住这个摊了,把亲戚朋友带带牢,让夫妻不吵架,让小孩有书读,让家里衣食无忧。张国粮说,你不要单头想,她看似在和你作对,但也是做得对的啊,就拿这几件事来说,她也只是想相对正规,守信经营,工人稳定。李回珍声音高起来,说,你就是手肘头往外拐,雨伞骨底戳出!她还说了一句很不恰当的比喻,说,她现在是蹲在我头上拉屎知道吧,已经在夺权了。张国粮扑哧一声笑出来。李回珍说,你笑什么?张国粮回避说,我没笑什么。李回珍斜眼看张国粮,觉得他很不正常,尤其是在他哥哥这件事情上,他原先是力争用哥哥的花皮哥哥的胶,现在居然任由周节如"大义灭亲"了,他一定有名堂。

8

显然,周节如是动到了一些敏感部位了,也因此,很多人在呼吁李回珍重新出来。

李回珍和张国粮毕竟是两夫妻,他们就是天天吵,就是矛盾再深,也是正宗的老板和老板娘。而周节如不一样,就是能力再好、办法再多,就算张国粮喜欢她,她也只是一个职业经理,我们私底下还叫她小三呢。出于友情,我也常常跟李回珍说,你身体不好,可以不干,但你得到厂里去,就是坐那里一动不动,人家也有了主心骨。这是一个信号,老板是你不是她,你要是自己把自己给放弃了,对不起,别人就会得寸进尺。我老公也说,到最后鹊巢鸠占了,你哭都来不及了。

李回珍只得重新出山。她是老板,也是老板娘,她到自己的厂里去,不用经任何人同意,不用和任何人打招呼。

李回珍要重新出来,我想,周节如也一定是紧张的,毕竟她的位置还没有坐实,毕竟她也动了李回珍的"奶酪",毕竟她们之间有那种微妙的说说,都说原配和小三是天生的宿敌。为了尽可能地表现得好一点,尽可能地展现一下厂里的新貌,听说,周节如也是赶紧布置手下,这样这样这样。

那天,李回珍是开着单门敞篷跑车去的,在经过宽带路时,虽然没有到我们店里来坐一坐,但她过去的声音我还是听到了。敞篷盖上了篷,像是蒙上了油布,打上了补丁;敞篷放下了篷,像是小号的皮卡,露筋露骨。不知道的人,一定不会觉得它是什么好车。她开到厂门口,大门紧闭。她摁着喇叭,居然没有人响应。以前,只要她的车一过来,声音响起来,大门早早地打开等了。她本可以下车去敲敲门,照个面,但她今天却不想下来,她突然想端端架子,要做给周节如看。她又踩了几下油门,轰了几下喇叭,这个厂里的人,谁人不识她李回珍?哪个还不是"闻声而动"?但是她错了,她毕竟有好长时间没来厂里了,现在的福禄寿,是周节如在挂帅,旧貌换新颜了,连保安也都换人了。这时候,一个保安探出头来,说,老板有交代,外车一律不准进入厂内。李回珍坐在车里斜着头,说,是哪个老板说的?保安说,男老板说过,女老板也说过。这可把李回珍气得,张国粮是老板还差不多,什么时候,周节如也成女老板了。李回珍说,你把那男老板和女老板都叫出来,我今天就是要开进去。保安诚惶诚恐,不断地回头张望,似乎是不知所措,又似乎在寻求支援。这时候的周节如,其实就站在办公室的窗后,她是紧张的,也是犹豫的,既想阻挠一下李回珍,又害怕正面接触。看看情况不妙,就赶紧叫里面某个管理出来,把李回珍连车带人迎了进来。管理还装模作样地戳着保安,说,你这个呆头,你是不是不要饭吃了!李回珍有了一个台阶下来,心情也好了一点,就说,算了算了,不怪他们。

李回珍下了车,驻足在办公楼前看了半天。这个办公楼,其实是个简易的小四层,是她在布置厂房时,心血来潮突击盖起的,算没有手续偷盖的。私营企业的厂房都这样,好偷盖就偷盖,好违建就违建。她在时,这个四层小楼是这样安排的:四楼是他们的卧室,有时候弄迟了不回家,就在这里将就一下;三楼是张国粮的办公室;二楼是李回珍的;一楼原来是陈列室兼洽谈室,有时候朋友过来喝喝茶、打打扑克。现在,一楼成了周节如的办公室,还挂上了窗帘,好像很有秘密似的。她知道这会儿周节如就躲在办公室里,她还猜想,她是知道她要来的,就故意布置了难堪她,李回珍那时候真想踹门而入,和她大闹一场,但她忍住了,不和她一般见识,只是拿脚在门上比画了一下,假踹了两脚。

李回珍带着情绪来到车间。我们可以想象,她的眼睛瞪得像铜铃一样,她要捉一下周节如在生产上的漏洞。但一看车间与她当政时完全不一样了,心里也不免愣了愣。流水线有条不紊地走着,工人们都各就各位,也没有闲杂人等晃来晃去,工序的安排也合理多了,一眼就能看出个先后,看出个秩序,灯也明了,排风也齐整了,前后的呼应声错落有致,精神面貌是那种平和的、自得的,她还真挑不出什么要说的话茬来。李回珍缓步一隔一隔走过去,工人也频频抬头与她招呼,老板娘好,老板娘来了,李回珍也没有感觉和以前有什么不一样,还似乎向好了。突然,她在后手的修边工序上停了下来,她拿起一只鞋,再拿起一只鞋,两只鞋在眼前瞄来瞄去。李回珍这样一动作,后面跟着的管理就心头撞鼓,就赶紧弓着腰钻到前面来。管理叫阿三,也不是什么技术人员,只是亲戚心腹而已。李回珍说,阿二,我们没做过外销你不知道吗?阿三木讷地直着眼。李回珍又说,知道外销的条件苛刻吗?阿三密密摇头。李回珍说,跟你也讲不清楚,你去把周节如叫过来。阿三就吧嗒吧嗒地去了,一会儿把周节如叫了过来。出于心理的原因,李回珍并不正眼瞧看周节如,但侧眼还是看的,眼前的这个姑娘,是那个所谓的小三吗?是那个能干的主管吗?是那个和她以牙还牙的对手吗?她也没什么妖精特质啊?穿一身品牌的运动服,身材不紧不松,相貌一般平平,顶多算半个"丑风流",并没有厉害的倾向,李回珍莫名其妙地松了一口气。再看周节如,似乎胆小,似乎老实,站在边上一副洗耳恭听的样子。李回珍这才撒了开来,说,你本事学大了哈,居然有胆接外销的业务。周节如说,我怕闲月里工人散了,接点鞋把他们留留住。李回珍说,工人还怕没有吗,任何时候,我拉一车皮给你都有。又说,你看看你做的这些鞋,皮皱的也有,脸歪的也有,线脚不齐的也有,鞋眼割手的也有,要是内销,说几句好话,赔几个笑脸,也就过去了。外销难做你不知道吗?老外厉害你不知道吗?到时候斧头剁了自己的柄,牌子砸了自己的脚,你吃得消还是我吃得消?周节如低头不响,咽了几次口水,半天才说,老板娘,你有话慢慢讲哪,你这样讲起来,这样凶,好像在讲别人,好像不是自家的老板娘一样。李回珍看看她,心想,你现在知道服软了?叫你老,老就把你搞搞死。

据说,李回珍并没有就此当算。第二天,她真的叫来了"夜来香"的老外,周节如接的就是夜来香的外销加工。这时候的李回珍,不是不知道损失,不是不知道心疼,她只是昏了头,理智短路了,她是真希望夜来香过来叫停,退货,索赔,罚款,她管不了那么多了,她就想打压一下周节如,杀杀她的气焰。说得好听点,她也是在维护福禄寿的声誉。李回珍神情激动地陪在老外身边,他们查车间,查鞋子,老外一边看一边和她叽里呱啦,说得很起劲,说得面红耳赤,但李回珍只会"耶耶",或者"耶是耶是",她听不懂老外的话,她也不知道怎么回复老外,但她结结实实地感受到,老外生气了,老外要叫周节如"吃不了兜着走"了!

现在,轮着周节如抓狂了,她拼命在向老外解释,说服,她和老外肩靠着肩,边走边说,她耸肩舞手,赔笑点头,显然,他们是在用外语交流,他们的交流无障碍,也显然,他们的交流并不很成功,因为,老外也在瞪眼红脸,也在摇头挥拳。远远地,李回珍在后面看着他们,虽然他们走远了,但她依然能听到老外激烈的声音,甚至是不依不饶的声音。李回珍心里暗暗高兴,就像亲手扇了周节如几个大嘴巴一样惬意。

9

我前面说过,我们这个店就像联络点、中转站,有人在这里寄存东西,有人在这里委托发票。有时候,这里还像个"老人亭",大家在这里说坏话,说哪个厂赖皮,说哪个厂欠债。这段时间,说得最多的就是李回珍如何打压周节如。我们可以想象李回珍的那个得意。她得意地跟张国粮说,我把周节如干掉了。张国粮诧异地看着李回珍,像在看一个陌生人,说,你这是干吗?自己闹自己的,被人家笑话都不知道!李回珍说,我不管,我就是要她难看,要她塌神气,她不是想出风头吗?我让她风头霉头两隔壁!张国粮叹了一口大气,说,你真是"钻你肚了里死一双",报复都不计成本了,损失不都还是自己的?他又说,你也别高兴得太早了,她这个人是很"会"的,别到时候弄得,站在台上下不来。会,指的是圆润、圆通、玲珑、喜面。这不,那些外销鞋,那些被老外诟病的外销鞋,以为要退货压仓了,现在被周节如两弄三弄,软磨硬泡,本来是销往意大利的,最后都弄到中东去了,中东的要求,和皮鞋王国意大利的要求怎么比!

李回珍本想在家里坐等周节如的倒霉,哪知等来的是这么一个消息,她血往脑里涌,好几天粒米未进,真是"打蛇不死,反成蛇精"啊。

周节如也把这一段描述给张国粮听,那个得意,那个扬眉吐气,自己把自己都笑得前仰后合。张国粮听着,先是笑眯眯,后来也阴阳怪气了一下,说,你自己当心啊,要有底线啊,老外都是很色的啊。周节如用手轻撞了一下张国粮,开玩笑说,你是不是吃醋啦?放心哪,老外身上臭,我闻不得那个味。张国粮说,我吃什么醋,你有本事你远走高飞试试,看我眼睛会不会眨一眨?又说,你们这两个冤家啊,就好像美国动画片里的汤姆和杰瑞,那个猫和老鼠。周节如说,我不要做老鼠,老鼠老是被猫撵来撵去,难受。张国粮说,那你还想做猫啊?周节如喃喃地说,我也不要做猫,做猫也挺辛苦的,嘎嘎。张国粮说,就是嘛,好好做事,少惹麻烦。

至于张国粮有没有暗中助周节如一臂之力,那就不知道了,一般会有吧。应该说,狡黠的张国粮,会用人的张国粮,借着她们两个各自的优势和力量,怂一怂抑一抑,打一打抚一抚,互相平衡,互相牵制,还是很有一套的。

闲月没有闲,还做了鞋子,还把工人留住了,还维护了正常的生产秩序,还有了效益,这事以前没有过,是好事,这都是周节如的功劳,要奖励。为了表彰周节如的表现,张国粮同意她买辆车。他说,你现在是企业的主管,有时候出去照个面,有时候出去谈个事,有时候到区里开个会,没有车不好看。周节如说,我想买一辆好点的车。张国粮说,什么是好点的车呢?怎么个好法?周节如说,我来之前存了二十万,这次做鞋我又抽了二十万,你再借给我一点,我就可以买个保时捷。张国粮同意,说,福禄寿的主管,形象很要紧。福禄寿是什么?区明星企业,区纳税大户,张国粮还是区人大代表,李回珍家里有个远房侨眷,区里就三天两头动员她加入侨联。那么周节如,当然也不能塌他们的台噢。周节如要买的车是保时捷单门敞篷跑车,六十三万。李回珍听了又不舒服了,觉得周节如是故意的,不仅在物质上压制她,精神上也要欺负她,是有意在和她的五十八万的宝马单门敞篷跑车较劲。

但是,李回珍又没有办法反对,不管她有多么的不舒服,不管借钱的事是真还是假,周节如工作有成效却是事实。况且她都是在家休息,都没有出力,她再反对这反对那,再有什么说说,张国粮就会说她"更年期",说她"神经病"。但是,有一点李回珍是清楚的,就是:这个周节如没那么简单,她也不只是这样的空白,她和张国粮不应该就是表面的这样。李回珍觉得,她要拿住他们的把柄,捏住他们的软肋,才会立于不败之地。

李回珍告诉张国粮,她要到乡下去看看不宁腿,是朋友联系的医生,专治疑难杂症。张国粮说,别病急乱投医啊,心里多一根弦啊,别人说要钱的时候你就把口袋捂捂紧啊。

李回珍告诉我,她想偷偷地去一趟武汉。周节如不是在武汉看过店吗?且不止一年两年,雁过留声,人过留痕,总会有一些蛛丝马迹的,尤其是她和张国粮的关系,不会毫无征兆。我对李回珍说,你如果身体好,斗一斗也是可以的,毕竟是家里的大事。身体都不好,厂里也没有塌下,别好好的肉抠起来烂,睁只眼闭只眼吧。李回珍说,你不知道哪,张国粮现在是看都不看我一眼哪,动不动就说,再乱,再乱我就到上海去,这里都给你。他哪里是给我啊,他是想给那个周节如。我说,我也不会说话,你现在就是把厂里保保牢,护护住,不要搞得这么用力。李回珍说,不瞒你说,我做梦都和他们打过几回了。有一次还在梦里把他们堵住了,两个人在床上蒙头睡觉,我气啊,我拉开被、脱下鞋、跳上床就打。我看不清周节如有没有穿衣服,她一直蜷缩在床角落里,外面被张国粮护着,我打来打去都打在他的身上。他那个身体,那个瘦啊,自己都柴骨一样,还拼命护着周节如,我就越打越气,越打越难受,打得自己都筋疲力尽,眼泪都打出来,最后打得自己也瘫坐在地上……李回珍说,所以说,我一定要到武汉去,把他们搞搞清楚。我现在看见周节如,头兴尾兴,小乳房一抖一抖,心里就不是滋味。

到武汉去,李回珍心情是复杂的。说心情复杂,是因为她虽是去调查周节如,其实却是在求证张国粮,她既希望他们没事,又巴不得他们确凿有事,就像某个小品里的一句话,她是冒着恶心的危险去打探一个恶心的结果,结果自己先恶心了起来。

李回珍说,现在的武汉店,是当地的一个大学生在打理,店招还是福禄寿,但效益已大不如从前了。以前周节如看店时,张国粮总是每个月的一、二、三号过去,雷打不动,现在虽然也去武汉盘存、结账,但明显已是心思不足,日子也往往是随机而变的,有时是上旬,有时是中旬,有时来不及就不去了,凑起来两三月去一次。一句话,无所谓了,有赚没赚也不着急了,只是把它作为一个窗口,让大家知道还有个福禄寿。

　　李回珍去武汉,我们也是可以想象的。她去的也是利德大厦,不过没有去福禄寿,尽管店里铺陈了简单的卧室,她完全可以去住一宿,但此次,她有点微服私访的意思,就忍下了。她知道,要了解福禄寿背后的真相,在福禄寿里面是听不到的,尽管别人也不清楚你们内部发生了什么,但基本上都会是你好我好大家好,也就是说,一般是不会有真话。最好的调查,就是从自己的对手那里着力,下功夫深挖一下。因此,李回珍在利德大厦的头两天,基本上都是在其他店里转悠、搭讪、闲聊。无疑,李回珍是痛苦的,心里别扭的,她要强装笑脸,言不由衷,迂回躲闪,旁敲侧击。从全国的鞋业行情,说到眼下对鞋的理解;从地域的审美角度,说到南北人穿鞋的习惯;从原材料的选择到鞋样设计;从残酷的竞争到自身优势的发挥。李回珍从这些天南地北的闲谈中,细细品味着他们对福禄寿的闲话:说店里暧昧的气氛,说经营过程中的照顾,说老板定期按时的出现,说那个下午必定关门的诡异,说那个时间的听房成了大家津津乐道的话题,说偶尔也能看到西洋景,从那些铁门眼里,从楼上往下的角度,从洗手间的气窗上,他们光光的身子在卧室里闪烁,抑或在生意的间隙,也会让人捕捉到他们像蛇信子一般的手在两人身上闪电似的"偷袭"。够了够了,李回珍听得面红耳赤,心痛气短,她脑子里呈现的不是门市,不是生意,而是一片群蝇乱舞。

　　在武汉,李回珍还接到了一个家里的电话,是厂里的表姐打来的。李回珍尽管退出了厂里的核心位置,尽管权力旁落,但在关键时刻、关键问题上,总会有亲情站在她一边,总会有人向她通风报信的。表姐说,你在哪?李回珍说,我在武汉呢。表姐说,你还有心思死那么远,你脚好啦?李回珍说,我说是说在乡下看脚的,你也别乱说啊。表姐说,趁早快死回来,出事情了。李回珍说,什么事,慢慢说。表姐说,你们两个平时关系怎么样?李回珍说,什么怎么样,吵吵乱乱总是有的嘛。表姐说,不说这个,说啦啦啦,正常吗?这里的女人,经常把夫妻间的房事说成啦啦啦。李回珍也不避讳,说,他也忙,我自己身体也不好,没把啦啦啦当回事。表姐说,那平时他都在家里睡吗?李回珍说,除了出差,平时晚上都在家里啊。表姐说,这个"河西鬼",他今天一早从"狐狸精"的房间里钻出来,蓬头散发的。河西鬼是专指蒙自己人的骗子,那狐狸精自然是指周节如了。李回珍再也没心情电话下去,利德大厦也不调查了。她慌忙赶到汽车站,不知怎的,她心里慌得很,甚至有点尿紧。但她知道,自己并不是真的尿紧,是一种心理在作怪,在压迫。说起来她也是老出门了,乘车坐船,有票没票,时紧时宽,她早就习以为常了,都是拿得起放得下的,但今天,她有点担心了,虚空了,像在赶一趟末班车,好像赶不上,她就再也回不去了……

10

　　李回珍和张国粮吵架了,这回可吵大了。因为一大早,我就看见张国粮把他乡下的父母亲接到厂里去了。吵什么?为什么吵?可想而知。
　　李回珍问张国粮,每个月固定到武汉去是怎么回事?到了店不做生意反关了门又是怎么回事?平时你都在店里吃饭、过夜?周节如是你雇的工人?还是你养在外面的小三?张国粮说,你跟踪我?李回珍说,我脚不好,走不动。张国粮说,那你叫别人跟踪我?李回珍说,全世界的人都知道哪,还用我跟吗?张国粮不理,他觉得和李回珍讲不清楚。李回珍又说,一大早从狐狸精的房间里跑出来,你又怎么解释?张国粮这回跳起来了,说,什么乱七八糟的,你说我睡觉,我说找她有事,你截住我啦?你把我裤头抢住啦?李回珍说,有人看到了。张国粮说,你是更年期啊,还是神经病啊?你要是这样顶着,那我们离婚吧。
　　我老公说,他们这样的情况,离不了。这是真的。他们要离婚,还真的不能从情感上说了算,他们的关系要从家族说起,说到两家的关系,说到血缘和伦理。他们还会从艰苦的出走说起,说到讨生活、弹棉花,说到打拼、开店、办厂,说到生孩子和产后遗疾。
　　他们确实是很难分割清楚的,他们有店、有鞋、有牌子、有专利,有厂房、有设备、有客户、有债务、有孩子、有房子、有投资项目、有上海的烂尾楼。他们要想分,不用实施操作,想一想都很麻烦,说不尽,扯不断,千丝万缕,难解难分。
　　当然,有一点李回珍也是知道的,她是舍不得这个厂的,她也知道自己的身体,也知道离不开张国粮,也知道周节如会做事,会把事做好,她已经初见成效了,现在真把她赶走了,说不定这个厂就塌了。李回珍的吵,只是想张国粮收敛一点,不要太过明显,不要把别人当傻子。而周节如,也不要太过张狂了,老老实实地打工,她也不会把她怎么样的。
　　于是,李回珍也不和张国粮吵了,她也没元气吵,一吵她的脚就更加不宁,像有一万条虫子在爬,在咬。她悄悄地把这事捅给了文县的公公婆婆,老两口像野营拉练一样连夜就赶了上来。

现在,老两口就堵在厂里缠着张国粮说话,说坚决不允许他离婚,说你们离婚我们的老脸就丢尽了。说当初你们出去弹棉花,上路的三百块钱还是李回珍父亲给的,现在离婚就是过河拆桥。说现在还有几十床棉胎垛在家里呢,那是你们用血汗换来的,是你们情感的见证,说你们离婚,这么多棉胎怎么办?说李回珍给你在外面生了两个小孩,都因为没有坐好月子而落下了病根,一个没休息好把脸坐起了乌星,一个老站着看店直接把腰给坐坏了,现在的不宁腿说不定就是那个腰坏衍变过来的,你怎么离得下手?你离就是没良心!说那个狐狸精,别说她没有李回珍漂亮,就是比李回珍丑得多得多,你想作践自己,我们也不允许,做人要厚道。说你要是再提半个离字,我们就从这楼上跳下去,我们死给你看。说你真的要留,我们也不反对,过去的大户人家,纳一个小妾也是有的,但不能休了原配的。张国粮听得扑哧一下笑出来,说好了好了,不说了,你们要是再说,我干脆钻茅坑里臭死算了。

日子还是这样过,鞋子还是这样做,微妙的关系还是这样维持着,现状原地踏步。但吵一吵,乱一乱,还是有好处的,至少在一段时间里,李回珍没有来我们店里叹苦了,张国粮和周节如也会黯默一点了。

11

张国粮自己躲到上海去了。九州的福禄寿,他也不插手了,任由李回珍和周节如在那里"糨糊儿煎饼儿"。他的冠冕堂皇的说法是,现在是什么时候了,还做鞋?做鞋怎么赚啊?做鞋只能捡捡铅角子,做鞋让你们两个玩去吧。现在赚钱要靠大项目,那个烂尾楼已经初见端倪了,那个地段,三产、服务业、写字楼、租赁,做什么不行?白天没有工夫,夜里都滚钱来,睡觉都笑起来,做梦都放脚弹。但李回珍知道,张国粮躲上海,是他们的话说白了,他们的事挑明了,两人别扭了,他是在回避她。

李回珍来到我们店里,送了我一条她做的棉胎。说这是她的宝贝,一直当钞票一样存着,都是在外面弹棉时攒起来的,好棉花耐弹,攒一点不觉得,她的家就是这样发起来的。现在谁还盖棉胎呢?现在都盖太空被、鹅毛被,现在都有空调,天也不冷。但我知道,这是李回珍的心意,是最能代表她情感的东西,她送我棉胎,是想让我继续支持她,支持她的福禄寿,特别是现在,她脚难受不在的时候,无论是周节如来,还是其他管理来,无论是他们打电话,还是他们偷懒不来,我都要把最好的东西给他们,不能因人而异。我体谅李回珍的苦心,这真是一个爱厂如命的女人,我答应她。

　　李回珍这个人,我其实也是喜恶不一的。她吃苦耐劳,字字血声声泪,我是既佩服又尊敬。但她的做事风格,我又是不喜欢的。我前面说过,她到我们店里拿东西,无论是拿多拿少,无论是复杂的还是简单的,她都要求多,锱铢必较。而算账呢,又烦琐,又拖沓,总想找理由扣你一点。对于周节如,我也是有喜有恶的。她的身份我不喜欢,她的钉头对铁、以牙还牙,我也不喜欢。但她的爽快、担当、三块板两条缝,我又是欣赏的。其实李回珍不知道,周节如也是来我店里拿东西的,相比之下,周节如就比较好说话,比如我们有什么新产品,想让周节如用一用,她就会客气地说,好啊,拿来试试看。也许有人会说,她不搭自己的本钱,顺水人情谁不会做啊。其实,这不是搭本钱和做人情的问题,而是做人的性格和做事的方法问题。有一天,我还忍不住向她求助过,是一次进货缺钱,我问她能不能帮我先垫付一下,下次在福禄寿的欠款里扣。她说好啊,没问题啊,大家都是关系户,有借有还,再借不难嘛。那一天,我真的觉得周节如特别好说话,我就真的忍不住劝导她了。我问她,老板娘这个人怎么样?她说,还算好,就是气量小了点。我说,我说句难听的话,她身体不好,你们相互维护一下,不要刺激她。我又说,你好好干,她也不会为难你的。她喷了一声,也算心直口快,说老司母啊,我何尝不想好好相处啊,这样弄起来,我也难受啊。但现实就是这样,各种因素会把我们对立起来,会让老板娘恨起我来,我们都被一种东西推着,都身不由己。停了停,她又说,我也无奈啊,我也想好好干啊,但好好干没用,好好干太慢。我只有付出,付出了,人家才会待见我,付出了,人家才会对我好。对我好了,我才会有一个好好干的平台,我有了平台,同样是上进的人、奋斗的人,我才有可能比别人少奋斗五年、十年。老司母,我这样说你懂我的意思吗?我不懂,但我陷入了深思。

　　啊,说远了说远了。周节如可没有闲情逸致去纠结这些呢,她现在正被一件事头疼着。什么事?"三改一拆"的事!"三改"改什么我不知道,"一拆"就是拆违章建筑。拆违章建筑的指标是上面下达的,工业区也摊上了不少,为了完成这个指标,工业区的"特务"们削尖了脑袋,到处在搜罗。工业区里的厂房,没有不违章的,这取决于这些小厂的格局,以及得寸进尺的心理。开始只考虑到生产设施的安顿,后来碰到局促了,才搭食堂、搭车棚、搭浴室、搭卫生间等等,东一块、西一块,要是从空中往下看,肯定像烂脚疤一样,非常地不堪。福禄寿也被抓住了违章,就是那座四层的办公楼,平地而起,原来规划里是没有的,现在要限期拆平。张国粮从上海赶回来,攻关了,没用;李回珍拖着个不宁腿,也攻关了,也没用;久攻不下,周节如也被"逼上梁山"。周节如把福禄寿的厂房研究了半天,找出了一处"可钻之孔"。原来,福禄寿的厂房是一座三楼半建筑,什么叫三楼半?就是当时设计的是四层楼,后来考虑到外观,只审批了三层,但框架已经铸下来了,只好在三层上面留了个"帽子"。微妙就在这里,周节如就花功夫从这里攻关,怎么攻、攻什么大家都不知道,但工业区最后同意了,允许在楼顶上搭几个玻璃房,作为临时办公室,不至于让老板们坐在露天。这事当然非常好,张国粮高兴,李回珍也高兴,但是大家都知道,这个擦边球打得非常准,难度付出大。于是,流言乍起,说周节如为这事不仅卖了笑,还卖了身。也有人说,周节如真是爱厂如家,从某种程度上讲,比张国粮和李回珍还要爱。当然,还有人看得深远,说这是周节如的新阶段,说她前面也有几个阶段,打工阶段、立足阶段、争锋阶段,现在有了这件事,身价立马就翻番了。

12

周节如真的去买了一辆保时捷,我们都看见了。真的是六十三万,比李回珍的宝马多了五万,不知她就是喜欢,还是故意要把李回珍比下去,但大家都说,保时捷确实比宝马好看,说宝马是车中的传统贵族,而保时捷是车中的时尚新锐。现在,周节如每天开着自己的保时捷在宽带路上进进出出,她的车也会叫,且叫得更加响,内行人说,她是特地把排气管改装过,多打了几个洞,把消音效果弄得差一点,叫起来就歇斯底里了。这样,人们就知道了这辆车也是福禄寿的,这样,大家就会说,看这神气,福禄寿现在是周节如说了算了。

周节如才无所谓这些"声势"呢,她渴望着平等的地位和可以商量的对话。对峙不是办法,弄得人很累;靠张国粮也不是办法,一旦失宠,凉荫就没有了;只有赢得人心,才能真正地安身立足。经过一段时间的调研,周节如觉得有一件事情可以一试。什么事?吃饭的事。

私营企业对吃饭都是最不当事情的,觉得众口难调,觉得价格上掌握不了,主要还是不想在这个上面投入和付出。因此,工人们也习惯了自己吃,自由吃。每当吃饭的时间,工业区里的厂家才会真正地歇息下来,工人们像蚂蚁一样从厂里拥出,马路上顷刻就是黑压压的一片,然后,纷繁杂乱的热闹也开始了。他们或吃饭、或放风、或玩耍、或活动活动筋骨。工业区的路,有纵有横,有大有小,大路上都是我们这些店,卖鞋料的、卖工具的、安装门窗的、洗澡堂、理发室、录像厅、棋牌桌、柜员机、小超市。小路上基本都是饭摊,都不是本地人开的,本地人知道饭摊赚不来,而外地人则知道自己人要吃什么,怎样来经营这样的饭摊。这些饭摊没有面积可言,没有装潢可言,炉子和桌椅都摆在露天,白天搬出来,晚上搬回去,要是晚上开得迟,连灯线都是现拉的,路边搁一块招牌,上写"三元吃饱五元吃爽",吃饭,就是在一片油烟和煤气里。我问老公,三元五元他们吃什么?老公说,这还用问吗?你自己也做生意,不用看,算算就知道。吃什么?肯定是地沟油、霉变米、菜场里的菜脚、辣酱代替味精,否则,他就是把手指都炒进去,也还是亏的。这里面,唯有铁锅和炉火是真的,其他都是假的、次的、坏的。周节如目睹了这一切,在厂里办起了食堂,人均一天十二块,早饭两块,中饭和晚饭各是五块,虽然也是经不起推敲的,但比起吃路边摊来,已经进步多了。关键是不用工人掏钱,全部由厂里支出,这是工人们最欢天喜地的,吃厂里的,比什么都有说服力。用周节如的话说,十二块钱能笼络到人心,太合算了。我老公说,这一招好,特别灵。

  李回珍当然是反对的,没办法,她的出身摆在那里,骨子里长出的省。她到处讲,跟张国粮讲,跟周节如也讲,跟我们这些关系户就更讲:说这下好了,变民政局福利院了。说只知道搞噱头,账都不会去算一算,一个人倒贴十二块,全厂多少人?说还有还有,老司人工算了吗?清理人工算了吗?场地算了吗?厨具算了吗?盘碗桌椅算了吗?煤气佐料算了吗?好像都不用钱似的,好像是山水冲过来的。但是讲归讲,现在的情况下,李回珍发脾气也没有用了,兵败如山倒。而周节如,却正以排山倒海之势节节推进,胜利在望。形势到了这一步,已经由不得李回珍了。但周节如还是给了李回珍一个面子(不知是不是张国粮在背后出的主意),说,我给她下下台吧,她毕竟也是老板娘嘛。每人每天扣回两块,意思意思,权作厨具和盘碗的折旧。这点血,工人们当然也是愿意出的,出了也会念周节如的好。

13

  周节如的脚步还没有停止,这不,还有一件事在背后酝酿着……
  那是周节如去了一趟香港回来之后。去香港是去开展销会,开始的时候,李回珍叫张国粮去,张国粮说自己在上海走不开,回掉了。李回珍自己也不想去,香港热,一热,她的不宁腿就更加不宁,白天晚上都像虫爬一样。于是,李回珍很不情愿地派周节如去了。周节如在香港没学到多少鞋样回来,按照她的说法,福禄寿的女鞋,已远远超过外面的样了了,就是展示给别人看,别人也学不去,这不是眼光的问题,而是理念的问题。倒是周节如带回的一个想法——私营企业也可以成立工会,却是很鼓舞工人的。这一点李回珍没有想到,有一次跟我说,这一脚踏失空了。

在香港时,隔壁那个摊位就是百花鞋业,驻摊的老司就是企业的工会主席,他们叫首席参事。老司讲,他们既有同业工会,又有下面企业的分支工会,目的就是给工人谋利益,有渠道让工人发声,这样才能稳定军心。我老公解释说,就好比机关里的总支和支部。周节如在那里被那个老司洗了三天脑,回来以后心里有了新的萌动。正值国内新的《劳动法》颁布,各地都在强调工人的合法权益,同时又在寻找这方面做得好的典型,周节如把成立工会的设想和工业区一沟通,管委会立即想在福禄寿搞试点了。

那段时间,周节如开始在厂里灌输工会思想,这种思想在私营企业里面是很能蛊惑人心的。工会就是代表工人利益;工会是工人自己保护自己的组织;工人虽然服从于老板,那是工作的从属关系,而不是人格的等级关系;只有在工会这个平台上,工人才能真正地和老板平等对话;没有工会,通往对话的途径就不通,因此,工会是桥梁也是工人自身的砝码;工会自古就有,不是现在才开始的,当年刘少奇在安源搞路矿工人大罢工,就是以工会名义组织实施的,江汉铁路那边,施洋大律师,也是工会出面邀请的;工会也是一级组织,可以利用自己的章程,完善和保障自己的权益。总之,工人们一听到平等和对话,就会生发出一种莫名其妙的亢奋,在他们看来,老板就是天敌,不管老板怎么好,在划分阵营时,他们就会毫不含糊地把老板对立起来,在他们看来,乌鸦就是乌鸦,无非是颜色深一点浅一点而已。工业区管委会也因势利导,推波助澜。

阵营在悄悄分开,悄悄地活动,拉票也在私底下神秘地进行。李回珍一派送出的是牙膏、洗衣粉,周节如一派则是电话充值卡和年底回家的火车票。如果说,周节如他们是蠢蠢欲动,那么,李回珍他们就是垂死挣扎。我老公听到这些就嘎嘎乱笑,说,新的和老的,传统的和现代的,光凭这出手,胜负已然见分晓了。

工会成立大会在福禄寿流水线车间召开。在车间开这样的会,很有现场感,试想,如果有哪个导演来拍电影,一定会拍出《列宁在十月》那样的效果。前来参加会议的有工业区分管副主任、中小企业决策咨询师、劳动部长和妇女部长。张国粮也从上海回来参加,手心手背都是肉,他心里想两碗水端平,但小算盘和倾向性还是有的。李回珍也像新娘出嫁一样出来参加会议,她有好长时间没有正式露面了,但作为现有的法人,不管结果怎样,她心里还是想争一争的。说真的,她也不想简单地失去这块阵地。流水线车间本来就有四五十人。所谓的流水线,就是把原来装置、夹帮、上胶、上底、烘干等工序组合在一起,而上面的划料、批皮、车帮、后手的修边、整理、上色、验收,加上内勤、财务、仓库、车队、保安、清洁等,总共有一百多号人,规模也不小。

会议的议程有领导致辞、章程解读、选举办法,等等。张国粮会有一个讲话,那是管委会要求的,说你老板不讲谁讲?他推不掉,就勉勉强强地讲了。可以想象,肯定是"打蟹酱"一样。李回珍也必须讲几句,也可以想象,差不多也是"撕破布"。她这人,本来就不会讲话,正式场合马上就抖抖掉。

周节如的讲话也是工业区有意安排的,目的就是要让她亮亮相,显然,周节如也是会讲话的,那姿态、那声调、那气象,我老公后来听说了,说,她是不是干过共青团的?说团干部都有这一手,讲话如背书,像演讲。周节如讲了这几层意思:一、她爱女鞋,因此也爱穿女鞋,喜欢卖女鞋,也喜欢做女鞋。二、她还年轻,什么都想尝试,做事也可能不周,有大家不能接受的地方,请多多包容。三、对于她,大家有很多猜测,其实没那么复杂,希望大家能善待她。四、她的想法很简单,趁年轻,抓住机会,多赚点钱,要是你们不喜欢她,她攒好嫁妆钱就回老家……

工会主席的人选,其实也就是这三个人,张国粮、李回珍、周节如。做了票,让大家自愿投,最后当场唱票,看绝对票数。

张国粮的票数不多,这也是预料之中的,完全可以忽略不计。票数主要集中在李回珍和周节如身上。李回珍的票数基本上都是亲戚、朋友、心腹、手脚、老工人,尽管他们不一定都喜欢她,但碍于面子或本能地反感周节如,他们还是会有保留地支持她。这显然远远不及那些看热闹的、幸灾乐祸的、外来打工的、真正对李回珍不满的、真正想谋求自己利益的、发自内心喜欢周节如的。唱票时三人的态度也很能说明一切:张国粮无所谓,谁都一样,所以,他对唱谁的票都不关心,一直在陪着客人说话、递烟、嬉笑。我老公其实是喜欢张国粮的,说他有农民的狡猾、农民的精明。但我不喜欢,尤其那什么"外面彩旗飘飘,家里红旗不倒",听起来就烦。李回珍对票数还是紧张的,所以,唱票一开始她就悄悄地退了出去,回避了。后来李回珍说,和这个狐狸精一起唱票,想起来就觉得塌神气。她还说,那时候真希望有个人出来倒场,一乱了之。

周节如也是不关心票数的,但她心里是有数的,她只是想,这样的场面,她和老板娘不要搞得太难看,难看了,对她一点也没好处,只会引来别人的嫉恨。所以,在一片热闹的混乱中,周节如一直关注着李回珍的动向,李回珍一出来,她马上也跟了出来。她在后面叫老板娘老板娘,老司母老司母,她是想示好老板娘,想表现得嫩头一点。李回珍就是不理她,当自己没听见。李回珍先是去了隔壁食堂,想坐一坐,平平气。周节如从后面跟了进来,她马上就起身离开了,周节如又马上跟了出来。这时候的周节如,只想老板娘搭理她,看她一眼,哪怕是骂她几句,她也觉得是老板娘在待见她。李回珍偏偏不理她,自顾自上了楼梯,她噔噔噔地往楼上走,周节如也笃笃笃地在后面跟。李回珍走得慌,周节如跟得急。慌乱中,李回珍别了一脚,摔了一跤,人生生地趴在台阶上,鞋子也别掉了一只。周节如"哇"了一声,拼命抢上去想扶,却被李回珍狠狠一甩,一个手肘头击过来。这一下,周节如猝不及防,被重重地击在肋骨上,她痛苦地捂住肋部,气也岔住了。李回珍这才正过身,坐在台阶上,盯着周节如,说你跟着我干什么?说你是不是很得意啊?说你看见我这样很高兴是吧?说你这个冤家,你吵我的人家很好过是吧?你吵得我这样很开心是吧?你个山魈!你个狐狸精!说着说着,李回珍禁不住呜呜地哭起来,像哭丧一样,也顾不上好看不好看了。李回珍这样边哭边说,边说边骂,周节如也被骂得哭了起来,她也委屈啊,她也难过啊,她也心酸啊,她一定是想起了什么,想起了她们的关系,毕竟是她在介入,毕竟是她威胁到了她,毕竟是她吵得她家里不宁,毕竟是她踩在了她的痛点上,现在又把她打败了,哭得她这么狠狈,她其实也是很难受的。她哭了一会儿,看看李回珍,也不知做什么好,回头看到那只鞋,就走过去,俯身把它捡回来,放在老板娘的脚边……

14

福禄寿选工会主席一事,好长时间了还经常被人说起。我们这个店,有时候就是一个小道消息的传播地,那些过来采购的人,有事没事的都会在这里乱说。他们会说,小三赢了,小三胜利了,各种意味尽在其中。我老公要是在店里,听到了就会说,不要这么讲嘛,这样讲起来不好听哪,什么小三小三的。

对于上述的这次"冲突",我也是将信将疑的,我觉得她们都不会那么克制。有一次,我忍不住问李回珍,听他们说,选工会那天,你们两个真的第一次吵架啦?李回珍不好意思地"嗯嗯",说有。我说,你有没有狠狠地甩她两个大巴掌,出出气?李回珍说,那时候光知道急,光知道哭,没有打。她又说,后来想想,这个巴掌还好没有打,真要是打了,她可能也被我打跑了,现在也不在这里了。我苦笑,心想,这个可怜的女人啊。

现在,周节如常常以当家人的角色自居。她的保时捷一天到晚呼啸来呼啸去,代表着福禄寿出入于各种场合,调拨材料,布置生产。有时候她也会向张国粮、李回珍请示一下,毕竟人家是老板嘛;有时候情急,她就会自作主张,把车子嘎地停在我们门口,手里拿着手机和钥匙边走边说,这个要,那个要,什么时候要,什么时候还没有就不要。说东西不叫你便宜,但东西一定要好,给老板娘怎么好的,给我也要怎么好,给老板娘什么价的,给我也是什么价。说算账也照老板娘的,该结结,该算算,真要是急等钱用,你提前跟我说一声,我早点排起来,千万别说我们账难算啊,账会拖啊,很难为情。你看,水平只用高一点点,理念就不一样,她觉得欠债难听。说真的,我就喜欢这样硬码地做生意,哪怕价格被她砍得头破血流,也舒服。

说是这么说,喜恶还是明显的,根深蒂固的,思想旮旯里还是会有些疙瘩在作祟。比如周节如那个以老板自居的劲;比如她那个端着工会的架势,听说,前几天,还特地找张国粮、李回珍谈过一次,谈什么?谈工人的节假日福利,谈三年以上该缴的保险,真是"有恃无恐"了,有一点逼宫的味道了;比如保时捷,为什么要叫得这么响,开得这么快?为什么停在我们门口总要嘎的一声?这么弹兴干什么?比如赚钱就赚钱嘛,把人家家庭搞起来吵搞起来乱干什么?说到这,我老公就会插话,说,不管怎么说,我们不能势利眼,不管谁得势,我们在结账签字这个环节上,还是要找李回珍,虽然找她的感觉并不好,这不是制度和规则问题,而是情感和态度问题。老公还说,找周节如,不知李回珍会怎么想,找她,好像她真的说了算似的,找她,等于是承认了她的身份和性质,这不是颠倒是非了吗?不是邪气压倒了正气了吗?说白了,如果我们连这个也不分了,那李回珍真会寒心死的。老公最后总结说,有些事,总得有个价值观的。噢,说了这半天,还没说我老公是干什么的,他在文化部门谋一小职。文化人一般都没有钱,所以,他鼓励我做点小生意,他有空也帮我拿拿主意。

我也会时常地和李回珍打电话,到现在,说起周节如,她还会难过。我叫她不要老待在家里,不要自己把自己放弃掉,只要人好过,还是要出来走走,你的身份在那里,谁也动不了你,谁还会把你老板娘弄哪里去了?我说,我只要一回家,一看见你送的棉胎,就会想起你的不易,就会想起你们是怎么过来的,要力挺你。至于那什么啦啦啦,就看你怎么想了。我还和李回珍讲了我们九州的双莲桥,她是文县乡下上来的,不知道这个桥,那桥下就专门生长了一种并蒂莲,开起来都是一大一小,仔细看非常有配合,很协调,很好看。并蒂莲都是一般大小的就不好看,一大一小太悬殊的也不好看,就得有个差不多的衬托。李回珍喷了一下,说,你这话什么意思?你说我和她并蒂莲?啊呸呸呸!我说那只是一个比喻。我又和她说了另外一个鞋佬,在秦皇岛开市场,开得很大,家里妻子渐老,儿女一堆,但他就是不回家,一个人在外面包养了一个大学生,陪他吃陪他睡。他在市场里给这个大学生开了一个烟酒行,底还是他铺的,赚来的钱却都归她。商场很大,来往的人也很多,送礼的在她那里拿,自吃的也在她那里拿,烟酒生意很红火,钱都到大学生兜里去了,你说哪个好?你家张国粮也和你一样,也是个铁蛀虫、石板刨、"浙江省",吃蛇的人还会把鳗忘在锅里?周节如等于是在为你们打工你懂不懂?她其实是个长工,凭劳力兑伙食,你等于是个地主,手直着不动也坐享其成,她搞得再好,也只拿个提成,大头还在你这里,不是吗?你算算看?何乐而不为?李回珍在电话那头没有吱声,看来是被我点中了穴,摸准命门了。后来,大半天,李回珍叹了一口大气说,她就像我的不宁腿啊,长在身上呢难受,又偏偏要她不得。

松林夜宴图

孙 频/著

一

她后来想，一切也许可以从白虎山说起。

所有的山和所有的河都是早已被命名好的，就像脚下这座山，癞秃、干渴、褶皱、独立千年而不能成说。它有一个威风凛凛但已苍老到两千岁的名字：白虎山。

据说西秦首都勇士城两千年前就曾在这山脚下，都城四面以青龙、白虎、朱雀、玄武命名四座山，白虎山在西，故名。对应五行之金，四季之秋，六部之刑部。从白虎山再往南便是祁连山余脉。两千年里这里曾有过无数边境之战、灭国之战、屠城之战，后来又几成流放之地，来过各朝的苦役。就在几十年前，这里还来过一批被城里遣送过来垦荒改造的右派，听放羊老汉说他们中间大部分都是文化人。后来他们中的很多人，也像那些古代的战士和各朝的苦役犯一样，大多没能返回家乡，留在了白虎山上，最终被黄沙掩埋了起来。

有时候大风卷过之处，就可以看到埋在黄沙之下的累累白骨，有两千年前的，有几百年前的，有几十年前的，早已经分辨不出老幼。新旧的白骨一簇一簇挤在一起，仿佛是刚刚从黄沙之下唤醒的蚌珠。有些暴露在黄沙外面的头骨安静地睁着两个黑洞，看着西部冰蓝色的天空。皮球一样滚来滚去的头骨被住在附近的小孩子们当玩具捡起来垒在一起，垒成了一座座七层宝塔，远看上去如同一片壮观的塔林。风从一个头颅的眼窝钻进去，像条无骨的蛇一样，再从另一个头颅的眼窝中爬出来。这些头骨宝塔静静地诡异地矗立在白虎山的某个山包上，等待着与爬到山顶来玩的大学生们不期而遇的那个瞬间。

山下有座师范学院,就建在两千年前的勇士城遗址之上。不知是因为兰州城太过狭长还是因为这学校实在不被待见,青城、金崖、榆中,沿着黄河一路放逐,竟被赶到了这白虎山下。师院的学生们平素的娱乐只有两种,一种是骑着自行车骑十里山路去一个军用机场看飞机,另一种就是爬上白虎山看落日。

十里山路看不到人,看不到村庄,看不到树木,只有绵延不绝天荒地老的黄土沟崖。学生们骑着自行车,吃力地扭着屁股爬山路,一路下来裤子和臀部几欲摩擦起火。在山路上爬着爬着忽然就会有一种身处宇宙洪荒的无力感和庄重感。开天辟地,天地玄黄,日月盈昃,人走在其中如舟行海上,随时会被这无边的黄土吞没,随时会在这坚固如铁的时间里消散成灰。

偶尔会在半路上碰到一个卖苹果的农妇,一抹水红色的围巾尖利地刺破纵横的黄土。农妇守着一箩筐木讷憨厚的花牛苹果蹲在路边,不知打算要卖给谁,倒好像看死了他们一定会打这里经过。有时候学生们果真会停下买苹果,仿佛这农妇是他们在宇宙间遇到的唯一人类,连丑笨的花牛苹果也连带着成了这山中的珍异。下山坡的时候,自行车容易掉链子,刹不住闸,那就索性让自己连人带车地向路边的一堆沙丘撞去,脱缰的自行车驮着一坨惊恐万状的肉,像节失控的火车车厢一样轰隆隆驶向沙丘。车轮稳稳插进沙丘,人则被高高弹起来,然后再砸在沙丘上,腾起一片雾。

终于骑到了机场,军用机场不让随便出入,守在门口的哨兵如果见是女生就多看几眼,如果见只是男生,就依旧泥塑一样挡在门口,目光空洞地看着远处的栖云山。学生们只能站在墙外,仰脸数着起起落落的大小飞机。绿色的飞机像一大群候鸟呼啦啦起飞,结伴从他们头顶盘旋而过,往另一种季节里投奔而去。直到读完四年大学,这个学院的学生都是看到天上的飞机比地上的汽车多。

再或者,在黄昏时分爬上白虎山看落日。李佳音就经常在落日熔金的黄昏带上自己的几个学生爬上白虎山画落日。李佳音是一九九五年被分配到这所学校的美术系来当老师的,甘肃榆中人,在三江汇聚的甬城读完了美院,然后,毕业时又被分回了原籍。当她几年前再次回到白虎山下的时候,母亲还有几分不高兴,说,你姥爷活着时就想着你能留在南边了,回来做撒呢?南边到底比这个搭搭干散,把书念上又回来做了个撒沙。她有气无力地说,不服从分配留在南方就连户口都没有了,也没有了工作。听说从明年开始国家就不包大学生的分配了,到时候自己找工作还不定能找到什么样的。我们是被包分配的最后一批了,总得抓住这个机会。

她心里却时刻为自己做了这样的选择而感到羞愧,多年以后她才想明白,是她身上那种与生俱来的稳妥使她无法自信。在她还很小的时候,外公执意要教她画画,就时常表现出对她的失望。他总是对她说,侬晓得什么是艺术家,就是侬要去追求那些美而徒劳的东西,只要侬是真的喜欢,就不要讲画画有没有用。外公年轻时候是个画家,曾留学贝桑松美术学院学油画,浙江余姚人。他是几十年前被遣送到白虎山改造的那批右派劳改犯中的一员。几年的垦荒改造结束后就地落户,没有再回余姚。他和一个年长他几岁的当地女人结了婚,那女人身体不好,后来就生病去世了。他们有一个孩子,就是李佳音的母亲。李佳音的母亲因为成分不好,从小被同学们歧视,上完小学就没有再上过学,早早嫁给了当地一个家徒四壁的农民,就是李佳音的父亲。

外公高瘦清隽,在西北多年仍然没有改掉浙江口音,他对榆中方言里把"喝水"叫成"喝蜚"、"吃吧"说成"吃撒"永远深恶痛绝。他坚持要把"母亲"叫"阿姆",把"晚上"叫"夜到"。李佳音小的时候就曾问过外公,你为什么要从那么远的南方来到白虎山呢?外公说,因为吾会画画。李佳音说,为什么会画画就要来白虎山呢?外公说,因为会画画的人都是小居(小孩)。

过了几年李佳音又问他,你们那时候在白虎山上每天都做什么呢?他说,做交关多(许多)事情,劳动啊吃饭啊种粮啊割草啊养猪啊,啥西(什么)都做。阿拉连住的屋子都是自己做的,就在黄土坡上挖个月牙形的洞,洞口小,但里面可以挖大些也可以挖小些,还可以在旁边再挖个套间,套间还可以再套一间,反正阿拉想怎么住就怎么给自己挖。那窑里交关(特别)宽敞,比现在榆中的平房大多了,阿拉可以横着睡也可以竖着睡。吃的东西也交关多啊,青稞炒面、玉米面团子、洋芋角子、浆水面、灰豆子、糜面疙瘩,阿拉在山上给自家种了很多玉米和土豆,阿拉甚至还种过百合和玫瑰。百合的根是可以吃的,囡部部(又甜又软),侬晓得百合花是白色的,其实也有橘色的。玫瑰花也可以吃,侬晓得甘肃这一带从明朝就开始种玫瑰了,最好的玫瑰叫苦水玫瑰。把玫瑰花瓣采下来用白糖腌渍成玫瑰酱,或者包在火烧里做成玫瑰饼,咬一口那真真齿颊生香。夏天的时候,山上唉到各处(到处)都是阿拉种的玫瑰和百合,红白相间,云蒸霞蔚,登样(好看)极了。就是在一九六〇年那年没有粮食吃的时候,阿拉也能找到各种野菜吃。和吾住在一个窑里的另外两个人,一个是生物学家,另一个是音乐家。阿拉干什么都在一起,好得像一个人似的,有一口吃的都要三个人分了吃。生物学家带着阿拉在山上找龙葵、曼陀罗、苘麻、刺蓟、虎尾草、牛筋草、石灰菜、马唐、鳢肠、水稗,还有一种叫马尾泡的菌子,小辰光(小时候)是白色的,但当长大到不能再大的时候,它就会自动炸裂,喷出黑色的烟雾,好玩得很。里面黑色的粉末是可以止血消炎的,阿拉都把它当药来用。那个音乐家则每天在落日时分蹲在窑口用口琴给阿拉吹《红河谷》和《三套车》,快要落山的夕阳又大又红,把满天的云彩都染得血红,像在天空里烧了一把大火。

李佳音又问,那个生物学家和那个音乐家后来都去哪了?

外公平平静静地看着远处,声音也像从很远很远的地方慢慢飘过来的,侬晓得,阿拉真的像亲兄弟一样……佢拉后来都回老家了。吾留了佢拉的地址,佢拉一个叫周在堂,是江苏无锡人,一个叫李书平,是湖南岳阳人。吾记得很清楚,都是南方人,又文气又礼貌。自从佢拉回家之后,吾每年都要给佢拉寄去西北的百合干、牦牛干、苦水玫瑰、柳花,年年过年都要寄的,没有一年拉下的。二十年了,侬晓得?吾都寄了二十年了。

虽然从小给她讲白虎山上的故事,外公却从不让她到那座山上玩,于是白虎山在她眼里变得日益神秘,如笼着一层蓝色的大雾。在李佳音记忆中,外公只对两件事感兴趣,吃和画画。李佳音还很小的时候,他就开始教她画画,他喜欢给她讲格列科、提香、丁托莱托、达·芬奇、拉斐尔、米开朗基罗、波提切利、塞尚、伦勃朗。他最崇尚的画家是伦勃朗,他保存着一本破旧的伦勃朗画册,他喜欢把里面那张叫《夜巡》的画一遍一遍指给她看。有时候明明是指给她看的,他自己却坐在那里看得满脸是泪。他说,侬晓得伦勃朗从画完这张画就破产了,当时没有人知道这张画有多么好。后来不久他就死了,才五十多岁啊。可是吾每次看到这张画的时候,还是会觉得,人生不管怎样虚空和荒诞,某些东西仍然会到来,会发生。

更多的时候,他只是对吃感兴趣。有一天黄昏,他带着她去榆中县的十字街口买豆腐脑和麻叶做晚饭,雪白的豆腐脑盛在一口钢精锅里,上面撒着绿色的韭菜花和红色的辣椒油,他一边走一边不停闻着锅盖下散发出的香味。拐过一个弯之后,他站住了,对她说,阿拉还是先把豆腐脑吃完了再回去吧。然后不等她说话他就捧起钢精锅,咻溜咻溜只两口,就把一锅还烫嘴的豆腐脑都倒进自己肚子里去了。吃完之后好像又有点不相信是自己吃完的,他狐疑地羞愧地看着那口空锅,自言自语道,吾吃的?

不能吧？却久久不敢看她一眼。大约就是从那个时候,她开始为他感到羞耻。她吵着要回家,生怕有人会看到他们。他明白了她的意图,他捧着那口空锅忽然抬起头,肃穆地对她说,侬是不是觉得吾挺可怕?"当我们脏时爱我们,别在我们干净时爱我们,干净的时候人人都爱我们。"那个和吾在白虎山住过的音乐家曾经告诉吾,这是苏联的一个叫肖斯塔科维奇的音乐家说过的话。他说肖斯塔科维奇一辈子都在等待一个枪决。

　　后来当他变得越来越老之后,他对画画的兴趣开始越来越小,对吃的兴趣却越来越浓烈越来越顽固,这兴趣长在他身上,像身体上发育出了一只硕大无比的畸形器官,简直要比四肢比脑袋都要显眼。

　　他越老便越爱惜自己的身体。由于睡不着觉,他每天早晨天还黑着就在炕上开始做一套保健操,横着做完竖着做。起来后按摩太阳穴,干洗脸,然后再出去倒着走半个小时。每天早上要雷打不动地吃三颗红枣三颗核桃,晚上睡前要风雨无阻地喝三杯枸杞泡的小酒。每天都要午睡,一到那个时间他就脱光衣服,头上裹上毛巾是怕受风寒,盖上被子午睡一个小时。午睡过后要喝一碗小米汤去火,然后在屋子里开始画画。他本是画油画的,到后来却只是拿毛笔随意在纸上涂抹,没有人能看懂他画的到底是什么。他画好一幅就往墙上挂一幅,只给自己看。时间一长,墙上挂得密密麻麻的,白纸黑墨挂满了屋子,挽联似的青森阴凉。画挂多了她才渐渐看出来,那画上画的密密麻麻的好像全是人,各种形态的小人或坐或站或睡,看上去有点像日本的佛教画《廿露图轴》,又有点像朝鲜十九世纪的《十王图》,还有点像密密麻麻罗列在纸上的亡灵的墓碑。

　　更老了些之后,他看见邻居的小孩子喝牛奶,都要过去问小孩,侬一天要喝几袋牛奶啊?小孩想捉弄老头,便伸出七根指头来。他就当真了,侬喝七袋啊,那吾差远了,吾每天才喝一袋。于是早晨喝中午喝晚上喝,咽不下去了就往里灌,每天拼了命也要喝够七袋牛奶。

　　有时候李佳音的母亲赶集买了些饼干坚果之类回来,他见了就先在自己的枕头下面藏一部分,睡觉前躲在被子里偷着吃,吃着吃着就睡着了,一醒来又从枕头下面摸出来接着吃。结果被子里的各种食物碎屑多得能养活两窝老鼠。就是这样,他还是一天比一天老下去了,耳朵已经和摆设没有两样了。别人说什么他其实是一句都听不见的,只是看见人家笑了他就跟着笑,因为慢了半拍,别人笑完了他还没笑完。别人问他笑什么,他就说,你们不是在笑吗?因为听不见,只能看见别人的嘴在动,动来动去看着都一样,他大约也有点烦,所以后来干脆就见了谁都没有表情,泥塑似的一张脸上挂满深浅的褶子。有时候看见邻居家吃什么了,回去就和李佳音的母亲闹着要吃,阿拉也吃那个吧!在街上看见小孩们口里吃着什么他会上去说,小歪(小男孩)给爷爷吃点,让爷爷尝一尝,就尝一点,就一点。吓得邻居的小孩子们一见他就跑,像见了大灰狼一样。

他看起来内里总是很渴,很饿,很空,无论扔进去多少东西都填不满,都能马上听见空荡荡的回声,好像他患上了一种奇特的类似于饕餮的疾病。然而就在那些刚刚吞咽下食物的清醒瞬间里,他仍然会哆哆嗦嗦地拉住她的手,催促她去看伦勃朗的画册。他说,侬一定要去看他那些无与伦比的光线,伦勃朗光线,真正的艺术家啊。就是画不出,侬也总可以去向往的。人其实就是在活那一点向往。

外公是在她去甬城读美院的第一学期去世的。等她寒假回到家里才知道,外公已经去世一个多月了。外公曾住过的房间已经被母亲清理过了,墙上挂的那些阴森森的满是小人的画都被取下焚烧掉了,取代它们的是一张外公的遗像。年老的外公站在一种枯瘦冷硬的黑白光线里,嘴唇紧抿,双目凹陷,正像一道谜一样无声无息地看着她。

她问母亲,外公走前痛苦不?母亲说,就是受罪了,你木见他到后来瓜(傻)滴,人都召不住了,裤子掉了都不知道个提。她问外公给她留下什么话没有。母亲说没有,只留下几幅画,他神志清醒时就嘱咐过她,一定要把一幅画和一本画册留给李佳音。那几幅画有的用色粗粝浓烈,有的雅致如青绿山水。有一幅画里是血一样的大片花丛,好像昨夜西风微雨刚罢,满地宫锦残红,飞絮蒙蒙,有三个长发白衣的老者正在花下品茗下棋。另一幅是寒食前后,杏花如雪,三个白衣老者正赏花归来,满纸是平林新月人归后的清旷。留给她的那幅画叫《松林夜宴图》,画中充满了北宋李成的寒林气质,荒原空旷,月夜清凉。看起来时节应是冬天,松间与林下有积雪在月下闪着寒光,此处大约得王诜笔法,在树冠处敷上了厚厚的银粉,便尽得夜雪之肌质。松下有三个白衣老者在煮酒夜饮,其中一个正在抚琴,另外两个则醉卧,似听非听。

这幅画看起来和别的山水画不同,有一种奇怪的气质。人物比例被放大,画中那个抚琴的老者正看着画外,脸上有一种似笑非笑的神秘表情,正欲说还休。她与那个画中的老者对视了很久,画的右下角没有标注日期,看不出是他什么时候画的。她一时想不明白,外公为何一定要把这样一幅没有一个字的山水画留给她做遗物。

后来她就一直把这幅画带在身边,在甬城读美院的时候她曾拿出来给罗梵看过,她问罗梵在画中能看到什么。罗梵看后说,山水倒没有出彩之处,不算上乘之作,只是画里弥漫着一种奇怪的不安气息,很紧张,近似于恐惧,像有什么事情即将要发生之前的那种可怕的平静。

外公留给她的那本画册是伦勃朗的自画像册。伦勃朗从十八岁的少年开始画自己,每年画一幅,里面有三十岁如日中天的伦勃朗,四十岁国王一般骄傲的伦勃朗,五十四岁身材臃肿缠着头巾、脸上没有一丝笑容的伦勃朗。他越是往后用色越厚重,到了后来,画中厚厚的色彩看上去像是铜铸的,闪着金属的光泽。她翻到了最后一幅自画像,这也是伦勃朗生前给自己画的最后一幅画像。整幅画中用的是夺目的金属色光线,人物好似铜版浮雕。画中一个穿着破旧衣服的落魄老人,戴着一顶旧帽子,满脸皱纹,眯起眼睛正向画外面看着。他苍老的脸上有一丝非常诡异的笑容。她想到了外公的《松林夜宴图》里弹琴老者的表情,觉得二者之间似乎有某种相似。

她第一次爬上白虎山,是在外公去世之后的那个冬天。几天前的一场薄雪已经基本化尽,只有山脊的背阴处还有斑驳的雪迹。她一站在那里就愣住了,满眼只有无边的黄沙和大小的砾石,枯死的沙蓬在寒风中瑟瑟发抖,偶尔见一棵低矮的沙枣树上没有一片叶子,满身的荆棘,几颗早已风干的沙枣血滴一样挂在枝头。十里黄沙看不到一个人影,甚至看不到一只飞鸟。一扭头却发现几步之外有一只寂寞的头骨正趴在黄沙中与她静静对视着。她这时候才发现,黄沙之下,残雪之中,到处是白骨。有的像树枝一样露在外面一截,有的像发芽的种子一样只露出一点点,还有的完全赤裸在风中,闪烁着一种类似于银色的可怕光泽。她一个人站在白虎山上打着寒战却迟迟不肯离去,这时候冬日的太阳已经开始落山,夕阳里的白虎山看上去辉煌壮丽而充满诡异之气。

来年暑假的时候,她再次独自爬上白虎山,仍然是满眼的黄沙白骨,仍然几乎看不到一丝绿色,偶尔有束灰绿色的沙蓬也是血溶于水,掉进黄沙中立刻就消散不见了。玫瑰与百合听起来像这十里黄沙的一个千年大梦,而龙葵、曼陀罗、苘麻、刺蓟、虎尾草、牛筋草、石灰菜、马唐、鳢肠、水稗这些植物的名字则像一艘早已沉入海底的沉船,锈迹斑斑,长满牡蛎,只见其中草影幢幢。她独自在山上走了很远,似乎只要一直走下去就可以走进外公最后的那几张画里去。玫瑰、松林、杏花、残月。品茗下棋、弹琴长啸、青梅煮酒。她一路走得跌跌撞撞,唯恐找不到痕迹,又唯恐真的找到什么。到最后她只在陡峭的黄土崖上找到一排又一排的土窝。那都不能算土窑,只能算土窝,因为窄小得不像人住过的,而且没有门窗,只有赤裸的洞口在大地之上隐秘开放。就像已经知道里面蛰伏着什么怪物一样,她甚至不敢往里再多看一眼,只是坐在黄土上,大口大口喘气。

从美院毕业被分回榆中的那个夏天,她又一个人来到白虎山上。西部的落日硕大而金碧辉煌,仿佛是从一种无生命的深渊里长出来的凶猛植物,只是不停分泌出金色的光线,再把这箭镞一样的光线掷向每一棵树的生,每一片黄色土地的生,每一道沟壑的生,每一条嶙峋峡谷的生。它像一种无生命的生命,蛮横有力,强暴万物。白虎山上的黄土吸饱了这样浓烈凶悍的阳光,变得通体金黄剔透,天上地下,这么大规模这么浩瀚的金色汇聚在一起,天真单纯而扫荡一切。无论是曾经在那三江汇聚的甬城,还是后来在北京深秋的银杏林中,她都再没有见过这么多这么大规模的金黄色。黄沙之下露出的白骨像埋在这土地里的种子,不知道将要长出怎样奇异的人形植物。她坐在沙丘上,眼看着自己如旷野里的一座塑像被夕阳镀上了一层金色。

山腰上有个放羊的老汉正在唱河州花儿:"天下的黄河往南淌,水大着淹了个享堂。远路上有我的好心肠,看去是没有个落脚的地方。"满山只听见古老悠远的花儿,看不到人,也看不到羊。又过了一会儿,一只领头的黑色大山羊出现在她的面前,接着一群白色的绵羊跟着黑山羊出现了,再接着,绵羊的最后面跟着一个放羊的老汉,甩着皮鞭,嘴里正唱着花儿。

羊群低头啃着沙蓬草,黑山羊顶着一对大角在旁边看守着它们。她和放羊老汉坐在沙丘上聊天。她说,老伯今年有多大了?老汉说,五十四咧,就是看着像个老扎扎。她说,才五十四,一点不老,那还是叫你叔吧。老汉高兴了,说,尕女子是做啥子滴?她说,我是这山下师院的老师。老汉惊叹,大学滴老师?满服(佩服)滴很撒。她说,叔,这山上多年以前是不是还种过玫瑰和百合?老汉嘎嘎大笑,尕娃是梦见了撒?止(这)簸(白)虎山上啥子都不能长,从古只能打仗。她说,叔,你知道这山上为什么有这么多骨头,是人的还是动物的?老汉摇头叹气,你是尕娃不知道,我九岁上就在止山上放羊,啥子事没见过?古代打仗当兵的愣怂们都死在止里,我十六七岁还是个崽页子(小伙子)滴时候,很多文化人也被送到了止山上改造,一个个簸生生(白生生)滴,都长得心疼滴很。就住在止山上挖的土窝子里,每日头垦荒种粮,尕娃止山上还能长下个粮食?啥都不长。那时候止山人多滴很哪,后头两年闹饥荒莫有吃滴就饿死了很多人,就地埋了。啧啧,席嘛吓人,文化人饿了也是逮到啥子吃啥子,老夫子(老鼠),蝼蛄子,蛐蛐儿。为保命啥子都能咽下去,人饿了都一个式子(样子),就是心里得过个坎坎子。席嘛吓人撒。

放羊老汉赶着羊群都离开很久了,李佳音还独自坐在那座沙丘上。

她觉得很冷很饿,却是一步都动不了,也不想动,她只想天荒地老地坐在这里。直到天边的晚霞彻底燃尽,一轮巨大惨白的月亮像座宫殿一样,轰隆隆从白虎山下升了起来。她第一次觉得自己离月亮那么近,好像只要一步就可以跨进去。

接下来的几天,李佳音在整理外公的遗物时,翻出了厚厚一沓包裹单。所有的包裹单都是外公寄给两个人的,周在堂和李书平,一年又一年的包裹单,看上面的时间,前后大概持续了二十年。奇怪的是,所有的包裹单都是被邮局退回来的,上面盖着查无此人的邮戳。一年又一年。

这个暑假,李佳音翻遍了榆中县志、地方志,到县文化馆找当年关于白虎山农场的资料,但什么记录都没有。她又逢人便打听,最后七拐八拐才打听到了一个当年落户在榆中县夏官营镇的老右派。那是个一条腿已经不能动弹的老人,出不了门。她骑着自行车去了夏官营镇,找到这老人,向他打听当年在农场可认识宋醒石。老人拄着拐杖坐在沙枣树下,想了半天说,是二队的,浙江人吧,是个画家。她再问更多,他便不知道了。他面无表情地说,那时候还能干吗?把人饿的,每天想的就一件事,吃。然后他再次打住,又不愿往下说了。一直磨蹭到最后她都要走了,他忽然神情古怪地说了一句话,二队那十几个人,最后活下来的就你姥爷一个人。她一惊,那他的那两个同伴呢,他们关系很好,干什么都在一起。一个叫周在堂,是江苏无锡人,一个叫李书平,是湖南岳阳人。他们后来都回自己家乡了啊。老人眯着眼睛看着远处群山之上的流云,摇摇头,不再说话。

她骑车回榆中县的路上,天已经完全黑下来了,月亮再次爬了起来,悬在那里,俯瞰人世。

"月光这么白,北方的大雪都没有这么固执,这么凶狠。没有把一切事物都撂倒的决心,我穿得更厚,才敢从月光里穿过。"

二

二〇〇三年,这已经是李佳音在白虎山师院做老师的第八个年头。李佳音经常带着学生们上白虎山画落日,但她总是觉得他们没有找到落日的颜色,她指着天边最后的光线告诉学生们,你们想想《向日葵》和《麦田上的鸦群》里的色彩,你们画出的根本不是金黄色。凡·高的黄色是炼金术的金黄色,是在无数鲜花中采集的,提炼成类似阳光的蜜金黄色。他画里不是麦穗的火焰色,不是干草编成椅子的枯黄色,那是一种经过天才无尽想象的完全个人化的金黄色。它不再属于外界,那是只属于他一个人的色彩。

李佳音还经常带着学生外出写生,有时候带三四个,有时候就只带一个男生。她带着他们去武威、张掖、天水、酒泉、敦煌、甘南草原、巴丹吉林沙漠、祁连山下。她带着学生们一路西行,路上住过肮脏的小旅馆,借宿过农民的土坯房,在戈壁滩上搭过帐篷。她带着一个男学生曾在戈壁滩上见到过一种奇异的蓝天,如小时候外公告诉过她的,在塞尚的画中有一种蓝,这是一种类似于古老埃及的阴影蓝,一种闭合的蓝,倾听的蓝,雷雨般的蓝。天蓝、海蓝、布尔乔亚的棉布蓝、淡淡的云蓝、蜡烛蓝、湿漉漉的深蓝、多汁的水蓝,充满了反抗的蓝混杂在一起的颜色。

她对男学生说,你知道什么是颜色?颜色不过是显示物的内在生命的手段,而这内在的生命本身就在那里。树、石头、墙、峡谷都呈现着它们最内在的秘密,它们生长在那里,才如此明艳动人。颜色其实是我们的神经与天地万物相会合的地方。

男学生在戈壁滩的天空下崇拜地看着她,像她曾经教过的那些悟性最好的男生一样,崇拜她。她享受着这种崇拜的同时便再次闻到了罗梵的气息,她说,你想想莫奈的画,整个天主教堂在发蓝的薄雾中被蓝色材料筑成,在各种蓝色中颤动着,在这种有无数细微差异的蓝色复调中,教堂有了翅膀,翅膀呈现各种蓝色,翅身颤抖。它飞了起来。

暮色四合之前,男学生打出了草稿,接着,星月浮出茫茫戈壁滩,一条浩瀚的银河低垂旷野,似乎伸手之间便可以摘下无数星辰。他们生起篝火,搭起帐篷,坐在火边。火光之中学生忽然问她,老师,为什么你只是教我们,自己却不愿画画?她看着火光不语。在西北的戈壁滩上,她又回忆起那个三条江水汇聚接头的地方,甬城,永寿街,文昌巷,粉墙黛瓦,香樟树,莲花缸,无日无夜的雨和雨中腐朽的雕花木窗,墙根下滑腻的青苔和砖缝之间柔媚的毒蕈。

那些毒蕈只有一夜的光阴,仿佛生来就是为了死去。这种回忆让她再次感到了痛苦。她像是要抵御什么,就着火光把一只手放在了男学生的手上,就像当年在甬城的文昌巷,罗梵把一只有断指的手放在了她的手上。当年,她还是一个美院的学生,他是她的老师。当她第一次在课堂上见到他的时候,她忽然就觉得他像是年轻时候的外公,她没有见过年轻时的外公,从她有了记忆,他就已经是一个嗜吃如命的饥饿老人,他的胃永远都无法填满。但她无数次想象过年轻时候的外公,高瘦清隽的身形,洁白的衬衣、修身的西服、窄腿西裤、派克大衣、三接头皮鞋,抹了发油的三七分发型。如眼前的男人一样,在才华横溢中傲慢地散发着毒蕈一般的气息。

他在第一堂课上讲凡·高。他说,凡·高的画中有着巨大的节日性,他比其他任何画家都更具有花朵的感觉,有一种在大地上盛开和陶醉的堕落。他其实不属于艺术史,而是属于我们人类生存中带血的神话。

她觉得这才是那个她应该遭遇、应该小心保存并珍藏好的外公。

"我们都是有罪的,今晚我们把这罪行之一重复一遍。你可以哭,却不要忏悔。"

在这个夜晚,罗梵与外公合二为一变作一个人,准确无误地再次驶回她的记忆中,像在戈壁滩上浮出的唯一一条船舶。回忆裹挟着铁器的钝痛向她袭来,但回忆他却总是让她重新获得了一些生命,这生命如一种可怕的矿物质能量从她身体深处被开采出来。为此她握住男学生的手有些发抖,她牵引着那只年轻的手穿过衣服放在了自己的乳房上。那只手因为紧张而布满了大大小小的心脏。然后她撩起自己的裙子,他终于携带着他那些心脏趴在了她身上,慌乱紧张之中他嘴里不停叫着她,老师,老师。他像是急于要向她辩解些什么,又像是在安慰他自己。就如她当年也是这样对罗梵一遍一遍地说,老师,老师。

老师。这个词听起来充满绝望、崇拜、控制、隐秘、饥饿,不死,方死方生,方生方死。一种多么新鲜而古老的称呼,新鲜到它刚刚在地球上出现,又古老到足有两万年的寿命。

这是她在戈壁滩上引诱过的第五个男学生。总是选择在戈壁滩,是因为它充满了末日颓败的仪式感。最早的时候,她曾为自己感到羞耻,但这种羞耻毫不起作用。她最终喜欢上了对他们这种轻而易举的控制,庞大对弱小的控制,老师对学生的控制,艺术对世俗的控制,神对人的控制。它如一座豪奢雄伟的建筑矗立在她和他们中间。她对每一个和她做爱的男学生都说过一句歌剧台词一样的话:你要学会去爱那些美而徒劳的东西。说这句话的时候,她和她对面的男学生越发像舞台上追光灯里的两个伶人。两个角色在灯光里都拖着长长的影子,鬼魅般的水袖半遮着彼此的脸。她想起在雨夜的文昌巷,在那扇雕花木门的后面,罗梵也是这样抱着她,用那只有断指的手抚摸着她的身体。在那么一两秒钟的错觉里,她恍惚觉得她正在镜子里看着年轻时候的外公和他怀中的女人。

画室里的灯光幽暗,浓烈的松节油气味弥漫在空气的每一道褶皱里,靠墙的阴影里立着一面巨大的镜子,她从昏暗鬼魅的镜子里看到了藏在里面的空间有如神秘的洞穴。洞穴里有木窗、灯光、油画,还有他们水草般交叠在一起的影子。

罗梵当年在艺术系的闻名,除了因为他的才华,还因为他对美丽女人的博爱。在传说中他有过很多女友,就是这样,她仍然愿意去爱他。后来她想,人之所以愿意让自己去崇拜一种更巨大更黑暗的力量,愿意凝视那深渊,愿意让这种深渊把自己吞噬掉,是因为在人的内心深处都明白自己太过弱小,都明白自己有一天是要死的。

她也曾有过嫉妒,她曾站在甬江边威胁他,如果他再不结束他那些混乱的男女关系,她就从这里跳下去。他说,我爱你和爱美是两回事,爱美只是一种本能。结果,事后他依然如故,而她仍然不能不爱他,包括爱他那截断指。仿佛那断指里依然散发着浓烈的血腥味,而她变成了一只嗜血的飞蛾。外公死后,她猛然发现了自己在这个世界上原来这么孤独,于是她一次一次去文昌巷找他,敲开那扇雕花的木门。月光从涂满颜料的彩色玻璃里流进来。墙上有一幅很大的抽象画,看起来有些像保罗·克利的《通往埃及之路》。画中变幻莫测的色块与屋子里的光影交融在一起,分不清哪里是画中的哪里是真实的,哪里是幻觉又哪里是现实。她和他最早就是从性爱开始,似乎这样就不需要证明她爱他。她褪尽衣服,从那面昏暗的镜子里瞥见自己赤裸的后背上被他绘上的那血红色的花瓣,如通布利画中的第四朵玫瑰。

她背负着玫瑰的十字架俯下身去吻他。只有在性爱中她才不再是一个人,在这个过程中她亲眼看着自己从我变成了我们,我们被创造出来。她的绝望和孤独就在那一瞬间得到了最大程度的稀释和解救。这种解救是如此的庞大,以至于她无法从中逃脱。她想,这就是离开罗梵之后她为什么要一次一次去引诱那些男学生的原因。

回过头去才发现,除了罗梵,她自己也是一道深渊摆在那里,令人目眩。

在后来的戈壁滩上,当那些男学生对她充满崇拜的时候,她便把他们的手放在自己的乳房上,或裙子下面。她知道,此时,他们必然会爱着她,因为爱情永远是卑微者的事情。所以,当他们紧张怯懦地俯在她身上的时候,她又觉得他们其实不过就是她的一部分。这使她又觉得和这些男学生的性爱就像一种自我的交媾和自我的吞噬,充满了地老天荒与痛不欲生的淫靡气质。

有时候在这个过程中她觉得更好地接近了罗梵,接近了罗梵便是接近了外公。她才能为他加热,保护他,喂养他。外公在她的回忆和想象中长大,大得开始脱离那个贪吃的丑陋老人,伸展开艺术家的修长四肢,从而能让她走进去,像独自走进一扇门。

她和罗梵的道别是在一九九五年七月的一个夜晚。甬城又是无休无止地下着雨,香樟和梧桐在雨中散发着植物体内的寒香,从叶尖沁出,如同呼吸。拐角处的一棵香泡树上沉沉落下一只早熟的香泡,像女人身上一件肉质的器官跌落在了青石板路上,发出了梦一般遥远依稀的声音。她走到他文昌巷的家门口,一扇雕花的腐朽木门,门口的水缸里一白一红两朵睡莲在雨中开得正安静热烈,一尾红鱼如灯火般从莲花下倏忽而过。她在雨中久久站着却没有上去敲门,她想告诉他,她毕业了,她得回到家乡,她被分配回原籍了。她希望他会留住她,把她从此留在他身边。可是她又怕如果他真的把她留下了,她就会错失这最后一次的分配机会,她将变成一个连户口都没有的人。她做不到。

木门后面静静的,不知他是在画画还是已经睡了,他并不知道她此时就站在他的门口,也许他永远不会知道这个夜晚。她在雨中一直站到半夜,但始终没有上去敲那扇雕花的木门。雨一直在下一直在下,无始无终似的。雨珠敲打在木门上,香樟叶上,莲花上,时间上。最终她决定还是不辞而别。

回到甘肃后她如此痛恨自己,便开始给他写信,一封一封地写,白色的信笺,黑色的墨水,她在每一封信的开头仍然叫他老师。她在课间给他写信,在白虎山的落日里给他写信,在秋天的落叶中给他写信。但他从不回一个字,一个字都没有。就这样过了一年,她再写过去的信忽然被原封不动地退了回来,原因是查无此人。她又写,又被退了回来。再写,还是被退了回来。查无此人。

他消失了。

她拼命向那些江浙籍的同学打听罗梵去了哪里,都没有人知道。后来一个留在甬城的同学告诉她,某天罗梵忽然从学校辞职了,然后就从甬城消失了,谁也不知道他去了哪里。她向学校请了假,坐了三十多个小时的火车返回甬城,月夜下,永寿街,文昌巷,走过那个有香泡树的拐角,便是他的家门口。门前的水缸犹在,莲花已残,梧桐叶坠,花影扶疏处不见红鱼,只有月影横斜,池水清浅。雕花木门上挂着一把生锈的铁锁,门后的宅子晦暗如海。她使劲敲门,没有人出来开门,再敲,还是没有人应答。他真的消失了。他连工作连户口都扔掉了,什么都不要了。只有罗梵会这么做。

她从没有这样痛恨过自己,鄙弃过自己。她觉得自己确实不配被爱。

她对男学生的引诱大约就是从那个时候开始的。她给学生们讲格列柯、丁托莱托、瓦萨里、波提切利,讲伦勃朗。她知道自己尽管庸俗而怯懦,却仍然可以告诉学生们什么是荷兰黄金时代的良心,什么是艺术家,什么是《夜巡》。

她说,什么是永恒?从流行的东西中提取出它可能包含着的在历史中富有诗意的东西,就是永恒。

她说,每个时代的艺术都有它的仪态、目光和举止。

她说,艺术的权力就是命名,名字都没有,宗教就消失了。

她对学生说着他说过的话,她用他用过的方式引诱男学生,让他们和她做爱。她变成了一个偷换了性别的他。老师,是她对他的命名,就像眼前这个在她身上的男学生,正给予她同样的命名。

戈壁滩上除了干枯的风声外几乎没有别的声音,在他们上方是一整块广袤璀璨的星空,像极了凡·高的《星月夜》。旷野之中,她看不清男学生的脸,她可以把他想成任何人。她在一种假设的沉迷中抚摸着他年轻的身体,觉得这样便足以惩罚自己和解救自己。忽然,她听到男学生在她耳边叫了一声,老师。她浑身一哆嗦,睁开了眼睛。

还有一次是她带着一个男学生去张掖,他们试图找到那条曾通往西域的古丝绸之路,据说这里离黑水国遗址已经不远了。她和男学生走了很久,后来他们没有找到黑水国遗址,却在没有人迹的荒漠里遇到了一片村庄的残骸。黄土夯筑的土坯房都已经坍塌破败,有的只剩了几堵墙壁,残垣断壁上横七竖八地架着几根腐烂的椽子,院子里依稀还能看到泥灶和铁锅的痕迹,有死去的沙枣树,还有几眼早已干枯、像黑洞洞的嘴巴一样张开在天空下的旱井。

李佳音和男学生穿过整个废弃的村庄都没有看到任何活物,整个村子是空的,只有塞外的朔风卷着黄沙从残垣间呼啸而过,一望无际的黄色在阳光下捶打着他们的眼睛。他们在村口徘徊半天,她正想着可以把这神秘村庄画下来的时候,那男学生在不远处的沙滩上大声叫她,他看到了一具半掩在黄沙之下的人骨。他们很快就发现,这黄沙下面埋着的远不止一具尸骨,应该是很多具尸骨被集中埋在了一起,时不时会有一截大腿骨从黄土中戳出来,像银色的树枝一样诡异地刺向天空。

她忽然就明白他们遇到什么了,这应该就是她小时候听说过的那个村庄。几十年前,这一带有个村庄,所有的穷人曾在一夜之间秘密达成了一个契约,就是杀掉这个村子里所有已被命名好身份的异己者,一个都不留。这些人平日里可能就是他们的邻居,或者亲戚,只是略有几块田地,或者是从城市里发配到这里改造的文化人。那夜的契约里说,每个穷人都必须动手,没有人可以例外。不动手者也是异己者。想来,他们在这里看到的大约就是当年被埋在一起的那些异己者的白骨。和白虎山上的那些无名白骨不同的是,它们是一堆曾经被命名过身份的白骨。

李佳音和男学生几乎落荒而逃,回到张掖城找了一家旅店住了下来。那一晚,李佳音不停地要求男学生和她做爱,好像这些黄沙白骨,这些近在咫尺的死亡最大程度地激发了她的性欲,就仿佛她一定要在这个夜晚建立一个只属于她自己的世界末日。她用乞求的声音命令他,抱紧我,快抱紧我。男学生很是紧张,他的脸在她上方,半是羞愧半是恐惧地叫着她,老师,老师。

她抚摸着男学生年轻的身体,却越发觉得所有的肉身之下其实都不过是累累白骨。

"最后一百个早晨开花,姹紫嫣红。他饱赏美景,又痛哭着埋他死去的人的坟。"

三

戈壁滩上,银河坠地,繁星陨落,火光渐小。火光咬出的一圈空地像黑暗中孵出的一个粗粝的舞台,局促、孤寂、紧张。上面还没有任何人物来得及登场。

就在那一瞬间的空洞里,李佳音心里忽然有一点点害怕,不过,也只是一点点。她忽然害怕这刚刚离开她身体的男学生会去做点什么,也许,他会开始反抗。她转而告诉自己,不会的,之前的其他四个男学生都没有过一丝反抗,作为学生,他们根本不可能反抗。她一直一直记得,当初罗梵把那只有断指的手放在她手上的一瞬间,她根本没有任何反抗的能力。她看着他那只断指,那是一只小拇指,像是被刀或斧砍掉的,她忽然很渴望那切口是赤裸的,是打开的,她就可以从那伤口一直看进去,看见那森森白骨和鲜艳血液构成的内在秩序,就像探视一眼神秘的深渊一样看进去。这样她才会加倍地去崇拜去心疼他的一切。

她从没有问过他,那截小拇指是怎么没有的,似乎一旦问了便削弱了它应有的庙堂性。但她听过很多关于它的揣测,有的人说那是他在做一件雕塑作品时误伤了自己,有的人说那是因为他在画不出画的苦闷中自残的。这截断指像凡·高的耳朵一样,从主体上剥离下来,已经独自长成了一个庞然大物。她不能不仰视它,好像它是一种被特制的、质地迥异、前所未有的崭新生命。那种来自断指的控制间或会给她一丝阴谋里的诡谲,而更多的则是对它奇异的崇拜。

方才就在男学生离开她身体的一个瞬间的表情里,她忽然看到了当初的自己,那种爱与控制交错而过时,唯一的一个平静的临界点。不会的,现在她是被崇拜的一方。在明天的课堂上,她会给他们讲丁托莱托,讲他具有提香的色彩、巴萨诺的明暗对比、委罗内塞的银灰色。也许,如她千百次想象过的,她会一直这样待在这座白虎山下的学校里,不停地去引诱她的男学生,直到她变老变丑,至死方休。她发现她越是厌弃这里便越是血肉相连,无法挣脱。

她没有想到的是,从戈壁滩上回来不久,这个男学生便给学校写了一封举报信。原因是,他事后才回味过来,感觉自己被一个比自己大十岁的女人强奸了。

校长坐在她对面不住摇头,用天水口音对她说,李老师哇,莫说你教滴不行,你教滴真还攒劲,只是你么(这么)大个人,做滴啥日怪事? 为啥不找个男滴嫁喽? 你要是找不上滴话,让老师们给你瑟摸一哈嘛。世上两条腿的男人家多滴很撒,咋好找学生哩? 这些男娃娃,还莫长大哩,还是学生娃。

沉默了几分钟之后,校长又用主持追悼会的表情向她宣布,经过学校研究,由于此事影响比较恶劣,她已经被开除教职了,希望她能接受这个事实。

校长说话的时候,她一直看着窗外。阳光普照万物,连桌上那盆滴水观音的叶脉里流动的都是剔透的阳光。此刻她多么想不顾一切地告诉罗梵,那个雨夜,我就站在你的门口,只是你不知道。其实我多么希望你把我留下。

站起身离开的一瞬间,她看到了玻璃窗里她和校长变形的倒影,忽然就想起了弗兰西斯·培根的画。在他的画里,人的肉身上为什么总有那么多的痉挛,那么多脆弱的痛苦? 他其实是不是在说,所有痛苦的人都是肉,肉只是人和动物的共同区域。也许,在他用画笔屠宰这些肉身的时候,他自己已经是身处于教堂之中的神父了。

"有人消逝,在云朵里一去不返。村庄的一棵大树被拔出,一个人的庄园,也血肉模糊了。"

整个榆中县都很快知道了她被师院开除的原因,这个消息一经传出,整个县城都显得很快乐,像过节似的。她母亲终日闭门不出,对外称病,连邻居各种性质的探视都一概拒绝。至于她沉默寡言的父亲,则选择只身去了几十里地之外的一个油田去当守门人,那油田里日日夜夜就只有一个守门人。据说前一个守门人是个老鳏夫,为了排遣深夜里的孤独,想出了各种各样的良策。他在山上捉到一只老鼠,便在老鼠尾巴上绑上灯绳点着了,老鼠在他面前上蹿下跳地发出吱吱的叫声,他就当是它在和他说话了。而更前一个守门人是个中年光棍,据说第一次拿了工资之后便一路狂奔到榆中县城,看见什么买什么。因为很久没有见过活人,一路上只要见到是个人就拼命盯着人家看。见到路边站着个人便抓住人家问,我请你吃饭好不好?求你和我吃顿饭吧,你要和我一起吃饭我就给你买东西,你要什么我给你买什么,我有钱。

闭门不出地在家赋闲半年后,那个甬城的同学给她打来电话,告诉她说有人曾在北京见过罗梵。李佳音在那一瞬间就决定了,去北京流浪。

二〇〇四年的初春,李佳音带着简单的行李带着外公留给她的画,只身来到位于京郊的宋庄。因为据说罗梵曾在这里出没过。甬城同学事先帮她联系好了,来接她的是一个高瘦的画家,叫郭一原。李佳音刚走近潞城的公交站牌,就看到旁边站着一个旗杆似的高瘦男人,两只肩膀挑着一件灰色风衣,戴着一顶灰色鸭舌帽,风衣宽大,使他看起来有些僧侣的安闲气质。郭一原两只手插在风衣口袋里,不动声色地看着她说,我得先核实清楚我们说的是不是同一个人,重名重姓的人多了去了。李佳音说,他有九根半指头。男人微微一笑,那就是了,外号老九。他是在宋庄待了好几年,只是,一年半前他就出国了,好像是去了美国。他出国之后就消失了,谁都联系不到他。

郭一原先带着李佳音参观了自己的画室。画室很大,估计有四百平方米,看起来更像个生产车间,车间里摆满了他的画、雕塑、模型、画架、画框、画布、颜料、松节油、调色油、雕塑泥、雕塑台。他两手仍插在口袋里,像个庄园主一样倨傲地环视着自己的画室。我这画室根本不算牛逼,不能和那些个金刚、太岁比,因为他们的画室更大,据说在里面喊话都有回音,他们要是在里面上卫生间的话还得骑上个自行车。

他又忽然转头问李佳音,听小毛说你之前在大学当老师?李佳音连忙说她已经辞去了教职,准备来北京当自由画家。郭一原斜着嘴角一笑,是吗?果然和老九一个德行,我就喜欢你们这种真敢辞职的人,像我这样的人本来就没有工作,盲流一个,也就不存在什么辞职不辞职。你们辞职图什么?就图个能自由画画呗。老九当年也是辞掉大学老师的工作跑到北京来画画,先是和我在圆明园做了一阵子盲流,后来才来到宋庄。刚来北京时我俩住一起,四处搬家,后来在圆明园那一带忽然发现有个环境清幽的四合院,太适合画画了,那么大一个四合院好像就住着一个五十来岁的女人。我们就商量着去这四合院租两间房画画,就怕房租要得贵,结果那女主人很痛快地说,好啊,房租也不多问你们要,一个月给我五十块钱吧。我们赶紧连滚带爬地搬进去了。结果住了才半年,一天半夜警察来查暂住证,那女人竟然一个人爬窗逃走了。我们这才知道这四合院的主人远在美国,院子一直空着,结果被一个女盲流先住进来了,占领根据地后又租给了我们两个男盲流。

然后他带着李佳音参观宋庄,他指着那些形容简陋的平房说,盖房子是来宋庄的艺术家的一门必修课,这不,都是自己盖的,自己不盖就租村民的房子。住在平房里冬天还得生蜂窝煤,要是煤糕熄了还得去邻居家里借正着的煤糕。当年我们住平房的时候,都是一大早就用铁钳夹着烧红的煤糕蹿来蹿去,活像一群黎明里打着灯笼在找路的无头人。当然也有不租房不盖房的画家,有一个当年和我们一起在圆明园待过的叫严纳的画家就相当牛逼,他只过流浪生活,而且比我们都智慧很多。他住过很多高级的地方,比如打烊后的大型超市,半夜像老鼠一样在里面啃食所有他想吃的东西;住过夜场后人去楼空的电影院,在舞台上声情并茂地朗诵自己写的诗歌,当然没有一个观众;住过提供夜宵的洗浴中心,为逃避结账每次都要舍弃自己的一双鞋子;住过废弃的烂尾楼,整栋破楼就住着他一人,土皇帝似的。据说他现在白天经常到宜家睡觉,在宜家三楼展示现代时尚的豪华卧室用品样板间里舒舒服服地睡觉,一直睡到晚上商场闭店时他才溜出去画画。他把宜家各种造型各种材质的床和羽绒被都睡遍了,包括儿童床。你说这不是智慧是什么?

走了一段路之后,他打开了一个看起来久没人住的小院子,院子里有两间平房,院子中间有水槽和水龙头。他两手插兜,扬扬脖子,这是老九以前问一个村民买的。现在地皮涨了,那村民又想原价把院子收回去,中国的小老百姓自古就这样。老九在这住了几年,冬天的时候他裹着一件大棉猴吃着土豆大白菜画画。我问过他你们这些海边长大的人不吃鱼也能活?他说,人总是要进化的嘛,实在没有鱼吃土豆也将就了,总不能把自己饿死。

屋里简陋异常,一间屋是睡觉的,有一盘土炕,炕上蹲着一张席梦思床。郭一原说,老九是南方人,睡不惯土炕,喏,他就先上土炕再上床。另一间屋子看起来是画室,满地的废弃颜料,靠墙立着一张大油画,满是灰尘。油画里的背景是古明州的亭台楼阁,万川映月,月湖中随潮涨落的水则碑,粉墙黛瓦下的月光竹影,从竹丛旁的一扇梅窗里望过去,是秦氏古戏台上流光溢彩的金色穹顶。亭台楼阁深处立着一个男人的背影,看不到脸。中国金碧山水苍冷的底子里,弥漫着菱川师宣在江户时代盛极一时的妖冶颓靡。油画被工笔刀划过,已经毁坏。郭一原在她身后说,老九当初画这张画把自己关起来整整画了大半年,最后又被他自己毁了。他不愿意画行画,但画自己想画的又往往挣不来钱,画家就这样。所以后来差点都吃不起饭了。他为画这张画不吃不睡,哪知道画完后根本卖不出去。画廊不愿要这么小众的画风,收藏家见不是名家作品也不会收。我就说他,我说你简直都赶上伦勃朗当年画《夜巡》了。

后来呢?

后来再画也还是卖不出去,正好有个机会可以出国,他就走了。你放心吧,他那样的人不会在一个地方久待的,他必须得不停地折腾自己,不停作死,让自己不得安宁才会一直有创作的欲望,还真是个艺术家。我就不会像他一样,我早就承认我就是个画行画的,他们让我画什么我就画什么,什么画能卖钱我就画什么,我让画廊的商人往死里包装我的画,让记者们给我写各种报道,所以我的画一幅一幅都卖出去了。不然我怎么可能有间像样的画室?怎么能有钱请朋友们喝酒?不过我偶尔也装一装,假装一下艺术家,假装我是独立的,是有个性和原则的,我的创作是不允许别人指手画脚的。因为我越是这样,他们给我的钱越多,我越是摆谱,他们越是觉得自己的钱花得值。现在的人就是花钱买个范儿。其实我早就懒于去搞什么原创性的艺术了,结局都不过是无聊。我现在就是个艺术家里的婊子,任人操。

末了他站在那张油画的阴影里,忽然低声说了一句,其实艺术家就是自己操自己,操自己的时候还要请人观赏。他往门口走了几步突然笑了,说:言重了,言重了。那你就先住这吧,你不是他那个什么学生嘛。他这个人啊,自打去了美利坚合众国就再没给我们打过一个电话,也不知道是死的还是活的,也不知道是混进大都会艺术博物馆了呢还是正在中央公园门口给人画像,据说画一张肖像五美元。

李佳音就这样在宋庄住了下来,住在罗梵从前住过的房子里。这个晚上她像爬一座祭台一样先爬上土炕,再爬上床,高高地睡在了上面。她想到罗梵曾经就睡在这里,他早已焙干成灰的体温像一处水洼一样浸泡着她,一点一点,直至把她淹没,她心里开始一点一点变安静。渐渐地,在清白的月光里,她感觉他的气息慢慢与她重叠在一起了。他们正试图折叠为一个新的人或者一种新的兽。她的指尖从他曾经睡过的床单上划过,像触碰到了他身上的某种肌理,这种触碰像某一种沉在河底的、残缺不全而锈迹斑斑的拥抱。

来北京的第一夜是无眠的。在京郊的月光下,她从没有这么清晰地看见过骨骼暴露狰狞不已的自己。那一瞬间的感觉,就像是在白虎山上与一具黄沙吹尽的白骨相遇了。中间隔着生,也隔着死。她无法告诉罗梵,她对男学生的引诱,她的纵欲,是因为她爱他。没有人会相信的,包括他。这世间的很多真相只会永远在最幽暗的地下行走,永远见不得天光。没有人会明白那些纠缠在白骨与情欲之间的艳丽的死亡气息,也没有人会明白那些被囚禁在时光最下面的控制与反抗。

现在,在这京郊的月光下,她也成为了一个没有工作、没有身份、没有户口的面目模糊的人,她终于把自己放逐成了一个和七年前的罗梵一模一样的人。外公的《松林夜宴图》她已经挂在了墙上,那是外公对她的唯一陪伴,是外公最后的遗言,虽然她一直没有想明白他究竟要对她说什么。她想如果外公还活着,不知他会为如今的她高兴还是难过。

夏天慢慢过去了。画室的条件极尽简陋,自来水管在院子里,吃饭得自己用蜂窝煤炉做。等到冬天,又必须在屋子里生起火炉,不然手连画笔都握不住。平房窗户窄小,采光不是很好,屋子里光线昏暗,到处是罗梵用过又遗弃的东西,这使她有一种游荡在古老墓穴中的感觉。来到这里似乎终于摆脱掉了在白虎山下的那种巨大惯性,她开始有了画画的欲望,每天一起床就开始画,一直画到黄昏掌灯时分,然后给自己做饭吃。成为机械,是半年来的她几乎可谓肉感的欲望。在这种简单复制的生活中她想起世上曾经还有外公,现在还有罗梵,便也平静下来。一天天过去,她渐渐开始明白罗梵当初为什么要离开甬城离开永寿街,离开三江汇聚处的富饶与慵懒来到这里画画。因为只有在这种最简陋的黑屋子里画画,没有了任何赘物与虚荣,才是对自己最彻底的一次弃绝。舍弃工作和身份本身就是一次弃绝,像一个盲流一样来到京郊租房又是一次弃绝,而关在这黑屋子里画画则是对人的物质性的最后抽离与蒸发。

应该就是在这里,他才把自己真正变成了一个画家。

在开始画画的同时,她忽然就发现,之前在她身上纠缠的那些奇异蛮荒的情欲也在渐渐褪去。那些对男学生的劫持,对他们的年轻肉体的渴望也忽然就沉寂了,消失了,如艳丽的夹竹桃飘零于水中,绯红与毒性一起碾落成泥。慢慢地,所有疼痛的回忆也开始能够走进她画里来了,寒凉的香樟,烂熟的香泡,手掌心一样的梧桐叶坠落在雨中,水缸里的白色睡莲和水中的血色鱼影,斑驳的木门生满滑腻的青苔。那个多年前的雨夜如今就静静地站在她的画中,仿佛一个蛰伏已久的伤口,没有什么能填平它,也没有什么能为它命名。她的懦弱与世俗,她的不辞而别,在这八年时间里早已经变成了一艘航船,她每个晚上都试图要登上它。而它却待在那里,待在一个不可能的港口里永久地停泊着。

"我怀疑我在这个世界作恶多端,对开过的花朵恶语相向。我怀疑我钟情于黑夜,轻视了清晨。"

四

冬天来了,郭一原叫上李佳音参加宋庄画家的聚会。这是个冬日的中午,饭店门口的一棵柿子树叶子早已经落光了,剩下几只鲜红的大柿子慵懒地坐在最上面的枝头俯视大地,一只大喜鹊俯冲下来啄了一口柿子,肥头大耳的柿子晃了两晃便摔了下去,啪一声摔得血肉横飞。

正午的阳光齐聚而下,欲毁蚀万物。

画家们陆陆续续都到了,因为穿着臃肿的冬衣,看上去体积比平日里都大了一倍,熙熙攘攘地坐了一大桌子。李佳音第一次见到这么多画家坐在一起,像一种合并同类项的游戏。画家们有的是长发,有的是卷发,有的是光头。有戴呢毡帽的、贝雷帽、鸭舌帽的、前进帽的。有的穿着橙色的窄腿裤,有的穿着夏威夷海岸花纹的衬衣,像正要去椰林边度假。其中坐着两名女画家,一个留着像黑夜一样的长发,一个是光头。她们坐在一圈男人中间,醒目得像两尊菩萨。

他们挤在一起很惬意,像冬天里一群集体出洞晒着太阳的小动物,柔软胆怯,毛茸茸的一团,阳光给了他们安全感。他们一边彼此交谈着什么,一边看菜有没有上齐,不停催促服务员拿来可乐拿来啤酒拿来红星二锅头。李佳音坐在那里忽然就有些不敢看他们,她好像做了贼一样,看着他们像看着一堆艳丽的气球。她知道他们其实和她一样,是弱小的,是虚张声势的。他们很多人也像她一样,住着平房生着蜂窝煤炉下着挂面吃,正在等待出名的路上或等待卖画的路上。但在这里,他们不再是单个的人了,他们是住在同一座珊瑚礁里的珊瑚虫,他们焊接在一起长成了一大块集体。这种窥探让她深感羞耻和不安,像看着一个又一个赤身裸体的自己在眼前晃来晃去。

众人很快就过渡到喝酒状态。郭一原悄悄对她说,这顿饭是那个戴贝雷帽的画家请的。请客原因很简单,他也是画行画的,有钱,就时不时请请客。他钱多的时候,宋庄的画家们都能跟着他胖一圈;他手头紧的时候,众人又都跟着他瘦下去,简直比在养猪场养猪还明显。这哥们端起酒杯说,谁也别鄙视我啊,我压根不屑于进什么美术史,艺术的革新也不指望我,我不是什么艺术家,我就是个画匠,匠人,懂吧?也就是个手艺活罢了。摹摹名画,画画小风景,给公司画画广告牌,既不妨碍别人,也不给伟大社会主义抹黑,挣了钱吃香的喝辣的,把搞艺术的兄弟们个个都养肥,有什么不好?

正吃着人家喝着人家的,众人一致叫好。酒过三巡,一个画家开始讲自己当年在圆明园画家村的往事助兴,据郭一原说,宋庄画家里,在圆明园混过的都算是老炮。这枚头发谢顶的老炮先是反复敬酒一圈,一个都不落下,倒像个恪守行规的基层公务员,然后才开始吹嘘自己当年和圆明园的很多女画家都上过床,说有些女画家因为实在太喜欢他,半夜跑去敲他的门,一定要求被他宠幸一次,不然的话在女画家圈里实在说不过去。和他睡觉成了一种荣耀。不幸的是那晚在他床上正睡着另一个女画家,他哪敢去开门,只好在黑暗中继续装睡。那敲门声愣是响了半宿,差点把周围住的男画家都给敲起来。

老炮沉浸在自己的光辉岁月里,李佳音已经不忍心再往老炮谢顶的脑门上看了,似乎多看一眼都是对他的惩罚。只见众人表情各异,有的笑而不语,有的低头看菜,有的在认真研究酒瓶子上标的酒精度数。有一个留寸头的年轻画家两眼放光,一笑便齐齐露出了三十二颗雪白的牙齿,牙保养得还真不错,在灯光下闪着结实耐用的釉光。他的表情似要进一步为自己打探如此光明的前景,真的吗?真的吗?

李佳音悄悄问郭一原,为什么他们只谈女人不谈艺术?郭一原斜睨了她一眼说,因为孤独啊,平常自个儿待在那里画画其实都很孤独,好不容易聚在一起吸点人气,谁还愿意再把那点脑子里的事正经八百地挂在嘴上?为什么要聚会喝酒,就是为了暂时不孤独。

这时候那个留着光头的女画家忽然说话了。她很瘦,两只颧骨锋利地耸立在脸上,穿着一件肥大的中式绣花棉袍一直拖到脚踝,看上去整个身体已经融化在那件空荡荡的衣服里了,只留下外面的一个光头。李佳音想起这几年里见过的搞艺术的女人基本都是这身标志性行头,校服似的。女人嗓音粗大沙哑,像是刚刚大哭过的那种嗓子,带着血丝迟钝地锯着人的耳朵,给人一种反常的疼痛。她说,老王,这种牛逼就别再吹了吧,你现在全身上下也就剩这张嘴能硬起来了。我特看不起你们这些男人以睡过多少女人为荣,数量之多,时间之长,搞得像大跃进放卫星似的。今晚我塞给你一个女人,你倒睡给我看看。

主人连忙敬光头女人酒,女人杀气腾腾地和别人喝了一圈酒,唯独不理主人。这时主人发现上的菜已经基本被吃完了,又吩咐服务员把所有的菜再上一遍。见有人扭捏推辞,主人把脸一挂,很不高兴地说,请客还能不让人吃饱?你这不是打我脸吗?再说了,像我这种画行画的有什么存在的价值呢?我又不是在创造,只是在复制。那我的钱就更要让大家吃饱喝足,这样才有力气搞艺术。尤其是常安,看你瘦的,无论谁请客都要多吃一点才对。那光头女人听了他的话,大义凛然地一笑,瞪他一眼忽然起身就往外走,袍子一样的棉衣随她迤逦而行,看上去像被她勉强拖走的。主人在后面叫她,哎哎哎,常安,你没吃完怎么就走了?在她转身的一瞬间,李佳音还是看到了她脸上的表情,整张脸空荡荡的,像一只悬在空中的瓶子,散发着玻璃的寒脆和冰凉。

郭一原悄悄对她说,她叫常安,是搞行为艺术的。在我们这行当里,最怕的就是女人搞了行为艺术。在我们这个国家,女人搞了行为艺术,就基本不要想什么结婚生子的事了。不只是世俗,连艺术界其实也是这么要求女人的,打着艺术的名义裸体那也不行,那叫二。你以为人人都理解你是搞艺术啊。而且行为艺术无法卖到画廊,赚不到钱,所以连吃饭都是个问题。其实她从前是画油画的,功底很扎实,基本尝试过中国美术界二十年来的所有风格,具象、抽象、写实、超写实、表现主义,她都试过,到最后却开始搞行为了。可能是觉得这些艺术形式都满足不了她表达的欲望,她大概是想成为中国的布鲁娃……太理想化了,简直可怜。哦,对了,她和老九曾做过一段时间的情人。老九这个人啊,我觉得他其实根本不是和女人谈恋爱,他是在和艺术本身谈恋爱,所以这个女人可以,那个女人也可以,长发的可以,光头的也可以。

后来呢?

后来?肯定是分手了。

再后来呢?

再后来一个出国了,一个坚持搞她的行为艺术。她有个代表作叫《爬行》,六个男人摞起来,她在最上面,他们全部是裸体。她应该想表达的是独属于女人的爬行。你能想见吗,他们七个人摞起来,估计那六个男人是她花钱雇的杂技演员,可是你想她自己又是怎么爬上去的呢?要不题目怎么叫《爬行》呢?倒像是她为了这次行为艺术硬把自己也训练成了一个杂技演员。多不容易。据说后来她和很多男人睡过,这些男人有搞艺术的,也有不是搞艺术的。据说她和男人们的睡觉也像行为艺术,你分不清真假,也搞不清她为什么要和他们睡觉,肯定不是为钱。不过就是她其实压根没和什么男人睡过,别人也不会相信,大约所有的人都觉得睡她太容易了。因为她在自己的作品中都已经脱光过的嘛,艺术地脱也是脱。大约女艺术家的作品很容易就会被等同为她本人的一部分。你可以说她是质地最纯正的艺术家,也可以说她是个傻逼。这就像一只玻璃球,无论从哪个角度看进去都可以。

"万物有待命名,名字都没有,宗教就消失了,宗教不存在,祈祷就消失了,祈祷消失,人类就消失了。"

李佳音独自冲出饭店向着走在前面的常安的背影追过去。不知从什么时候开始,夜空中开始飘起了雪花,地上和树枝上已经积了薄薄一层雪,大片的雪花从墨黑色的天空里飘下,有寒鸦的影子踏雪而过,整个宋庄忽然之间肃穆得像座教堂。李佳音从后面看到,走在前面的女人光头上已经落了一层雪花,这使她看起来更像路边一尊风蚀斑驳的菩萨像。她红色的棉衣上也落了一层雪。棉衣看起来很薄,她在风雪中微微发抖。李佳音追上去,在和她并排走着的一瞬间,一种虚弱再次从她体内升起,血被淹没。她在她身上闻到了罗梵的气息。确实,他们才是一样的人,都勇敢得近于邪恶。

常安裹紧棉衣,疾步在雪中走着,她头也不回地对李佳音说,不要来问我为什么要搞行为艺术,花儿生下来就是要谢的,鸟儿生下来就是要飞的,有些人生下来就是为了做某些事,就像有些人生下来就是为了去死,这都需要理由吗?有人就不想做人,就不愿成为一个人,她就想把自己变成一件艺术作品,这也需要理由吗?

她的声音粗大嘶哑,在漫天雪花中听过去,有点歌剧式的孤独与悲怆。她们正走到一盏路灯下,借着灯光,李佳音看到她光头上已经落了厚厚一层雪花,像戴了一顶滑稽的帽子。她的耳朵和鼻尖都冻成了一种剔透的红,似乎一碰就会掉下来。这样看上去她的脸色苍白得接近于透明,似乎都能看到下面流动的血液。李佳音忽然在一刹那就对她有了一种奇怪的怜惜,她伸出手去,欲替她拂去头顶上的积雪。

常安后退一步,警惕地看着她。李佳音在大雪中微笑着说,我是罗梵的学生。常安眯起眼睛打量着她,表情慢慢变软变松弛,哦,老九的学生,你是过来找他的吗?

我找了他八年,可是等我来了他已经走了。

那说明他根本不想让你找到他。你为什么要找他?

他还会回来吗?

其实你就是真找到他又有什么用?他还是会离开的。而且你心里也清楚,如果你想要的是好好生活,他这样的男人是最无用的,你应该远离他。

不知道他在那边过得怎么样。

以前听我一个在美国画画的朋友讲过一个故事。一次他在拉斯维加斯的沙漠里独自开车去死亡谷旅行，开到天黑时找到了沙漠里的一个小镇投宿。这个小镇在沙漠里孤零零的，却开着一家小旅店，小旅店还带着一间小酒吧，供那些来沙漠里的游人住宿玩乐。旅店里只有一个店员，那晚除了他也没有别的游客。孤独之余就和店员聊天，他才知道这小镇上居然只住着一个人，也是这旅店的老板，是一个七十多岁的老太太。店员自己则是老太太从别的镇雇来的。老太太年轻时是个舞蹈演员，一次去死亡谷游玩时经过这个小镇，她只看了一眼就决定留在这里。此后她就一直住在这个镇上，再没离开过。后来镇上的人们陆陆续续都搬走了，只有她还住在这沙漠里。她每天都要在自己的酒吧里跳一段舞，即使没有一个游人看她也要跳，风雨无阻，因为有没有人看和她根本没关系。我朋友想见老太太一面，但老太太每天一到黄昏时分就去睡觉了。他在旅店窗口看到被夕阳染得像鲜血一样的天空和广袤荒凉的沙漠，眼泪忽然就下来了。他和我说，在这个世界上，像老太太这样情愿活在一个自己角落里的人应该还不少吧，无论你跳什么样的舞，画什么样的画，其实都和别人没有关系。因为你甚至都不需要观众。

嗯，有件事我要告诉你……他们都说我是从大学辞职的，其实我不是自己辞职的，我是被学校开除的，因为我当老师时曾经引诱过几个男学生。

你和我说这个是怕我太孤单吧……不管怎样都谢谢你。其实有太多的时候，做爱可能是艺术，可能是暴力，可能是乞讨，可能只是在索要安全感。它绝不止于只是一个男人和一个女人之间的关系。

雪越下越大，整条街道和街道两边光秃秃的树枝都被白雪覆盖，整个世界看起来像个洁净的大墓园。两个人影在大雪中慢慢往前移动，移动，最后也消失在了大雪中。

整个冬天李佳音几乎都在画画。窗外是漫天大雪，炉子烧得通红，她在白天也拉上窗帘打开电灯，时间四溅，孤独如血。白天和晚上混沌一体没有界限，只有作画的人站在现在与回忆之间四分五裂。没有证据可以证明此刻究竟是什么，只能把它画出来，就像用文字把它写出来，用骨头把它建起来。

"艺术家必须发明一个自己的目光，没有这目光就构不成创造。凡·高的目光是漩涡式的毁灭，保罗·克利的目光是幽灵和天使的共存，塞尚的目光是把分离的自然用双手合起来。"

这话是罗梵说过的。在画画的过程中,李佳音渐渐开始明白,对罗梵的接近其实是不存在的,他要的是在此时此刻的某个他布置好的空间被她遇到,被她看见。而外公和他的画只是静静地站在墙壁上,无声无息地看着她的一切。有时候她会和那张画对视半天,就像外公正在那里和她说话,他正要告诉她什么。她看着画里的三个饮酒的老者再次想起外公当年的那两个同伴。外公画的应该就是他们三人,那么,那两个人后来到底去了哪里?

到后来,她的画里渐渐开始出现甫城的白墙黑瓦、香泡树与莲花缸,白虎山上的黄沙白骨与山下的日落黄河,三江边的爱情与绝望,戈壁滩上类似于某种综合征的控制与情欲,累累白骨之上的恐惧与狂欢,天荒地老的犹疑与反复证明,都借助着色彩、光影与线条纷纷走进了她的画里。

这期间常安来找过她一次。那是冬至的第二天,天寒地冻,大雪封门。炉子上的一壶水刚刚煮开,忽然有人来敲门,打开门她惊讶地发现居然是常安。她站在她门口,光着头,身上穿的还是那件红色的绣花棉袍,衣领处有个地方开线了,吐出了一缕棉絮。她进了屋里瑟瑟地发着抖,使劲搓了搓手,先把李佳音的画看了一遍,看得很敷衍,她只略略地赞美了几句,说很有想法之类。李佳音心中正感到有些不快的时候,忽然就见常安转过身来直直看着她,把李佳音吓了一跳。在她还没有反应过来之前,只听见常安忽然嘶哑着嗓子,用最快的语速对她说,那个佳音,你不是罗梵的学生吗,那就不是外人。我就和你直说了,我最近手头有点紧,能先借我点钱不?我得先去买件厚点的衣服过冬,天越来越冷了。

李佳音愣了一下,怀疑自己是不是听错了,但她忽然看到了常安的目光,那是一种躲闪的虚弱的还带着点谄媚的目光,有点像刚被打过的小狗或小猫的目光,配着她那醒目的光头、鲜红的棉衣,整个人像把血淋淋的刀子一样扔在她脚下。她连忙大声说,好啊好啊没问题,好像屋里站满了正在听她说话的人。煮开的水壶喘息着吐出雪白的水汽,把两个人的面孔都遮住了,像两个无头人对站着。

她一边给她拿钱一边提起水壶给她倒了杯开水,递给她杯子时碰到了她的手,一种被抽干了血液的冰凉。她说,喝点热水吧,今年冬天真是冷。

常安听话地用两手抱住那只杯子,低着光头看着杯子里冒出的热气,热气好像熏着了她,她慢慢闭上了眼睛,看上去她就像一个正在祈祷的修女。

常安把杯子放下,准备离去的时候忽然看到了墙上的《松林夜宴图》,

她久久看着那幅画,问,这是谁画的?

我外公。

你外公是不是挨过饿?

你怎么看出来的?

你要相信我的直觉,我从不怀疑我对艺术的直觉。我觉得他画的其实根本不是什么松林夜宴。

那是什么?

……挨饿。或者,是比挨饿更可怕的东西。

"诗人命名万物。"

五

马上就是新年了,有一个画家过生日,又把画家们召集在宋庄最大的饭店里喝酒。一帮画家白天也不知道都躲在哪里,此时一声招呼都蜂拥而至,有点像惊蛰时节百虫出动的盛况。李佳音被郭一原叫了出来,一听有饭局,她一口答应。她已经开始和其他画家没有任何区别了,她不再为看到他们的窘迫而感到羞耻。相反,她也开始喜欢上了这种聚会,即使什么都不说什么都不做,单单就坐在他们中间吸点人气也好。

聚会上她四下张望,唯恐看到常安,却又想看到她。刚刚坐定,便看到常安穿着一件黑色的绣花棉袍走了进来,仍然是锃亮得闪着寒气的光头。她每天都要刮头发,直到把头皮刮得铁青,直到不留一点她是女人的证据。她顶着一个光头穿着一件黑袍进来的一瞬间,李佳音忽然无比心酸,她明白她其实是存心要把自己扣押起来,存心要让自己成为一个人质。

她穿的黑色棉袍大约是借到钱后刚买的,衣服上静静盛开着几朵妖娆诡异的牡丹。她走得很有气势,像左右手都各拎着一把杀气腾腾的铜花锤进来的。她一进饭店就对过生日的画家说,老焦,你也太装了,才多大岁数就搞得这么隆重,想当座山雕啊?老焦忙说,是常姐啊,快,这边的上位坐。常安又继续,怎么不喊我呢,是不是嫌我们搞行为的穷,怕我拿不出红包?老焦擦擦汗,忙说,我可没收红包,就是找个理由叫大家吃顿饭,不是马上新年了吗?常安大笑起来,声音巨大,像独自在那演话剧,我说嘛,老焦好歹也是个画家,总不会把自己搞得像个村干部一样广收红包。

常安终于坐定,光头像只大瓦数的灯泡一样把整个包间都照得异样地明亮。她发现事实上没有人敢盯着常安的光头久看,就好像都怕被晃伤了眼睛。这时候一个年轻画家率先端着一杯酒站了起来,今天我要先敬大家一杯,因为我有个好事情告诉大家。众人鼓掌,吹口哨,什么好事,快说快说,是不是把你的画一口气都卖出去了?年轻画家略略矜持了一下,然后很快乐地说,是这样的,我的一幅油画要得奖了,今天刚接到的通知,嗯,是个一等奖。通知上还说是要收进当代名人画册中呢。

……

主办方是一家有名的美术杂志。通知书白纸黑字,你们不信去看。

……

我们这些人虽然叫自己是自由画家,可是没有人承认我们我们就什么都不是,对不?所以我们必须要得奖,得奖是认可啊,是承认啊,艺术家不被承认多孤独啊。哎哎哎,你们真别装啊,有些画家就得一个奖,名声马上都不一样了,画也哗哗都卖出去了,钱也来了。凡·高当年要是有奖有奖金,指不定能画到八十岁呢。你们不信?……你们真不信吗??

一桌子诡异的寂静,只有长长短短的呼吸彼此交错,像一片刚修剪过的草地,湿漉漉地划过李佳音的皮肤。忽然有一个声音犹豫地怯怯地从一堆寂静中爬了出来,你那个奖……要不要交钱?是不是得交三千……块钱?

比方才更庞大更彪悍的沉默蹲在他们面前挡住了所有的去路。忽然一个嘶哑的有力的如同歌剧般的声音乘一骑快马杀了进来,哈哈哈哈哈哈哈哈,是常安的声音,哈哈哈哈哈哈哈哈,我现在知道了,是不是你们每个人都偷偷交了画参赛,然后每个人都接到了通知说得了一等奖,说要出画册要成知名画家成国际范了,然后你们每个人都赶紧交了人家三千块钱?哈哈哈哈哈哈哈哈哈哈哈哈。这就是自由画家,这就是骄傲,这就是自由,这就是自……由。对,我承认我是穷得买不起新衣服,是经常连饭都吃不饱,所以只要哪里有饭局,我一定会厚着脸皮去蹭饭。你们猜对了,我今天还真就是来蹭饭的。可是,你们谁能像我一样在作品里表达我最真实的想法?你们觉得我可怕,可是我们其实都一样可怜,人本身就是一种可怜的动物,活着时千疮百孔,死了都是一具白骨。都是从生到死,人却远远不如一棵植物坦然安宁。我的作品,既不犯法也不耍流氓,我不求升官也不求发财,甚至我也并不求被男人爱,因为爱只会让人软弱。可是你们知道吗,我最怕的是我的老母亲,我最怕的是我的作品被她看到……

突然,她毫无预兆地大哭了起来,声音干枯嘶哑如裂帛,她一边哭一边用自己锃亮的光头一下一下地磕着桌面。没有人说话,也没有人过来拦住她。

她忽然想到了外公,不知道外公会不会希望看到她的现在,此刻。

"我是那么接近冬天,像一场小雪蠕动。"

整个京郊的冬天被大雪封存,画家们和村民房东们倒也相处得其乐融融。有个房东自己杀了鸡,就一定要给住在院子里的画家送过去一条鸡腿。还有个画家总是收到女房东的各种馈赠,一碗鸡毛啊,一盘干草啊,因为女房东是个精神病人,一年得住一次院。还有个房东每天早晨起床后的第一件事就是趴在画家窗下叫他几声,看他是不是还活着。因为他总是担心画家不会用煤炉从而半夜煤气中毒。

年过完了,终于等到了春天,李佳音已经画好了八幅油画。在这一年的时间里,她对着画布一味倾诉,待在里头,倒也不愿出来。这类似于一种酒,她成天喝得醉醺醺的,泡在里头,缩成一团。若不是眼看着积蓄渐渐花光,她觉得就一辈子这样待在里头其实也不错。这个春天郭一原告诉她,有个好机会,过两天有个策展人要来宋庄看画,就看哪个画家走运画能被选中了。

大约是所有的画家都听说了策展人要来的消息,连着几天,只要在路上见到一个画家,全都把自己收拾得油头粉面,指甲剪了,头发理了,最好的衣服拿出来。李佳音信心满满地看着自己的几张画,她给这八张画取了一个统一的名字《时间》。从甬城的三江口到榆中的白虎山到张掖的戈壁滩到燕郊的白潮河,画里看不到一个人,只有时间,大团大团浓烈得化不开的时间,如阳光般辐射万物的时间,无始无终地老天荒的时间。似乎在这样的时间里,只有天地山水草木鱼虫和阳光,人却还没有来得及出世。

策展人终于驾临了,肥头大耳,穿身西服,夹着公文包挨个走街串巷,活像是个来催款的包工头。这天李佳音和别的画家一样,早早起来做准备,在自己画室里等着策展人来看画。因为前途未卜,所以等的过程实在煎熬,李佳音看着镜子里收拾一新的自己,觉得怎么看都像个菜市场上摆摊卖猪肉的小贩,担心肉卖不出去会坏掉,又担心肉卖得太好,会一下被抢光。想想别的画家可能也都这样,都使出了一身绝技,便觉得整个宋庄此刻就像一个农贸市场,各色小贩流连其中,土耳其的地毯,阿拉伯的神灯,波斯的夜光珠,东海龙王的定海神针,应有尽有。

她正想着怎么来打发这等待的时间,没想到策展人已经夹着公文包走进了院子。她心想,就是逛集市买菜也不能这么快吧,赶紧奔出去把策展人迎进画室,八张画早已一字排开,恭恭敬敬,等候已久的样子。但策展人对那些画只扫了几眼便不再多看,她浑身的神经跟着这几眼抽搐,拉紧,绷断。他问她,还有别的画吗?

她开始明白了,有气无力地说,没了,一年能画这么多已经很拼了。

策展人打量了她一眼,没见过你,新来的吧?既然是新来的,我就和你说说,你这种画根本进不了画廊,就是放进画廊也卖不出去,因为市场上还没有对这种画的需求。你知道开画廊是为什么,就是为了卖画,卖画根本上是市场和资本在起作用,而不是艺术。市场说你牛逼你就牛逼。画廊自己也要生存啊,要交房租,要筹办活动,要雇员工,这都需要钱。知道那著名的蓝蔓画廊吧,准备关门了,因为画卖不出去,没法再维持了。所以你要想卖画,就得向那些能卖得出去、能卖个好价钱的画看齐。市场需要什么你就画什么,你得讨好市场啊,总不能让市场来讨好你吧?

李佳音听到自己声音越发虚弱,照你这么说,画家还需要创作吗,只管模仿畅销品就行了。

策展人耸耸肩,创作当然需要,不过得看是谁创作了,如果你是方力钧、刘小东、曾梵志这个级别的大佬,那你随便画点什么都很值钱。不是那画本身值那么多钱,而是收藏了他们画的那些人就不会让这个价掉下来,这和楼市的道理不是一样的嘛,手里屯着几套房的人会希望房价下跌吗?他们只会希望房价像坐了火箭一样噌噌往上涨,巴不得一平方米涨到十几万块钱。资本的游戏嘛,你的画能变成资本吗?变不成资本它就只是一张画,就不过是在一张纸上涂满了各种颜料。

这时策展人一抬头看到了挂在墙上的《松林夜宴图》,他眯起眼睛看了一会儿,问,你画的?李佳音说,是我外公留给我的,我外公生前也是个画家。策展人盯着那画又看了一会儿才说,既然你外公是画家,那就绝不至于这样画,你没看出这画里的不对劲?我这些年看画看得太多了,什么不知道,中国山水画的精髓就是两个字,平静。越是上乘的山水画越是平静。好的山水画里绝没有任何煽动或引诱,没有任何强人留意的东西。看过倪瓒的山水画吧?那真的是能淡出一只鸟来。可事实上中国什么时候真的平静过?古代改朝换代时平静还是"文革"结束时平静?但社会越是动荡越是激烈,中国的山水画就越是平静,只让山水融于天地与肺腑,互相吸纳,主要讲个气。至于人物,那是山水画里最次要的点缀,隐约能看到个人影就不错了。越是轻脱的山水越是有它的分量。而且山水画的品质与画家的个人遭遇关系很大,也许越是颠沛流离的画家,画出的山水越是清幽,越是不染一点世俗烟火气,画里尽是高绝之气。你外公既然是画家,就不至于不懂得山水画的章法,你看他把人物刻意放大,且表情夸张,可见意不在山水,而是想通过这画中人物说点什么。你好好想想吧。

策展人卖弄了一番,夹着公文包走了。他说还有几个画家的没看,他得抓紧时间,下午还得赶到798参加个活动。李佳音一个人坐在画室里,灯也不开。八幅画像群弃婴一样安静懂事地簇拥在她身边。她对它们忽然有一种从未有过的疼惜,《时间》这个名字在这北方铁青的暮色下面听起来尤其苍冷遥远,好像伸出手去就能摸到它奇异的不同于任何事物的花纹和肌肤。她觉得自己又一次被世界抛弃了。

在它们的身后是那张没有名字的罗梵的油画,墙上是外公的《松林夜宴图》。它们像晦暗如海的背景一样站在那里,她与外公的画静静对视着,他要告诉她的莫非就是她现在的遭遇?他早已知道她会有这样的遭遇?

第二天一早便听说,昨天还是有几个画家的画卖出去了,其中有两幅画价钱还卖得很高,而且付的都是现款。她这才想明白策展人为什么夹个公文包。卖了画的画家张罗着中午在饭店大宴宾客,以示庆祝。李佳音找理由拒绝了这个聚会,她对那几个卖了画的画家嗤之以鼻,觉得附近的村民们被培训三个月也能画成那个水平。但与此同时她发现自己身上真的没几个钱了,再这样下去连买颜料的钱都没有了。再接下去,也许她也会像常安一样四处问人借钱。郭一原和她说过,常安几乎问宋庄所有能借的人都借过一遍钱,已经再借不出来了,她只好问那些新来的画家借。借了她也还不了。李佳音问郭一原,你说她什么时候可能有钱?郭一原说,她也许就这样了,但无论什么时代,就是那些最无聊的时代里也都需要有几个像她这样的人,等时代过去了,还能被人当成话题谈起,成了那个时代的亮点。

庆功酒一直从中午喝到晚上,整个宋庄都像嗑药了一样兴奋。画家们纷纷从那些卖出去的画里窥视和换算着自己的前程,兴奋中又有些西出阳关无故人的凄惶,心中都很复杂,好在身边有一群同类相拥簇着,反正大家都在一条船上。酒一直喝到晚上时更有了壮士断腕的悲壮,李佳音一个人在街上溜达,远远就听见一帮醉鬼在鬼哭狼嚎:"今宵酒醒何处,杨柳岸,晓风残月。此去经年,应是良辰好景虚设……"

一条流浪狗一路跟着她,她于心不忍,去路边一家小商店买了根火腿肠喂给它。流浪狗一边狼吞虎咽一边用感激涕零的眼神看着她,这目光立刻让她想起了常安问她借钱时的目光。她不禁立在那里打了个寒战,背景里是一片奇异的夹杂着哭声的歌声:"我欲乘风归去,又恐琼楼玉宇,高处不胜寒。起舞弄清影,何似在人间?"各种声音像电磁波一样干扰在一起,杂乱纷沓,中间却空出了一个寂静无声的核,她站在那个阒寂无人的核里,第一次想到,也许是该离开这里的时候了。

她走出很远了,回头一看,那条流浪狗还蹒跚着跟在她后面。想想自己比它也好不了多少,她只好挥手赶它走。再回头一看,它还远远跟着。只是她一回头,它便警惕地退后几步。她狠狠心,弯下腰假装捡石头,狗果然叫着跑开了。但空气里到处都是它的眼睛,湿漉漉地粘在她身上。她摸摸自己的脸,也是湿的。

又过了两天,郭一原给她带来一个好消息。他的一个朋友要在798办一个小型的画展,展出十来个年轻画家的画,每个画家提供一幅画,郭一原推荐了她的画。刹那间,她对郭一原简直是感激涕零,她像站在一大块海边的礁石上一样,已经眺望到了这个画展之后,海面上会有海豚,会有帆船,并且是大帆船向她驶来,接她到彼岸去。

她从八幅画中选了一幅,参加了这次画展。确实是小型,甚至算得上是袖珍画展。一间小展厅有点像居家的客厅,四面雪白的墙上稀稀拉拉一共挂了七八幅油画。她的那幅藏匿于其中,竟像放虎归山,也看不出有多显眼。

画展为期一周,她每天都要去画展上溜达一圈去观察效果如何。每次去了都只有门可罗雀的几个观众,不是在校大学生就是退休的老头老太,他们花几分钟在展厅里转一圈就很快出去了,没有在任何一幅画前良久驻留。她假装成一个观众站在他们身后,她多么希望他们能久久伫立在她的画前,然后互相打听,知道这是哪个画家画的吗,有谁知道这个画家,那她一定会半是羞涩半是勇敢地忽然跳出来,对他们说,是我画的。

可是没有,没有一个人愿意在她画前多停留几分钟。他们更像在完成一个走马观花的程序,反正又不收钱。

直到一周时间结束,都没有一个人如她所预期的那样来一场良久的驻足。闭展那天更是人迹罕至,有两个画家模样的人进来溜了一圈,看见她站在那里,只和她交换了一下眼神就很快出去了,似乎怕被她抓住什么证据。看来和她一样,也是来看自己的画的。她不肯走,一直待在那里,直到天黑下来,直到墙上的画都该被撤下来了,她还孤零零地站在那里。

四面雪白的墙合在一起像一张空荡荡的嘴巴,看起来分外饥饿,分外苍白。最后,直到搬运画的工人都要离开了,展厅要关门了,她还独自站在青白色的灯光里。看样子就像谢幕后的演员一定要等待一场来自墙角阴影深处的掌声。

但那掌声久久没有响起。

"月光那么白。除了白,它无事可做。多少人被白到骨头里。多少人被白到穷途里。"

六

深夜,李佳音独自坐在月光里,又看墙上的《松林夜宴图》。

《松林夜宴图》里的三个老者白衣胜雪,醉卧松涛,露白风清,不记流年。三个人中,那个向画外张望的散发弹琴者看起来有点像外公,但他眉宇间更多的是一种神秘的陌生感,不似外公的文弱,有些戾气,有些狰狞。而他的两个同伴则饮酒听琴,表情祥和,他们三人的表情形成了一种奇怪的张力。墙角是罗梵那张废弃的画。那张画在月光下看上去如一座废弃已久的庄园,勾栏瓦舍已颓败成灰,凭栏处竹影横斜,凄草丛生,明月生凉。一个瘦长的人影正独自徘徊在庭院深处,也许就是罗梵自己的背影。他并不回头看她。他只是阒寂无声地站在画的最深处,并没有回头看她一眼。

他们全然不顾她正干枯地卑琐地立在那里,立在人间,如一株身陷泥土的植物。

如果创造出真正的艺术必须需要她是一个病入膏肓的病人,需要她的病与她的血去喂养她的画,需要她以凌空飞扬的姿势从人间一跃而过,那她也愿意。可是,她知道她真的只是这人间的一个再普通不过的人。

"我在这人间底部,着红装,仿佛被遗落的,一颗朱砂。"

她终于决定,跟着其他几个画家去参观那个画卖得最好的画家的画室,去窥探一下他卖画的秘笈。去了那画家画室一看,她心里不由得冷笑一声,无非是在老实巴交的传统工笔画里加了些突兀的后现代元素,就像在肖邦的夜曲里硬邦邦地加入了朋克的音符。她回去不敢多想,提笔就照着这个路子画起来,一周后给上次的策展人打电话。策展人看了她的新画,一拍大腿说,这就对了,俗是俗点,但现在就是这种风格能在市场上有卖相。我现在就把画收走,你继续画,有了新画就通知我。

一张画了一周的画居然卖得这么容易。这,么,容,易。送走策展人,她一个人在画室里忽然有些手足无措,竟不知道该干什么,只好走来走去地收拾一下这里收拾一下那里。这时候她忽然发现自己心里其实正在隐秘地无声地唱歌,她正蹲在自己身体深处的一个角落里,悄悄地实在控制不住地唱着歌,她在唱《卖报歌》,啦啦啦,啦啦啦,我是卖报的小行家。不对,她又在唱今天是个好日子,今天真是个好日子。还不对,她竟然像是在唱国歌,起来,不愿做奴隶的人们。她愈加羞愧,一边在身体里严厉地训斥着自己不要再唱,一边不安地看着周围,生怕旁边有个人听到了她身体深处发出的歌声。

她什么都不敢去想,把外公的画取下藏好,把罗梵的画盖上了一块白布。她怕他们斥责她,干扰她。她拉上窗帘,日日夜夜把自己关在画室里画行画,又唯恐被别的画家知道了她在做什么。这感觉不太像画画,倒像是躲在地下室里印制假钞,贪婪,恐惧,还有深深的羞耻。又画了两幅也被策展人收走了。也就是说,她终于开始卖画了。

在复制第五幅画的这个深夜,天上是一轮巨大的满月,画了一半她忽然停下笔,关了灯,拉开了窗帘。水银一样的月光汹涌而入,无声无息地流了一屋子。她倚窗而立,先是看着窗外的明月,然后又看着对面被遮上了白布的油画。白布上被月光投下了黑色的剪影,黑白之间有一种阴森森的肃穆。那剪影里有窗外的树枝,有窗前桌上的玻璃水杯,水杯旁边的画笔,而中间那团模糊的人影却正是她自己的。它像一只孤零零的魂魄一样晒在那里,供她自己参观。它在月光下看上去干枯瘦小而丑陋,好像不知是从她身体里的哪个地方忽然跑出来的。可是她知道这正是她自己的魂魄,她在这个月圆之夜再次现出了原形。

她清晰无比地回想起那天卖了第一张画之后,她心底发出的无法抑制的快乐歌声,在这个月圆之夜回想起那歌声来竟然觉得毛骨悚然。

此后,她便有了一种被打回原形之后的颓败和麻木,却还是坚持着又复制了两幅画。策展人来收画付的是现金,温热的钱摆在那里,像是刚刚被那些画孵出来的。她叮嘱他说,千万别和别的画家说我画这种画。策展人一笑,你还不知道吧,他们很多人现在都在画这种画,所以你不用担心。趁着这种画还有市场赶紧多画几张,市场可是会变的。我还是最看好你,你看你一学就会,悟性好,都不用我多说什么。我现在来了宋庄都是先找你要画,只怕别人暗地里还要嫉妒你呢。快画吧。

他像在安慰一个开始年老色衰的妓女,一句"快画吧"倒像是在她的裸臀上又拍了一巴掌,催促着她,快,还要加油啊。

一种独属于人的丑陋艳若桃花般地开放在她面前,就像弗兰西斯·培根画中那些被解剖开的肉,鲜血淋漓之中满是跳动的神经。

策展人走后,她拿着画笔继续机械地往下画,一笔都不敢停留,似乎只要稍一停留就永远无法再画下去了。她甚至存心要虐待自己,竟希望这让她一直画下去的强权命令更强大更阴森一点,让她毫无自由,毫无分身之术,让她情愿在这权力统治下做个奴隶。她甚至想,只要这命令足够足够强大,她是不是就可以借此宽恕自己?她是不是就可以在画行画的过程中蜕变成另外一种物质?变成一堆没有爱情的肉欲?或者是一个只知道砍树喝酒的伐木工?再或者,她干脆像一只寄生虫一样住到这强大命令的内部去,只要它活着,她就可以一直一直活着。

一直坚硬地活着,像树木一样活着,像昆虫的标本一样活着,像动物的犄角一样活着,像大地上的泥土一样活着。

窗外的光线已经模糊下去了,天地之间在慢慢转暗,她变得更加焦虑,紧张地涂抹着那张没有画完的画,似乎她要抓住这一天当中最后的光线把这画画完。她必须画完。这张画仿佛是一根稻草。当整个屋子彻底沉到一片寂静的黑暗中,当月亮从东边升起的时候,她画下去了最后一笔,咣一声,就像一只手重重摁在了黑暗中的琴键上,满屋子里都是轰隆隆震耳欲聋的余音。

第二天一早她便去和郭一原告别,她说,想了一夜想好了,我要离开这里。

你要是想画画就还是留在这里比较好,在这个城市里,离开这里你怕是更孤独。

不画了。

那你不画画了打算去干什么?再回学校?

学校是回不去了,去找个其他工作吧,我打算找个设计公司什么的给人打打工。

为什么不想画了?

人还是应该给自己留一点念想,我想去找份真正的工作。

什么是真正的工作?

艺术家起码不是。

也是。

帮我找辆三轮车,我东西不多,一辆三轮车就搬走了。

对了,想不想知道关于老九的消息?昨天我听一个去美国办画展的朋友带回来一点他的消息。

……

他一开始出去,你都能想见,肯定过得不容易,估计连饭都吃不上。但是后来据说他遇到了一个很赏识他的美国女人,那女人很有钱,因为喜欢他的画,他们就住在一起了。按理说这应该不错了吧,落魄艺术家傍上贵妇的经典模式,但过了一段时间老九和这美国女人也分开了,不知又去了哪里流浪。

……

说不定他又去了法国、英国,所以你以后也别再找他了。老九是个把艺术和生活分不清的人,这样的人比常人单纯,但他们身上都有一个非常黑暗的区域。他当初为什么要辞掉工作,为什么要不停换地方,包括不停换女人,就是因为他心里恐惧,他害怕他再也画不出来了,那才是他的命。你想你找到他又怎样?其实你一个姑娘家待在原来的学校里就好,不该出来的,当老师,起码还有学生尊敬你。可在这个城市里,离开这里,你可能什么都不是,可能还得去住地下室。有地下一层的,还有地下二层的,二十四小时开着灯,墙上潮湿得长着蘑菇,枕头一拧都是水。你要想好。

我以前也以为我要找的是他这个人,但后来慢慢发现我要的可能只是找他的这个过程本身。所以他无论和谁在一起,其实都和我没有太大关系了。

我觉得这世上最动人的爱其实是徒劳之爱,就是一辈子表演给一个人看,而事实上这个人却根本不存在。

怎么活的人都有。三轮车帮我叫好了没有?

我帮你去搬家吧。

在画室收拾东西的时候,李佳音取出那幅《松林夜宴图》让郭一原看。她说,这是我外公留给我的遗物,他活着时也是个画家,后来被打成右派。我给不同的人看过,每个人的说法都不一样。你能在画里看到什么?郭一原盯着画说,你外公当过右派?他活着时最大的爱好是什么?李佳音说,吃和画画,不过对吃的兴趣更大,那种兴趣大得让人害怕。他又看了一会儿,慢慢说,这不就是一张普通的山水图?三个老头在松下饮酒弹琴,优哉游哉,竟不知今夕何夕。李佳音说,你再看看,我总觉得这张画里有一种很诡异的东西,应该是外公临终前要告诉我什么。郭一原摇头,看来画行画久了就变迟钝了,我只能看到三个风神潇洒其乐融融的老头。既然是外公留给你的,你还是快收起来吧,不要弄丢了。

东西搬上三轮车,李佳音也坐了上去,然后三轮车突突突地开走了。走出好远了,回头一看,郭一原瘦高的影子还立在原地,一动未动。

"但是最后我依旧无法原谅自己,把你保留得如此完整。那些假象你还是不知道的好,需要多少人间灰尘才能遮盖住它。"

七

　　李佳音在中关村的一家广告公司找到了一份工作,又远在昌平租了套小房子,每天早上坐两个小时的地铁去上班,晚上再坐两个小时的地铁回家。因为在地铁里待的时间太久太长,它竟慢慢变成了一截庞大臃肿独立出来的时间。日日如此,这时间竟兀自向着别的物质,甚至幽灵的质地转化而去。

　　她每日在这车厢里或坐着,或站着,或者看书,或者发呆,或者睡着了,有时候猛然被到站声惊醒,醒来的一瞬间她会惊恐地看着四周,一时竟疑惑自己究竟在哪里。甬城,白虎山,宋庄,都不是,这只是一截飞驰在地底下的车厢,车厢里装满了千篇一律低头看手机的人。因为相同的动作和相同的表情,使他们看起来好像一大群孪生兄妹正在这车厢里相依为命又相互憎恶。偶尔有乞丐伸着乞讨的手,唱着歌从他们身边的缝隙里像鱼一样游弋而过。还有的时候她不看书也不睡觉,什么都不做,单单就只是呆坐在那里,从一站坐到另一站。每当这个时候她就会忽然有一种正走在白虎山上的感觉,时间隐退,地老天荒,方死方生。只要愿意,似乎就可以一直这么走下去,走下去,永远没有到站的时候。

　　只是,在这样一截漂流在地下的车厢里,比白虎山上更加孤独。车厢里有男人有女人,有学生有民工,有为了找工作奔波的人,有因为刚分手哭泣的人,有准备去和情人约会的人,有刚刚在医院被确诊为癌症的人。她被这么多的人拥挤着、包裹着,甚至猥亵着,在最拥挤的时候,她只能伸出一只手抓住吊环,然后把自己的整个人都薄薄地吊在那只环上。陌生人的体温和汗味在空气中堆积着,摩挲着,让她想起了白虎山上的累累白骨,也是这样的拥挤,这样的相互依靠。这种错觉使她对周围这些陌生人忽然便有了一种奇异的宽宥。她恍惚间会觉得自己其实已经活了几百年或几千年,漫长得让她都有点厌倦了。她觉得自己此刻正像个老祖母一样慈祥地看着周围的这些男男女女。

　　在公司里她说话很少,完成图稿的速度不算快,完成了也不是最出色的。她努力避免和其他女职员一样,在早晨一进办公室先用马克杯冲杯速溶咖啡,中午的时候叫外卖送个快餐或者酸辣粉,瞅着缝隙在网上购物,嘴里永远跟着这个城市最流行的口头禅。她发现她没有办法和她们一样,没法和她们一起同出同进,一起议论这个月的薪水与奖金。

　　有一天下班她一个人过天桥的时候,天上正下着小雨,潮湿的车灯像一条大河一样从桥下缓缓流过,她就那么打着伞站在天桥上看了很久。不时有刚下班的年轻女孩子叽叽喳喳从她身边经过,没有一个人停下来站在她身边,一起往下看去。在那一刻,在那天桥边,她忽然就意识到,原来她是俯视她们的。她其实一直就在俯视着她们。她悄悄地骄傲地落寞地知道,她终究是和她们不一样的。

接着她又可怕地发现,事实上,她的要求根本不止这点,只有她自己一个人隐秘地知道这个事实是远远不够的。怎么能够?她其实是如此渴望她们每个人都知道她究竟是怎样一个角色:艺术家,一种怪兽与斗士的混合体,一个被大众嘲笑的符号和意淫的挪亚方舟。她是被贬黜到人间的地藏菩萨,即使她身上的泥塑金粉败落,可她的内胆也仍然是一尊菩萨。所以当她和她们同处于一间办公室里的时候,尽管她让自己处在一个位于她们下方的水底世界,她们乘坐的划艇恰恰位于她的头顶之上,但她的每一寸神情每一条丝巾每一只耳钉都在无声地叫嚣着,她和她们是不一样的,她是不可能和她们一样的。就算她每天早晨乘两个小时的地铁来上班,就算她三十多岁了还一无所有,她也是和她们不一样的。

她脸上那抹不合时宜的神情终于把办公室里的其他女孩激怒了。一天在下班的时候,她们找了个借口集体羞辱了她一番,她们嘲笑她,你脾气这么怪,不是更年期提前到了吧?不行就到医院去看看,旁边就是海淀医院。

等到所有的人都走光了,她还一个人坐在那里,最后,直到整座写字楼都要关门了,她才慢慢来到街上。她想,是不是应该给谁打个电话,随便给谁,只要能听她说话就可以。她使劲地去想一个电话,无论是谁的,可是她脑子里实在想不出任何一个电话号码,只有一堆坍塌的数字像被烤化的蜡烛。地铁已经没有了,她今夜也根本不想回去,就一个人在中关村大街上慢慢走着,走着。白天的小贩们都已经收摊了,他们有的在收拾行头,有的盘点收成之后,倚在天桥上独自喝起了一瓶啤酒。一个年老的乞丐驮着一只体积比他还大的编织袋,看起来像背着山的愚公在走动,里面大概都是捡来的空矿泉水瓶。老乞丐埋卜头挨个在垃圾桶里翻找食物和空瓶子。在这城市里走在路边的时候,她经常会担心某一个乞丐忽然转过身来,她看到的却是常安的那张脸。

"如果我与你同行,就把你当作故乡。如果我有委屈,就哭成这世上的尤物。"

地上的广告纸屑在晚风中踟蹰向前,如同一个个隐身人的脚步。

周末的时候,她就独自待在昌平的那套小房子里,这是一套很老的一室一厅。说是厅其实就是个狭窄的过道,幽暗的光线中摆满了她四季穿的鞋子,看上去就像四个季节正繁忙地交汇于一个狭长的港口。卧室里有几件暗红色的家具,地上铺着菱花形的地板,每到中午时分,阳光从窗户里斜射进来,踩着菱花格子一寸一寸地往前挪,像极了小时候女孩子们在一起玩的跳房子游戏。她在周末有时候会一觉睡到中午,有时候会一个人走来走去地做些家务,还有的时候什么都不做,单单就只是坐在椅子里,看着地板上的光阴一寸一寸地生长,再一寸一寸地消亡,就像永寿街那些雨夜里的蕈子,就像白虎山上那些漫山遍野的白骨。

听说离她住的地方不远处有一片很大的银杏林,她便选了一个深秋的周末去看那片银杏林。公交车上空荡荡的,除了她和一名低头看手机的中年男子,就是售票员和司机。售票员体积庞大,状如河马,烫着一头爆米花卷发。她大约嫌今天乘客太少,表情有些落寞,不时看李佳音一眼,可能想见缝插针地和她聊点什么打发时间。她假装没看见,只专心地看着车窗外。秋天算是北京最美的季节,道路两边的法桐、银杏、槐树、枫树、槭树的叶子或变成金黄或变成血红,正纷纷扬扬地往下落。公交车从这雨一样的落叶中缓缓经过,蹭了一身的落叶,还不时有落叶飘进车窗。她顿时觉得这早晨的公交车就像一头正在散步的天真的大象,不时有花草粘到它头上、耳朵上。它也不摘,只管缓慢赶路,一路就由那些花草去。

她从车窗里看着那些行走在路边的人们,行人们穿着这个二〇〇七年的秋天里最流行的颜色,木炭黑、黑檀木色、墨水蓝、砖红、炭灰、红宝石色、水晶紫、米灰、虾橙。她喜欢看这些路人,旁观他们的时候,她觉得自己变成了一座古老的维多利亚时代的挂钟,他们的时间就在她手里。活在每个时代的小人物都会这样吧,把他们对美的观念刻在他们的服饰中,时间长了,甚至会渗透到他们的面部线条中,所以人们最终会变成他们愿意的样子。当时间褪成历史,丑一点的人们就成了漫画,美一点的则成了古代雕塑。

公交车到了她下车的前一站停下,没有人下车也没有人上车。她坐在车窗边忽然看到公交站牌下站着一对老年男女,穿着破旧而古怪。老男人穿着一件肮脏的红白滑雪衫,满头的白发在后脑勺扎成一个小辫。老女人很瘦,满脸的皱纹,在深秋时节穿着一件破旧的长袖连衣裙,裙子下面是黑色紧身裤和一双脏成了灰色的白球鞋。她的头发是灰白色的,看上去像满头的枯枝败叶,却打成两条麻花辫垂在胸前。两个人在秋风中紧紧依靠在一起,好像正在等某一趟公交车到来。老男人的手里还拖着一只破旧的行李箱。

在她隔着车窗与他们四目相对的一瞬间,老男人和老女人一起躲开了她的目光,他们的身体偎依在一起,瑟瑟地胆怯地看着远处,似乎在埋怨他们等待的那趟公交车怎么还不来。在站牌下停了一分钟之后,公交车再次缓缓上路,那对男女被抛在了身后。李佳音收回目光,把头抵在玻璃窗上,一动不动。只听售票员坐在那里高声自言自语,您瞅刚刚那俩人,瞅他们丫那操行,都捯饬成叫花子了还扎一小辫儿,不用瞧就知道是艺术家。

李佳音还是把头死死抵在那扇玻璃窗上,一动没有动,好像她的什么把柄刚刚被抓在了售票员手里。

下车之后走了一段路她便找到了那片传说中的银杏林。银杏叶几乎都已经变成了剔透的金黄色,厚厚地不顾一切地铺满了大地,脚踩在这大片金色上会听到嘎吱嘎吱的响声。这么浩瀚这么凶猛的金色让她在一个瞬间又想起了凡·高的金黄色,想起了白虎山上的黄沙与落日。它们怀揣着各自的秘密存在在这个世界上。她想起她曾对学生说,什么是颜色,它们不过是显示内在生命的手段,而这内在的生命就在那里,树、石头、墙、峡谷呈现它们最内在的秘密。

霍夫曼斯塔尔写给凡·高的一封信

我是注定要看见这些画,它们非常明亮,几乎像张贴画,不管怎么说,和画廊的画不一样。第一眼看上去这些画似乎刺目,令人不安,非常拙,很奇异,要把第一眼看到的当成一个整体,我得好好调整我自己。然后我看见,我看见它们的每个都是那样,自然就在其中,人的灵魂的力量就在其中,还有画在这里的树、灌木、田野、山岗,还有更多的东西,在颜料的后面,某种完美,一种不可言说的命运的感觉。所有这一切我都看到了,所以我在这些画面前失去了自己的感受,又非常强烈地找到了它们,又再次失去。亲爱的朋友,我想要说而永远不能说出来的,我就给你都写在这封信里了。

1901年5月

无边落木萧萧下,她慢慢穿行在银杏林中。从下公交车到现在,她像是终于积攒下了一点力气,能够去回忆刚才站牌下的那对老年男女了。她这才发现,刚才在车窗里看到他们的一瞬间,她其实是那么的恐惧,她可能比他们还要恐惧,她情愿没有看到他们。就在与他们四目相对的那一个瞬间里,她恍惚觉得她看到的是罗梵,而站在罗梵身边满脸皱纹穿着连衣裙的老女人正是她自己。他们正站在一面镜子里看着她。

她一边走一边捡着地上的白果,外套的口袋里已经塞满白果了,她还在不停地捡,好像这样的举动能有助于她抵挡他们一会儿。然而,就在某一个捡起白果的瞬间,她猝然站住,急刹车一般,一手心的白果全倾倒在了地上。阳光透进密林,她看到了落在自己前方的影子,那影子臃肿松散,羞涩地怯懦地残疾地栖息在厚厚的金色落叶之上。她的眼泪忽然就下来了。是的,她做不了艺术家,可是,她居然连一个普通人都做不好。

此刻,她是如此思念外公,他把她带到一条路上,然后又把她遗弃在人间。没有人知道她被遗弃在这里。她觉得自己就像一个好不容易上了船却又被放在孤岛上的乘客,孤岛上妖艳的食人花在夜间悄然开放,里面露出一颗人类的牙齿。这牙齿也许是六十年代来到白虎山的教授们艺术家们遗留下的,也许是高唱过《大海航行靠舵手》的工人们,下岗后年老后留在这里。当年他们只顾着坐船去远行,不知路之远近,后来肉身被腐蚀殆尽,只把一颗最坚固的牙齿留在了食人花里,他们自己却从此永远消失在了美丽的花瓣中。

她在静静的密林中抱着一棵古老的银杏树放声恸哭。她的脚下是一望无际烈烈燃烧的金色大地。

一年之内她跳槽了四家公司,一家比一家更远,于是在地铁里的时间越来越长。她开始只拥有两种生活:地铁里的和地铁外的。两顿饭:午饭和晚饭。两个人:男人刘文波和女友白小慧。

刘文波是在一次画展上认识的。那是在一次画展快要结束的时候,她才有时间跑去看。是一次关于拉斐尔前派的画展,霍尔曼·亨特、约翰·米莱斯、但丁·罗塞蒂。《比娅特丽丝》《纳西修斯》《狄奥根尼》。这些维多利亚时代的画家最忠实地记录了那个时代的机器兴起,两极分化,工人失业,女人们纷纷走上被包养的情妇之路的盛况。据说维多利亚时代的女人们脑袋都要上锁,和丈夫做爱的时候,只允许她们躺在男人下面想大英帝国。她在那幅最著名的《奥菲利亚》前面驻足良久,画中精神错乱的奥菲利亚即将沉入水底,裙子像水草一样在水底招摇,只有苍白的脸还浮在水面外,嘴唇半张,目光绝望地看着天空。周围的野草和罂粟正诡异地看着她。

奥菲利亚(兰波)
黑暗沉寂的波浪上安睡着群星,
洁白的奥菲利亚像一朵盛大的百合随风飘动;

枕着长长的纱巾,缓缓地漂着……
远处的森林里传来猎人的号声。
千年就这样过去,自从忧伤的奥菲利亚,
这白色幽灵在黑色的长河上漂移;
千年就这样过去,自从她温柔而疯狂地
在夜晚的微风中低吟着那支古老的谣曲。

  这时候忽然有个男人主动凑过来搭讪,他说,你觉不觉得这些画里所画的时代和我们现在的时代不知哪里有几分相似? 会不会是时代气质上的相似? 她朝他看了一眼,看到这男人长着两颗很大的门牙,又正咧嘴笑着,看起来好像一只巨大的兔子忽然从哪里钻出来跑到了她面前。看完画展,男人又提出能否请她喝点什么。两人便来到了画廊附近的一家小酒吧。

  他在威士忌里加了冰块叮叮地摇着,一边端详着她,一边推给她一杯浅粉象啤酒,说,这啤酒适合你。他抿了一口酒,嘴唇上的威士忌在闪闪发光,见她盯着他的嘴唇看,他又咧嘴笑了,说,我一进去就注意到你了,嗯,怎么说呢,我觉得你看起来很像个艺术家。她手里握着那杯啤酒,听到自己喉咙里异常清晰地咕咚了一声,像有什么东西刚刚深不见底地坠了下去。然后,她发现自己坐在那里,镇定地,倨傲地,又充满渴望地瞟了他一眼。她鼓励他继续说下去,他便又继续,你看起来就和其他人不太一样,挺像个艺术家的。你不知道,我从小就喜欢艺术,但小时候条件太差,没有机会学。不过现在只要有画展的机会我都会过来看。对了,你真是个艺术爱好者吗?

  他的最后一句话让她有些微微的不痛快,她喝下一口酒,故意问他,那你都喜欢谁的画? 他用两颗兔子牙咬着下嘴唇,皱着眉头,做出冥思苦想的样子。嗯,很多画我都喜欢,但是,但是我都叫不出画家的名字,你明白的,像我们这些外行就只是看画,至于谁画的其实并不那么重要。嗯,比如有一幅画我就很喜欢,是一个半裸的女人抱着一只水坛,水坛里有水流出来,画里的女人给人一种好纯净的感觉。

  她有些厌恶地打断了他,她盯着啤酒上即将消亡的泡沫说,说说你自己吧,比如你没有去学画画,那你后来去做了什么?

  他的目光忽然亮了一下,两颗兔子牙也忽然之间看起来更为巨大了。他突然变得胸有成竹,像是抢到了一道事先知道答案的抢答题。他说,大学一毕业我就去政府部门当公务员了,但我做了三年公务员之后便辞职了……

说到这里他特意停顿了一下,以便能观察到她的反应,见她没有太多表情,他只好又继续,我辞职是因为那时我觉得不能就那样在一个安稳的单位终老了,人这一辈子这么短,应该多点经历才好。你看现在的小孩子们什么都不想干,就想着能考个公务员,就是太贪图安逸了,我那时现成的政府公务员工作还不是被我自己辞掉了。那工作要放到现在,不知道多少人打破头地去抢呢,唉,但是当年却被我自己放弃了。

他又停顿下来,像是在等着她的反应。她把剩下的啤酒倒进嘴里,继续问,那后来呢?

他摇了摇杯子里的冰块,盯着那杯子怅然地说,辞职后我就去了公司,做过很多行业,基本上几年就跳一次槽。不过,跳槽这件事,多跳几次就习惯了。人活一辈子就应该多经历点事情对不对?我最近又在跳槽,旧的公司已经辞了,新的公司还没去,所以才有时间出来看画展……你说,我要是在当年的单位里一直待下来,现在是不是大小也是个领导了?可是现在,连公司的老板娘都可以随便挤对我,她本来是老板的二房,刚刚被扶正就这么嚣张,我都能当她叔叔了,为什么要受这个气?所以我就坚决地辞职了。真的,我一点不后悔。但是我还是忍不住经常会去想,如果我当年没有辞职,现在不知已经混成什么样子了。不过话说回来,我现在毕竟是自由的,你说是不是自由更重要?比如我可以穿过半个北京城跑到798来看个画展,可以约一个美丽的像艺术家一样的女人在有阳光的窗前喝酒。

他的最后一句话让她愣了几秒钟,然后她终于冲着他迟疑地笑了,她摇了摇手中的空杯子,你说得对,啤酒确实不错。

"十里黄沙嚣张,百年鸡鸣温柔。衰落的河流,用岸裹紧身子。"

八

白小慧是李佳音在昌平的邻居,只是,白小慧住的那套二手房是她自己买的。两个人能成朋友,除了住的是对门,还多半因为都是单身的缘故。白小慧经常在周末强行给李佳音送来几个她刚烤好的面包,一来是面包烤多了吃不完,二来是为了不厌其烦地参观李佳音那套租来的房子。她往往是端着面包一进门就叹气道,我早和你说过人是不能一直租房的,你还不信,你看看现在的房价还能买吗?亏得我是几年前一咬牙一狠心借钱也要买房,这不,我这房子现在又升值了,几年里房价已经翻了四倍了,你说我买得及时不及时?那我大学毕竟是学财会的,还是有点理财头脑的。住在自己买的房子里和住在租来的房子里那感觉能一样?我告诉你,根本没法比,你没吃过猪肉还没见过猪跑啊?

她那套买来的二手房,李佳音也参观过,大概六十多平方米,客厅和厨房连在一起。房间装修得再简单不过,材料寒酸,屋子里所有的装饰、窗帘、家电和家具都是廉价的,但收拾得干净整洁。这种干净整洁使整套房子看起来有一种公事公办的办公室气质,让人很自然地联想到房子主人的性格,枯燥,坚韧,经济拮据,一丝不苟。但这套二手房毕竟是她在北京的唯一安慰。

她在相亲的时候也是同样的套路,不管对方在讲什么,她都拼了命地把话题往房子上引,咱们说房子吧,说房子好不好,求你让我先说说房子吧。或者先发制人,在对方还没来得及开口说话的时候,她就先把自己的这套房子搬出来往桌子上啪一放,定海神针一般镇住场子。然后她开始像个推销员一样喋喋不休地介绍自己的房子。这房子是我四年前买的,买的时候哪知道会一年一个价呀,四年时间里居然就噌噌噌翻了四倍。我这个人比较会过日子,能自己做着吃就绝不花钱在外面吃,省吃俭用就为了攒个首付,可还是攒不够,最后只好咬牙借了钱。这不,又省吃俭用了几年,居然连借的钱也还得差不多了,就剩每个月几千块钱的月供了,不管怎么说,好歹是住在自己的房子里了,心里踏实。

接下来,如果她一旦发现对方对她的房子表现出一点兴趣,她就准备立刻对对方说,你下次可以到我那里看看,尝尝我的手艺。你要是没房子,住到我的房子里也行,反正我一个人住着也害怕。远是远了一点,可是北京的上班族有一大半不都住在五环外吗,反正有地铁也不怕远。和有的男人见过两面之后,她便把他带到自己的房子里,让他参观房子,自己则像孙悟空一样变出五个菜来给他当作晚饭,再留他在自己房子里过夜。过完夜还要早早爬起来,在他起床之前给他做好早饭摆在床头,然后看着男人窝在被子里啃着煎鸡蛋喝着热牛奶。再然后,等着这过完夜的男人消失,再不和她联系。

在和刘文波约会几次之后,李佳音吞吞吐吐地对前来送面包的白小慧讲起了这个男人,她揉着一只牛角面包问白小慧,我不想再见他了,你说还要不要再见?白小慧一拍大腿,恨铁不成钢地说,见,为什么不见?听我一句,你就别再这么成天瞎晃了,不买房子也不找个人结婚,你说你要这样晃到什么时候去?在这座城市里除了我知道你是个画家还有谁知道?况且你这画家又不是什么有钱的画家,一张画也卖不出去。你可要当心你再这么晃荡下去别晃得非人非妖了,既晃不成个普通人,也晃不成个艺术家,最可怕的是等你年龄大了会变成被人取笑的对象,变成一个笑料。你信我一句吧,没有人会理解你的。在这世上,其实谁都不理解谁。

可是,你觉得他这样一个人可能适合我吗?

哪有那么多适合的人,我只是让你找个人结婚,这样起码能把你像钉子一样钉在一个地方,好歹让你有点安生的感觉。

可是我不爱他。

其实我和你一样,我对谁都不爱,所以我就总是把自己和男人们先绑上床再说,先让身体睡在一起了,身体不陌生了,不排斥了,再看会不会从这两个身体里生出一点点喜欢来。在这样一个时代里,你想活着就不能期望和要求太多,还是先睡了他再说,爱不爱是以后的事。

等到下次再见面的时候,李佳音和这男人在一起吃了一顿晚饭,喝掉一瓶红酒。两个人都觉得这酒像跑步前的热身运动,彼此心照不宣,略有不安和期待。走出饭店,男人说,我开车送你回去。李佳音裹好围巾站在寒风中理理头发,我住得很远,在昌平呢,还是不要送了。男人的兔子牙在夜色里蹦了出来,怎么能不送呢,大冬天的,这么晚了,我怎么能让你一个人回家?

于是开车把她送到了楼下。然后,又把她送到了房间。再然后,经过一番半推半就,两个人终于睡到了床上。男人开始亲吻她脖颈处的时候,她忽然想到他那两颗巨大的兔子牙仿佛正要像啃萝卜一样啃断她的脖子,便差点笑场。而他的手在她周身抚摸之处也没有一点情欲的痕迹,只有痒处,似乎她全身都是痒处。她终于忍不住笑了出来,继而是遏制不住的大笑。男人劳作半天不见丁点收获还被笑场,只得恼怒地退到一边和她并排躺着看天花板。她抱歉地对他说,真不好意思,不知怎么就是觉得好笑。说完实在忍不住还是要笑,笑,一直笑到最后浑身都抽搐成了一团。

"肉是培根怜悯的最高对象,也是他唯一怜悯的对象。在培根笔下,肉有那么多痉挛,脆弱的痛苦,但同时又有那么多迷人的新发现、色彩和高明的杂技。"

她躺在那里闭着眼睛想起了当年在白虎山下,她那些奇怪的不可遏制的情欲,她忍不住去勾引一个又一个的男学生,让他们和她做爱,但是她并不爱他们。是的,她对他们,从来没有爱过。那现在是怎么了?难道真的是因为几年过去就老了?她已经苍老到没有情欲了?

男人起身到阳台上抽烟,她独自在黑暗中浸泡、融化、消散,彼时的秘密与现世的光阴交错生长,杂花生树。在那个瞬间,她忽然就明白了,那时在白虎山下的她其实是多么恐惧,现实的逼仄与山上的白骨让她觉得每一天都是向死而生的,情欲则最大程度地消解着死亡。而现在,当她独自坐在昌平窗前那些不停变幻的光影里的时候,当她坐在地铁的一节车厢里看着芸芸众生如蚁群一样徒劳奔波的时候,却时常会觉得自己已经活了太久太久,简直古老得像一段长满褶皱和年轮的树木,而这生活本身更是古老无耻得长满了青苔、木耳和虫豸。现在她连恐惧都没有了。她时常会觉得她已经没有了那么多无限活下去的耐心。

人是必死的动物,人是应该有一天死亡的动物,人是知道自己将要死亡的唯一动物。

无论是白小慧买来的那套房子还是她租来的这套房子,都不过像两只飘荡在时光里的风筝。时光太长了,看起来永无尽头,她在人群的炫耀与虚荣之上厌倦,栖息在自己身体里厌倦,在尘世间每一天的绽放与凋谢中厌倦。当那种恐惧消失的时候,她便发现,那些与恐惧相伴而生的情欲也同时消失了。戛然而止。

男人抽完烟回到床上,试图再试一次。情欲消退之后的身体如同枯竭的河床,她对那只手忽然感到无比厌恶。她再次想起了罗梵,其实她现在已经不再明白她是否爱他,她甚至不再知道她是否真的爱过他,她只知道,此刻,她是如此强烈地愿意去爱他,愿意去爱这样一个也许并不存在的虚空中的人。就是这种虚无之爱看起来反而有了一点意义。她忽然明白,外公说的美与徒劳大约就是指在这种虚无的胁迫中,仍然相信会有某事物到来和发生,宣布并非一切皆尽。

她挪开那只手说,我们聊聊天吧。那只手挣扎了几下便也讪讪退去,两个人像两条沉船一样搁浅在黑暗中。她起身打开台灯,一束灯光斜斜追过来,流淌在他们身上。她取出外公的《松林夜宴图》让他看,你不是喜欢看画吗,那你看看这幅画,在画里你能看到什么?男人的两颗兔子牙在灯光下一闪一闪,他不假思索地说,就是张山水图吧,三个老者在一起弹琴喝酒,传统的文人雅兴嘛。她说,不对,你看这三个人一起喝酒一起听琴多么快乐,可是我外公他们当年在白虎山上根本没有什么吃的,那里只有一望无际的黄沙。

男人说,这还不好理解吗?就是因为挨过饿才会想象出这么快乐优雅的生活,艺术不都是高于现实的想象嘛。她说,我外公总是告诉我,他和另外两个同伴的关系非常好,喏,你看,我觉得画里的这三个人其实画的就是我外公和他那两个同伴。他说后来那两个人都回家乡了,只有他一个人留在了西北,他说他每年过年都要给那俩人寄去西北的土特产。他去世后,我在家里还翻出了厚厚一沓邮寄包裹的单据,全是寄往两个地方的,无锡和岳阳。但是,每一张单据都是被退回来的,上面写着查无此人。可是,奇怪的是,明明被退回来了,到下一年,他居然还是要给他们寄去包裹。

这次他犹豫了片刻才说,是不是那两个人早就去世了,只是你外公不知道,所以还要给他们寄东西……这也不对啊,邮局给他退回来就说明人已经去世或者搬家了啊,难道你外公的神志因为年龄已经不清楚了?他其实根本不知道那两个人到底是死的还是活的?……我明白了,我大学学的可是心理学哦……你听我说啊,是不是这样,你外公还一直给他们寄东西,是因为那两个人是死的还是活的其实和他根本没有一点关系,他要的只是相信他们还一直活着。也就是说,那两个人其实只活在他的脑子里。他需要他们活着。他这么需要他们活着,那原因很可能是,他太思念他们或者是对他们太愧疚。

她说,我后来去问过人,他们农场当年的二队就活下来我外公一个人。如果是这样的话,他那两个同伴其实在白虎山上就已经死了。

男人一惊,早死了?那就是说,你外公不会不知道他们死了,却还要给他们寄东西。那很可能是因为他对他们太愧疚,但又无法弥补,所以患上了一种心理学上的幻想症,就是他会幻想他们还活着,给他们寄东西则是为求得自己内心的安宁。会不会是你外公当年害死了他们?

男人的目光和她忽然对视了一下,里面闪过一丝阴凉的寒战。两个人忽然都不说话了,都觉得分外寒冷。正是午夜时分,没有月亮,窗外只有几颗寒星在闪烁。那束灯光惨白地追打着画中三个长发白衣的老者,其中一个弹琴长啸,另外两个对饮流年。盯着看久了,恍惚便觉得画中的三个人动了起来,只是不知道他们下一步将怎么动,将怎么做,只是觉得他们如此诡异,如此令人害怕。李佳音伸出手去,啪一声关了台灯。画中三个人齐齐消失了,床上的两个人则重新陷入了黑暗。窗外的星光更加璀璨寒冷。

李佳音的声音在黑暗中慢慢慢慢地往一个深不见底的地方爬行,你说,人饿了会怎么样?我是说很饿很饿饿极了的时候……会怎么样?

人很饿了会吃树皮吃草根吃土吧,总之只要能吃的都吃,人饿极了是很可怕的,就不太像人了。小时候听我奶奶讲过,她在村里见过饿极的穷人吃自己家的草席,就像牛一样干嚼下去。还听她讲过村里的右派们当时专门捡马粪,因为马粪里有许多马没有消化掉的豌豆。他们把马粪淘洗几次，淘出其中的豌豆来煮了吃。还听我爷爷说他们一九六〇年挨饿时吃过一种汤粉，是用草籽熬的汤，把那草籽煮着煮着，水就变成了青白色的粥，看起来很像淀粉汤，还能拔出丝来。我爷爷说，这个汤一定要放凉之后再吃，凉了就变成一团一团的面筋，那东西是嚼不烂的，只能咬成一块一块咽下去。吃一顿能挺三天，因为那东西是不消化的。但如果趁热喝下去，就会结成硬块堵在肠子里无法排出去，人就会被胀死。还听说当年有个饿极了的人一口气吃了二斤炒面，结果胃彻底不蠕动了，无法消化，人被活活疼死了。

你说人饿极了的时候在想什么？

什么都不想，就想吃，吃……

"妈妈：

我实在饿坏了，快给我送点吃的来吧。我要馒头、大米饭、菜团子、大饼卷油条、肉包子、炸酱面、炸鱼、炸虾、炸果仁、煮螃蟹、炖肉、炒鸡蛋、烧豆腐、锅贴、饺子、糖包子、炒虾仁、爆肝尖、葱爆肉、酱牛肉、猪头肉、回锅肉、麻花、炖鸡、炖鸭子、炖肘子、炒肉片、煎饼、烩饼、烩大肠、红烧羊肉、红烧牛肉、红烧猪肉、红烧鸭子……如果没有，提两个糖饽饽来也行。快点吧。快点吧。求求你了。"

你说……人饿极了的时候，还可能……做什么？

什么都可能。历史上记载的那几次大饥荒里，人饿极了还可能吃人。

……

与挨饿相比，画画算个什么？这一定是他后来一边回忆往事一边画的，给自己的当年留个纪念嘛。这很正常的，你怎么对它兴趣那么大？对了，我的情况我已经大致告诉过你了吧，我现在在一家公司上班，贷款在郊区买了套房子，有辆帕萨特。可以聊聊你自己吗？你也知道的，现在的人都很务实，都没有多少耐心去恋爱了，我也不想谈多久的恋爱，太累。我不知道你想不想结婚，我是挺喜欢你身上这点艺术家气质的。嗯，我也不嫌弃你没有北京户口，人不能那么务实对不，我不说过吗，我喜欢你身上那点气质，有点像女艺术家。我在北京奔波了这么多年一直安定不下来，现在奔四十岁了，有了点条件，真是想找个人安定下来了。哎，如果我当年不辞职也许早就结婚了，也许早有了一官半职，也许现在孩子都上小学了。不过人哪能看到自己的下一步会怎么样，永远都看不到的。

外公活着时总是鼓励我要去爱那些美而徒劳的东西。我以前其实一直不明白。

你说什么？

没说什么。

"*而今夜光阴皎洁。我不适宜肝肠寸断。*"

九

这晚之后，那个叫刘文波的男人便消失了，再没有和她联系过，就像他出现之前一样，再次在人群中无影无踪了。

时间还是地铁里和地铁外的，一截两半，地上和地下，春天与冬天，桃花与白雪，月亮与夕阳。朋友只剩下了白小慧，她仍然像尊金刚一样守着自己的房子与刚出炉的面包，定时出现在李佳音的菱花地板上。这天她手捧着几只金黄的牛角面包又站在李佳音的一大堆鞋子里，四季的鞋子五颜六色，形态各异，如一块小小的植物园。她失望地对李佳音说，你真要这么一个人过下去？两个人总比一个人好吧？你生病了怎么办，老了怎么办？我好歹还有个自己的房子呢，你说你有什么？我看那男人除了两颗门牙大了点，别的条件也还说得过去。

那转让给你吧。

看看你说的什么话。哪天我真的找人结婚了，不能总来看你了，看你一个人怎么办？其实有时候我觉得找人结婚的话找谁都一样，找了谁还不是一样要看到作为人的猥琐，一样要失望，一样要后悔。

暖气很足，屋里有些热，她放下面包去开窗户。这才发现不知从什么时候开始外面下雪了，两个女人把头挤在一起看窗外的雪。雪越下越大，好像整个北京城都要消失在茫茫大雪之中了，连同她住的这栋老楼也要连根消失了，只剩下这扇遗世独立的窗户，像只热气球一样飘荡在空中，载着两个异乡的女人一起看雪。

这个冬天李佳音在北京的街头再次看到了常安，只是她已经留起了一头齐肩的乌发，或许，她想，她戴的只是假发。她们在人群中只短暂地对视了一眼，在她还来不及把她看清楚，也还来不及和她打个招呼的时候，常安已经匆匆走过去，消失在了人海中。李佳音循着那个方向急急追过去，想把她再找出来，可奇怪的是，常安的背影已经消失得无影无踪了，好像她根本就没有出现过。李佳音在那里站了很久很久，仔细地辨认着身边来来往往每一个人的面孔，都不是常安，都不再是常安，都不可能是常安。夕阳照着路边的积雪，整个世界忽然看起来晶莹剔透，宛如童话。

她站在那里反反复复只想起常安说过的那一句话,可是我最怕的是我的老母亲,怕我母亲看到我那些作品。

她站在冬日的夕阳下,当着来来往往的陌生人群,忽然就泪如雨下。她这才发现原来她竟是如此的高兴,如此的,放心。是的,她终于可以放心下来,终于不用担心某一天晚上走在北京的街头时,一个翻找垃圾桶的光头乞丐忽然转过脸来,那张脸却是常安的。

她愿意为此在大雪与夕阳中痛哭一场。

"我不停地跳,桃花不停地落,雪花不停地飘。结局处,我一定伏在地上,风浮动长发。"

她离开宋庄后第一次给郭一原打电话。郭一原的声音像他的人一样,高瘦倨傲地立在电话里。他说,你说常安啊,她一年前就离开宋庄了。离开之前,她搞过一次轰动一时的行为艺术,为此被拘留了两个星期,放出来后就离开宋庄了。离开宋庄前,她和画家们道别,说如果她还活着,她欠他们的钱就总有一天会还。如果她死在宋庄外面了,就请兄弟们原谅她吧,绝不说有什么来生再还的话。然后她拎着一个小包就走了,此后就再没有了音信。你不说,我都不知道她是死是活。不过听你说她现在终于不再是光头了,我也真是替她高兴啊。还有个消息,我正犹豫要不要告诉你。罗梵回来了,他没去法国英国,倒是又回到北京了,但回来了也没有和任何人联系。是前几天一起吃饭时听我朋友说在朝阳的一个文艺酒吧里看到他在那做行为艺术,我这朋友还奇怪,想罗梵这把年纪了怎么也去做行为艺术去了,表演完才知道原来他是为了卖自己的画。搞得像募捐似的,据我朋友说问津者也寥寥。你说他这个人,在美国和那有钱女人在一起好好的,人家又欣赏他的画,他却一定要回来。

她听到自己声音干燥,没有一点水分,像踩在落叶上一样,听起来沙沙作响,她说,我最近一直在想,人在最饥饿的时候会做什么。

老九这个人啊,有时候我想起他的时候心里又是难过又是高兴,我高兴这年头还有他这样的人,我也难过这年头还有他这样的人。

……

听说他在酒吧做的行为艺术的名字叫《献祭》,他在自己那截断指上装一截假指头,再当众掰断假指,露出断指的创面给人看。在澳大利亚就真有一种手指切除的古老仪式,手指切除代表着最高形式的献祭,我猜他是从这里取的名字。可是你觉得坐在酒吧里的那些人能看懂他在表达什么吗?人家还以为他在玩魔术。

……

你知道他为什么需要断指？因为只有通过自残,献祭这样庄重的事情才会失去它纯粹表演的特点,不至于显得滑稽。

你说人在最饥饿的时候到底会做什么？？？

呃？我还以为你会关心罗梵呢。

我都关心。

你知道了什么？

我什么都不知道。

嗯,不知道好。你还带着外公的画吗？

带着。

嗯,我明白了。他顿了顿说,你要知道,并不是真实的历史造成了现在,我们生活的现在其实是由部分人的权力和部分人的记忆造成的。真的,无论发生过什么,无论真相是什么,人类其实都应该感谢自己的理性,那点理性让我们情愿相信这谜底不是真的。那点理性其实就是住在我们身体里的神。

……

记住,人是会遗忘和原谅的动物,不然在这世界上只是作为动物都是生存不下去的。生存尚且如此,生活就更艰难。

……

第一次见面,李佳音就觉得郭一原像个僧侣,此刻听着话筒里传来的声音,她怎么也想象不出一个画行画的画家的样子,她能想象的就是一个僧侣的样子,一会儿是个修士,一会儿又是一个和尚,站在半空中,熟悉又陌生。

李佳音在一个深夜烧掉了那幅《松林夜宴图》,然后病了一场。生病期间,白小慧每天来给她送饭,她说,你看看你看看,让你结婚是害你吗,生个病都没人管你吧,除了我。李佳音蓬着头发歪在床上并不说一句话,阳光在她身上踽踽行走,她看起来像株失去了水分的植物,分外苍白柔弱。

病好之后李佳音便开始四处寻找罗梵。这是她所能找到的对她最有意义的事情。她找到朝阳那家文艺酒吧的时候,罗梵已经从那里离开了,不知去了哪里。他做行为艺术的那张海报刚刚被撕下,弃置在墙角。那是一张喷成红色的海报,看上去血淋淋的。中间有一只空白的手的形状,大约是喷颜料的时候就把手放在那里,喷完之后便在那里留下了一只手掌的图形,仔细看会发现,这只手掌上的小拇指是残缺的。

李佳音到处寻找罗梵,四处问画家们打听他的消息。白小慧试图阻止她,你找他干什么,你真的找到他又有什么用?他会和你结婚吗,还是你会和他结婚?就算是他愿意和你在一起,你就真的敢和他在一起吗?你应该远远逃离开这个男人,越远越好。

李佳音说,什么都要讲有用吗?我没有说找他就是为了要和他在一起。

她去所有罗梵可能出现的酒吧、展览馆、画廊找他。她一个地方一个地方地寻找着关于他的任何一点点痕迹。此刻,她已经不愿知道什么是好的生活,什么又是坏的,什么是可喜之物,什么又是反物质,什么是事情本身,而什么又是幻象。它们看起来彼此相似,如孪生姐妹,而她已经不愿意再对它们加以区分。

有的地方罗梵确实来过,来卖他的画或者来做他的关于断指的行为艺术表演。他听起来正在渐渐地面目模糊,像一个艺术家,像一个小贩,像一个杂技演员或者魔术演员,像一个新石器时代的大祭司,像一个乞丐,像一个剑客,像一个刚刚从外公画里走出来的长发白衣的神秘老者。

她循迹找到海淀一家小画廊的时候,罗梵刚刚离开,他好像事先就知晓了她要来,总是在她找到之前就提前一步离开,可是,他们已经多年没有任何音信,他应该不可能知道她在找他。她问画廊老板,你这里有罗梵的画吗?老板摸着手里的紫檀手串笑道,听别人言语,这哥儿们先前在画家圈里也是一大喇,身边还果儿从不断,前些年去美国溜达一圈又回来了,今儿个画儿老是怼不出去,都不能行人事儿了。这倒好,连妞儿都省得泡了。现在倘乎谁跟大街上一口一个我是艺术家,八成被人当成癔症,或是动物园里撒出来的大马猴儿。平日里进项没多少,还得勒紧裤腰带过日子,不够跌份儿的,又面授。但有人自个儿不觉得啊,还贴脸上嗯瑟。

她继续在整个浩大的北京城里找他,她对他的寻找看起来越来越荒谬,像是鱼之走路,岩石之歌唱。而与此同时,这座城市,这周围的整个世界在她眼里越来越像是一大群用奇妙的手之舞打着手势的聋人,大家都在同时说话,于指飞舞、剁切、拉展、缠绕、指着、摸着,惊人而美丽,喧哗而叵怖。然而她还是继续,她像条长着翅膀的大鱼一样从他们上方赤裸的空气中游过,波光粼粼,溯游从之,溯洄从之。

白小慧恨恨道,真的没有人会在乎你是什么样的人,多你一个少你一个都没有关系,你只要过好你自己的生活,这就是一个利己主义的时代。你能不能像我一样,开始为自己买套小房子的首付着想,你能不能现实一点?听我的,自己有个房子的感觉和没有房子真的是不一样的。

她又兀自从白小慧的上空游过。这么多年里,她从没有过这种失去了恐惧之后的任性与骄傲,从没有过这种生活失重之后近于荒谬的喜悦和轻盈。她对她即将看到的东西越来越确切、清晰和渴望。

她已经不再去想那幅《松林夜宴图》,但她却越来越感觉到外公离她如此之近,她都能如此清晰地看到他脸上的每一条皱纹、每一个毛孔,能如此清晰地看到他活在世上每一天的痛苦和恐惧。他对她想说的太多太多,她明白,她都明白。她看到了他身上最可怖的那一面的同时,却愿意像他的祖母一样,泪流满面地抱紧他,告诉他,都已经过去了,忘了他们吧,你们的血肉合为一体,你便也为他们活过了这人世间的每一天。外公,放心吧,我们会忘记的,我们终究还是人类。

她要找到罗梵。她必须去寻找罗梵。他们之间有太多的话还没有来得及去说,就像她和外公一样。然而罗梵似乎真的感觉到了她对他的寻找,每次都是在她即将找到他的时候,他便再次消失不见了。她几乎找遍了所有能找到的画廊,没有一家画廊里能看到他的画。那也就是说,他一直在被拒绝。又听到更多的同行说看到了他的行为艺术,他把掰断的那截假断指种进一个花盆里,再在花盆里种上植物。他那截多年前的断指似乎此时才真正隆重地登上了舞台,在一次又一次的表演中越发娴熟。

频繁的外出请假引起了公司老板的不满,她便辞去了公司小职员的工作,专门寻找罗梵。白小慧为此差点要和她绝交,她痛心疾首地说,你还有没有一点理性?你看看你到底在做什么,连收入都没有了,你靠什么生活?

她不理会她,她仍在寻找罗梵,她四处问那些曾经在宋庄待过的画家打听他的消息。那个姓焦的画家后来也离开宋庄,在东城开了一家小装饰公司,后来是他告诉了她一点关于罗梵的下落:我也是听别人说的,情况不一定属实,罗梵在慈寿寺那边表演过几次行为艺术,前些日子他好像在那边被车撞了一下,还进医院躺了几天。据说他这已经不是第一次被撞了,已经进过两次医院了。所以还有一种说法就是,他其实不是被撞的,是自己吃不起饭去碰瓷的。多年没见到他人,他和谁都不联系,我也不清楚,但说他碰瓷我还真不愿意相信。他这个人啊,其实随便画点什么还赚不了钱?给人画广告牌子都成啊。

"*草木有大命,枯而又荣,荣而又枯。相信我,我从此可以无限地活着。像喜鹊永安于大地之心。*"

十

她看到罗梵已经开始走进外公的画里了,他正在变成画里的第四个长发白衣人,和其他三个人一起在血一样的大片玫瑰花丛里品茗下棋,一起在杏花如雪中独立小桥,一起醉卧月夜松涛下,抚琴长啸不知今夕何夕。

她每日去慈寿寺附近寻找罗梵,她在大街上贴出了寻人启事,她问路边碰到的每一个人,有没有见过罗梵,一个把掰下的断指种到花盆里的艺术家。有人说见过有人说没有见过。她一天天地来到这条街上寻找罗梵,看到一群人围在一起就心跳加速,等到挤进去才发现是两个老头在下棋,其他人在围观。一天天过去了,她始终没有见过罗梵。然而这一天,她正在路边看着来往人群的时候,忽然看到一个高瘦的中年男人正在车来车往中猛地横穿马路。她一怔,忽然站在那里下意识地大叫了一声,罗梵。那男人猛地回头,看到她的时候,他愣了一下,她看到了,他站在马路中间愣了一下,但那只有短暂的一秒钟。她想,他真是罗梵吗?为什么她连他的脸都看不清。然后,在她还来不及向他走过去的时候,那男人已经回过头去,用尽全力地朝着一辆正开过来的银灰色丰田撞去。他整个人都飞了起来,像只黑色的大鸟。

"一个越来越老的人啊,往事越少越好。走的时候,我会深深鞠躬。他若哭泣,我就把这眼泪当作相认。"

一阵像把神经撕扯开的紧急刹车声,丰田几乎像匹马一样前蹄立了起来,但那个撞上去的男人已经脸朝下趴在一片血泊中。

警察赶来做笔录,问司机和行人,身上没有证件,碰瓷的,还是自杀的?谁看清楚了?李佳音哆哆嗦嗦地看着躺在地上的男人,血正在他头部凝固,把他的整张脸都遮住了,以至于她无法确认他到底是不是罗梵。她害怕他不是罗梵,却更害怕他是罗梵。

围观的人们正在渐渐散去,这时她在围观人群的脚下看到一个旧速写本,不知是谁掉在这里的。她捡起那本子,翻开,纸张已经发黄,一页一页地看过去,里面全是铅笔速写。古明州的万川映月,各种亭台楼阁,月湖中随潮涨落的水则碑,粉墙黛瓦下的月光竹影,秦氏古戏台上流光溢彩的金色穹顶。还有一张是雨中的小巷,一条湿漉漉的青石板路,路边有一棵香泡树,一只熟透的香泡已经沉沉坠落在青石板上。一扇雕花的斑驳木门紧紧闭着,门前有一口莲花缸,缸里浮着两朵睡莲,莲下是一抹安详诡艳的鱼影。莲花缸的旁边,立着一个女子的背影,只是一个背影。画的角上落了一个时间,一九九五年七月二日深夜。

画中的女子静静地站在雨中,不知在那里等待什么。

短篇小说奖

Silent Night

白先勇 / 著

对面床上那个病人恐怕撑不了多久了。他露在白床单外面那双手枯瘦得像一对乌黑的鸟爪，手指蜷曲成一团，不停地在颤抖。病人的神志似乎一直是清醒的，隔不了一会儿，他便沉重地呻吟几声，大概吗啡的药力逐渐消退，疼痛难以忍受，于是紧守在床边的那个大男人便倏地从椅子上跳起来，伏下身去，握住病人那双鸟爪似的瘦手，低声喃喃叫道：

"宝贝，我在这里呢——"

那个巨灵般的中年大男人，总有六英尺二三，虎背熊腰，庞然的身躯，两只巨掌又肥又厚，手背黑毛茸茸，倒真像一对熊掌。他那颗大头颅，剃得青光发亮，凑到病人耳边，唧唧哝哝吐出一连串安慰病人的温柔话语来。病人那张脸早已脱了形，剩下皮包骨，像骷髅，眼睛坑下去只见两个黑洞，可是偶然从黑洞里，却突然冒出两行眼泪来。于是大男人便赶紧从绷得紧紧的牛仔裤口袋里掏出一块红花布大手帕来，将病人的眼泪轻轻拭掉。

"哦，宝贝——"大男人充满了怜爱地叫道。

大男人叫乔舅（Geogio），年轻病人叫阿猛（Ah Mong）。乔舅是Little Italy一家比萨店的大厨师，阿猛是中国城"金麒麟"的跑堂，他是从越南逃难出来的"船民"，父母是广西过去的侨民。乔舅比阿猛要大二十岁，可是两人在一起也有七八年了。这些，都是前天下午乔舅在休息室里断断续续告诉余凡的。其实在三〇三病房里，头两天余凡根本没有正式跟乔舅打过招呼。有一两次，他们两人进出病房，擦肩而过，余凡感觉到那个大男人似乎嘴皮颤动要开口跟他说话了，余凡赶忙胡乱点个头便匆匆闪掉。余凡不想跟乔舅有任何接触，其实除了医生护士，余凡在医院里尽量避免跟其他人打交道。他恨不得自己变成隐形人,进出医院,没有人看得见,因为他得小心,处处留神,不让任何人注意到他和保罗神父之间的特殊关系。他必须保护保罗神父,不让人知道他真正的身份。他送保罗神父住院时,替保罗神父填表,职业那一栏,他填下"保险业:大都会人寿保险"。那是余凡自己上班的公司,地址也写下自己在东格林威治村第十街的住所。保罗神父一发病,余凡便连夜把他从第八大道那间宿舍公寓悄悄运到曼哈顿南端的圣汶生医院来。在这里大概不会有人认出他们来。医院三楼是传染病房,西侧住的全是艾滋病患,闲人不会随便闯进来。

保罗神父一送进医院便开始进入昏迷状态,这倒省了余凡许多周章。每天余凡到医院来,只要坐在保罗神父的床边,静静地陪着他就行了。保罗神父胖大的身躯仰卧在床上,睡得很安详。余凡替他戴上一顶红色的绒线帽保暖,衬得他那张圆圆的脸更加慈眉善目了,像个圣诞老公公。今年东岸的寒流来得早,十二月初就开始下雪了。医院里暖气开得低,坐久了,余凡自己也感到背脊上凉飕飕的。幸亏保罗神父失去了知觉,脸上没有疼痛的扭曲,反而有时候保罗神父太安静了,余凡倒有点不安起来,他放下手上的报纸,站起身去,贴耳听听保罗神父的呼吸,听到他从嘴里发出来轻微的吐气声,他才放心坐下,继续阅报。翻完厚厚一叠 *Village Voice*,一个早晨大概也就过去了。除了值班的护士来查视,两张病床中间那道帘幕很少拉开。一帘相隔,把三〇三房中两个病人的世界,分成两半。

直到前天下午,余凡感到特别疲倦,坐在椅子上,一直想打盹。他离开病房,走到三楼休息室去,那儿供应免费咖啡,余凡想喝杯咖啡提提神。休息室里,余凡瞥见乔舅独自一个人坐在那儿,双手抱着头,手肘撑在桌面上,似乎在沉思。余凡本想绕过乔舅身后,倒杯咖啡,便悄悄离开,不去打扰他。可是当余凡走近乔舅背后时,发觉原来那个巨灵男人竟在低声啜泣,他那庞大的身躯高耸的双肩正在上下微微地抽搐着,大概他在极力压制自己,呜呜的哽咽声卡在喉里,发不出来。余凡站在那个大男人的身后,忍不住伸出手去,轻轻按在他的肩上。大男人抬起头来,他那满腮胡茬宽阔的脸上,泪水纵横,双眼已经哭红了。

"医生说,就是这一两天的事了,要我开始准备——"那个大男人抽泣地说道。

接着那个大男人便把余凡拉到身边的椅子上,开始几乎语无伦次地向余凡诉说起他跟他的"宝贝"阿猛的故事来。他的英语有着浓重的意大利口音,余凡只能听懂七八分。

阿猛全家人从越南搭船逃出来,半途遇到菲律宾海盗船,爸爸妈妈两个哥哥全部杀光,只剩下阿猛一个人身上挨戳了十几刀,居然没死,存活下来。乔舅第一次见到阿猛,阿猛十七岁,瘦得像只饿瘪肚皮的癞毛狗,眨巴着两只大眼睛,好像随时会掉下泪水来似的。阿猛在中国城街头替人擦皮鞋,是乔舅,是他把阿猛带回家的。天天晚上,他偷偷运走一盒他亲手做的比萨回去给阿猛吃,腊肠、肉丸、火腿,都是双倍加料的呢,热乎乎的比萨吃得阿猛满嘴的油,就这样,他的"宝贝"才被他喂得长满了一身的肉。

"阿猛是个好孩子,他是我的宝贝,我的命根子——"那个大男人深情地叫道,"阿猛可怜呵,那个孩子经常做噩梦,半夜里吓得尖叫,他总梦到那些海盗在追杀他。我想他是因害怕才去打毒的,他跟那些'越青帮'混在一起,他是害怕,在逃避呢!"

大男人乔舅一边说一边用他毛茸茸的手背抹去淌下来的鼻涕,余凡赶快起身去把咖啡壶旁边的一叠卫生纸拿过来递给乔舅。

"啊,谢谢。"

大男人乔舅感激地说道,拿起纸巾狠狠地擤了一把鼻涕。他还要继续讲他跟他的"宝贝"阿猛的故事,却进来两个护士,把他的话打断了。

阿猛到底未能撑过夜,第二天早晨,余凡回到医院,走进三〇三,看见阿猛那床铺已经空掉,连床单也换了新的。那个大男人乔舅没有再回来过。没多久,三〇三又住进了一个新病人,是个面上长满了毒瘤的拉丁裔,一张脸好像一球紫色的花椰菜。

保罗神父在医院里昏迷中拖过了十二天,本来医生判断最多只有一个星期,因此余凡有相当充裕的时间替保罗神父准备后事。他在离医院不远的第十八街上找到一家叫"洛克之家"的殡仪馆,并且还替保罗神父挑好骨灰匣,是古铜打制成的一册厚书形状的匣子。余凡告诉殡仪馆的主事,火葬前不举行告别式,只有他一人在殡仪馆小教堂里守灵片刻。

火葬那天,余凡在"洛克之家"的小教堂里伴着保罗神父的遗体守了一个下午。他跪在保罗神父的棺柩前,默默诵经,他手上握着一串念珠,念诵一遍便数一粒,一串一百六十五粒念珠数完,冬日的太阳已经偏斜了,从小教堂的天窗冉冉透射进来。那串长长的念珠,是保罗神父的遗物,年代久了,琥珀色的珠子磨出温润的光泽来。保罗神父那晚发病,余凡匆匆把他运送到医院,别的都没得及拿,却把这串念珠给带了出来。余凡诵完经,把那串念珠仍旧挂到保罗神父的胸前。保罗神父躺在棺柩里,化妆过了,头上几绺银丝也梳得妥妥帖帖,闭着眼睛,好像在沉沉酣睡似的。

盖棺前,余凡把自己脖子上戴着的那条十字项链卸了下来,擎着那枚赤铜十字贴到保罗神父唇上亲了一下,才把棺柩盖上。那条十字项链是保罗神父送给他的。他戴了十年,一天也没离开过,那条十字项链已经变成了余凡的护身符,戴上那条十字项链,余凡才感到安全,好像真的有神灵在佑护着他似的。

十年前,余凡才十六岁,在曼哈顿的街头已经流浪一年多了,什么事都经历过:偷窃、贩毒、卖淫,他常常饿着肚皮去捡垃圾箱的残食来果腹。一个风雪交加的夜里,正是个圣诞节的前夕,余凡终于支撑不住,他发了四十摄氏度的高烧,晕倒在中央公园外边近六十六街的雪地上。是保罗神父把他救走的,将他安置在"圣方济收容院"里。这所收容院是保罗神父创办的,在四十二街邻近第八大道,时报广场红灯区的边缘,专门收容离家出走的青少年,所以又叫"四十二街收容院"。那是一座废仓库改建的,就在圣方济教堂旁边。

据说也是在一个大风雪的圣诞夜里,保罗神父主持完午夜弥撒,正要关上教堂时,他突然发现教堂一角还有一群孩子躲在那里,没有离去。那群孩子一共四个,都是十五六岁的男孩,身上穿着破烂的单衣,一个个冻得面色发青,直打哆嗦。两个白孩子,一个黑孩子,一个拉丁裔,全都是逃离家庭的小流浪汉,在那个天寒地冻的圣诞夜,无处可去,溜进教堂来取暖。保罗神父把他们留了下来,他认为那是上帝把这群孩子,在那大风雪的夜里,送来交到他手上,要他照顾的。从那次起,保罗神父便发下愿创办这所"四十二街收容院"了。这些年来,收容院接纳了一批又一批从各处流浪过来,身体心灵都印着累累伤痕的青少年。尤其每年到了圣诞夜,午夜弥撒过后,保罗神父便领着一两位教会志工助手,开了一辆旅行车,在曼哈顿的街头巷尾巡逻一遍。每次总会遇见几个深夜里走投无路的青少年,在绝境中等待保罗神父伸出他援助的手。那晚余凡如果没有遇见保罗神父,他一定会僵毙在大雪夜里,是保罗神父救了他一命。

余凡昏睡了足足两个昼夜才醒过来,他看见保罗神父坐在床沿上,满脸笑容温煦,注视着他。保罗神父穿了一袭黑袍子,白领圈浆得笔挺,他胸前悬着一挂琥珀色的念珠,颈上戴着那串赤铜十字项链。他的身形胖胖的,皮肤红润光滑,花白的头发一大片覆过他的额头,使他看起来有一份老年的稚气。他有着一副慈祥的面容,一双极温柔的大眼睛,余凡觉得保罗神父周身都在透着幽幽的一股暖意。

"你的烧退了。"保罗神父说道,他伸手去试了试余凡的额头,他的手掌又厚又软,"你睡了这么久,一定饿坏了。"保罗神父把余凡扶着坐起来,递给他一只保暖杯,里面盛着热牛奶。保罗神父看见余凡一口气差不多把一杯牛奶咕嘟咕嘟喝尽,笑着抚摸了一下他的头说道:"慢慢喝。"说着他转身出去提了一桶温水,挟着一只药箱回来,肩上搭了一条毛巾。

"你的脚肿得不像话,再不擦药,要烂掉了!"

保罗神父教余凡把双足泡到温水里,余凡两只脚长满了冻疮,肿得红通通的,有一两处已经出现裂口了。余凡泡了一会儿脚,保罗神父又蹲下身去,用毛巾替余凡把双足揩干,从药箱里掏出一管消炎膏把药膏挤到余凡红得发紫的脚背上,用一只棉花棒慢慢涂匀,然后才用纱布包扎起来。"我当过看护的呢!"保罗神父仰头朝余凡笑道,他那一双胖手十分灵巧,两下便包扎妥当了。

"好了,小伙子,你可以下床走路了。"保罗神父胖大的身子努力地撑了起来,喘了一口气,拍拍余凡的肩膀笑道。

"Father——"

余凡嗫嚅叫道,他想对保罗神父说声谢谢,可是却哽住了,说不出来,他仰望着保罗神父,嘴唇一直在发抖。保罗神父默默地凝视着他,半晌,他突然从自己颈上卸下那束赤铜十字项链,戴到余凡的脖子上。

"上帝保佑你,"保罗神父低声说道,"教堂那边,孩子们还在等着我呢,我要过去给他们望弥撒了。"

保罗神父离开那间仓库宿舍时,回头向余凡招了招手笑道:

"Merry Christmas!"

余凡活了十六岁,从来没有人这样温柔地对待过他。余凡是个私生子,跟着母亲在曼哈顿中国城长大。他母亲是香港人,偷渡入境美国的,躲在中国城的餐馆里,打了一辈子的工。余凡从母姓,他从不知道自己的父亲是什么人,问起他母亲的时候,他母亲就会白他一眼,恨恨地说道:"死了!早就死了!"他母亲跟过一连串的男人:跑堂的、送货的、打杂的。有时男人养她,有时她养男人。她还跟过一个白人警察,每个男人在余凡身上都留下过一道伤痕。他头顶有一道缝过十几针的疤,是那个壮汉警察喝醉酒一根警棍把余凡的头打开了花,而且还把他奸掉,那年余凡十三岁。后来他母亲总算嫁了一个"顺利园"的大厨,香港来的大师傅手艺高,但也是一个火爆脾气的凶神恶煞,一个潮州佬。余凡跟着母亲蹲在厨房剥虾壳,大师傅使唤,余凡应声慢一点,一个巴掌便掴过来了。有时打急了,余凡还手,大师傅便会举起一把明晃晃的菜刀将余凡从厨房后面追杀到大街上去。余凡十五岁,母亲病亡,他便乘机逃离那个恶煞厨师,开始到街上流浪。

余凡从小就对Father这个字特别敏感,平常无论在什么地方,看到或者听到这个字,他都感到特别刺心。先前他脱口叫了保罗神父一声:Father——自己也吃了一惊,这是他生平第一次大声念出这个字来。自从那一刻起,他对保罗神父便产生了一种莫名的依恋。他在"四十二街收容院"里待了两个多月,在那段日子里,每天进进出出他都紧跟着保罗神父,一步都不愿意离开。收容院里同时收容了二十个青少年,那间仓库房子勉强容得下十张上下铺的铁床。保罗神父领着几个志工从早到晚都在忙着照顾那一群离家的小流浪汉,替他们解决问题,安排出路。余凡跟着保罗神父替他打杂,保罗神父支使他做这样做那样,余凡满心喜欢,做得起劲,他愿意替保罗神父卖命,做他的小跟班。晚上保罗神父带领他们在隔壁教堂里做晚课,大家跟着保罗神父诵经,保罗神父念一句,余凡也跟着他念一句。余凡不信教,也没有进过教堂。中国城浸信会的牧师娘星期天来拉他母亲上教堂,他第一个借故开溜。是保罗神父那温柔吟唱般的诵经声音,感动了他的心灵,让他有一种皈依的冲动。对余凡来说,四十二街那间简陋的仓库收容院,是他第一个真正的家,是他精神依托的所在。后来保罗神父把余凡送到了圣何塞书院去念书,而且还替他申请了三年的奖学金。可是每逢星期天余凡一大早就会老远从布鲁克林坐一个钟头地铁回到曼哈顿"四十二街收容院"来,赶上保罗神父周日八点钟的弥撒,然后领圣体,向保罗神父告解。回到那间仓库收容院,余凡才有回家的感觉。

余凡毕业后出来做事,在大都会保险公司找到一份助理工作,他便正式加入了保罗神父手下的志工团,团里有八十高龄的家庭医生,老太太心理咨询师,一对退休的男护士,还有煮大锅饭的大厨师,形形色色的人物都有,也有像余凡这样受过收容院栽培又回来当志工的——都是受了保罗神父的感召,来收容院帮忙照顾那些进进出出的年轻流浪汉。那一批又一批十几岁逃离家庭的少男,有的沦落为妓,在时报广场边缘第八大道的红灯区徘徊彷徨,直到他们被皮条客殴打成伤,性命受到威胁,才逃到收容院来。有的吸毒,被警察抓走,出狱后无处可去,转送到收容院,投靠保罗神父。"四十二街收容院"变成红灯区的庇护所。那群漂鸟般的青少年,来来去去,有的出去了又转回头,因为毒瘾又发了,有的回到时报红灯区,继续卖他们的肉身,直到染上了艾滋病,跟跟跄跄回来,向保罗神父求救。看护这批患了艾滋病的孩子,保罗神父费了最大的力量和心血,有几个,他照顾他们,抱上抱下,直到最后,替他们送终安葬。

年复一年,"四十二街收容院"渐渐出了名,*Village Voice* 注销保罗神父跟他那一群小流浪汉的照片,称他为"红灯区的救世主"。来投靠"四十二街收容院"的青少年愈来愈多,保罗神父肩上的担子愈来愈重,往往他写信要写到天亮,写给那些捐款人,告诉他们每一个无家可归小流浪汉的故事,保罗神父那些信感动了所有的捐款人,许多都成了长期的赞助者,有两个连身后的遗产都捐给了"四十二街收容院"。可是余凡看着保罗神父逐年衰老下去,他那胖胖的身躯,行走起来,脚步愈来愈沉重。直到他发病的前两个星期,一个初冬的黄昏,天气已经萧瑟,有了寒意,余凡到"四十二街收容院"去,在教堂里,寻到保罗神父,他看见保罗神父一个人,跪在圣坛前面,在默默祈祷。余凡坐在最后一排椅子上,悄悄等候着。焦黄的夕阳从左边的玻璃窗斜射进来,有一束晕淡的阳光落在保罗神父的黑袍上,好像蒙了一层尘埃似的,使他那匍匐的身影显得分外孤独。余凡等候保罗神父祈祷完毕,才迎上前去,拥抱了他一下。

"Father——"

余凡轻轻叫了一声,保罗神父看到他,依然展开他那惯有温煦的笑容,可是不知怎的,他从保罗神父那双温柔的大眼睛中感到一股深沉而巨大的哀伤,那是他这么些年来,从来未有触及到的。保罗神父一脸倦容,神情憔悴,好像一下子苍老了许多。他引着余凡蹒跚地往外走去,走到一半,他突然回过头来对余凡说:

"阿凡,我们坐下来,我想跟你谈谈。"

保罗神父打量了余凡一下,轻轻拍拍他的手背。

"我很为你高兴,阿凡,你走到今天很不容易。"保罗神父望着余凡点头说道,接着他长叹了一口气。"我希望我那些孩子个个都像你这样就好了,可是他们好些又跑回到街上去了,我想到那些孩子一个个在寒夜里抖瑟瑟地立在街头,我就难过,好像是我把他们遗弃掉了似的——"保罗神父自责道。

余凡赶忙安慰他:

"可是你也救回不少孩子啊!"

保罗神父摇摇头说道:

"那是靠上帝的力量。"

"我想那是上帝要你这样做的。"余凡坚持道。

"可是我没有做好——"保罗神父沉痛地说道,"我辜负他所托了!"余凡看到保罗神父的眼眶竟溢出泪水来了。

"Father——"余凡喃喃叫道。

"我常常祷告,求主引导我,让我不要迷途,可是有时候,我竟找不着方向,好像沉埋在深深的黑夜里,完全迷失掉了——"

保罗神父嘘了一口气,沉默片刻,然后几乎自言自语地颤声说道:

"也许我太爱他们了,我那些孩子。"

余凡办理完保罗神父的后事,他把那座古铜骨灰匣捧回他第十街地下室公寓去,搁在壁炉上端的架子上。他吞了两粒镇静剂,蒙头大睡了一天一夜,第二天一早便赶回去大都会销假上班。他的顶头上司涂玛丽是从香港来的一位胖太太,因为余凡也会说广东话,平常涂玛丽很照顾他,但这天一看见他进办公室便把一大叠文件摔在他桌上,指着他警告道:

"你今天再不来,我就要炒你的鱿鱼了!今天最后一天,明天就放圣诞假啦!"

余凡请了一个星期的病假,又延了五天,圣诞节到了,累积了一大堆申请表格,等着余凡去处理。这家大都会在百老汇大道上,离中国城不远,顾客有不少亚洲人,中国香港、台湾、大陆来的移民,越南、柬埔寨的难民,所以公司也聘用了大批亚裔职员。坐在余凡左右手桌子的,是两个从新加坡、马来西亚来的女职员Vicky和Kitty,三十多岁的单身女,都比余凡大,因为见他害羞,喜欢捉弄他。余凡一坐下来,两人便左右开弓审问他起来:这几天失踪躲到哪里去了?干了什么勾当?余凡左闪右闪,支吾以对。Vicky和Kitty追问了一阵,不得要领,有点不耐烦起来。

"阿凡一定跟人私奔去了!"Vicky嘿嘿笑道。

"我晓得了!"Kitty应声叫道,"阿凡跟Amanda幽会偷情去了!"

说完,Kitty和Vicky同时笑得前俯后仰。Amanda是个从巴西来的大肉弹,她自称只要她手指勾一下,公司里的男职员都会向她飞扑过去。她看见余凡就要搂住他亲嘴,只有余凡会躲她,她发誓总有一天她要把余凡弄到床上去。那个星期恰巧Amanda也休假,Kitty故意把她和余凡扯在一起。余凡涨红了脸,不理会两个女同事的促狭,埋着头在处理堆满了一桌子的文件。办公室里酝酿着一股放假前的焦躁,同事们纷纷提前下班。Vicky和Kitty同时急急忙忙穿上大衣,一齐尖叫着"Merry Christmas"呼啸离去。胖太太涂玛丽守到五点才走,她看见余凡还在埋头苦干,便走过来拍拍他的肩笑道:

"赶不完,算了。阿凡,回家过圣诞吧。"

"不要紧,"余凡微笑应道,"我弄完这一叠再走。"

余凡一直工作到九点多,办公室只剩下他一个人了。他穿上那件带着兜帽的海军蓝粗呢大褛,围上了一条绛红的围巾。外面又在一阵阵飘雪了,百老汇大道上的商店饭馆都已经打烊,橱窗的圣诞灯饰还亮着,在雪花飘摇中恍惚闪烁。迎面一阵寒风吹来,像刀劈一般,余凡赶忙兜上帽子,双手插进口袋,匆匆往 Little Italy 走去,他整天没吃东西,饿得头有点发晕。Little Italy 有几家比萨店还开着,余凡了买两块什锦比萨,站在店面口便狼吞虎咽起来。吃完比萨,余凡看看表,十点钟。他望着满街的风雪,一时茫茫然,不知何去何从。往年圣诞夜,余凡一定会回到"四十二街收容院",跟院里的青少年一同参加保罗神父主持的午夜弥撒。有几次,望完午夜弥撒,保罗神父带着他开了教堂那部旧旅行车,在曼哈顿的大街小巷巡逻一番,带回几个在寒夜里彷徨街头的流浪孩子,在平安夜里,给他们一所暂栖的归宿,就如同余凡自己在那个风雪夜里,被保罗神父救回来一般。保罗神父走了,余凡无法再回"四十二街收容院"。在这个圣诞夜里,余凡突然觉得无家可归起来。

街上已经没有什么行人了,只有格林威治村那一带的酒吧间,还有一些钻进钻出的人影。余凡走到第八街,进到 Rendezvous 里,这是一家多种族的欢乐吧,亚裔的欢乐族占了不少成分。这家欢乐吧离余凡上班的地方并不远,下了班,余凡一个人偶然会逛到这里来买醉。平时周末,这家酒吧挤得人贴人。但圣诞夜,人们多半回家过节或去参加派对了,酒吧空荡荡的,只有吧台上坐了一排客人,有几个年轻的,像是东南亚人,大概是从越南泰国来的,中间坐了一个五十多岁的胖大白人,头上罩着一个金光闪闪的高纸帽,正在跟那几个亚裔年轻男人打情骂俏。余凡走到吧台边,向调酒师点了一杯双料马丁尼,便蹭到酒吧一角去,那里烧着一盆熊熊的大火炉。在风雪中彳亍了几条街,一身都冻僵了。余凡坐在火炉边,啜着马丁尼,一边取暖,酒吧的音乐箱一直重复播放平·克罗斯贝的《银色圣诞》。一个面上贴着几颗金星的拉丁族小跑堂跑过来向余凡献殷勤,余凡又点了一杯双料马丁尼,而且还重重赏了十元小费,小跑堂乐得露出了一口白牙来,说道:

"你真甜,先生,上帝保佑你!"

两杯双料马丁尼下肚,酒精开始在余凡体内慢慢散开,炉内的火焰飙起两三尺高,余凡的额头有点沁汗了,他把粗呢大围巾都卸掉,对着跳跃的炉火出起神来。余凡感到身后突然有一只大手掌压在他的肩上。

"乔舅!"余凡抬头惊叫道。

那个巨灵般的大男人矗立在余凡身后,满脸微笑望着余凡,他一身裹着厚重的衣服,头上却戴了一顶圣诞老人的红帽子,帽子尖顶一团绒球甩来甩去。余凡拉着乔舅坐下来,然后招呼那个小跑堂的过来,他问乔舅道:

"你要喝什么？我请你,我在喝马丁尼。"

"那我也要杯马丁尼吧。"乔舅有点受宠若惊。

余凡向小跑堂的点了两杯马丁尼。

"用双料的。"他又加了一句。

小跑堂的端了两杯马丁尼来,余凡又加给他十块钱小费,那个拉丁小伙子乐得咧开嘴连声道谢。

"Merry Christmas!"余凡举杯敬乔舅。

"Merry Christmas!"乔舅举杯应道。

"真没想到今天晚上能在这里遇到你!"余凡兴奋地说道。

"其实我们常到这里来的,"乔舅说道,"我是说从前我和阿猛两个人。"乔舅那张宽阔的脸上露出了一抹哀戚。

"乔舅,在这个圣诞夜,我又遇到你,我相信一定是上帝的安排。"

余凡认真地说,他见到这个巨灵般的大男人,顿时好像遇到亲人一般。虽然他和乔舅在医院里只相处过几天,可是他们在三〇三病房的生死场里共同经过一场浩劫,一齐共过患难,有一种特殊的关联。余凡害羞,沉默寡言,小时候他母亲那些男人对他粗暴,他便把嘴紧闭起来,一声也不吭,沉默对抗。一直到他遇到保罗神父,他才找到一个可以吐露心事的人,他常常去找保罗神父告解,把他从小到大的委曲隐痛都向保罗神父倾诉。保罗神父走了,余凡感到好像一下子喉咙喑哑掉了,发不出声,许多话埋在心里,胸口上好像压了一块铁板一般沉重。他看到乔舅,突然间他有一种向这个大男人"告解"的冲动,把隐藏在心里的话都抖出来。乔舅是唯一一个看到他和保罗神父最后在一起的人。

酒过三巡,双料马丁尼开始发威了,余凡的口齿都有些不清起来,他把他和保罗神父的故事原原本本告诉乔舅,从十年前那个下着大雪的圣诞夜讲起。

"乔舅——"讲到激动处余凡伸出手去紧执住乔舅的巨掌,"那晚我去找保罗神父,第二天我就要离开收容院,到布鲁克林圣何塞书院去念书了。我走到他公寓的房间,要去跟他道别,感谢他救我一命。我见到他时,只叫出一声'Father——'便扑倒在地上抱住他的双腿号啕痛哭起来。你相信吗？乔舅,那是我十六岁第一次哭出声音哭出眼泪来。我母亲那个警察男人把我的头打开了花,我也没有掉过一滴泪水。保罗神父把我抱起来,我拼命往他怀里钻,我蜷卧在他胸怀里,躺了一夜,我感觉到他身体的温暖——那是人间的温暖。那是我一生中感到最幸福的一刻,我真的觉得好像得到了上帝的福佑——"

余凡把手中剩下的半杯马丁尼一饮而尽,深深地嘘了一口气。乔舅又叫了一轮酒,两人举杯饮了一大口。

"乔舅,"余凡醉眼惺忪,向乔舅压低声音说道,"我得保护保罗神父,对吗,乔舅? 我不能让他受到伤害,我在布鲁克林很远很远的地方找了一个黑人区的天主教墓园,我打算将保罗神父的骨灰护送到那里下葬,他在那里安息会很安全。"

"乔舅,"余凡有点哽住了,"他把他的生命都给了他那些孩子——他太爱他的孩子们了。可是教堂里那些人不会懂他的,我得保护他,对吗? 我每天晚上在替保罗神父祈祷,我想上帝会原谅他的——"

余凡说着身子倾斜过来,头跌靠在乔舅宽厚的肩膀上。

"上帝会原谅他的,对吗?"余凡醉语喃喃地说道,跳跃的炉火映得他一脸鲜红,额上冒出汗珠来。

乔舅似懂非懂地点着头,他搂住余凡的肩,在他耳边温柔地说道:

"我们回家去吧,酒吧要关门了。"

那个拉丁裔的小跑堂刚刚宣布最后一轮,酒吧里只剩下余凡和乔舅两个人。乔舅一把将余凡举立起来,替他穿上大衣,围好围巾,把他一只手臂环绕在自己脖子上,趔趔趄趄,两人互相扶持着走出了 Rendezvous。外面落雪暂停了下来,格林威治村的街道上都铺满了一层两三英寸厚的白雪。乔舅搀扶着余凡,在松松的雪地上,一步一脚印地蹭蹬往前。他那辆破旧的雪佛兰小货车停在第八街和第五大道的转角处,当他们走近停车处时,从华盛顿广场那边迎来一队报佳音的少年唱诗班,有十几位少男,各种族裔都有,戴着红的、白的、绿的绒线帽,罩着白袍子,由一位教士领队,在那一片洁白的广场上,一齐反复在诵唱着 Silent Night:

Silent Night, Holy Night,
All is calm, All is bright——

孩子们天使般纯真的声音,在那冷冽的夜空里,像一阵雪花,飘洒在格林威治村的大街小巷上。乔舅扶着余凡在车边伫立了片刻,等那队唱诗班的孩子走远了,才打开车门将余凡扶上车,替他系好安全带,自己上车发动引擎。

乔舅住在Little Italy附近一间四层楼的旧公寓里，公寓没有电梯。余凡早已醉得昏睡不醒，他把余凡背到背上，从一楼一级一级爬到四楼。进去公寓后，乔舅把余凡卧放在一张长沙发上，拿了一只坐垫搁在余凡头下。乔舅这间简陋的旧公寓是用水汀取暖的，大雪夜屋内还是寒气逼人。乔舅走到厨房里捧出一捆木柴、一叠旧纸，到客厅壁炉，将木柴架好，点燃报纸，将炉火升起。正当乔舅蹲着他那硕大的身子在忙着扇火的时候，他突然听见哇的一声，余凡大吐起来。乔舅赶过去，他看见余凡吐了一身，沙发上、地毯上也溅满了酒吐。余凡不停地作呕，好像肝肠都要吐出来了似的，酒吐的恶臭熏满一屋子。乔舅也不避脏，他把余凡抱到浴室内，将他的脏衣服脱掉，用一块湿毛巾把余凡脸上颈上的酒污都揩拭干净。然后那个巨灵般的大男人，一双巨掌捧着余凡瘦弱的身体，小心翼翼地抱进卧房里去。他从柜子里拿出一件阿猛从前常穿的睡袍来，帮余凡穿上，然后把他安放到床上，替他盖好被窝。余凡醉得厉害，神志一直在昏迷中，一上床便睡了过去。

乔舅踅返客厅，壁炉的柴火冒起来了，屋子里开始暖意融融起来。他去打了一桶水，找了抹布和清洁剂把沙发和地毯上的秽物着力清洗干净。然后自己也换上睡衣，盥洗了一番，把半夜冒出来的胡须茬也剃刮干净，才回房间去。他在余凡身边躺了下来，按熄了灯。在黑暗中，他听得到余凡酒后浓重的呼吸声，他也感觉到余凡在被窝里睡暖了的身体。这些日子，阿猛走了以后，每天晚上，上床一刻，是乔舅最难过的时候。这张特大号的古旧木床，是乔舅和阿猛在Soho商业区一家卖旧家具店里看中买回来的。阿猛不在了，乔舅一个人睡在这张空空的大床上，总觉得太过孤单，有几夜翻来覆去都难以成眠。没想到，在这个平安夜里，竟有一个年轻男人，躺在他身边，伴着他。乔舅心里渐渐安静下来。蒙眬间，他习惯地伸出手臂，轻轻搂住了余凡的身子。

定稿于2015年12月4日

短篇小说提名奖

朋霍费尔从五楼纵身一跃

蔡 东/著

海德格尔行动筹划了已有半年,总是快成了,到底又没成。周素格透过玻璃窗往外看,大晴天,阳光从无云的天上浩浩荡荡地涌过来,阳台、花坛、泳池,到处积着白亮的光,看得她一阵眩晕,转回头来向着室内,眼睛里似蒙上了一层雾翳。

钟点阿姨负责清洁的最后一个地方是厨房,眼看阿姨晾抹布摘围裙了,周素格才下定决心,还是张嘴吧。

她把阿姨拉到卧室里,问,你再待两个钟头行吗?

阿姨警觉地扬起下巴,说,活儿干完了,瓷砖缝儿都用牙刷来回刷了。

再待两个钟头,不干活儿,看电视。

对方正犹豫着,她补上一句,这两个钟头也付给你酬劳。

阿姨朝门外努嘴,他呢?

他不跟我出去,你俩一起看电视吧。

你出门办重要的事情?

周素格点点头,是,有重要的事情紧着办。

她走到电梯口,盯着楼层显示器,电梯在十七楼停了一会儿,动了,每层一顿,她没再等,转身沿楼梯走下来。她步子急促地走出小区,穿过斑马线,进入路对面的公园,找到一张长椅,坐下来。

眼前是一块草地,网球场那么大。她望着草地,心里只有一种感觉,辽阔,太辽阔了。她塌陷进椅子里,身体本来像一把扎紧的线穗,这会儿,倏地全松开了。风是暖润的,阳光从树叶间漏下来,碎碎地落在身上。她向后仰着头,眯起眼睛,看到无云的天空像一张干净的没有皱纹的脸。

头顶的树叶,被阳光照耀成半透明的片片琉璃。她呼出一大口浊气,顿觉全身一轻,眼目也清明起来,目之所及,往常混沌沉闷的那一整块绿,活泛跳闪起来了,在初夏澄净的阳光里,各有各的意态。凤凰木、鸡蛋花、垂榕、香樟,她一一辨识了出来。

还有更多的树,绿得深浅不一,叶片形状各异。她有些惭愧,此前,她一直以为它们是同一种树。她沿着被树荫覆盖的小路往公园深处走,细细地看树干上的标识牌,绢柏、大叶紫薇、菩提、黄缅桂、木莲……远处的斜坡上,孤零零长着一棵树,正开着蓝色的花,一种恍恍惚惚的蓝色,花朵聚集在树梢,如一场场梦境般,浮在空气里。她走近了看,这棵树叫蓝花楹,它还有一个更美的名字:蓝雾树。

她倚着蓝雾树坐下,身下的草,在这背阴的地方,绿意更加凛冽鲜明。不远处,一个老太太领着一个三四岁模样的小女孩在玩耍,小女孩看起来很不高兴,她一做状要哭,老太太就慌了,把她抱起来轻轻摇晃着。晃一会儿,老太太试探着把小女孩放下,小女孩不依,老太太就蹲下身子藏在灌木丛后,然后猛然露出头来,嘴里发出"叭、叭"的声音,小女孩嘻嘻笑了。周素格看到,孩子暂时得到安抚后,老太太转过身去疲倦地闭上眼睛,很快又睁开,眼皮奋力往上一抬。她挤眉弄目,不断露出夸张的表演性的神情。周素格望着老太太,只觉得累,觉得伤心。再远处的花墙下,聚集着成堆的老人和孩子,好像大家聚在一起,度过一个下午就不那么艰难了。照看孙辈的老人大多是胖子,不是源自于单纯享乐的胖,是终日劳累精神紧张暴吃出来的那种胖,她们穿超市开架的廉价服装,兼之头发稀疏一脸横肉,看起来总有些不堪了。周素格知道,她们本来不是这个样子的,她感叹着,把目光从花墙处收回来。

老太太又神秘地消失在灌木丛后,露出头来时,小女孩没有笑。她只好抱起女孩,去了花墙那面。过了一会儿,一个年轻女人走过来,坐在蓝花楹树冠的阴影里,她看起来有些心神不定。很快,她的手机响了。她受了惊吓般从包里翻找出手机,她说,怎么了,我还在商场,衣服没挑好呢,回不去。她有些急,到底怎么了,你说呀。她说,你别把孩子送过来了,我回去吧。

周素格同情地看着年轻女人,电话那边儿应该是她丈夫,周素格猜测着,又是一个无比重要的女人,刚出来不到半个钟头,丈夫就通知她,孩子哭了闹了,也可能,没说孩子想妈妈掉眼泪了,就一句话,"你回来看看就知道了",不祥的气息从电话里透出,女人心往下一沉,然而又觉得这情境甚是熟悉,未及辨认清楚嘴里已答应回去了。

年轻女人没有马上回家,女人把自己摊平躺倒在草地上,躺了一会儿才起身离开。

周素格看看表,她也是时候回家了。她走出浓荫,置身于夏日阳光的明亮中,明亮得像歌剧女演员的一长串高音。

路上,她想着美好的蓝雾树,想着发生在蓝雾树旁的两幕小小的悲剧,一步一步地往家里挪。

昨天晚上,她想出去散散步,没什么,就是出去散个步而已。她刚站起身来,他马上也跟着站起来。她看一眼他脸上的表情,即刻判断出,这会儿他不是成年人。她说,你先坐下,别动。她边往储藏间走,边回头看他,他动作迟缓地坐下了。

储藏间里放着一把椅子,楸木框架,布艺软包的靠背和坐垫,可折叠,最大角度一百二十度,真是一把宽大舒适的座椅。半年前,她找遍家具卖场才寻获到这样一把椅子,她掩饰不住自己的满意,以至于连九五折的折扣都没有要到。她以为自己早就准备好了,准备好做那件事了,工具齐备,具体实施时动作的步骤和要领也烂熟于心,或者说,她在意念中已完成过很多次。她甚至专门为那件事起了个代号,就叫"海德格尔行动"。

她坐在椅子上,椅子含着她,储藏间的杂物含着她。每次在储藏间待久了,看着木架上一层层放好的生活物品,就好像看到了一层层时间,云母片岩一般的时间。小小的储藏间盛放着过往那些有密度有兴致的生活,分类放置的用品,代表着过去某段时期在某个领域的阶段性狂热。她时常在清晨午后的某些时刻讲究仪式感和器具之美:生活中需要这样的时刻,哪怕有些做作,哪怕心知肚明这不是常态。储物格里是软布覆盖的茶具,抽屉里是闲置的烤盘,角落里是蒙尘的长方形塑料盆——她喝茶、烘焙和种菜的残留,那些曾经热烈的过日子的兴头。

实施海德格尔行动所必需的工具,被她藏在储藏间最隐秘的地方,一个暗格里,跟她的白玉吊坠、珍珠手串和金饰放在一起。工具说平常也平常,但毕竟不是常见的家庭日用品,托老家的亲戚专门找了寄过来,颇费了一番周折。

她抠开木板,往里头看,先看见的不是黄金珠玉,不是发光的黄金珠玉,是那件颜色暗沉的工具,一下子就扑到眼睛里。

她已经很久不佩戴首饰了,但始终记得首饰接触身体时的感觉。夏天戴上珍珠时那一瞬间的微凉,冬天热热的白玉坠子从毛衣里拉出来时胸口的虚空。

她抬起手来,准备取出工具。手缓缓地接近柜门时,她看见自己手上的皮肤变柔润了。有光透过玻璃窗,照进幽暗的储藏间,月亮出来了。

她挽起窗帘,重新坐回到椅子上。月光顺着黑暗淌过去,跟那天晚上的月光一样,柔软、轻逸,静静地在房间里漾着。得有十年了吧,那个夜晚,依然清澈地浮在无数个模糊晦暗的日子上面。

那晚,她走进卧房,摁下吸顶灯的开关,灯管沙沙两声还是熄灭了,房里却有光。她走到窗前,发现了天空中的月亮,月光沿着她散开的头发披拂而下。看到手臂上的光,她蓦地愣住了,仿佛是多年来第一次意识到夜晚还有月亮。清光湛湛,融掉了一大片黑夜,月亮周围,是冰环一般的莹白的清朗,接着,才是灰蓝色的夜空。他也走进来,跟她并排站着。她说,我想起来了,以前读过的古诗都活了,有自己的气息和体态了,我好像一下子能回到古时候,亲眼看见写诗的那些人了。你看看,唐朝的月亮,不也是这一个吗?他说,我知道,不用多说了。他们两人,心领神会,他们两人和月亮,也心领神会。久远古老的月光,雪一样轻盈地落在他们的身体上,又化成了水般流向地面。月亮是痴的,多少年它都没变。他们在月光下并排坐着。她全身松弛,只觉得安详,她在他脸上也看到了踏实和平静。那一刻,她确信,他们抓住了一点儿不变的东西。那是个安全和确定的晚上,每次世界又让她惊惶难安时,只要一想起有过那样一个晚上,她就觉得心里踏实了。总有一些不变的东西。

此刻,她坐在椅子上,为明明没做成的事歉疚着:你想做什么?你想对他做什么?她合上暗格的门板,使劲儿摁了摁,像是要把那个邪恶险峻的念头关在里面,关严了,封死了,直至化成时间的灰。

她走出储藏间,把他从沙发上拉起来,说,走吧,我们一起散步去。

他们沿着人工湖的步道散步,月光在湖面的开阔处随水波潋滟地晃荡。他跟在她身后,不像影子,像是长在她身上了,硬石头一般,磨着她,坠着她。

夜里躺在床上,他抓着她的手才能入睡。自从朋霍费尔被发现摔死在小区天井后,他的情况就更糟糕了,清醒的时候越来越少。熟睡时,他依然花着一部分力气攥住她的手,甚至嘟嘟哝哝地,抓起她的手指头来用力吮吸。她夜梦很多。有时候会梦见朋霍费尔,被他揽在怀中,直直向上的尖长耳朵,全蓝的圆睁的眼睛,使得它保持住一副惊奇的表情,相较于雪白细滑的长毛和秀丽的尖脸,他更喜爱它这副惊奇的表情,好像时刻对世界有所发现。还有的时候,她梦见自己坐在飞机上,看到绵延的山向着一条河倾倒下去,流水被压扁,渐渐停驻在河道里,不动了。

第二天,周素格请钟点阿姨在家里多待了两个钟头,她独自一人来到公园,认识了一种叫蓝花楹的树。

我出门有紧急的事情要办。周素格眼巴巴地看着钟点阿姨。

钟点阿姨在家里做了三年,名字她总记不住,只记得姓张。试用的那次,张阿姨做完清洁,和扫帚拖布一起并立在房间一角,喊准雇主出来检查。当着人家的面,周素格只随意扫了一眼,点头说好。等阿姨走了,她才蹲下去,伸长胳膊往电视柜里头摸,摸到最里面,看不到的地方,还是湿漉漉的,擦过了。谢天谢地,她在心里叫道。她俩年纪应该差不多,但周素格一直叫她阿姨。

阿姨说,你怎么又要出去办事?是上个月还是上上个月,不是办过了吗?

哪能是一桩事呀。你不用干活儿,就坐在沙发上看电视。咖啡,茶,想喝什么就喝什么。水果,鸡蛋卷,核桃酥,饿了就吃。

你出去多久?

三四个小时吧!

是三个还是四个?

四个。

那不行,待四个钟头就六点多了,我还要赶回家做晚饭,我男人——

这次酬劳加倍。是急事,阿姨,你当帮我个忙吧。

张阿姨用百洁布猛搓几下人造石台面,抬起头来说,去吧,你去吧。

为了节省时间,周素格选择乘坐地铁,转一条线再坐三站,就是博物馆了。

几天前的傍晚,潦草的饭菜又被端到油腻的茶几上,她招呼他过来吃饭。两人一边看电视,一边把食物塞进嘴里。就是填饱肚子而已,他们已很久没有坐在餐桌前,好好吃一顿晚饭了。

本地新闻依旧是高空坠物、涵洞抢劫、孩童出走,节目快结束时才播报了一条文化新闻,她听着听着,猛地抬起头来,盯住了电视画面。屏幕里像透出一道光,另一个世界的新异的光,一下子照亮了接下来暗淡的一日。她站起来在屋里走来走去,越想越兴奋。兰森,她脱口叫出了他的名字。

随即,她意识到了什么,脚步放慢了。暮色在这一刻步入房间,她沉默地坐下来,夕照的光犹疑无力地浮动,屋里明明暗暗,抖颤着,悬垂在白日的边缘,不知道什么时候,黄昏转了个身,不见了。天黑了下来。

夜里她睡不着,照例是精骛八极心游万仞,头脑变得机敏异常。石器时代文物特展,石器时代,石器时代,她在心里默念着这四个字。她已经五十多岁了,却突然想到该去博物馆看看了,突然对石器时代的人怎么生活产生了兴趣。她也想跟他说说,像以前那样,无论多么复杂幽微的感受,也无论这复杂幽微是用多么破碎的语言表述出来的,彼此总是会意,不住地点头,并用欣赏的眼神看着对方。现在,她的高兴或悲伤,都没法邀请他品鉴了。

到底该怎样摆脱他呢?无数个想法像透明的汽水泡成串地升腾。第二天一大早,她下定决心,实施海德格尔行动。当然,上午一定要对他和善些,要忍住脾气少训斥他。她打算吃过午饭就取出木椅子和粗麻绳,捆住她的丈夫,确保他待在家里不会乱动煤气,也不会跑出去走丢了。她将拥有完整的一下午时间,想着想着,她就笑出声来了。

午饭是精心烹制的,红烧排骨,小白菜炒豆皮,西葫芦鸡蛋饼,海带汤,一一端上餐桌。吃饭的时候,因为知道海德格尔行动已矢在弦上,她对他就格外耐心,一脸笑模样,往他碗里夹排骨,轻声细语地让他多吃。落地镜映出餐桌和餐桌旁的两个人,她瞥了一眼,见镜中的自己正在微笑,只觉得别扭,镜中笑容蓦地消失了。她夹起几根豆皮,掉了一根,又瞥一眼镜子,心里有点儿发毛,怎么越来越不认识自己了,越来越拿不准自己了。说不清楚,真说不清楚。

他好像知道她是谁,眼神里没有茫茫的不安。她收拾碗筷时,他突然拉住她的胳膊,让她坐下。

她只好坐下,他慢慢从裤兜里掏出来一个什么东西,放在她手心里,郑重地压了压。她低头一看,竟然是一张皱巴巴的五十元钞票。

丈夫脸上带着讨好的笑,像献宝一样,给了她五十块钱。她想起了自己的母亲,母亲去世前的几年不能走路,隔一阵子,歪在床上的母亲就跟犯了错一样地往外掏钱,她又急又气不知道该说什么好,母亲就讪讪地,把钱重新放回到枕头下面。

她把钱塞回到他手里,说,你是不是害怕什么?害怕我不管你?钱你自己收着吧。

他说,给你的。

她小心翼翼地问他,给我的,你知道我是谁吧?他低下头,攥紧了钱。

她叹了口气,说,我是周素格,你爱人周素格。你叫乔兰森,科大的哲学老师。咱家还养过一只猫,白色的安哥拉猫,你起的名字,朋霍费尔。

他认真听着,过了一会儿,他说,知道,我都知道。

周素格心里已然后悔,怎么又提起朋霍费尔了,万一他像上次那样拉着她到处找猫怎么办?她记得他遍寻不获的失魂样子。再度提起朋霍费尔,她心里是咯噔一下的,她忽然觉得有点儿不对劲儿,朋霍费尔是一只年届中年的猫,身手还算敏捷,经常上上下下地攀爬,五楼也不算高,它怎会落得如此下场呢?

无论如何,她都知道,博物馆是去不成了。一天天等着盼着,终于到了保洁日,她抓住钟点工来家里做清洁的机会,独自一人来到市博物馆。

一步就跨进了三百万年前。这里是另一个世界了,离她的生活足够遥远。她从没像现在这样渴望遁世,一瞥见几个中老年妇女在屏幕里晃动,她就烦躁不安,她对所有的时装电视剧都过敏。

第一眼看到石核、石球、刮削器,她呆住了。跟精巧无缘,但也绝不粗陋,她观察着小小的石球,一侧是毛糙的岩石粒,一侧光滑。它起起落落,砸开过多少颗坚硬的果实,她想象着那个场景。刮削器更让她惊叹,那磨过的一溜薄石片边儿,那一点儿非天然的弧度,现在这样看着,既叫人心生谦卑,又不禁后怕,那惊心动魄的一磨,到底是怎么发生的,要是没有那道灵光闪过,此刻我又在哪里?

旁边的展柜陈列着蚌饰和牙饰。她仔细一看年代,石球和蚌饰,竟然相距了两百万年,现在,它们只隔了一面玻璃。

她来到展厅中间的独立展柜前,里头是一块赭色的化石,它曾经是一只披毛犀的头骨。化石后面的背板上贴着披毛犀的复原图,还有一小段文字介绍。披毛犀是独来独往的猛兽,体长四米,鼻上一根长角,长毛垂地,皮厚得像铠甲。

石镞、陶鼎、纺轮、玉琮,每一样她都看得入了迷。最让她心动是一只骨笛,用鹤的骨头制成的笛子,笛子的一头已有些残破。她久久地盯着这根被制成笛子的鹤骨,鹤骨娉婷,担在两块肥圆的石头上。笛声如一缕轻烟从笛孔里飘出来,淡青色的烟,淡青色的笛声,升到穹顶处,顿了下,散开了。她的身体猛然一抖,灵魂归窍。

展厅里渐渐暗下来。最后,她重新回到披毛犀的化石前,她把手放在玻璃上,轻轻摩挲着。她真想骑着这头长毛垂地的猛兽,穿过一片空阔的草原,进入密林深处。

走出博物馆时,傍晚的光线,像一声声叹息,拉得长长的,落在红砖地面上。

在地铁上,她看到一个小女孩,嘴贴住芭比娃娃的耳朵说着什么,女孩不时地觑看父亲,警惕、防备。周素格暗自揣度着女孩的心思,觉得很有趣。父女俩下车后,她也快到站了,蓦地,想起家里的他来。

他会不会也需要一个人独自待一会儿呢?就像小女孩偷偷跟芭比娃娃说话,其实并不想被大人听到。她胸口一热,是悲哀涌上来了,微微的灼烧感。他出神想事的时候,她总是在他身边走来走去,就算他真需要一个人待着,她也绝不敢再给他独处的机会。

她在小区门口就见到了张阿姨,张阿姨手里攥着个布兜,焦急地站在门口张望。一看见雇主,她就快步迎上去,说,你可回来了,以后我可不给你看家了。你家老乔总问我是谁,告诉他了也没用,五分钟一问,他还,他还,你快上去看看吧。张阿姨一脸上当受骗的表情。

周素格问,你出来多久了?他跌倒了?张阿姨说,不是,你自己上去看吧。

她没再问,一路小跑上去,慌慌张张地把钥匙捅进锁眼,推门一看,他坐在沙发上,坐的位置跟她出门时一样。没有摔伤,不是脑溢血,这场景远没有她想象的那么可怕,她暗自舒了一口气。再走近看,她"啊"了一声,知道张阿姨为什么忸忸怩怩了。原来他尿裤子了,尿液顺着沙发淌,淌到地板上,汪着一摊。

她皱皱眉头,埋怨道,你傻啊,怎么不去卫生间呢?

他气鼓鼓地看着她。沉了一会儿,他抬起手来指着她骂,第一句叫骂甚是响亮,接下来的几句却断续低弱,莫名地泄了气,很快没了声息。

她继续说,你会用马桶呀,你不会连这个都忘了吧?

她看到他半闭着眼睛,两只手掌放在大腿根处缓缓收拢成拳头。坏了,他开始运气了,他已经在运气了。她心里暗暗叫苦,根据以往经验,他这是在酝酿下一波疯闹。她说,不要,不要,求求你乔兰森,你千万别闹。

忽地急中生智,她大叫一声,先于他躺倒在地上,开始翻滚。她抢占了客厅中心的空地,一边翻滚,一边念念有词。她辨认不出自己到底在念诵什么,形势所迫不及深思,任由喉咙里滑出念咒般富有紧迫感的一串叠声词。

她翻滚之余,密切观察着他的表情,果然奏效,他痴傻地张着嘴,木偶一般,已不是蓄势大闹的模样。她这才感觉到地板硌得肋骨疼,又不敢马上停下来,她的气息逐渐变粗,滚动得也越来越慢,终致仰面瘫软在地板上。

完全虚脱了,身子一直往下掉,往下掉,掉了半天,掉进一大片棉花般暄和的黑暗里,睡意袭来,但没有就此睡去,地板、沙发、他,都处在紧急状态中等她前去解救,理性悄然滋长逐渐主宰了她的世界。她不是真傻了,真什么都不知道了,翻滚完明确了这一点,第一个感觉是想哭。此刻滑畅地通往了彼刻,她看到自己站在讲台上讲庄周梦蝶的故事,初中语文课本里唯一的哲学寓言,讲过很多遍,从来不动情,直到现在,她才体会到那种深切的悲哀和无力,庄周与蝴蝶必有界限,庄周醒来后的第一个感觉,会不会也是想哭呢。

她侧过身子,鼻尖几乎贴上了茶几旁的书报架。她略支起身体,从书报架上拿出一本书,翻开来找扉页上的一段话。不用找,其实这段话她早就背过了:林乃树林的古名。林中有路。这些路多半突然断绝在杳无人迹处。大概是一年前吧,阿姨清洁书报架,她见抹布拧得不干就先把书拿下来,摞在沙发上,她偶然翻开一本书读到了这句话,愣怔了半天,心里有股说不出的惆怅。架上的书都是他曾经频繁取阅的,尼采的《论道德的谱系》,福柯的《疯癫与文明》,这些让她畏惧的书如今他也看不成了,但她始终没有把书收走,就陈列在架子上,常不等阿姨动手她自己就会细细掸去书上的薄尘,她幻想着,说不定哪天早晨醒来,就又见到他拿着铅笔在书上写写画画呢。

总算调匀了呼吸,她站起身来,挨着他坐下,轻声说,屁股湿得难受吧,走,换条干净裤子去。

他神情呆滞,没理睬她。她看看窗外,自言自语道,那我先来拖地吧。

她先用报纸把尿吸了吸,吸得差不多了,就去阳台上接了半桶水,一手提着水桶一手拿着拖把走进屋。他抬起脚来,她赶紧来回拖,然后涮拖把,换一次水,再拖两遍。

她使劲儿闻闻,确实没什么味道了,便直起腰来,走上阳台归置拖把。放好拖把,她反手扶住身体站了一会儿,看到对面的楼上,灯一家一家地亮了,一群麻雀像树叶一样从半空中落下来。

以前,周末的时候,乔兰森喜欢坐在阳台的藤椅上跟学生聊哲学,他说话不紧不慢,很随意地引述原典,一派闲逸迷人的风度。恩柏多克利,休谟、老子、陆象山,维特根斯坦,人,独立,道德,自由,辩证法,绝对精神,全是高级话题。她在屋里准备茶水和糕点,听到这些宏大高深的词就摇头咧嘴。现在,她忽然能理解了,这些词一点儿都不大不深,对尘世生活来说,也一点儿都不隔。到底要不要把自己的丈夫绑起来?这也是一个哲学问题。

她记得很多美妙的瞬间。那会儿,他才四十出头,圆寸发型很精神,身材又瘦高,站起来在阳台上踱步时,一步一步,像风吹动起铜管风铃,连脚步声都是清脆的。即使当着学生的面,她看他的眼神里也掩藏不住爱意。他的爱徒是一个从西北来深圳读研的男孩,他们共同爱好着哲学和围棋,两样都是考验智商的东西。别的学生谈谈天就走了,西北男孩会留下来吃晚饭,再陪他下盘棋。她始终记得,丈夫食指在下、中指在上拈起一颗棋子的模样,还有棋子落在楠木棋盘上的声音,玎玲落子的一瞬,忽然生出寂静来。让她想起,半夜下起绵绵小雨时天地间的空明寂然,半夜醒来,听到雨声,只觉得寂静,听着听着又睡着了,睡得很沉很沉,再醒来时,心里全是满足。

他在屋里喊了一句,她听不清,含混答应着。转身进屋时,她又想起了博物馆里的披毛犀化石。她遐想着自己的结局:骑一头披毛犀,无声无息地,从五楼阳台走上天空,消失在淡金色的天边。

看着饭菜,周素格有些心虚,切成粗条的黄瓜码在盘中,木耳炒鸡蛋,六个脆皮肠,虽然脆皮肠仿照《深夜食堂》的做法,颇为花巧地煎成章鱼须的形状,但明眼人一看就知,这是一顿风格敷衍、只图省事的饭。她盼着能把这顿饭蒙混过去。他对菜肴的鉴赏力时高时低,有时什么都不挑,有时却是老辣的评鉴家,三言两语切中要害。

他嚼了一口脆皮肠,她感觉空气很紧张,像一面鼓,绷得紧紧的。

他说,没有肉,吃不饱啊。她说,脆皮肠不是肉呀。他说,要炒的荤菜,荤菜。

她翻翻眼睛,说,吃吧。她知道他想吃炒的猪肉片,青椒炒蘑菇炒土豆炒什么都可以,如果他还是他,她多想对他尽情宣泄,她对生猪肉的痛恨,她再也不想切生猪肉了,死去多时的肉,冰凉、滑腻、淡淡的腥气,会让人生出细小而具体的绝望感。

他又说,菜太少了。她说,三个菜呢。他说,炒鸡蛋不能算一个菜。

她很想闭着眼大叫,发脾气,话冲到嘴边却觉得没意思,吵架也要势均力敌才痛快,他理解力和反应力都跟不上了,哪里吵得起来。她只能生闷气,挑衅地问自己,人为什么每顿饭都必吃?她总是被自己到点就来的动物般的饥饿感羞辱到。他肯定不知道,这两年,一日三餐带给她多大困扰,她把冰箱冷冻室里塞满各种半成品食物、速冻包子饺子,以便特别不想做饭时应个急,她也叫过一阵快餐,吃快餐竟吃得轻微厌食,又承受不了经常出去吃大餐的罪恶感,一看信用卡账单,钱基本都吃了,一顿饭连着一顿饭,难以置信,心如刀割,最可恨还吃胖了,接下来就开始处处俭省。为了省钱,也为口味计,她盘算好一周吃什么菜,带着他,拉着折叠车,跑农批市场。

说起来,她也算个热衷于家事的女人,兴头上跑几家超市买材料就做一道程序烦琐的新菜。但现在大部分时候,她提不起兴致来,日子一天一天失去了柔韧性,心绪没来由就是恶劣无比。她听到了日子发出的声音,规律得让人听久了会发狂的声音。如果是她一个人,她更愿意将就,饿就饿,不严格按照饭时吃,而且,用馒头夹一块豆腐乳也可以是一顿饭。幸好还有桂格麦片,用水泡泡,早晨就不用开伙了。她煞有介事地说,高纤维,降低胆固醇,健康食品,糊弄着他喝一碗。她暗暗感激着麦片罐子上的那个老头,他看起来真亲切,红润的好气色,微卷的银发在脸侧蓬蓬着。

虽然他指责这一桌"不算菜",但这顿饭吃得还算顺利。她在心里默默感谢着各路神仙,并随即生出奇妙的预感,晚上的演唱会,她能成行。

一进门,张阿姨就强调,我是来打扫卫生的,半个月一次,合同上写得很清楚。

周素格心里一凉,本来还想诱之以利,看阿姨的样子,是早有防备的坚决。

她只好说,我那不是有事要办吗,不然不会麻烦你的。

阿姨眨着眼睛,说,办什么事?神神秘秘的。办事也可以带上他呀,他又不是小孩,也不会拖累你。

她也眨着眼睛,一字一顿地说,就是不方便。

阿姨没往下争辩,说,我在你家做了三年,也没见过你家的孩子,让孩子周末回来,你不就能出去,能出去办事了吗?

她说,孩子在加拿大,做飞机维修工程师。

阿姨拖着长音,"哦"了一声,说,孩子吗,孩子吗。

周素格想起,每次电话里,亲耳听着儿子说话,也还是觉得那么远漠,儿子的呼吸声很粗重,他生活在一个严寒的、空气稀薄的地方。她越想越觉得黯然,真想摸起电话来,对儿子说,你回来吧,不指望你什么,就回来住上几天。

她到底没有摸起电话,而是摸起遥控器打开了电视。

阿姨俯低身子擦踢脚线,嘴里还跟她闲扯着,问她护工请到第几个死心的。她说,请过两个就断了心思。阿姨又问,老乔认家吗?她说,搁板上的小物件该擦擦了。

阿姨不再说话,默默地干完客厅的活计,进了厨房。

周素格偷偷看了他一眼,他在家里呢,好好地坐着呢。她时常会吓出一身冷汗,他明明就在身边,她却担心他终有一日会失踪,在一个她不可能找到的地方流浪。

阿姨在厨房里喊,周老师,你过来检查检查,行了吗?

阿姨叫她进去看,多半是这次做得彻底想展示保洁的成果,烟机铮亮,锅具焕然一新,连盛放香料的玻璃瓶都挨个儿擦了一遍。她在客厅里说,肯定行,不看了。

送走了阿姨,周素格准备陪着丈夫,在回放里一集一集地找《天天饮食》看,看烦了就换成《西游记》。感谢电视,要是没有电视,这几年她真不知道该怎么熬下去。谁知他说不看,没什么好看的。

她说,要不,就睡会儿觉去?他茫然地摇摇头,说,我想做个木匠。

起病后,他说话就没头没脑的,但今天这句话还是让她愣住了。木匠?草青草黄做了三十年夫妻,她还是第一次听他说起,他想做个木匠。

她说,不对,你是学哲学的,你从小就喜欢哲学。

他说,我从小就喜欢做木工。

她看着丈夫,此刻的他,是裸露的,诚实的。借由脑部的萎缩退化,他再度成为十几岁的少年,那段幽密的记忆突然开始放光,纤毫毕现。

她点点头,我知道了,知道了,原来你是想做个木匠。

她看看表,已经五点多了。这些天,她的脑海里,总是时不时地浮现出公园花墙下的画面。老太太们把哭闹的孩子抱在怀里,"噢、噢"地哄着,声音里有一种不过脑子的机械感,表情是老猫般的漠然,还有一丝属于人的被理性管理着的情绪,管理后剩下的,至多算是无奈了。她们跟她一样,服着天间古老而平凡的役,平淡无奇的劳累,理当如此的安排,没人觉得这其中有何难以忍受之处,更不会察觉到她们可能正身处绝境。她们活了这么久,铁做的一样,哪还有什么细致幽邃的感情呢。

她从来不敢细细地算,沦在这样的生活里,得有一千天了吧,还是更久?

她说,兰森,我等着给你买点儿做木工活的材料,眼下,我也——她犹豫着,到底要不要说出口。他一次次地回到过去并停驻在某个特定的场景中,他并不真正在这个房间里。

不管他是不是真正在房间里,能不能听明白,她还是说了。眼下,我也有自己想做的事,我想一个人出去待一待,放个假,放几个小时的假,你能听懂吧?

乔兰森点点头,他说,马颊河的木匠最好。

演唱会八点开始,她第一次看演唱会,不熟悉情况,想着还是早去为好。她从暗格里取出麻绳,挎几圈挂在胳膊上,又搬出木椅子,跟沙发并排放好,确保椅子跟电视机之间的距离合适。

他看到崭新的木椅子,很欢快地坐上去。她赶紧抻着麻绳,把他拦在椅子上,先系上一道。接着捆胳膊,木椅子棱多,很容易穿梭打结,最后是绑住两只脚踝。打结的扣是死扣,但绳子绑得松,怕勒疼了他。

熟练、迅捷,闪电行动。她半张着嘴,脑子里一片空白。所有的动作似乎都带着肌肉的记忆,所有的动作无须大脑参与,自己完成了自己。

看着她忙活,他一直笑,说,你先绑我,一会儿我还要绑你。什么时候换?

乔兰森终于被她绑在了椅子上。海德格尔行动,筹谋多时,大功告成。

她低声说,我寸步不离地看护你,时刻提着心,在超市里买袋盐也担心,往购物车里放完东西,一回身你已经不见了。

我真的受不了,受不了了,让我坐下,再找个小房间告解吧。

她拿起皮包,检查了一下演唱会门票。挎上包,换鞋,开门,她听见他的声音从身后传过来,你要走?

她说,我出去一下。他继续问,去哪里?她背对着他,说,你看电视吧,《猫和老鼠》。

她迅速关上门,乘电梯来到楼下。经过天井时,她的步子慢了下来。她控制不住地想象家里的画面。也许,乔兰森正低着头,身子往前挣,想从木椅子上挣脱出来。就算他从麻绳里挣脱出来又如何,他被幽闭在一个奇怪的地方,脸上是智识诡异消失的蠢样子,不能思考,不能独立完成任何一件小事,经历过的往事也逐片剥离,弃他而去。

她猛然睁开眼睛,白猫侵入了她的行程,这次白猫出现的方式跟以往不同,它不是被抱在怀中的,也没有躺在地上的光斑里。白猫朋霍费尔从五楼纵身一跳,摔死在小区的天井内。这幅画面如此真切,就像她亲眼看到过一样,画面里,白猫没有回头,一跃而下。

上楼,打开防盗门,冲进客厅,站在椅子前面。她惶惑地站着,根本不知道自己怎么会出现在家里。他笑了,说,这么快就回来了?

她愣了一下,忽然想到什么似的。她回答道,好玩儿吧?今天就到这里,先不玩儿了,晚上我带你去看演唱会。

她俯下身子先解他脚踝的绳扣,解了一会儿,麻绳磨得手指热热地疼。她从茶几抽屉里扒拉出剪刀,冲着绳子剪下去,剪刀刚一接触到绳子,她突然停住,放下了剪刀。

她坐在地板上,把牙和指甲都用上了才把绳扣一个个解开来,解完呼哧呼哧喘了半天气。休整片刻,她捡起地上的绳子,团起来,放回到储藏间的暗格里。

在体育场前的广场上,周素格把手里的票贱卖给黄牛,又从同一个黄牛手里买到两张奇贵的连号票。她牵住乔兰森的手,两人一起安检、进场、找座位。

钴蓝色的光笼罩舞台,拱形金属灯光架在夜色中发酵出浓浓的科幻感。体育场上方敞着口,露出一块椭圆的天,月亮靠过来,倚在树枝般的钢架旁,越发温软了。舞台上表演的是一个外国乐队,她听不懂唱词,但她明白了一点,在演唱会上,亲吻是一件容易的事。大屏幕不断闪现着情侣亲吻的镜头,那么自然,那么动人。主唱忘情,观众也就忘情,蹦跳,拥抱,喊叫,欢呼声涌潮般赶着,赶着赶着就从开口处飞升上夜空。她伸手搂着身边的人,云遮住了眉月,夜色渐深,恍然间,她有点儿怀疑了,是他吗,你把他放出来了吗?

主唱的声音不是从低到高慢慢攀升的,而是突然炸响,带着暴烈的毁灭感直达顶点,并不破不裂地停留在那里,高亮而宽广。她感觉自己被声音托起,在空中悠悠荡荡。此后的几天里,这种感觉始终不曾消失。

她记得她亲吻了丈夫,她记得亲吻时,半是沉醉半是痛楚地闭上了眼睛,那一刻,万人体育场空旷无比,仿佛就剩下她一个人了。

云 柜

邱华栋 / 著

一

"什么是云柜?"孔东好奇地问施雁翎。

一天,他们坐在丽都假日酒店南边一个酒吧的后花园里。这家酒吧每天晚上九点之后就特别热闹,各种肤色的人都有。在酒吧中心的大房间里,有一圈深褐色的高脚酒吧椅,围绕着中心酒廊,还有一个小型的台球案子靠着一面墙,你可以在那里随便打,不收费。远远地看去,酒吧的圆形铁券拱门上,一到夜晚闪烁的,是耀眼的酒吧的中英文名字。在酒吧的前院和后院,绿植掩映的场地上有很多露天座位,摆放的都是铁艺的桌椅,坐下来不小心碰了腿脚,会很疼。酒吧的前院,靠近一条非常热闹的商业街,一些品牌商店一字排开。在酒吧的后院还有一个人工小湖,有假山有喷泉有各色植物,连南方的棕榈和椰子树都有,也不知真假,婆娑地掩映着那些桌椅。说是酒吧,其实是餐吧,里面有很多种西式和中式的便餐,有吃的有喝的,来的人都觉得很好。

施雁翎的个子在女人里算高的,大概有一米七五的样子,因此她不爱穿高跟鞋。孔东能够看出来这一点。这是他们的第三次见面。第一次,是在王珂教授的家里。王珂喜欢在家里招待各路朋友,虽然比不上望京黄珂那个著名的流水席家宴,但王珂作为一个著名的当代美术史教授和策展人,也是京城的各路艺术英豪都认识的人,他喜欢在周六或者周日这一天在家里招待朋友,而朋友还可以带来朋友,即使来个几十人,他那个位于东五环边上的大宅子里,也都能够坐得下。所以,当时孔东因为想买一位画家的画,又不想在画廊里买,就到王珂家里去找那个画家面谈,结果就认识了施雁翎。

孔东先是和画家谈好了画价,然后就在院子里闲逛,来的人大都是艺术界的,还有艺术家的各色朋友,人非常杂。他看到有一个高个子穿白衬衣、红裙子的姑娘站在那里,背影很窈窕,就端着酒杯,走过去搭讪。两个人一聊,发现对方竟然是单身,虽然孔东是艺术系教授,施雁翎是做生意的,但他们俩都喜欢绘画,谈得比较投机,就多少都有了再见的意思,留了对方的电话号码。

过了一个星期,他们约好了在燕莎饭店东边一公里处的那家枫华园露天汽车电影院见面。既然是汽车电影院,两个人就都是分头开车去的。碰面之后,孔东还是坐到了施雁翎的那辆宝马X5里面的副驾驶座位上,一起看了电影《地心引力》。因为,孔东开的是轿车,底盘低,在露天汽车电影院看电影,底盘高的宝马越野车视线就好多了。在汽车里看电影本来是美国人喜欢搞的事情,这样情侣可以顺便搞搞车震。但他们俩刚约第二次,都非常拘谨。看过了《地心引力》,两个人之间似乎也多少产生了一点引力,于是,就有了这第三次的丽都饭店南侧的酒吧里的约会。

"云柜?云柜嘛,怎么说呢,就是我们做的云计算工程的一个主机系统。我做了几个公司,其中一家,现在主要是做云计算系统服务提供商。云计算你听说过吧?就是用互联网技术来服务传统行业做业务提升。我们的这个云计算互联网电子计算机业务,主要针对的是能源行业。我们国家的能源行业很庞大,比如电力、石油、煤炭企业的自动化、计量、监控平台等等,都需要我们的云计算系统来提升运作水平,我们可以提供自动化、信息化的全面系统的解决和应用开发。具体说起来,也就是通过大数据分析,将云计算分解为云计算服务和云计算平台。在云计算平台上,有办公软件、资源租用服务、网络计算服务、数据储存、应用开发等等,通过大系统将大数据进行采集、分析、储存、仿真等等,这涉及了节点管理、资源汇聚调度、分布式系统、流动和透明性以及机器管理机器,在客户端应用程序的服务中,有用户管理、权限、日志、智能搜索、统计分析等等,采取云端整体解决方案,是一个一体机系列,这个云端整体解决方案,就是我们提供整柜交付一个云柜。此外,还有开箱就能够运用的云仓,以及一站式云慧智能分析平台……"

孔东打断了施雁翎的话:"你说的这些,都是云里雾里啊。这互联网时代的词汇也是奇葩朵朵,我一句也听不懂,除了云柜,又出来了云仓、云慧,这都是什么呀?这都是云计算的一部分吗?你就告诉我什么是云柜好了,别的,我都不想知道了。"

施雁翎笑了,她就觉得孔东作为一个美术学院的老师,虽然和自己从事的行当隔着几千里,但正因为如此,彼此还有些神秘感。"云柜,简单说,就是我们可以整体交付的一个计算机平台,外形像一个柜,大小像一个小冰箱那样,是一台立柜式的服务器。我们的云柜是黑色的,在这个云柜里面,硬件架构有业务交换、存储交换组成的网络资源池,有管理集群、负载集群构成的计算资源池,还有一级和二级存储构成的存储资源池……"

孔东傻眼了:"那我还是听不明白,这云柜能做什么?"

施雁翎笑了,她觉得孔东傻乎乎的,很可爱:"哎呀,说白了,不过就是一个大型的计算机系统的柜子嘛。"

孔东明白了:"啊,也就是一个柜子啊。"

施雁翎说:"不说我那个云计算了。我白天见客户,嘴皮子都磨破了,谈的净是云计算云计算,我今天来见你,可不想谈那些我生意上的事情了。我是有事情要和你说。很重要的事情。"

孔东忽然有点紧张,因为,虽然只见了几次面,他感觉施雁翎是一个很强势的女人,她多年来自己做公司,做得还不错,钱也没少挣。上次,她说她最近在东五环的银街又买了十几间铺面房,那可是盖在地铁站边上的黄金地段的铺面房啊。孔东就认真地看着她。她个子高大,基本不施粉黛,今晚卸妆之后,多少有点灰暗。但施雁翎似乎欲言又止,他们眼前的桌子上那一大盘金枪鱼沙拉,基本没有吃几口,他就拨弄这沙拉,寻找着里面那黑色的腌橄榄小球。

施雁翎喝了一口果汁,说:"孔东老师,咱们俩都是单身,对不对?"

孔东说:"是啊,我肯定是单身。"

施雁翎说:"咱们已经见了好几次面了,我对你印象很好,有感觉,有些期待,起码我是这么看你的。"

孔东有点不好意思地说:"感觉是有点感觉,但还需要继续接触——"

施雁翎笑了笑:"我做了这么多年生意,觉得什么事情都不能态度暧昧,不能犹犹豫豫,要直截了当,当机立断。"

孔东感到更紧张了,他不明白施雁翎说的"当机立断、直截了当"是要做什么。难道是当机立断地和他闪婚吗?他知道现在有些年轻人什么都能干出来,他们搞闪婚、裸婚,然后他们再闪离,或者干脆就不婚。闪婚,就是闪电一样结婚,最短的认识才一天,长的,认识一个月就结婚了,这都算闪婚。闪婚其实是有些道理的。男女之间,假如想走入婚姻,有时候想多了反而没有大用,只有闭着眼睛往坑里一跳,其实也无所谓。闪婚之后再慢慢相处,也很好。结婚这个事情,的确需要坚决果断,不能犹豫和态度暧昧。至于裸婚,指的是双方都不送彩礼,不搞繁复的结婚典礼、宴请,就单单领个结婚证,然后,就住在一起了,就结婚了,过上小日子了。可是,这闪婚对于离异后单身的孔东来说,要让他再次进入婚姻之门,那是需要给他一些胆量的。他可不愿意立马就范,他知道,有些女人是喜欢在婚姻关系里狠狠地修理和拾掇男人,直到男人彻底就擒。婚姻是女人的保护罩,她们在婚姻关系里为所欲为,翻手为云覆手为雨,威风八面啊。

孔东想,当机立断就此不联系了,也很好。他说:"好吧,那就当机立断。你说,怎么个当机立断?"

施雁翎说:"很简单,孔东老师,你那么聪明、秀气、英俊、坦诚,我很喜欢,是我中意的男人。也就是说,我喜欢你的人。人好,基因就好,基因好,后代就好。但要是我们现在去走向婚姻,去结婚,生孩子,这需要一个过程,这个过程需要很多时间,我们要来相处,互相了解,要你和我都投入很大的精力。可是,你忙,我知道,我也很忙,你看,我每年有几个月都在外面飞。我们没有时间用来整天谈情说爱。于是,我想了一个办法。不仅是想了一个办法,而且,我已经连所有的细节都策划好了,今天才来和你谈的。这个事情,就是需要你当机立断了。一个是,我们俩需不需要结婚这道法律手续?我觉得不需要,只要是我们互相喜欢对方就可以了。"

孔东没有听明白:"只要是喜欢对方就可以了——你的意思是——同居?"他想,是不是现在施雁翎想的是两个人应该当机立断,立马同居在一起?

施雁翎挥了一下手,果断地说:"不是。好了,既然我们不需要结婚这道手续,可是我和你都想要一个孩子,那怎么办?"

孔东嗫嚅着:"怎怎怎么办呢?"

施雁翎很有把握地看着他,说:"我有一个办法。你看,你很忙,我也很忙,我没有时间怀孕生孩子。那我就找了一个代孕的姑娘小曹,曹秀云,她是一个农村孩子,在北京一所大学读书,刚刚毕业,找不到工作,又不想回老家,正发愁怎么办呢,我答应给她二十万,她就帮助我们代孕一个孩子,这事就成了。现在她已经答应了。有时间的话,我可以带你去看看她。一个很清秀的姑娘,代孕一定不错——代孕的姑娘也不能丑。现在,你听明白了吧?就是说,用你的精子、我的卵子,做成一个受精卵,植入到小曹的子宫里,由她代孕你和我的这个孩子,我们不用费力气,也不用结婚,就有孩子了。这样是不是很好?你看,这就是曹秀云的照片。"

孔东接过那个叫曹秀云的姑娘的照片看。照片上,一个很淳朴善良的二十多岁的姑娘在微笑。宁愿做京漂女,也不回老家的姑娘,出卖子宫代孕可以尽快得到一大笔钱。这对她肯定是合适的选择。但他不知道为什么,忽然有些讨厌这个姑娘了。

施雁翎看着他表情的变化:"她是一个好姑娘,我考察过了,也给她做了详细的体检,她的身体非常好。女人嘛,最好的年龄就是二十到三十岁,现在,她二十二岁,正是最好的年龄,女人在这个年龄生出来的孩子,质量肯定是好的。不过,做代孕之前,需要签订一个代孕和保密合同,我要先支付给她十万元,她不过是代孕而已。而且,钱都是我出,你不用管这些。"

孔东听明白了,施雁翎要是这么做,是需要当机立断。"我觉得,首先,这里面有没有法律问题?万一她把孩子带走了怎么办?其次,孩子出生之后怎么办?算谁的?你的,还是我的?谁来养?假如我们没有婚姻关系——这孩子最终算谁的?"

施雁翎的确是做云计算的,她成竹在胸地笑了。看来,她什么都计算好了:"这个我都想好了。孩子出生,我将另外一半的钱,也就是把剩下的十万元支付给曹秀云,她就与我们没有关系了。再一个,孩子是我的,不是你的。因为从法律关系上,我和你没有婚姻关系,等于只是借了你的精子。这孩子生下来是我的。而且,我找了两个保姆,一个是奶妈,另一个是过去在北影厂当演员的一位女士,她人很好,是我的好朋友,她在纽约生活了很多年,自己的孩子都大了,喜欢小孩子,我会把这个孩子带到纽约,让她去带,我再回来继续做生意,做我的云计算生意。而那个孩子在美国长大。这就是我今天想告诉你的,我的想法。"

施雁翎说完了,此时孔东的大脑快速地运转着。他觉得,只有施雁翎这样经济独立,挣钱的本领比大多数男人还强的女人,才能想出来这么一个有点匪夷所思的云计算的办法。此前,孔东也听说了很多别的,比如到香港和美国生孩子,就是为了要个身份,再比如,为了生双胞胎、三胞胎,要吃 种叫作"多仔丸"的药,催女人排出多个卵子,女人就容易受孕,而且,在受孕的过程中,哪个受精卵子质量不好,还可以监控和检测出来,这样在女人的子宫里就能杀灭,最后保留的,是最好的受精卵,生出来的就是多胞胎。也就是说,代孕、人工授精、多胞胎在技术上已经不是一个问题了,早就不是一个问题了。

"从技术上来说,你说的这些,都可行吗?"孔东不搭调地问她。他现在需要一点时间来继续做一个判断。

施雁翎笑了,她还是很爱笑的:"技术上没有任何问题。做人工授精的医院技术很成熟。我已经找好了一家,有香港资金和技术的背景。现在,只要你的精子的质量没有问题——"施雁翎双目炯炯地看着孔东,"现在,你知道,雾霾、空气和水污染,让很多中国男人的精子质量下降,不少男人的精子都出现了畸形和变异,即使是年轻的男人,经过检测,缺乏活力的、变异的精子也有。"

孔东笑了:"你很懂这个啊。看来你是做了功课了。那我问你,你知道男人一次射精会出来多少个精子?"

施雁翎莞尔一笑:"男人一次射精,有一亿六千万个精子呢。有个作家写了一本书,书名叫《一亿六》,说的就是这个事情。一个正常的男人一生大约能射出来二十千克的精子。"

孔东当真吓了一跳:"有这么多!"

施雁翎说:"是的。所以男人花心啊。喜欢到处撒种子。所以,现在,孔老师,需要你当机立断了,不能犹豫。我再来理一下我们刚才说的事情:我们去医院做一个受精卵,用你的精子、我的卵子,做一个受精卵,然后植入到我找到的代孕人曹秀云的子宫里,她来帮助我们孕育。孕育期间,我雇了专人精心陪护她,让孩子顺利生产出来,之后,与曹秀云的合同关系解除。孩子归我,我带到美国,交给我那个女密友来监管,还雇了一个奶妈一起养育,我会定期去看。而你,可以说自打孩子出生之后,就没有什么关系了。"

孔东:"与我完全没有关系?我觉得,与我还是有关系啊。血缘上,我是孩子的爹啊。"

施雁翎说:"是的,我明确地告诉你孔老师,孩子是我的,你是孩子的爹,但我们没有婚姻关系,是我来策划和投资,我来计算和掌控的这件事,那就是我的孩子,我自己养,和你无关。你就放心吧。"

孔东还在沉默,他觉得这个事情的确是一桩云计算,一个只有云柜才能计算清楚的事情。看着既简单又复杂,似乎还藏着什么旋涡,他看不到。

施雁翎继续说:"就是借用了你的精子嘛——实际上,我也可以去精子库里买精子,但我很想知道是谁的精子让我的卵子受孕了。这不,我认识了你。我觉得你好。基因好,人好,聪明,智慧,身材挺拔,形象俊美,那就是你了,我第一次见到你,就这么想。这也是没有办法的事情,我很忙,打理几家公司,花费了我很多时间,我根本就没有时间来孕育孩子。这是没有办法的办法,是新技术支持下的办法,是解放了你们男人,也解放了我们女人的新办法。男人独立,那么我们女人也是可以独立的。"

孔东点了点头,他认同这一点。现在的女人,是独立得越来越可怕了。

"只是有一点,你听好了,我现在的生意做得很不错,可是,万一我十年二十年之后,生意做得不好了,或者我破产了,那个时候,这孩子来找你的时候,你要认这个事情。"施雁翎看着他,"你要认这个事,就是说,你要认这个孩子也是你的孩子。所以,你看,最终这个孩子也是你的孩子,也还和你有关系。"

孔东听明白了,多年之后,这孩子假如回来找他,他必须要认这个孩子是他的,他是孩子的爹。这才是最关键的部分。才是需要他下决心的地方。他看着施雁翎,觉得施雁翎这个女人真不简单,她都能够想到那么远,想到了几十年之后可能发生的事情,这的确是云计算啊。她的脑袋虽然是圆的,但是思考问题也很像是一个长方形的云柜。

"孔老师,要当机立断啊。"施雁翎抓住了他那有些畏缩的手,热情地、充满期待地看着他。

孔东被她感化了,但也被自己内心的反抗所拉扯着。到底要不要孩子,以及他能不能接受和眼前的这个女人有一个孩子,他的内心无法确定。因为,一旦你和一个女人之间有了一个孩子,那么这就是永远的牵扯了。这一点,是他最没有把握的。他说:"这个事情很重大,你让我回去想想,我必须好好想一想。"

二

施雁翎只给孔东三天的时间,要他想好这个事情。因为,她已经联系好了医院,代孕人曹秀云也在等待消息,她需要代孕的预付款十万元,尽快汇给老家的父母亲,他们都得了病,需要花钱医治。医院那边也随时等待着孔东前去取精,孔东的脑袋里激烈地辩论着,纠结着。要在别人,很容易做出的决定,在他这里就十分困难。这与他有些优柔寡断的性格有关,别看他俊朗挺拔,眉眼英武,可是却有一点女人气。尤其是做事情,他总是不能立即决断。

从内心里来说,孔东是非常想要一个孩子的,只要是他的种就好。再说了,能够采取这个方案的女人,本来就不多,经济实力和思想观念都是这样,几乎没有。因为孩子生下来,他都不需要养育,而是将孩子直接带到美国去养,省心省力。但似乎有一种他无法掌控的东西也在涌动,未来会产生什么问题,会导致什么结果,都是他无法预料的。孔东于是就非常踌躇。但有一个孩子这件事,同时也对他构成了强大的吸引力。繁殖显然是动物的本能,在本能的驱使下,他又有些跃跃欲试。

这个方案能成功的话,关键就是女强人施雁翎的经济能力强,她一个人就完全应付得了所有的事情,只不过需要他孔东配合一下,孩子不需要他生,也不需要他养,很长时间里,或者说根本就不需要他承担父亲的名义。只是有这么一个可能,那就是多年之后,施雁翎的生意破产了,完蛋了,她完全无法支撑生活了,这个时候,他的种子结出的果,这个孩子来了,找到了他,说:"爸爸,父亲,爹地,我是你的孩子,现在,我妈没钱了,该你管我了。"

孔东想到了这里,眼睛忽然就有些湿润。他觉得施雁翎很刚强,也敢于承担。他决定了,立即给施雁翎打了一个电话:"我同意了,就这么办。什么时候去医院?"

施雁翎很高兴:"明天啊,就明天去吧,我最近刚好也在排卵期。"然后,她就告诉他医院的地址,他们在那里会合。

孔东打完了这个电话,心里又觉得有点惶恐,觉得自己可能冲动了,不知道今后会发生什么情况。这天晚上,他做了一个梦,梦见有一个妖娆的女子勾引他,她肉滚滚的,不知道怎么就压到了他的身上,使他梦遗了。醒来之后,他感到裆部濡湿一片,有些懊恼,因为天亮之后,他就要到医院去献出自己的精子了,可在这个关键的时候,自己竟然做起了春梦呢。换了短裤,他又睡了一觉,醒来已经是天光大亮了。

他没有吃早饭,因为他无法确定取精是不是要空腹,也是因为没有时间吃了,匆匆洗漱完毕,他就赶到了那家医院。那家医院属于专科医院,专门治疗不孕不育,而且有港资的背景,在昌平山脚下一个僻静处,非常安静。

施雁翎早就到达那里了,开着她那辆白色的宝马越野车。他停好车,她就在医院的门口等待他。"我比你早来了一个小时。"她有点抱怨,但也松了口气,因为,他毕竟来了,也因为一切的云计算,云柜里面的系统,首要和先决就在于取精——取他的精子这个开端。他抱歉地耸了耸肩膀。

施雁翎拿着早就挂好的号单:"只有先取好了你的精子,才能取我的卵子。"她告诉他这个程序。

然后,有一个身材窈窕的护士引导他前往诊室。一个戴着口罩的男大夫接待了他,对他进行了检查,告诉他如何取精。大夫递给他一个很精巧的口窄瓶身宽的小瓶子。孔东忽然感到了紧张,为自己昨晚的遗精而导致的取精质量和数量担心,也为未来的无法掌控而担着莫须有的心。

然后，护士就带他去了取精室。取精室，这名字听着非常平实、简洁、干脆，明白告诉你这里是干什么的。那是一间很小的屋子，有一张类似火车硬座皮面的窄床，男人可以躺上去，然后将自己的精子撸出来。怎么撸？那就全靠你自己的本事了。比如意淫，比如想象，再比如就是简单的生理刺激。

他躺下来，环视四下，发现这里没有提供给他任何辅助工具，比如电视机上放毛片——有些洗浴中心就有这个。看了那片子，往往是还没有接触到女人，男人就一触即溃，溃不成军了。也没有色情画报——当然都是国外出版的，这些都没有。好吧，那就只好躺下来，依凭想象来进行吧。

就是在这个时候，他的眼前浮现出了施雁翎的脸。这张脸稍微有点浮肿，但并不难看，脸色灰暗，却带有一种凌厉和骨感，甚至有些冷漠和嘲弄的表情。这张脸与施雁翎平时对他的温和与笑意不一样，也许是他内心想象她的原因。他用手撸着自己，感觉自己的男根在增大，又在变小，就是一点都不兴奋，甚至有些抗拒地忽软忽硬，和他捉起了迷藏。撸了半个小时，外面有护士来催了："先生，好了没有？"

他气喘吁吁地说："没，没有呢。"

那个护士诧异和失望地"嗯"了一声，就走了。

就是这护士那失望的感觉，让他彻底失败了。他仿佛看见了那个年轻的、下巴上有一颗漂亮的小黑痣的女孩子失望、暗笑的表情，他立刻就松劲了。手里攥着的是一团疲软的小肉，完全是败军之士。完了，身体做出了反抗，他真的取精失败了。他穿好了衣服，走了出来，手里拿着空杯子，找到了施雁翎，一脸沮丧地告诉她："没有取出来。"

施雁翎不相信自己的耳朵："你可是一个很雄壮的男人啊。怎么回事？"她看到了那个瓶子里空无一物。

"也许——是昨天晚上梦遗了，导致我……"他不得不说了这个可能。

施雁翎忽然扑哧一笑："梦遗？孔老师哎，你——又不是少男，还梦遗啊。"她忽然又高兴了："那你，梦见的是我吗？那个梦中与你做爱的女人是不是我哈？"

孔东尴尬地笑了一下，他觉得不能和她开这个玩笑，也不能说实话。但现在怎么办？这才是关键，他取不出精子，这是现实。

施雁翎就拉着他一起去找那个戴着口罩、有一双漂亮的双眼皮人眼睛的男大夫，告诉他取精失败了。男大夫看着他："嗯，估计是心理原因。有些人在这里就是不行，不光是你。要不然，过两天再来吧。"

施雁翎着急了："可是，我的排卵期——"

"可以先取你的卵子,冷冻起来,然后他的随时取。技术上没有问题。护士,请带她先去取卵子吧。"

施雁翎靠前一步,小声说:"陈大夫,能不能这样,我和他一起到那个取精室里,我帮助他把精子取到?"

陈大夫看了她一眼,在口罩后面哈哈笑了:"不行啊,美女,这样医院成什么地方了?即使你们是夫妻,也不能在我们这里做爱啊。不行的。"

孔东的脸红了。他想到了他和施雁翎进入到那个取精室的情景,那么狭小的房间里,施雁翎只能是背靠着白墙坐在那张狭窄的单人床上,然后脱下裙子,带着挑战的神色看着他,张开自己的大腿。这个时候,他行不行呢?他无法确认自己行不行。看到她那表情,他肯定更不行,估计还是不行。不行就是不行。行也不行。行就是行,不行也能行。可就是不行。不行啊不行。他的脑子里乱作一大团。不过,好在那个大夫杜绝了这样的可能。也是啊,医院又不是快捷酒店,不能让男女在这里随便做爱的。他松了口气。

施雁翎失望了一下:"那,能不能我们回家取精,然后赶紧给你们拿过来呢?"

男大夫又笑了:"可以啊。不过,精子的成活时间是二十四个小时,取出来就要迅速冷冻。假如在一个小时之内能送到这里,就可以。"

施雁翎说:"那太好了,我们回去取精。还是拿着这个瓶子?"

男大夫给了孔东一个带着盖子的密封试管:"用这个吧。送来的速度一定要快。"

施雁翎拉着他的手:"看你的了,亲爱的。"这时,护士来了,要带她去取卵子。"你在外面等我一会儿。一会儿就完。女人有时候麻烦,有时候很简单。"施雁翎调皮地对他笑了笑,跟着女护士走了。

孔东来到了外面的地方,找了一个僻静的座位坐下来。这里有自动按摩椅,也有电视和电脑。电视里,一些年轻的女人正在一个教练的带领下做瑜伽,她们的身体都很柔软、妖娆,颇有吸引力。看着看着,忽然,他感觉自己勃起了,又行了,挡都挡不住。但是他克制住了,因为,他不想二次取精,也不想折腾自己了。停了一阵子,骚动下去了,然后他看见护士引导施雁翎从走廊那边走过来。

"取完了?"孔东问,"不舒服?"

"取完了。"施雁翎的脸色略微有点疲倦,"肯定比你们男的难弄些。不过,已经取出来冷冻好了,就等你的精子了。"

在停车场,两个人站住,施雁翎调皮地问他:"到我家去吧,让我帮助你取精。"

孔东感到害怕："啊，还是我自己取吧，取出来我就尽快送到这家医院。"

施雁翎用怀疑的眼神看着他："可要尽快啊，保证精子质量。"然后，两个人各自开车回去了。

回到了家里，孔东感觉哪个地方有些不对劲。到了晚上，孔东随手翻出来一本他去北欧旅行时买的情色画报，看着看着，自己就起性了。这一次，他很顺利地取到了自己的精液，直接射到了那个小试管里。灯光下，他仔细地观察着试管里的液体，那半透明的胶质状似乎在上下翻腾，无数小东西在争吵和游泳，在奋力地跳跃，在激烈地变化着，稀释着。这时，时间已经很晚了，此时将这玩意儿送到那家医院，也是很滑稽的事情，他想了想，最后还是将自己这宝贵的液体倒到了马桶里，给冲走了。

三

很多年之后的一天，孔东已经六十岁了，刚刚办理了退休手续，他感觉到自己忽然有一种更为放松的感觉了。他有一个比他小十多岁的老婆，还生了两个孩子，一个十八岁，一个十六岁，都在上中学。家庭幸福美满，夫妻关系和谐顺利。本来，他的人生就这么过下去了，但是很快出现了新情况。

有一天，家里忽然来了一个人，那人是一个美籍小伙子。他一副胜券在握的样子，告诉孔东："是我妈妈施雁翎让我来找你的，因为，我是你的儿子，你是我的爸爸。她说，如果你不承认我是你的儿子，拥有你财产的继承权，那么，我们可以去做基因检测。假如你还不承认，就要付诸法律了。"

看着眼前这个美国流氓打扮的年轻华人，孔东感到了惊慌失措。他隐约想起来，是有这么回事。那是多年以前，他曾经为一个叫施雁翎的女人提供了自己的精子，去做了一个试管受精卵，由一个女孩子代孕，生下来了一个男孩，就带到了美国，从此，他就再也没有听说过这件事的结果了。施雁翎也从此从他的生活里消失了。但是，现在，他的那个儿子，来了，来到了他的面前，而且摆出了一副他的财产继承人的架势。

孔东问："你的母亲呢——施雁翎，她现在在哪里？"

那个美国小流氓递给他一张照片，照片上的女人他认识，就是施雁翎。"她已经死了，死于一次车祸。她给我留的钱，都让我花光了。在她早就拟好的遗嘱里,她让我在最后没有办法的时候,来找你,说你是我的爸爸,你肯定会承认这件事。"

孔东汗如雨下,他说:"这个,这个——需要——需要——"

那个美国流氓就揪住他的衣领:"需要什么?什么都不需要,需要的就是,你承认我,是,你,的,儿,子!"他一个字一个字地吐出来,不容分辩和解释,那个架势似乎是要杀了他,要他还债,这让孔东魂飞天外。

然后他就醒了。原来是一个噩梦,让他大汗淋漓。他没有想到,他会做这样一个梦。可能他担心的,还是未来的事情。他想起来这件事带给他的复杂性。现在,他不知道怎么办了。到了中午,施雁翎打电话给他:"怎么样,你回家取精顺利吗?"

孔东回答:"你让我再好好想想,毕竟,这个事情可能比我们预想的要复杂一些。"

施雁翎有点生气:"复杂吗?我就是喜欢你,想用你的精子罢了,有什么复杂的?"

孔东说:"你让我再好好想想。"

施雁翎说:"那我要见你。就今天。"她说话的口气已经变得不容置疑了。

他想了想:"好吧。"

这天晚上,他们一起在一家餐厅吃了晚饭。那是一家叫作"浮士德"的法式餐厅,他们吃了带血的牛排,喝了很好的酒。都是她点的,一道道的正规的法式大餐,从沙拉一直上到了餐后甜点,红酒的颜色也很瑰丽,幽深的暗红类似月经的红色那么暧昧。他们东拉西扯,似乎知道最终他们的关系会导向何方,却都心照不宣。吃完了饭,打出租车,她带他到了她的家里。在她家里,进了门,他看到她的家里到处都养着盆栽植物,都是常见的品种,比如绿萝、龙血树、散尾葵等等,还有一面鱼缸镶嵌在墙上,里面有制氧机吐出的泡泡在变化,各种漂亮的鱼吐出的泡泡在漂浮。在一个小巧的鱼缸里,她还养了很多绿毛龟,小小的绿毛龟聚集起来的样子,让孔东感到了恶心。

他们微醺了,就先喝点茶。普洱茶的颜色闪烁着温和的褐色光泽。音乐是催情的,而她将自己的外衣脱去,要给他跳舞看。她过去学过舞蹈。他说好啊,她就跳。穿着紧身的那种衣服,她虽然已经三十五岁了,身材却非常地妖娆,因为她个子高,而且并不胖。不过,胸很大这一点其实是孔东不满意的。孔东喜欢平胸,真是一个男人有一个男人的关于女人的趣味。孔东就不喜欢大胸女。她在跳舞,他在观赏,然后他们不知道怎么就靠近了,他们就抱在一起了。两个人香汗淋漓地拥抱着,这个局面导致的结果,当然会是十分清晰的。最后,他们躺在了那张柔软的大床上。可即使在这个时候,她也没有忘记在他插入她体内之前,给他戴上避孕套。然后,他手忙脚乱地忙活了一阵子,精子就这么取到了。

她说:"慢点,慢点。"然后,帮助他撸下了那袋透明的胶质避孕套,里面是宝贵的一亿六,还打了一个结。之后,她立即打了一个电话,并穿好了睡衣。

十几分钟之后,门被敲响了,一个小伙子在门外接过了她递给他的一个密封的盒子,里面用冰块冰镇着的,就是她帮助他成功取到的东西,那个透明的、带增大摩擦和快感的、疙瘩的、香蕉味儿的避孕套。她嘱咐那个小伙子:"赶紧去送给陈大夫。"

门关上了。施雁翎转身,投向那张大床上的孔东的目光,是得意的诡秘,含蓄的轻蔑和爱恋的怜惜。

以上这个场景,也是孔东想象出来的。事实上,他在这天晚上前去赴约的路上,改变了主意,因为,他想到了这个结果,然后以自己有急事的借口,最终没有赴约。

施雁翎当然很着急,不过,孔东内心里焦虑的是,他无法确定现在他和她到底是什么关系。是恋人?好像还不是。还没有到。是情人关系?也不是。因为他们还没有上床。是合作伙伴?也不是。那是什么关系?是一对彼此有些好感但却有一种互相排斥的力使他们无法以法律和情感关系继续固定前进和发展的男女关系。

孔东发现,这种说法可能是最靠谱的。孔东烦恼的,还在于施雁翎是一种新型的女人,就是不再依靠男人的女人,除了要一点男人的精子之外,男人对于她已经没有用了。这是他过去没有碰到过的。假如她不想要孩子的话,那么,她就更不需要男人了。因为,她经济独立,人格独立,还因为她的云计算。是的,是云计算增强了这个女人的算计功能,让她更会计算了。有了云计算,就有了那个云柜——一个方方的计算机大柜子里,什么都计算好了。就这样一步步地导向了大数据,爱情、婚恋、生育和人生走向的大数据,都被她计算好了。这就是云计算!人生的云计算,都被这个强势的女人计算好了。

他想明白了施雁翎是一个什么样的女人,而他作为一个传统的男人,如今,要面对的是这样的女对手。或者不是对手,是新型的朋友关系,伙伴关系,男女关系。女人变化了,男人还没有怎么变。男人必须要跟上这样的变化才可以适应人类这种高级动物的变化。就是想到了这一层,作为男人的孔东,忽然感到了体内原始的反抗力量。好啊,你不是强势吗?你不是不再需要男人了吗?那我就是不想让你的云计算实现,我就是不配合你。我就是想让你的云柜模式破产,我就是不答应,我就是不让你得逞。因为人生说到底是由意外和变化构成的,包括情感、生育也是这样的。一切都云计算好了,还有什么意思?男人的脸往哪里搁?想到这里,孔东就觉得心里有底气了。他决定不配合她了。

这就是他的云计算。孔东多少有些释然了。

那么到了这里,这个孔东和施雁翎的故事的结局会向哪个方向发展呢?应该是一种开放的结尾。因为,这个故事本身存在着多种可能性。让我们来一步步地推导:

孔东很可能最终捐精成功,而施雁翎也成功地按照她的"云计算"大数据和云柜系统管理模式,实现了她的精密算计,将受精卵植入了那个迫切需要一笔钱的曹秀云姑娘的子宫里来代孕。孩子十个月之后生出来,健康、聪明,是一个儿子,被施雁翎带到了美国,然后,孩子在那里茁壮成长,因为有保姆,以及施雁翎找到的那个可以帮助孩子成长的闺蜜——过气女演员,来帮助抚养孩子成长。到后来,这个事情在孔东和施雁翎的内心里,一点痕迹都没有了,这个事情本身,不过是他们人生的一个小小的插曲罢了。他们的生活沿着两股道在奋勇前行,再也没有交集了。

但是,在这一种假设中,还有很多细节上的变数。比如代孕者曹秀云忽然不想代孕了,她取消了合约,退了款,让施雁翎另外再找人,而这个找代孕人的过程又很不顺利,最终,导致这个计划泡汤。

还有,曹秀云最后是代孕了,但她在后来忽然对代孕的孩子产生了母性,她决定要这个孩子,然后,她逃走了,远走高飞了,谁都找不到她了,这就让施雁翎的云计算失算了,彻底砸锅了——孩子变成曹秀云的了。

或者,曹秀云把孩子生下来了,因为孔东的精子质量问题,结果孩子生下来就是个兔唇,那么施雁翎会要吗?她会把孩子送到福利院吗?还有,尽管这种可能性很小,曹秀云难产导致大出血,她和孩子都死了,这怎么算?有没有法律纠纷?谁来承担责任?曹秀云的家庭会怎么找麻烦?代孕的中介人和中介公司负什么责任?

我们继续来推导。孩子假如顺利地生出来了,被带到了美国,然后在养育过程中不慎早夭了呢?或者上了小学,在一次车祸中严重受伤,成了高等残疾了呢?或者,最终孩子成长为一个正常的人,在美国社会混得一塌糊涂,那么,多年之后,施雁翎真的破产了,孩子会不会来找孔东,就像他梦见的场景那样呢?不知道。云计算也许可以都加以计算,但事实只会有一种可能。可这种可能有着无数的变数。

这个故事还有另外的结局,那就是,孔东觉得自己最终确认他对施雁翎的好感不足以让他来做这件事,他逐渐地冷却情绪,疏远了施雁翎,直到他们不再联系。几年之后,孔东娶了妻子,生了一对双胞胎,过着另外一种生活。施雁翎最终也不知所终。他们相互之间越走越远,直到完全看不见对方。

再或者,孔东后来发现,他非常喜欢施雁翎,两个人在继续的交往中,迸发了爱的激情。两个人决定不采取任何人代孕的方式,而是由他们自己,他和她不采取任何避孕措施来生育一个孩子,因为他们结婚了,施雁翎决定亲自怀孕,实现了两个人做父母的愿望。因为这是他们的爱情的结晶,孩子生下来也很好,他们最后过着幸福的生活。

你看啊,生活的云计算,会算计出这么多人生的可能性。也许,人生是不能云计算的,因为必然性中的偶然性在不断地改变着人生的曲率,使生活发生了意外的变化,这总是始料未及的,也是生活的真谛所在。

选自《十三种情态》

柯巴芽上山放羊去了

哲 贵/著

柯巴芽大学在杭州读,毕业时,父亲问她回不回信河街?柯巴芽没考虑过这个问题,回不回对她来说无所谓。她问父亲:"你想我回还是不回?"

父亲说:"如果你不想回就不用回。"

柯巴芽说:"我回。"

柯巴芽在大学谈了一个男朋友,上海人,学校所有晚会,他是铁定主持人,是学校里著名人物。可他不是柯巴芽理想的男朋友人选,他长得太周正,国字脸,五官精美,身材匀称,各方面太完美,像电视和杂志上的明星。他连酒也不沾。这让柯巴芽有点遗憾,一个人怎么可以没有缺点呢?但是,柯巴芽也想象不出理想的男朋友应该是什么模样,更不知道在哪里能遇上。两人从大二上半年开始约会,周末偶尔去餐厅吃一顿,柯巴芽叫两瓶啤酒,最后两瓶都是她喝。出了餐厅,去一百元一晚的商务宾馆住一宿,第二天中午筋疲力尽出来。可感情的温度始终上不去,放寒暑假时,联系也不多,只有身体需要时,才会想起对方。毕业前,他们又去了一趟宾馆。这次情况比较特殊,著名主持人咬咬牙,去了一家四星级宾馆,打折后三百元一晚。这天晚上,他们另一笔费用是耗掉半打杜蕾司。第二天上午,他回上海,柯巴芽回信河街。

父亲开一家服装公司,专做西服。公司规模不算信河街最大,但父亲是个热心人,喜欢做公益,乐意帮助别人,同行推荐他当了信河街服装协会会长,也算是头面人物,服装公司也跟着提高了知名度。

回信河街后,柯巴芽在父亲公司帮忙。她进公司前,跟父亲商量过,成立一个定制工作室,由她负责。进公司后,柯巴芽打消了这个念头。

柯巴芽读高一那年,母亲跟一个华侨去了法国,父亲没有再婚。进服装公司后,柯巴芽才知道,父亲身边有一个女人,原先是他秘书,现在还是秘书,但地位完全不一样了。柯巴芽不排斥父亲再婚,也不反对找一个年龄比他小十八岁的女人。如果她在读大学之前知道这事,内心会有抵触。她现在至少能够从生理上理解父亲,父亲是个男人,还不算老,像他这种年龄和身份的人,不太适合在外面饥不择食地找女人,有一个固定女人总比在外面乱来安全。她不知道女秘书是否真爱父亲,可是,爱与不爱有什么关系?她和著名主持人谈了三年恋爱,可她实在不能确定自己是否爱他。著名主持人倒是说过,他爱她。她很怀疑。她想起来,离开四星级宾馆的那个早上,双方走得那么决绝,逃离似的。毕业以后,他们只在QQ上碰过一次,他主动说一声,你好,她回了两个字,你好。此后再无联系,好像什么事也没发生过。父亲至少给了女秘书物质保障,给她买了套房,买了迷你宝马,每月上万元工资。这些给予是在明处,父亲私下里给女秘书多少钱,柯巴芽不知道,也不想知道。她觉得父亲身边有个女人挺好,如果他是单身一人,柯巴芽倒觉得不正常了。但柯巴芽想离开父亲的服装公司,她不知道自己想做什么,也不知道能做什么,只是想出来。如果非要说一个理由,她觉得,她的存在会让父亲和女秘书不自在。好吧,她离开。

第二年夏天,柯巴芽参加公务员考试,顺利考上信河街农业局。

考上后,柯巴芽才将消息告诉父亲。父亲问她说:"你喜欢当公务员?"

柯巴芽点点头,又摇摇头,说:"我不知道。"

父亲说:"那你一定不喜欢服装公司。"

柯巴芽摇摇头说:"我离开服装公司不等于不喜欢服装公司,考公务员也不等于我喜欢当公务员,就像当年考大学选择园林艺术系不等于我喜欢这个专业。老实说,到目前为止,我不知道自己到底喜欢什么。"

父亲停了一下,继续绕回他的话题:"你离开服装公司肯定是有原因的。"

"可能有原因吧,但我确实不知道什么原因。"柯巴芽笑了一下。

柯巴芽知道父亲想跟她谈女秘书的事,可他总是开不了口。对于他来说,跟女儿谈论这个话题,似乎是个禁忌。既然他没有开口,柯巴芽当然也不主动提起。柯巴芽还是蛮欣赏父亲这一点,他忌讳谈这个事,说明他内心有所坚守,他不是一个随随便便的人。当年也是母亲出轨在先,她跟法国华侨有了关系,主动离开他。他并没有指责母亲,唯一要求是留下柯巴芽。可是,柯巴芽也不满意父亲的过分克制,做什么事都要考虑别人的感受。他就是娶了女秘书又如何?或者,他也可以换一个女秘书试试。她会为他暗暗叫好的,必要时,她会公开支持他。但是,父亲就是这样的人。他一直是这样的人。

柯巴芽在农业局上了一年班,主动申请调到特产站。柯巴芽不想每天坐办公室写材料和开会,她要到外面去,去有山有水有树木有阳光的地方走走。特产站是理想的选择,特产站管辖几百座茶园,这些茶园都在山清水秀的地方,只要肯跑,每天可以进行一次一日游。

信河街出茶叶是有史可稽的,出产的雁荡毛峰曾是明朝贡品。柯巴芽不喜欢喝茶,饮品中,她更喜欢咖啡和酒。但这不妨碍柯巴芽往大大小小的茶园跑,这些茶园在高山上,在峡谷里,在阳光普照的山之南,在雨水充沛的江之北,柳暗花明,云遮雾罩。到了这些地方,柯巴芽往往有留住下来的冲动。

特产站站长叫戴森,同事私下送他绰号戴喇叭,意思是他讲话像随身戴着一个扩音器。他是八十年代毕业的大学生,读的是茶叶专业。但他身上已经看不出一点大学生痕迹,一双灯笼似的大眼睛,光头,黑脸,身材魁梧,手臂比一般人大腿还粗。动不动骂人"狗生的",还喜欢随口吐痰和放屁。特产站的人都觉得很没面子,怎么能让戴喇叭这样的人当大家的头头呢?怎么可以在单位里骂脏话呢?怎么可以在办公室里随地吐痰和肆意放屁呢?你以为这是在茶园啊?

戴喇叭缺点很多,但谁也不得不佩服他的专业和能力。

信河街的茶叶原来各自为政,戴森做了站长以后才有现在的规划。根据信河街不同的茶叶产区和特点,划分五个区域,每个区域下培育多个品种,对外统一打一个牌子。

戴森每年组织茶叶评比,让五个区域几百个茶叶品种参加比赛,评出金银铜奖,参加一年一度的早茶节。每年早茶节都做得轰轰烈烈,前来品尝和购买的人将各个摊位挤得水泄不通。因为生意好,价钱卖得高,没有一个茶农不想参加早茶节。可他们想参加,得戴森点头才行。戴森点头只有一个条件,茶叶得好。茶叶不好,玉皇大帝打招呼也没用。

每年评奖前,茶农争着邀请戴森去指导,将最满意的茶叶拿给他品尝。一般情况,品过的茶,好的,他就说一句好;不好的,他一声不吭。茶农这时很紧张,盯着他脸色,不敢乱问。也有茶农想试试他到底有没有真本事,将外地绿茶冲泡给他喝。他喝一口,"噗"的一声吐在地上,瞪起圆眼,瞪着茶农骂道:"你这个狗生的,想找死呀?"

柯巴芽在局机关听过戴喇叭的名声。调来之后,发现他也不是什么人都骂,只有怠慢茶农和办事拖拉的人他才骂。柯巴芽还发现,戴喇叭习惯性绷着脸,皱着眉头,他的脸本来就黑,这样一来,更黑。

柯巴芽不能理解他为什么整天黑着脸。笑一笑又不会死人。再说了,笑一笑,对别人是一种鼓励,对自己也是一种释放。这世界谁也不欠谁。

当然,这些话柯巴芽不会跟戴喇叭说。他们关系没有好到那个份上。柯巴芽也没想跟他有什么关系。特产站不到十个人,分两块内容。站长管茶叶,副站长管水果。柯巴芽归茶叶,她负责将分内的事做好,不让戴喇叭有骂她的机会。戴喇叭也确实没有骂过她,就是嘛,人家不偷懒不发脾气,凭什么骂人家,还有天理没有?他可能在野外待久了,确实有随地吐痰和乱放屁的习惯。柯巴芽尽量避着他。

柯巴芽唯一感兴趣的是戴喇叭身上的肌肉,据说他的手臂比一般人的大腿粗,他的胸肌会跳舞。但戴喇叭跟其他健身达人不同,别人有身材有肌肉喜欢秀,喜欢显摆。穿紧身衣服啊,穿短袖T恤啊。戴喇叭每天长衣长裤,将身体包裹得严严实实。

柯巴芽还听说戴喇叭每天去健身馆,已经坚持二十多年,每天早餐要吃十五个鸡蛋。我的天。

戴喇叭身上肌肉到底是什么形状呢?柯巴芽有点好奇了。

戴喇叭将肌肉隐藏得越严实,柯巴芽的好奇心越重。

有一次,她去牛排馆用餐,经过透明厨房,看见里面挂着一排排椭圆形的牛肉,纹路清晰,结实饱满。她突然想到戴喇叭的肌肉。

还有一次,柯巴芽下班路上,经过一家刚刚开业的商店,门口站着两个充足气的红色橡皮人,它们的身体好似要爆开了。她突然想到戴喇叭的肌肉。

还有一次是秋天,柯巴芽下乡归来,经过一农家菜园,看见架子上坐着一个巨大的金瓜。已经熟透的金瓜,一瓣瓣鼓出来,浑身散发着金亮的光芒。她突然想到戴喇叭的肌肉。

最不应该的是,她有一次梦到了戴喇叭,他脱了上身衣服,她居然来不及看一眼就醒了。

醒来后,她轻轻扇自己一个耳光,自言自语:"柯巴芽,你是不是疯了?到底想干什么?"

过了一年多,夏天的一天,柯巴芽跟戴喇叭去天井茶园。

这是废弃的一个茶园,戴喇叭也没去过,据说在海拔一千两百米的高山上。信河街靠海,很少有八百米以上的山峰,更不要说一千两百米,何况还有茶园。戴喇叭一听说,立马赶过去。车停半山腰,当地特产站的人说,还要再爬一个半小时山路。

那天无风,下车走了半个小时,柯巴芽觉得头顶上都是汗,汗珠穿过发根,滑到脸上,一颗接一颗摔到脚下的黄泥土里,将黄泥土砸出一个个气泡。她感到身上的汗水往下淌,湿透了内衣。再走一段路,柯巴芽觉得外衣也湿透了,身上好似粘了一层皮,又重又闷。

柯巴芽走在队伍后头。她这时看见戴喇叭的背影。戴喇叭身上的蓝色衬衫(他总是穿蓝色和绿色的衣服,很少穿白色)已经被汗湿透,紧紧贴在身上。柯巴芽看见他的手臂像两把大锤前后挥动,随着手臂的挥动,柯巴芽看见他的两片肩胛骨像两把扇子一张一合。他的上半身像个倒三角形,腰身收紧,看不出一点赘肉。

刚好走到一座凉亭处,大家坐下来稍事休息。柯巴芽特意转到对面,果然,戴喇叭前面的衬衫也全湿了,紧紧贴在身上。柯巴芽看见,他两块胸肌像高压锅鼓出来。柯巴芽赶快将眼睛转开,快步走到凉亭口,深深地喘一口气。但她听见,心脏跳得又快又响,几乎要从喉咙飞出来。

又走了半个多小时,终于到了天井茶园。天井是一个自然村,原先有三户人家。后来政府动员村民搬迁到山下,给他们盖了房子,这里成了荒村。三幢房子还在,每幢三小间,都是用一块块青色的石头垒起来,整齐又别致。只是现在爬满了藤蔓,让人不敢靠近。

茶园在另一个山头,中间有一条深不见底的峡谷。要进入茶园,必须经过一条约三十来米长的铁索桥。

铁索桥有点摇晃。这次戴喇叭没有走在最前头,他让大家先走。当地特产站的人走在前头,柯巴芽抓着扶手,紧跟后面。走出十来米,柯巴芽回头去看,戴喇叭还是一动不动站在那里,脸色发青,两手紧紧握成拳头。柯巴芽对他喊了一声:"你怎么了?"

戴喇叭看了看她,说:"狗生的,我有点怕。"

他的声音微微颤抖。

当地特产站的人转身回去扶他。让柯巴芽没有想到的是,这一扶,戴喇叭反而一屁股瘫坐在地,发出哇哇哇的哭声。哭声听起来那么无助,却又那么响亮。

哭了一会儿,他抬头高声质问当地特产站的人:"狗生的,你怎么没说有一座铁索桥?"

那个人不敢回话,只是看着戴喇叭笑。

柯巴芽也很想笑。戴喇叭那么大的个头,那么健美的身体,那么彪悍的性格,居然会有恐高症,反差太大了。

回去的路上,戴喇叭厉声威胁柯巴芽和当地特产站的人:"回去对谁也别说起这事。"

过了一会儿,他又补充一句:"狗生的,如果有第三个人知道,我就找你们两个算账。"

当地特产站的人连连点头。

柯巴芽从戴喇叭的声音里听出一种妩媚来。

从那以后,戴喇叭还是黑着脸,还是打锣似的讲话,还是瞪着大眼睛看人,生气了还是骂人"狗生的"。可是,柯巴芽发现他的神态发生了微妙变化,每一次看见她,他的眼神闪烁一下,立即转到别处。柯巴芽觉得戴喇叭并不像外表看起来那么强壮,也不像看起来那么凶。或者,也可以反过来说,戴喇叭外表的强壮和表情的凶悍恰恰反映出他内心的软弱。柯巴芽在想,或许正因为内心的软弱,才促使他每天走进健身馆,练出一身壮观的肌肉吧。

柯巴芽会不自禁地将戴喇叭和父亲做比较,他们年龄相仿,个头也差不多。可是,他们的差别又是如此之大。父亲也算注意保养之人,细声缓慢地讲话,不动怒,更不会骂人。注意饮食,不烟不酒,不吃夜宵。每天坚持饭后散步一个小时。他整个人就像一个时钟,有节奏有规律。可他的老态是掩饰不住的,无论是精神还是身体。而戴喇叭呢,他像一头原始动物,无论是精神还是身体,热气腾腾,生机勃勃,充满力量,叫人心动。当然,柯巴芽知道自己没有喜欢上他,他也不是理想中的男人,虽然她到目前为止还不知道理想的男人是什么样子。但柯巴芽对他的身体,特别是对他的肌肉充满了想象。这种想象有时像一团大雾,逶迤而来。有时在路上走着走着,这种想象便弥漫开来,将她笼罩,久久不肯散去。有时如一支利箭突然而至,一下子穿透她的身体。好多次,她在浴室里淋浴,往身上涂沐浴露。她从上而下抚摩身上的皮肤,猛烈地想起戴喇叭的肌肉。这种想象让她胸闷,几乎喘不过气来。

又过了一年,戴喇叭邀请一批外地专家,在雁荡山举办一年一度的新茶评比。特产站所有人都去做会务工作。评比结束后,组织专家参观景区。

那天上午,他们去了大龙湫。大龙湫是个瀑布,有天下第一瀑之称。春夏多雨季节,水量充沛,水势磅礴,水泻之声隆隆如雷鸣,水雾远侵百米开外,整个山谷雾气蒸腾。由于长年瀑布冲泻,瀑布下面形成一个深不见底的大水潭。水潭三面都是大大小小的椭圆形石头,被游人踩得光滑鉴人。游人喜欢蹲在石头上,弯腰掬水,即使是盛夏,依然水凉刺骨。

柯巴芽随着大家从石头上走过,她没有蹲下掬水的念头,见前面有人,她准备快速绕过去。就在这时,蹲着的那个人站了起来,屁股一顶,撞到了她。柯巴芽没有心理准备,她甚至没有惊慌,身体像一根被砍断的树,直挺挺倒进水潭。她听见自己摔进水潭的声音,身体一冰,四肢僵硬,浑身不能动弹,像一块石头往水底沉去。

她听见有人的惊呼声,接着,听见有人跳进水潭的声音。她看见了,是戴喇叭。她看见戴喇叭快速游来,伸手抓住她的手臂。接着,搂着她的背。她像一株水草,被戴喇叭捞了过去。她紧靠着他,将双手贴在他胸前。

四月初,信河街寒意未褪,柯巴芽被捞上来后,被风一吹,连着打了三个喷嚏。戴喇叭让一个女同事送她回宾馆休息。

当天晚上为专家饯行。晚宴上,柯巴芽主动要求喝白酒解湿气。她给每一位专家敬酒,当然也敬戴喇叭,感谢他的救命之恩。

谁都看出来柯巴芽喝醉了,只有她知道,自己没醉。散场后,大家都走了,她坐着没动。戴喇叭看了看她说:"还不走?"

柯巴芽冲他咧嘴一笑,命令道:"你扶我回去。"

戴喇叭走过来,抓小鸡一样抓起她。到了门口,柯巴芽找出门卡让他开,进了门后,柯巴芽一下子扑在他身上。

几乎没有犹豫,柯巴芽伸手解开他的上衣。那是两块巨大的胸肌,像两块巨大的海滩,不见尽头。柯巴芽觉得自己突然缩小成一只蚂蚁,面对海滩,她在艰难跋涉。让她绝望的是,无论哪个方向,她都找不到可能和出口。海潮的声音从四面八方传来,一浪盖过一浪,将她一点一点淹没。她身体越来越酥软,渐渐忘记了身体的存在,甚至连眼睛也不见了。

过了两个月,柯巴芽发现月经没有来。她以前月经来得并不正常,有时三个月不见踪影。但这次不一样,身体反应不一样:嗜睡,尿频,腹胀,厌食。她去药店买来试孕纸,试了之后,上面的控制线和下面的反应线颜色一样。她又试了一次,还是这个结果。第二天,她没去单位。第三天,她去了一趟信河街中医院,挂了最著名的妇产科医师诸葛莉莉的号,她有送子观音的美誉。检查再一次证实她怀孕了。柯巴芽说做掉。诸葛莉莉问她不再考虑考虑。她说不。诸葛莉莉摇了摇头,开了药单和手术单子,叫她去缴费,先吃药,明天下午来做手术。

第二天下午,柯巴芽应约去做人流,发现手术室门口坐着十几个女人。轮到她时,快到下班时间了。她进了手术室,诸葛莉莉看了她一眼,眼神是陌生的。她躺在一张简单的手术床上,褪下裤子,双脚叉开,被两个器具固定住。然后,她感觉有一个异物进入下体,那异物张开巨大的嘴巴,将她的身体一点一点吞噬了。她觉得疼。这种疼以前从未有过,是被撕裂的疼,好像有一把刀,伸进体内,一点一点地刮。

当柯巴芽从手术床站起来,诸葛莉莉指着盘里一个血淋淋的小肉块,状如花生,问她要不要带回去。柯巴芽本想说不要,话出口时变成好的。诸葛莉莉叫护士拿一个小尼龙袋,装起来交给柯巴芽。

柯巴芽将那颗花生形状的小肉块带回家,她在床上躺了一个晚上,再加一个上午。身体才慢慢有点力气。下午,她找来一把铁锹,将那颗小肉块埋在她家院子的榕树下。据说这棵榕树有五百来年了,父亲当年买下这个院子,很重要的一点是看中这棵榕树,它像一把巨大的雨伞撑在院子里,枝繁叶茂。

三个月后,柯巴芽离开了特产站。她报名参加了一个志愿活动,去青海的铁卜加草原支教。

没有人知道柯巴芽离开特产站的原因。从雁荡山回来之后,柯巴芽再没有和戴喇叭单独见过面,也没有说过话。有两次在路上遇见,戴喇叭嘴唇动了动,柯巴芽没有给他开口机会,转身跑开了。

去青海之前,父亲找她谈话。父亲没有问她为什么离开特产站,也没有问她为什么去青海支教。父亲只是问她:"我能为你做些什么?"

柯巴芽看了他一眼说:"你跟你的女秘书结婚吧。"

父亲想也没想,摇了摇头说:"不可能。"

柯巴芽说:"我是真心的。"

"我知道。"父亲停了一下,叹了一口气说,"我过不了自己这一关。"

见他这么说,柯巴芽便不开口了。

离开前,父亲问她:"你准备什么时候回来?"

"支教是两年。"柯巴芽眼睛看着远处,轻轻地说,"我看情况吧,或许不到两年就回,或许多待一段时间。"

那年九月,柯巴芽到了青海铁卜加草原的石乃亥小学。石乃亥是个乡,地处海南藏族自治州,又是海西、海南、海北三个自治州的三角地带,距离青海湖只有二十公里。

石乃亥小学是个藏汉双语学校,柯巴芽教三四年级汉语。这些孩子基础差,教的都是最简单的汉语,教学任务不重。

学校所在地海拔三千多米,柯巴芽刚来时有点高原反应,但不严重,因为四周都是草原,植被茂盛,氧气够用。大概过了十天,她就适应了。

她能感觉到当地老师和孩子对她的好奇,他们更多的是围观她,用藏语说着她听不懂的话,伸手指指点点,然后哄堂大笑,或者捂着嘴哧哧地笑。一个南方海边的女人突然出现在藏区,无论是身体外形和内在气质都是不同的。柯巴芽早有心理准备,这也正是她想要的环境。她不排斥老师和同学对她的围观,也不急于跟他们融为一体。她对谁都是面带微笑,点头致意,但从不主动向谁开口,不主动与人交往。

除了课本里的知识,柯巴芽也教孩子们唱信河街童谣,用信河街方言唱,然后一字一句解释。她教的童谣里有很多鱼,其中一首是《海鲜十二月童谣》,从一月到十二月,将每月的时令海鲜唱出来,有青蚝、䲞鲋、蛎蟥、水潺、子梅、鳎鳗、鲻鱼等等,孩子们对这些鱼闻所未闻,听得津津有味。有时,柯巴芽让孩子们在课堂上唱藏族童谣,然后一句一句翻译成汉语。柯巴芽发现,地域不同,童谣里表达的物产不同,但基本调子是差不多的,都是抒情的,温暖的,让人觉得生活美好。

除了备课、上课和批改作业,剩下的时间都是她的。放学以后,学校就空了,清净得像一座寺院。吃过晚饭后,柯巴芽走出校门,绕过镇子,一个人进入草原。她不敢走太远,不时回头看学校上空那面红旗。

双休日,柯巴芽一个人背着双肩包,搭坐镇上的班车去青海湖。她有时选择一个地方坐一整天,有时沿着湖走一段路。有时当天晚上返回学校,有时住在青海湖畔的青年旅社。

她没有主动跟外界联系过,甚至连手机也没用。只有父亲,每周给她的学校打一个电话,谈话内容基本相同。父亲问她课上得怎么样,她说挺好。父亲问她睡觉习惯不习惯,她说很习惯。父亲问她吃得习惯不习惯,她说每顿比以前都吃得多。父亲问她什么时候回去一趟,她说放假了回去。

那年寒假,柯巴芽没有回信河街。她背着双肩包,去了兰州,然后又去敦煌。

到了暑假,她背起双肩包,去了西藏。在拉萨河边租一个民房,住了两个月。她什么地方也没有去,每天在布达拉宫附近走走坐坐。暑假快结束了,才坐火车回到青海。

新的一个学年开始了。有一天,学校来了一队志愿者,他们从西宁开来两辆大卡车。卡车开进学校,跳下十来个青年男女,他们用接龙形式,将卡车上的书籍、文具和学生衣物搬下来。

带头指挥的是一个叫唐十三的男青年,后脑勺扎一条辫子。他们将卡车上的东西搬进指定的一间教室,又跟学生开了一个联欢会。他们表演的节目和学生的节目穿插起来。唐十三表演了一个舞蹈,表现一个渔夫捕鱼的过程。唐十三又高又瘦,上身穿一件宽大的白色T恤,下身穿紧身牛仔裤,腿像两条竹竿。他动作笨拙、生硬,像机器人的表演,引得学生一阵阵大笑。柯巴芽觉得有点难为情,可是,见他很投入地表演,表情那么认真,也跟着学生笑起来。

联欢结束后,大家去学校食堂吃饭。饭桌是临时拼凑起来的,摆了一长条。唐十三坐在柯巴芽对面。吃到一半,柯巴芽抬头看了他一眼,发现唐十三正看着她,对着她咧嘴一笑。柯巴芽发现,他笑起来时候,嘴巴朝右边歪去,流露出若有若无的嘲笑,可在嘲笑里又包含着纯和的天真。柯巴芽发现,他的上嘴唇粘着一颗饭粒,这使他的坏笑看起来有点滑稽。

离开前,唐十三找到柯巴芽,递给她一张名片。柯巴芽看了看,原来他是西宁一家青年旅馆的老板。他向柯巴芽要手机号码,柯巴芽说没有。他说那你去西宁打我手机,说着,他指了指名片。

两个月后,柯巴芽去了一趟西宁,在一堵古城墙边,找到了唐十三的青年旅馆,名字就叫唐十三青年旅馆。

柯巴芽到的时候快中午了,她进了旅馆,问一个穿工作服的小姑娘,唐十三在不在?小姑娘看了下时间,说他还在睡觉。柯巴芽问他什么时候起床。小姑娘说他一般十三点起床。柯巴芽"哦"了一声,说,怪不得他叫唐十三。见她这么说,小姑娘就笑了,问她有什么事。柯巴芽说,没事,就是来看看他,既然他没起床,我过了十三点再来。

柯巴芽出了青年旅馆,她什么地方也不想去,见有一些老人三三两两分坐在古城墙下,有人听收音机,有人打瞌睡,她也找个地方坐下去。这一坐,她不禁微微笑起来,自己今天来西宁,好像就是为了来这里坐一坐。她前世似乎是这座古城墙的一块砖头。

过了十四点,她才慢慢起身,拍拍屁股上的尘土,朝唐十三青年旅馆走去。到了旅馆,一进门,看见竹竿样的唐十三,他正悠闲地歪在大厅的一张靠椅里。他一见到柯巴芽,蚱蜢一样从靠椅里弹起来,说:"刚才来过的就是你?"

柯巴芽点点说:"我来过。"

唐十三甩了一下头,瞪大眼睛,认真地看着柯巴芽说:"为什么不叫我?"

柯巴芽说:"我没什么事,不用打搅你休息的。"

"下次不能这样。"唐十三突然下命令似的说。

"好,下次一定打搅。"柯巴芽笑着说。

"你还没吃午饭吧?"

"是的。"柯巴芽老实说,她现在确实有点想吃东西。

唐十三让厨房烧了几个菜,居然有江蟹和带鱼。一问,原来唐十三是宁波河姆渡人。他三年前来青海旅游,待了两个来月,后来干脆留下来,开了这家青年旅馆,空闲时间就在青海四处跑。唐十三告诉柯巴芽,这里的海鲜都是从四川空运来的,味道和新鲜度都不如东海海鲜。他平时很少买。昨天去菜场,突然就买了江蟹和带鱼,没想到柯巴芽今天就来了,看来冥冥之中是有感应的。

他们浅浅地喝着啤酒。唐十三讲话时,总是看着柯巴芽。柯巴芽一看他,他就咧嘴一笑,嘴唇朝右边歪去,流露出若有若无的嘲笑。这个时候,柯巴芽就会着迷似的盯着他的嘴唇,仿佛那里还粘着一颗米粒。

吃完后,唐十三带着柯巴芽出了青年旅馆。不远处有公园,公园沿河而建,两边都是灰褐色的青海云杉,又高又大又直。河上不时有石桥横跨,公园里小径蔓延。

进入公园后,唐十三自然而然拉住柯巴芽的手。柯巴芽没有挣扎,她也没有觉得这手拉得突然,好像他们一直这么拉着手。他们都不是话多的人,握着手,慢慢地走,有一句没一句地说着话。讲的都是各自的经历,当然是过滤后的经历。柯巴芽不会向他敞开全部心思,他也没有刨根问底。当然,柯巴芽也没有深究他为什么不回宁波,他留在这里肯定有原因,但有时他也未必完全弄明白是什么原因。是啊,她也不知道自己为什么来青海。

他们在公园穿来穿去,好似漫无目的,又好似在等待什么。青海的天要到二十一点才暗下来。天暗之后,唐十三带柯巴芽去藏餐吧,据说是西宁最有名的藏餐吧。

晚上他们喝青稞酒。喝酒时,柯巴芽一直盯着唐十三的嘴唇。唐十三抹了一把脸,说,我脸上有问题?柯巴芽笑着摇摇头。柯巴芽发现唐十三喝酒容易上脸,先是粉红,再紫红,连眼睛都红。脸红的时候,他的嘴唇更红,好像要滴出血来。柯巴芽很想伸手去摸一摸他的嘴唇。这时,唐十三让服务员倒了一杯水。喝完一杯水后,脸上的酒红很快消下去,眼睛又恢复了清明。他接着跟柯巴芽喝酒,越喝脸越白,并没有醉态。

在藏餐吧,唐十三给柯巴芽唱了一首歌,是用藏语唱的。唐十三告诉她,这首歌名叫《香巴拉》,是青海作家龙仁青创作的,描写一个藏族姑娘寻找爱情的故事。柯巴芽问:"那个藏族姑娘找到爱情了吗?"

"歌词里只说她要去一个叫香巴拉的地方,她想要的爱情在那里,没有说她找到,也没有说她没找到。"

柯巴芽问:"她知道香巴拉在哪里吗?"

"她不知道。"

柯巴芽说:"不知道香巴拉在哪里怎么找?"

"我见过龙仁青,他对我解释说,或许香巴拉就在路上吧。"

柯巴芽点点头,没有再说话。

从藏餐吧出来后,两只手很自然又牵在一起。又经过公园那片浓密的青海云杉林,唐十三停住了脚步,转身揽住柯巴芽的腰,柯巴芽知道他要干什么,站着没有动。黑暗中,柯巴芽看不见他的嘴唇,但能够感受到他嘴唇的热度。热度越来越近,柯巴芽仰起头,将嘴唇迎上去。她的脑子里,突然浮现出他嘴唇上粘着饭粒的样子。

回到青年旅馆,柯巴芽让唐十三开了一个房间。进了房间,他们又粘在一起,柯巴芽抱着他的脑袋,大口撕咬他的嘴唇。她真有将他嘴唇咬出血来的冲动。

当唐十三将手伸进她衣服里时,柯巴芽放开了他的脑袋。唐十三愣了一下,停下了手,问她:"怎么了?"

"不行。"柯巴芽摇了摇头。

"为什么?"

柯巴芽还是摇了摇头说:"我也不知道。"

唐十三没有再问下去,他默默站起来,伸手拍了拍柯巴芽的脸,说:"没事,你早点休息。"

柯巴芽点点头,将他送到门口。唐十三临开门,柯巴芽又将他拉住,抱住他的脑袋,然后才慢慢将他推出门去。

从那以后,柯巴芽每个月都会去一趟西宁,有时去两趟。到了之后,她和唐十三吃饭喝酒,手拉手到公园散步,亲嘴。有时,他们什么地方也没有去,静静坐在旅馆后面的院子里喝普洱茶。柯巴芽总是盯着唐十三的嘴唇看。到了晚上,亲嘴过后,柯巴芽将唐十三推出房间。

有几次,到了周末,唐十三跑到石乃亥小学找柯巴芽。下课后,柯巴芽带他出了镇子,手拉手走进草原。他们站着亲嘴,坐着亲嘴,躺着亲嘴,滚着亲嘴。到了下午四点钟,柯巴芽会推开唐十三,拉着他的手回到镇上,那里有当天最后一趟去西宁的班车。

那年寒假,他们一起去宁夏,去了西夏王陵,去了沙湖,去了沙坡头,还去了镇北堡。根据柯巴芽要求,他们开两个房间,每天晚上,亲过嘴后,柯巴芽将唐十三推回他的房间。

在宁夏的那个晚上,当柯巴芽将唐十三推出房间时,唐十三又一次问她:"为什么?"

柯巴芽摇了摇头说:"我也不知道。"

唐十三说:"你不喜欢我?"

柯巴芽说:"我喜欢。"

唐十三说:"可你为什么这样?"

柯巴芽说:"我也不知道。"

寒假过后,有一段时间,柯巴芽没去西宁,唐十三也没来石乃亥小学。过了两个月,柯巴芽忍不住还是去了西宁,他们还是像以前一样拉手和亲嘴。

又一个暑假快来了,那个周末,柯巴芽又去西宁,她刚进青年旅馆大门,看见唐十三搂着一个姑娘的腰,慵懒地从楼上走下来。唐十三抬头看见她,迟疑了一下,说:"你怎么来了?"

柯巴芽笑了一下,说:"我是来向你辞行的。"

说出这句话后,柯巴芽愣了一下。

唐十三说:"你怎么了?"

"支教时间到了。"柯巴芽发现所有的话都是自作主张,"我要回去。"

唐十三的嘴唇突然向右歪去,出现若无若有的嘲笑,说:"原来是这样。"

柯巴芽这时很想上前摸一摸他的嘴唇,很想用力去亲一亲。但她只是看了一眼,轻轻地对唐十三挥挥手,说:"再见。"

离开青年旅馆,柯巴芽来到古城墙,找个地方,坐了下来,脑子一片空白。

学年结束后,柯巴芽回到信河街。父亲问她接下来有什么打算,她说没有打算。父亲说,你还是来公司上班吧,我只有你一个女儿,这公司迟早是你的。柯巴芽说,我不去。

柯巴芽在家里赋闲了半年,什么地方也没去。父亲上班去了,保姆买菜去了,家里只剩她一个人。她的房间有一扇巨大的落地窗,正好对着院子里的大榕树。她每天对着大榕树发呆。

新年开春后,有一天,柯巴芽对着大榕树发呆,脑子里闪了一下,突然想起那个叫天井的自然村和那片茶园。她捡了两件衣服,背起双肩包,直奔天井村。

跟上次几乎一模一样,柯巴芽发现,外面的世界日新月异,天井村沉寂如昨。整座山安静得没有一点声音,像个荒芜世界。让柯巴芽欣慰的是,村里那三幢房子还在,一块块青色的石头还是那么整齐和别致,爬在上面的藤蔓更加茂盛。柯巴芽又跨过铁索桥去看茶园,茶园也跟以前一样,破乱得像个孤儿。

柯巴芽下山后,找到当地特产站的人,说她愿意承包天井村的茶园和那三幢石头房子。特产站的人马上带她去找乡政府,乡政府的人求之不得,但他们要求柯巴芽出一个规划书,说明想在山上做什么。柯巴芽说我也不知道要干什么,就是种茶做茶,养几只羊。将三幢房子做成一个民宿,城里人喧嚣久了,或许想找一个清净的地方住两天。乡政府的人说,好的好的,你就将你讲的写成规划书就可以了,走个形式。

办妥所有手续,柯巴芽才跟父亲说这事。父亲想了想,问柯巴芽:"你能不能告诉我,想在山上干什么?"

柯巴芽说:"我不知道。"

父亲说:"不知道你为什么要上山?"

柯巴芽说:"我也不知道。"

父亲叹了一口气。

第二天,父亲陪柯巴芽去了一趟天井村。看了之后,他对柯巴芽说:"这里太冷清了。"

柯巴芽说:"我要的就是这种冷清。"

父亲盯着她看了一会儿,悠悠地说:"我平时对你照顾太少了。"

柯巴芽转过头去,轻轻地说:"我已经习惯了。"

父亲又叹了一口气。

接下来的半年,柯巴芽将那三幢房子进行了改造和装修。她保留了墙外的青藤,也保留了墙壁上青色的石头,只是对地面和内部格局做了精细化处理。

山上来了一个叫何小竹的姑娘,旅游学校毕业,是柯巴芽从网上招聘来的。还有一个老厨师,是父亲公司派过来,是他们家一个远亲,跟了父亲很多年。父亲派他来山上,当然有保护她的意思,这一点,父亲没说,柯巴芽也没说。

柯巴芽给这地方起了个名字:天井人家。

半年后,天井人家对外营业。只接受网上预订。

营业之后,柯巴芽基本上将天井人家交给何小竹打理。她与何小竹谈好,何小竹也是这里的股东。柯巴芽将精力转到茶园,她在茶园养了十头小羊。

铁索桥那边建有专门的羊舍,羊舍也是按照天井人家的模式建的。羊舍建成后,她便不允许别人跨过铁索桥一步了。除了管理茶园,她一有时间就往羊舍跑。第二年,有一只羊生病了,柯巴芽抱着它去了好几趟山下。最终,还是没有将它治好。那只羊死之前和死之后,柯巴芽一直抱着它,像抱着自己身体,越抱越紧。后来,柯巴芽在山上给它挖一个坑,用白布将羊包裹严密,轻轻放进坑里,然后,盖上泥土,做成一个土墓,植上青草和鲜花。

从那以后,柯巴芽自学兽医,她网购了很多兽医书籍。还专门去信河街农业学院,拜动物科学系的一位专业老师为师,遇到问题立即向老师讨教。

两年后,山上有三十只羊了。柯巴芽每天赶着它们漫山遍野跑,跑不动的小羊羔,她抱在怀里。她不会厚此薄彼,她会一只一只小羊羔抱过来。跑多了,她心疼了,赶紧将它们赶进羊舍,挨个给它们洗澡。洗完澡后,用干毛巾挨个将它们身上的毛擦干。

戴喇叭来过一次天井人家。柯巴芽知道他来,躲进羊舍。戴喇叭等不到柯巴芽,坐了半天,什么话也没说,下山去了。

天井人家的生意不能算好,但每天总有几个外地客人慕名而来。生意基本能够维持下去,何小竹和厨师的工资每月也能正常支付。这就好。

有一天中午,天井人家来了一个长着国字脸的男人,他进来后这里看看那里摸摸。很久以后,用很标准的普通话问何小竹:"请问这里有没有一个叫柯巴芽的人?"

何小竹看了他一眼,问他:"你是谁?"

那人说:"我是上海来的,柯巴芽的同学。"

何小竹"哦"了一声,又看了他一眼,然后悠悠地看着门外,伸手指了指说:"她上山放羊去了。"

2016年4月14日　于温州

附录

◎郁达夫小说奖评奖条例(修改稿) / 233
◎第五届郁达夫小说奖中篇小说终评备选篇目及审读委成员评语 / 236
◎第五届郁达夫小说奖短篇小说终评备选篇目及审读委成员评语 / 257
◎第五届郁达夫小说奖终评综述 / 277
◎第五届郁达夫小说奖终评委成员评语 / 279

郁达夫小说奖评奖条例（修改稿）

郁达夫小说奖是以浙江籍现代杰出作家郁达夫命名的小说类文学奖项，由浙江省作家协会《江南》杂志社主办，杭州市富阳区人民政府协办。郁达夫故乡富阳为永久颁奖地。

一、评奖理念

郁达夫小说奖的评选，以弘扬郁达夫文学精神为主旨，侧重郁达夫式的创作追求和审美风格，力推浪漫放达、感性丰盈、感时忧国、富有鲜明个性的优秀之作。

二、评奖范围

1. 郁达夫小说奖为两年一届。
2. 郁达夫小说奖的评选范围为中、短篇小说。
3. 评奖规定的期限内，凡在我国大陆地区、香港澳门特别行政区和台湾地区以及海外各地公开发表的汉语小说作品，均可参评。因为评委语言的局限，用我国少数民族语言创作的小说作品，须以汉语译本参加评奖。

三、评奖标准

1. 参评作品应能体现民族精神，聚集时代气象，敢于人生发现，促进社会进步，提升情感境界，抚慰人类心灵，富有鲜活气息。
2. 注重作品的文学品位，鼓励性情诗意的浪漫写作，强调汉语叙事传统的继承和创新，尤其关注具有独特审美发现、叙事灵动飞扬、呈现锐气与才情之作品。
3. 坚持作品的艺术纯粹性，重视在大时代潮流中发出的个人内心的声音。在同等水准下重视文学新人的发现。

四、评奖机构

1. 成立郁达夫小说奖组织委员会（下称组委会）和郁达夫小说奖评选委员会（下称评委会）。组委会指导和监督评奖工作的运行。评委会具体负责作品的评选。
2. 评委会由终评委和审读委构成。终评委由组委会邀请海内外著名作家、学者和文学界重要刊物主编组成，成员为9名，其中主任1名，委员8名。审读委由组委会聘请熟悉当代小说创作的若干评论家、作家和编辑家组成。终评委和审读委名单产生后，向社会公示并报请有关主管部门备案。
3. 终评委成员基本固定，除遇特殊原因可微调外，一般不作变动，以保持评奖风格的延续性。审读委成员可按需要进行轮换和扩增。

4. 组委会下设评奖办公室,负责具体事务。

五、评奖程序

1. 参评作品征集。征集工作由评奖办公室负责进行。办公室应在开评前公布本《评奖条例》,并以多种方式向社会发出通知,在规定的工作期限内征集符合评奖要求的参评作品。同时,审读委成员分别推荐一定数量的参评作品。

2. 备选作品。审读委对推荐作品和征集作品在广泛阅读讨论的基础上进行实名投票,提出不超过各20篇的中短篇小说作为终评备选篇目。

3. 经由2名以上终评委联合提名,并获得1/2以上终评委表决赞同,可在审读委推荐的中、短篇小说篇目以外,增补终评备选篇目,增添数量各不超过5篇。

4. 进入终评的备选篇目以及终评委增补篇目应予公示,同时公布评语。

5. 投票产生获奖作品。终评委在认真阅读全部备选作品的基础上,参考来自各界的反馈意见,经充分酝酿与讨论后,以实名投票方式产生获奖作品,评委评语公开。郁达夫小说奖作品需获得终评委总票数2/3以上,郁达夫小说奖提名奖作品需获得终评委总票数1/2以上。

6. 获奖作品的数量。郁达夫小说奖为中、短篇小说各1篇。郁达夫小说奖提名奖为中、短篇小说各3篇。原则上不予空缺。

7. 评奖揭晓。评奖结果经组委会审核后,在相关媒体上发布。颁奖活动在郁达夫故乡富阳举行,向获奖作品的作者颁发证书和奖金,同时向获奖作品的发表刊物和责任编辑颁发证书。

8. 获奖作品宣传。《江南》杂志重刊获奖作品并发表获奖作者的新作,同时负责对获奖作品和作者进行宣传。

六、评奖纪律

1. 为确保评奖的权威性、公正性,终评委和审读委要坚持评奖标准,实行终评备选篇目公示、终评委和审读委成员名单以及评语公开制度。

2. 终评委、审读委及评奖办公室成员,不得有任何可能影响评奖结果的不正当行为,一旦发现此种行为,参与评奖工作的资格将被取消,有关参评作品的资格也将予以取消。

3. 组委会成员、终评委成员、审读委成员以及评奖办公室成员的作品不参评。

4. 在评奖过程中若发现有违反评奖纪律行为,将予以严肃查处。

七、评奖经费

郁达夫小说奖评选活动经费由浙江省政府财政拨款及接受社会赞助等方式解决。

八、附则

本条例由浙江省作家协会《江南》杂志社负责修订、解释。

2018年6月

第五届郁达夫小说奖中篇小说终评备选篇目及审读委成员评语

12票 《空色林澡屋》

（《北京文学》2016年第8期） 作者：迟子建

张学昕 一直以来，迟子建的创作都给人以独特的审美感觉：在中国最寒冷的地带有着最暖人心的温度，不论生活多么困苦，人生经历怎样的曲折，这种温暖都不会缺席。这部中篇小说《空色林澡屋》依然保持着这份温暖，只是这份温暖更深入灵魂。不论皂娘有着怎样丑陋的面容，那不过只是一个空的皮囊，人能传递出来的温度是由内而外的；皂娘开的那间澡屋，不仅能洗去赶路人的一身疲惫，那一池温暖的热水，代表的是皂娘的温柔、善良和坚韧，更加能洗去人生的愁苦和怨怼。迟子建借皂娘和她的澡屋，想要涤净的是我们现实生活中的浮躁。

张　莉 《空色林澡屋》来自遥远北国，皂娘面容丑陋，人生悲苦，但却自有对人世种种的大包容与大体谅。她有如爱、温暖和博大的化身，她给人洗澡，是给人以一种心灵的涤荡。小说的魅力在于，它的气息是在地的、笃定的，但是，同时又别有远方，别有星光，别有人性善好。人物命运辗转、曲折、沧桑、明亮，《空色林澡屋》内里自有力量。

李国平 一个作家的创作，一直能保持相当高的水准，几乎篇篇能引人注意，虽不能造成太热的话题，但却能给人以审美启迪，这样的作家，当代不多，迟子建是其中之一。在保持着自身审美风格的底色的同时，又不断扩展着自己的境界和格局，并且能在文本中呈现、实现，这样的作家，当代不多，迟子建是典型之一。

孟繁华 不幸的女人，不幸的婚姻，短暂的爱情确实是一场误会。女性的坚韧不屈，与她的外在形象恰好构成比照。她对洗浴的坚决，恰似她不染纤尘洁身自好的隐喻，是对一段爱情的挽留和纪念。当然，沐浴也意味着重生。

洪治纲 这是一部密语式的小说。关长河的人生，皂娘的人生，皂娘身边三个男人的人生，以及林业勘察队员各自的情感故事，像一片隐秘的丛林，埋藏在乌玛山区,然后又通过不同的方式,被一一讲述出来。它们既辛酸苦涩,又饱含真情,既苍凉孤独,又不乏暖意,呈现了每个平凡生命背后所承载的滞涩与凝重。它是人而为人的底色,也是命运的沉重注释。

胡殷红 《空色林澡屋》讲了一个勘察小分队的一段离奇经历和遇见的"真实"故事。皂娘是这个故事里真实的女人,作家带着深切的悲悯情怀讲述森林中神秘的空色林澡屋和命运坎坷的皂娘。人物形象刻画逼真,由可悲可怜到可信可爱。小说的细枝末节虽然亦真亦幻,真假难辨,但都因"真实"的底蕴,体现出作家对社会、人生、命运的揭示和感悟。

贺绍俊 迟子建的《空色林澡屋》以酣畅的文字将人的精神信仰圣洁化和诗意化。洗澡,在小说中明显象征着一种洁净和美德,迟子建将一个洗澡的故事处理成神秘和空灵的状态,又将其套在一个寻找澡屋的写实故事里,寻找过程中又生出不少故事,所有的故事都指向一点:每一个人都会有自己的委屈和磨难,需要下到澡盆里得到洗礼。迟子建将皂娘烘托成一个女神式的人物,传递出一种宽泛的宗教情怀。她将皂娘的澡屋取名为"空色林",显然就是对佛教《心经》的呼应:"色即是空,空即是色。"至于现实中有没有空色林澡屋并不重要,重要的是你的心里有没有它的位置。

12票 《借命而生》

(《十月》2017年第6期) 作者:石一枫

任芙康 完完全全新鲜的故事,加充满悬念的构思;地地道道底层的生活,却折射时代的风云。不同身份的人,竟殊途同归,有着相同的命运。彼此对应,借命而生。

张学昕 不论我们如何追赶时代,似乎总有一天会被时代淘汰。年轻的时候似乎都曾经是时代的弄潮儿,但岁月的打磨还是会逐渐拉开我们与时代的距离,不论我们如何努力,人的生命终是有限的,时代的前进却永无止境。那么,当我们对这样的规律一清二楚的时候,我们又该如何面对我们所处的时代呢?石一枫在《借命而生》中就提出了这样的主题。杜湘东、姚斌彬、许文革,三个人在感受到时代变化的时候,做出了不同的选择,也经历了不一样的人生,作者借由这三个人生提出了他的疑问,而答案却需要读者在现实中自己找寻。

张 莉 石一枫由一个警察的故事进入,写出了我们身处的时代与现实。

这是极富发现与洞见的作品。与通常类似的作品相比,作家明显具有穿透力和思考力,读石一枫近期作品,会不断想到百年新文学传统——作家不仅仅要写出人民的悲欢,更要写出他们心灵与精神的重重疑难。

张燕玲 石一枫是当下少有的颇具时代感、现代品质和才情的青年作家,对描述当代命运的故事、当代性格和当代人物颇具艺术野心。小说主人公杜湘东外表是"问题警察",内里是刚正善良的形象,以十二载追逃,以及八年对峙与和解的故事,来探寻人如何处理自身与一个飞速发展的时代的关系。有着强烈的社会问题意识、时代之思与人道情怀。故事惊心动魄,悬念迭出;叙述亦庄亦谐,外表撒野,内里守持,这种撒野后的节制与魔力,显示了作者良好的艺术掌控力,也赋予了小说丰沛的活力与张力。

李云雷 在《借命而生》中,石一枫以一个警察与一个逃犯的精彩故事,为我们展现了改革开放四十年历程的一个侧面,两个人追逃、对峙三十年,身份角色不断变化,但不变的却是内心的坚持,他们的故事随时代的变化而不断地变化,而他们的形象也由时光雕刻在历史中定型。

杨庆祥 自觉大材小用的看守所管教和个性桀骜的犯罪嫌疑人在小说中以温情脉脉的方式达成了诡异的共情和同盟,在法律和伦理的边界游走的,是时代改革背景之下的残忍故事。用力铺陈的悬疑和周折最后却没有很好地落地,小说背后依然躲藏着虚弱的亲情伦理叙事。不真实的坚持与不安塑造出了所谓的"好人",但这样的"好人"如何具有时代的意义,而不是只在偶然性上闪耀所谓人性的光辉?石一枫探讨了命运、公平、正义乃至伦理等诸多问题,但"借命而生"的人的灵魂救赎究竟在哪种意义上才可能实现?不管是对警察还是罪犯,乃至对芸芸众生,这或许才是真正的"命题"。

孟繁华 小说人物关系丰富而复杂。用现实的价值观衡量,杜湘东无疑是一个失败的人物,最终他还是一无所有;但他是一个成功的文学人物,他的性格在核心事件和人物关系中逐渐凸显出来。复杂的社会关系和传统的力量,足以让任何执拗的坚持变得无奈且两手空空。

洪治纲 这是一部别有意味的小说。它以警察杜湘东与嫌犯姚斌彬、许文革之间的紧张关系为主线,通过三十多年的追捕与逃匿,呈现了社会巨变之中,这三个平凡人物在命运上的起起落落。物是人非,沧海桑田,他们内心的信念却都不曾流失。或许,这正是作家所要强调的彼岸性追求。

胡殷红 《借命而生》从1988年的一起盗窃案入手,时间跨度在二三十年间,讲述了一个有理想的警察杜湘东懵懂地感觉着时代的变化。身为看守所管教的杜湘东在追捕两个越狱的嫌犯的过程中,不仅对自己,对两个嫌犯的人生轨迹也有了深刻的感悟。杜湘东、嫌犯姚斌彬、许文革,三个主人公都是三十年世事变迁中被时间忽略的小人物,但这场追逐贯穿了几个当事人几乎全部的生活。他们处境、职业大不相同,却生活在同样的社会氛围中,他们必须面对各自的生活,坚守自己的善良。作家通过这个故事表达了自己的价值观,也试图影响读者的价值观,并期望树立正确的价值观。

11票 《向西,向西,向南》

(《钟山》2017年第1期) 作者:王安忆

王春林 长期的阅读经验告诉我,一部优秀作品的生成,首要的前提就是作家必须对世界、生活或者人性有新的洞察与发现。长期置身于现代化大都市上海的王安忆,或许与自身本就属于中产阶级阶层有关,多年来对于这一社会新阶层的生活有着可谓是感同身受的真切体会。唯其如此,她才能够以一颗敏感的心灵体察发现隐藏于中产阶级养尊处优的体面生活背后的精神隐痛。她的《向西,向西,向南》,就是这样一部凝结着王安忆生活新发现的中篇小说力作。

张燕玲 王安忆以开阔的小说视野,笔尖下笃定鲜活的人物,层层递进的命运,活色生香的日常,以及色香味诱人的温州菜等等,一一展现了人物波澜不惊却暗流涌动的精神困境与漂泊命运,以及进取向善和世界性时代大潮的精神指向,显示了作者不凡的艺术才情和叙述功力。

李云雷 王安忆的创作力依然敏锐、饱满,在这篇小说中,她以绵密的针线书写了两个海外新移民的故事,她们的身世飘零中带着这个时代中国的印迹,在她们的离合悲欢中,我们可以看到新经验与新生活,以及新世纪海外中国人的生存状态,王安忆扎实的叙述让小说闪现出了光彩。

李国平 这是一篇有艺术感染力的小说。"同是天涯沦落人,相逢何必曾相识",两位漂泊的女性的命运相交,复活了人生的一种情境。可以把小说放在中西文化冲突、族群认同层面上解读。亦可在离散的背景上读出"我从哪里来,我往哪里去"的追问。

孟繁华 小说题目很像是挺进或出发,目标决绝然后拐了弯儿。女性之间的交往与男性是如此的不同,她们的靠近需越过漫长的道路。小说铺排的耐心,节奏分寸掌控的不疾不徐,显示了作家的成熟和老到。两个女人究竟要向哪里去呢?小说还是写了人的不知所终的精神难题。

洪治纲 两个中国女人,由大陆到柏林再到纽约,又从纽约奔赴加州,带着逐梦的移民生活,在东西文化的不断碰撞中,终于尝够了世间的各种滋味。在情感上,她们找不到心灵的归依;在性别上,她们找不到平等的空间;在文化中,她们找不到精神的归宿。或许,这正是王安忆意欲传达的现代女性的多种困惑。

胡殷红 《向西,向西,向南》讲述了中年女子在德国和美国飘零的生活和她们煎熬的心路历程。王安忆的这部作品,情节并不曲折,魔幻色彩也不浓重,对性爱的描写并没有过多,但作品中深刻地表现出,女性在现代生活中失去尊严和争取尊严的坚韧精神。看似是一部世俗小说,但从叙事和结构及语言上书写得干净而雅致,在故事的发展中逐步树立起女人一生追求的尊严。这部作品把生活在异国他乡的陈玉洁、徐美棠刻画得生动而鲜活,就像我们身边熟悉的朋友。

贺绍俊 小说写了两个移民海外的女性,萍水相逢,却因为"同是天涯沦落人"而有了相知的友情。王安忆完全采取了另外一种路子来讲述这个故事,她的叙述有一种游移不定的状态,与故事的漂泊感相互呼应。虽然主题并非多么新颖,何况移民故事王安忆也写过不少,但我们能够从中发现王安忆在语言上的自觉追求。

11票 《大乔小乔》

(《收获》2017年第2期) 作者:张悦然

王春林 某种意义上说,无论是"大乔"乔琳,还是"小乔"许妍,都是生活中的失败者,都是人生悲剧的被迫承受者。乔琳的悲剧结局自不必说,许妍的悲剧则在于,尽管她为了攀入沈皓明的上等权贵家庭而做出了特别积极的努力,经受了百般的自我委屈,但终归无法打破当下时代其实已经高度凝固化了的阶层藩篱,终于还是被沈皓明弃之如敝屣了。张悦然这部中篇小说通过对"大乔"和"小乔"悲剧性命运的书写,把尖锐的批判矛头对准了不合理的社会体制。与此同时,借助于对"小乔"许妍这样一个超生者对她本应归属于其中的家庭的一种强烈疏离感的真切书写,张悦然对某种社会伦理困境也提出了同样不失尖锐的诘问。

张 莉 作品关于一对姐妹,也关于生育政策。小说故事沉静中有波澜,跌宕而山重水复。这是有关历史节点的作品,关乎一代人在困境中的挣扎,同时,也关乎普遍意义上的姐妹情谊。

张燕玲 这是一篇在精神上向吉根《姐妹》的致敬之作,一个不该出生的二胎成年后对家人的叙述。因超生,父亲被开除,贫穷绝望的原生家庭,尤其是姐姐的命运成为妹妹的心事。在逃避与小心翼翼守护自己来之不易的生活的挣扎中,最终因果相报,该来的还是来了,妹妹也无法把握自我。所幸,小说以妹妹对姐姐那无父无母的孩子的牵挂收束,给这个悲情故事一抹人间暖意。

李国平 这是一篇调子不高但却沉静、具有悲剧内涵、引人深思的小说。小说写一家两代人的悲剧,但两代人本身无法分离,写时代在两代人身上的投影和影响,但问责的并不全是干涉人的外部环境,还有深深的人生境况和人性醒悟、提升本身。

杨庆祥 走过青春忧伤,也过问过父辈历史,张悦然终于以优雅的姿态后撤一步,开始触碰真正属于"80后"一代人的独特记忆。在历史与时代的大政策之下,小说提出的具有建设性的问题是,在被质疑历史虚无主义的同时,一代人正在经历的当下历史是否得到了应有的重视?小说结尾处的"做另外一个人"的机会又如何在普遍的意义上被获取?这一代人承担的时代的悲伤与罪恶该如何纾解,他们又如何才能与这个世界真正和解?这篇小说让读者看到习惯建构自我的"80后"作家开始思考和解决与世界之间的问题,相融或者对抗,妥协或者逃离,在历史与现实之间,在记忆与当下之间,张悦然做出了表率。

胡殷红 《大乔小乔》讲述的是一对姐妹,抑或说是写妹妹对姐姐的复杂感情,重点在于妹妹这个人物的成长和自我救赎。作品以"计划生育"年代为背景,妹妹是超生的,为此父母丢失了工作,生活绝望。妹妹独闯北京,姐姐留在父母身边,无法忍受家庭重压,姐姐到北京向妹妹求助。小说围绕着妹妹患得患失的心理展开。而读者能领悟的是,"我们每个人可能都有因为过去境遇所形成的扭曲和偏斜的世界观,但它也许会因为某些事情的发生而再度改变或者获得矫正。"

11票 《李海叔叔》

(《收获》2016年第1期) 作者:尹学芸

王春林 《李海叔叔》,毫无疑问是近期一部特别值得注意的中篇小说。其思想艺术成功处,集中体现在以下三个方面。小说既然题名为"李海叔叔",其首先一点,当然就是对于李海叔叔这样一个特定历史时代所铸就的知识分子形象的发现与塑造。

其次,是对于人情往来过程中人情世故的精准捕捉与表达。虽然只是一部篇幅不怎么大的中篇小说,并非如同《金瓶梅》那样大部头的世情小说,但尹学芸对于人情细微处的体察与把握,却还是给读者留下了深刻的印象。尤其值得注意的一点是,尹学芸在复杂纠缠如乱麻的人情世故的表现方面,分寸拿捏把握得特别到位。

第三,是一种自我谴责的忏悔意识的传达。李海叔叔晚年罹患脑血栓,瘫痪在床数年,特别希望能够再见到曾经和自己长期通信的"我"。但因为多年来形成的心结作祟的缘故,"我"却一再推迟拖延,等到"我"和姐姐他们终于决定要去看一下李海叔叔的时候,他却已经不幸辞世撒手人寰了。也正因此,到最后,彻底了解事情真相,或者说彻底洞明人生某一方面本质的"我"方才陷入到了一种难以解脱的自谴状态之中。尹学芸的如此一种处理方式,能够在很大程度上让我们联想到鲁迅先生的名篇《故乡》,联想到其中的"我"与闰土。如果说闰土的那一声"老爷"的确反映着他们之间本不应出现的精神隔膜,那么,我们要追问的就是,在这种状态的生成过程中,作为启蒙者一方的"我"到底应该承担怎样的一种责任。同样的道理,"我"作为一个自诩有悲悯情怀的写作者,莫要说其他的陌生人,即使是面对曾经和自己有过很多人生交集的李海叔叔,也未能真正将此种悲悯落到实处,细细想来,真的是难以被理解和原谅的。又其实,不管是《故乡》中的"我",抑或是《李海叔叔》中的"我",都属于知识分子阶层。就此而言,也如同鲁迅先生一样,尹学芸终于也还是把批判的矛头对准了知识分子阶层,挖掘批判着知识分子皮袍下面藏着的"小",尽管由于时代变迁,实际的情形已经是此"小"非彼"小"。

任芙康 李海的故事,不仅仅是个人的故事,也不仅仅是两家人的故事,十足是一页当代乡村史的文学记录。九曲回环的构思,荡气回肠的经营,作品用苦难里的悲凉,悲凉里的情感,情感里的人性,揉搓出少见的柔韧性与深广度。

张 莉 尹学芸是对人情世故、世间百态有着深刻洞察力的小说家,这部作品不仅写出了世态炎凉,也写下了一个人精神上的屈辱与疑难,读来实在令人感喟。

张燕玲 这是一个情感饱满而内敛节制的独特故事,通过李海叔叔与"爸爸"的几十年往来,从困难时期,两个家庭两代人的相互期待、相互守望与相互成就,到时代更新之后的相互回避,把时代变迁中人际与家庭情感裂变的丰富性,相生相应于庸常琐碎的家常中,亲切而密实,隐忍又友善,于灵动见重量。

李云雷　《李海叔叔》通过两家人数十年的交往,让我们看到了历史的沧桑变化,以及人与人之间交往的微妙、幽暗之处,小说以李海叔叔这个"最熟悉的陌生人"为中心,以主人公"我"不同时期对他的印象为线索,写出了人心与人性在那个年代的幽深,以及明亮。

李国平　尹学芸的创作,几乎成为一种现象,但现象背后有规律,非艺术的修炼,对人生况味的体味不能解释。她的创作非大事件,乃小记忆,但人间温暖,世态炎凉充溢其间。她的笔触沉静、低缓、平淡,但又分明可以读出一种哲学,对世界的认识和理解。

胡殷红　作品中的"我"是一名文学女青年,由于骨子里对文学的热爱,影响了"我"的婚姻爱情和日常生活,乃至"我"的价值观。在特定历史时代,"我"眼中的李海叔叔的知识分子形象是有根基和力量的。因为"我"的置身其中,所以小说对世俗人情的描述细致入微,对"我"在现实生活和在文学道路上的挣扎,也有自省和认知。作品的思想深度在于对"我"和社会生活的关系进行深度解剖。

11票　《大裂》

(《西湖》2017年第6期)　作者:胡　迁

杨庆祥　少年人的故事总是百看不厌的,因为那里总是充满青春活力,更因为那里承载着太多未知的希望,至少是充满多重的可能性。但胡迁的少年故事却充满暴力和血腥,有令人窒息的失败,更有漫无边际的绝望。在荒芜破败的无主之地,正当大好年华的一群人进行粗暴残忍的肢体斗争。但这终究是个有黄金的世界,这世界终究存在执着寻找黄金的人。"在荒地里找黄金"的故事奇特而充满吸引力,胡迁以那些被消耗的年华的混乱和苍凉揭示着无边的灰暗和可贵的希望。

孟繁华　小说以极端化的方式书写这代人的迷茫、无助甚至绝望。他们没有目标没有方向,所有的选择都是不得已而为之。坚信黄金的存在,使小说如一缕阳光照亮了洞穴。

胡殷红　《大裂》真实地描述了中国百分之七八十的大学生的大学生活和面临的状况。尽管在作家笔下那段日子像野蛮生长的蒿草,却是他们不能忘却的最具生命力的时期。他们也有过反思:"真正可贵的事物,是在世界的夹缝中,而不是悲观在世界的夹缝中。认识到这一点,也许会对整个生命的秩序有由衷的感动。"

10票 《松林夜宴图》

(《收获》2017年第4期) 作者：孙 频

王春林 归根结底，孙频的这部作品之所以被命名为《松林夜宴图》，正与外公专门留给李佳音的这幅《松林夜宴图》存在着紧密关联。在一部篇幅不算很大的中篇小说中，借助于一幅山水画，既能够拥有超过半个世纪以上的时间跨度，更能够对现实与历史双重维度中的知识分子简直就是苦难缠身的精神困境（具体来说，体现在外公宋醒石身上的，是过往的历史年代中因为政治劫难所造成的严重的肉体饥饿，而体现在李佳音身上的，则是市场经济的现实社会中由于资本的强势压迫所导致的精神饥饿与性饥饿）做深度的勘探与透视，所充分凸显出的，正是"80后"女作家孙频越来越值得肯定的思想艺术能力，是一种殊为难能可贵的精品意识的生成。也因此，对孙频今后的小说创作，我们应寄予殷切的厚望。

张 莉 《松林夜宴图》关注两代艺术家在各自的时代里的不同命运。这是一部深具象征意味的作品，孙频对时代有着自己独特的理解和处理方式。她总是把人物推到一个极端和绝境，对他们的内心深处难以言喻的东西深入分析，并有力地呈现出来，由此，她不仅仅写出了个人生存的黑暗，也写出了时代内部的某些幽微之处。

李国平 孙频是近年来青年作家中辨识度很高的一位，有人称她的写作是"异数"，我则认为，她的创作甚至有某种"不合时宜"性，她的创作是某种时尚写作的反动。从这篇《松林夜宴图》可以读出作者的功力，作者的文学接受，作者连接历史和现实的努力，从这个努力中又可以读出对新时期以来形成的文学传统的尊重。

杨庆祥 一幅可以被多重解读的画作携带着祖辈与历史的秘密，也隐喻着当下艺术家的生活难题。悠然平和或饥饿焦虑，《松林夜宴图》的矛盾艺术，也是现代人生活里物质与精神的双重困境。寻找罗梵的过程是带着爱的名义的自我寻找，也是对外公遗言真实含义的建构。和被历史裹挟的外公一样，今天的你我他同样被时代裹挟，唯有"美丽而徒劳"的艺术永恒，隐藏故事与秘密，也隐藏历史的激荡与人性的挣扎。结尾稍稍降低了整篇小说的格调，对复杂幽暗的微妙与变化可以有更深刻的挖掘。

洪治纲 这是一部有关荒凉的寓言性作品。从肉体的荒凉到精神的荒凉，从情感的荒凉到理想的荒凉，现实总是以这样或那样的方式，将李佳音和她的祖父精确地勾连在一起,形成了一个别有意味的循环式圈套。作者借此道出了个体与世界之间永难和解的状态,也使小说呈现出某种寓言性质。

胡殿红　《松林夜宴图》刻画出两代艺术家在不同时代里的不同命运。作家怀着深深的悲悯情怀,关注在社会发展中人的生存状态和精神挣扎。作品的内涵和非常重要的思想指向是,试图把作家所认识到的人的命运的某种内核通过文学表达出来,呈现给读者特立独行的探索性的文学文本。

贺绍俊　孙频的小说具有鲜明的表现主义风格,她凭借主观精神进行内心体验,并将这种体验结果化为一种激情。《松林夜宴图》是一篇能将主观精神与人的生存境遇有效结合并形成强烈刺激性风格的作品。艺术、理想、爱情在生存困境中的脆弱感是作品反复咏叹的主题。而作者对美术的敏锐感觉和对人性异化的极端表现,则是这篇小说引人注目的两大亮点。

10票　《丹麦奶糖》

(《人民文学》2017年第1期)　作者:刘建东

王春林　毫无疑问,刘建东的《丹麦奶糖》是一部意在书写表现当下时代现实生活的中篇小说。一方面,因为置身其中,作家可以真切地感受到现实生活的氛围;但在另一方面,也正所谓"不识庐山真面目,只缘身在此山中",因为深陷其中,作家也往往很难看明白现实生活的面目。既然难以看清现实生活的真相,那在书写时就很容易流于肤浅,很容易被这样或者那样的思想思潮裹挟而去。我们寻常所谓书写现实之难,其实也正突出地体现在这个地方。要想破除这一难局,一个积极有效的办法,恐怕就是从根本上提升作家自身的思想能力。那么,如何才能提升作家的思想能力呢?一个可能的办法,就是作家必须首先以一种类似于社会学那样的理性分析能力对现实生活进行深度解剖,然后再把此种理性分析的结果有机地融汇到自己的艺术直觉之中,由此而最终奉献给读者的终端产品,就是一部饱满而形象的文学作品。对刘建东的《丹麦奶糖》,我们便可以做如是解。从根本上说,唯其因为刘建东是一位深刻的怀疑主义者,所以,他也才可能依托于《丹麦奶糖》这部中篇小说,在深入探究当下时代幽暗现实的同时,也对知识主体的精神涣散状态做一种形象的艺术表现。

任芙康　小说贯穿着底层人物与成功人士两条故事线。二者独自延伸,又互相交织。彼此给予对方支撑或参照,但各自的命运之旅,最终难以重合为同一条生命轨迹。作者提炼出人们司空见惯的生活景象,完成了上述意图的文学催生。

张　莉　这是一个有象征意味的作品,透过具体的实相,作家写出了一代人心灵的迷茫。

李国平　说刘建东的小说近年来有个飞跃,似乎不合适,因为他早就是一个层次很高,且有探索精神的作家。但是说他的创作因为两个中篇小说一下子引人注目,恐也不为过。这两个中篇一为《阅读与欣赏》,一为《丹麦奶糖》。前者为工业题材,或为某种题材论打开了新天地;后者具有鲜明的意向性,隐喻和象征的引入一下子打开了写实性,会给中篇创作精神的飞跃提供某种启迪。

孟繁华　这是一篇书写"60后"一代心路历程的小说,也是一代人的成长变异史。梦想曾是这代人最初的人生原动力,但进入社会之后,梦想与现实的矛盾改变了他们设定的轨迹。莫名的丹麦奶糖只是一个隐喻,它来历不明若隐若现,却对小说的结构和深层意义起到重要的作用。

胡殷红　《丹麦奶糖》这部作品纯熟地运用了现实主义叙事风格和西方现代派表现技法,那种神秘与荒诞和现实的残酷,直戳生活和人性本质。看似很生活化的场景,却被"奶糖"的神秘拉扯得里出外进,跌宕起伏。作家在创作中充分调动生活积累,用细节充实人物的言行。"而细节来自生动的创造,创造又来自于生活的丰富……除了让人物本身更加立体与饱满,形象更加突出,也会让小说本身具有优美的韵律,小说本身应该有韵律。"

10票　《父》

（《花城》2016年第1期）　作者：陈希我

王春林　在中国现代文学史上,曾经被很多作家所一再关注思考的"父与子"的冲突,以及建立在这种冲突基础上的"弑父"主题的表达,自不必说,陈希我的中篇小说《父》,干脆就把这种"父与子"冲突的主题推向了某种极端状态,不仅并非"父慈子孝",而是干脆就走向了"父不慈""子不孝",走向了对于父子伦理的一种彻底僭越和颠覆。陈希我之所以一定要以"父"来命名这部小说,其意恐怕在于要借此而赋予小说某种突出的抽象性意味。

任芙康　小说告诉读者,老年社会,问题多多,岂止一个"钱"字了得。透过父亲的走失,用铺洒种种柴米油盐的琐碎方式,大胆、真切地反映出当下整个社会的、老年自身的、子女后辈的种种缺失,发人深省。

张　莉　这是讲述父子矛盾冲突的作品。父亲失踪了,儿子们是否是孝的?小说写出了父不慈、子不孝的残忍事实。作为中国文学现场中的最勇敢的冒犯者,作家陈希我写了一个令人无法面对的家庭内部的真相,但读者的思考很难只停留在内部。冒犯的是虚伪,挑战的是庸常。作家的敏感和勇敢值得赞扬。

张燕玲　这是一部有思想重量的小说,情感饱满而内敛,结构分明而紧致,笔尖聪敏而犀利地层层撕裂中国家庭的外衣,让每个人在审父中自省,从而在传统的"父慈子孝"家庭伦理的溃败与内心的荒凉中,实现灵魂的拷问。所幸,有祖孙相知在,结尾的亡灵幻境为人性的自我救赎提供了一种可能,也令我们真切触摸到作者一以贯之的创作才情与先锋态度,以及精准的文学表达,弥足珍贵。

李国平　陈希我是一个执着于自己的文学观,建立了自己的小说哲学的作家。在光影和暗影之间,在温暖和冰冷之间,陈希我有自己的认知和选择,这也和他对世界、人性的认知与解读有关。但是如果深读他的小说,还是可读出冰冷之下的温热。"文学就是冒犯",小说是审判,大悲凉之下还有不灭的自审和自期。

贺绍俊　陈希我一如既往地以一种果敢的"冒犯"精神书写当代中国的家庭伦理关系。《父》直面中国传统道德文化的核心之一"孝",揭示孝的对象——父,在一个革命无比亢奋的年代里如何逐渐沦为一个空壳化的称谓,陈希我将一切无情地撕裂开来,具有强烈的震撼力。而最深刻的一笔是,陈希我不仅通过爷爷这一形象批判了过去年代的反人伦性,而且也赋予其反思历史的功能,以此警示今天。

9票　《罐子》

（《上海文学》2017年第6期）　作者：葛　亮

张学昕　罐子,我们生活中再平常不过的物件,但是在葛亮的这个短篇小说中,它却承载了侉叔和小易的不愿为人知的一生,熬制多年的"老卤"从罐子倒出来的时刻,就预示着一段隐秘的历史将走出阴暗,曝光在人们的面前。这篇小说的亮点在于故事中植入了"悬疑""惊悚"的因素,小说中人物历史的空缺恰为历史真相的曝光造足了"声势",当空缺被倒回来填补的时候就显得水到渠成,顺畅淋漓,在很大程度上增强了读者的阅读体验,也在虚实之间更好地辨清历史。

张　莉　小说使用了志怪形式,讲述的却是严肃的历史问题。作为从内地出生之后活跃于港台的青年一代作家的代表,葛亮的经历展现了当代文学流动性和跨越性的特点,也使他的作品里有了有意味的混杂性:它是好看的,但同时又是深入的。

杨庆祥 略显诡异虚幻的情节中隐现着遥远的厚重记忆,历史的悲剧终究以更为惨烈的状态浮出地表,但真实的生命创伤能否在这样的架构和铺陈中得到疗愈?答案显然令人失望,但小说的魅力或许也在此间得到展现。"一文饼一匙鲜"里隐藏着一个复仇的故事,又何尝不是对平凡生活的热切期待。葛亮极为擅长于细微处着力,极为擅长营造似波澜不惊的哀伤气息。饱满的细节里是五谷杂粮构建起的人间情味,唏嘘慨叹中却是无法否认的戏假情真。

贺绍俊 小说出自年轻的"80后",但我们可以从中读出一种历史感和书香气。

8票 《化城》

(《人民文学》2017年第10期)　作者:计文君

张　莉 小说讲述的是最为鲜活的世界,那既是切实的同时又是虚拟的。所谓化城,是可以幻化的虚拟之城,同时也是心灵安顿之所在。这是一部既具体但又深具象喻色彩的作品。

张燕玲 这是一部直刺时代神经的犀利之作。"80后"底层女孩姜丽丽在残酷的生存境遇中,向着成功的逆袭之路披荆斩棘,不断得到,也不断失去,在"人设崩塌"的同时,完成"人设重建",然后再崩塌,一个个轮回触目可见,处处都是无以安放的身体与心灵。如此的荒诞,却是移动互联网时代的现实所在,至此,小说艺术地抵达思想深度与现实批判力度。

孟繁华 《化城》是围绕当下备受关注的新媒体展开的故事,故事背后是主人公的个人奋斗史和精神史。故事本身并不复杂,生活在媒体时代,我们似乎对于类似的报道司空见惯,而文学的意义就在于它不同于新闻报道,文学往往是人性的镜像而不是事件的记录。从某种程度上讲,小说中的酱紫照出的恰恰是初入媒体时代,人们的匿名狂欢及其伦理困境。

8票 《封锁》

(《上海文学》2016年第8期)　作者:小　白

贺绍俊 这是一篇惊悚式的海派书写,也是对家国叙事的边际化书写。小白重新处理革命历史资源的能力以及精英化的审美趣味在作品中得到充分的体现。

7票 《生死课》

(《十月》2017年第5期) 作者：胡性能

任芙康 一群社会底层的卑微生命，经作者深情厚谊地推介，传递出人性的温暖和可靠。整个阅读过程，真的如同上过一堂触及灵魂的"生死课"。尤其欣赏作品澄澈清明的情怀，让读者的内心世界，可以得到飞升。

张　莉 从殓葬师的经验入手，小说引领读者直面人的亡灵与人的生死。何谓生，何谓死，小说进行了深入深刻的思考。

张燕玲 作者试图通过小久父子的殡葬生活与命运，深入生存社会的底层空间，给我们讲述了普通百姓关于生与死的课题。作者把同情之理解深切注入每个人物，无论生，还是死，都赋予足够的尊重，使人物哪怕在生命最后一程都走得有尊严，唯此，主人公小久作为人生摆渡者的形象得以鲜活动人，卑微而高大。小说结构紧致，描述富于质感，生动的细节里充盈着人性的温情，也弥漫着黯然与惆怅。

李国平 一个特殊的题材领域，时常回避的生活一角，胡性能以一种尊严的名义打开它。生死课及生活课，事涉职业与世俗、物质与精神、身体与灵魂，还有某种借渡与让渡。生与死，是一个具象的存在，也是一个抽象伪命题；《生死课》不舍"近"，但求"远"。

7票 《麦子熟了》

(《人民文学》2016年第10期) 作者：许春樵

洪治纲 这是一部底层叙事的丰沛之作。麦叶、麦穗、麦苗、老耿等一群进城务工人员，原本只是带着朴素的愿望，通过体力劳动来改变困顿的生活，不料却陷入一个又一个欲望的陷阱之中，演绎了各种难以言说的坎坷际遇，同时也展示了底层人群对尊严与伦理的决绝式的捍卫。

胡殷红 这是一部观照现实，关注人性的小说。《麦子熟了》几乎是用写实的笔法揭示社会底层苦不堪言的生存状态和扎心的精神磨难。故事中的麦叶、老耿等历尽生活的苦行,却依旧心存善良、恪守诚信、自尊自立的人物形象鲜活而坚实,让人久久不能忘怀。"作品在探寻人性角度问题着笔浅却立意深,在当代文学中的确值得人沉思。"

7票 《第三把手》

(《收获》2017年第3期) 作者:王　手

任芙康　通常,一家民营小厂的艰辛前行,往往躲不开种种外在的风浪。王手的手,却避开了这类常见的小说触角,而直接"把玩"到了内部成员的恩怨情仇。作者具有对生活的老辣观察,再运用精妙的故事与精粹的文字,成功地借助"第三把手",让琐屑庸常的生活画面摇曳生姿起来。

张学昕　王手写故事的风格一贯是细腻而纯粹的,《第三把手》这个中篇小说亦如此。故事简单却不失细腻的描述,寻常却有着耐人琢磨的意趣。王手巧妙地用了一个概念的转换,所谓的"第三把手",换一种我们日常庸俗的称呼,其实就是"小三儿",只不过作者切换了另一种视角,或者说是更广阔的视角,以更全面更理性的方式对故事中的"小三儿"进行了重新的评估,但是,他尽可能地客观呈现,而不做主观的干预,真正的评判留给读者自己。这某种程度上是一种对传统的挑战,从"小三儿"到"第三把手"只不过是从情感方面冲击的一脉,细看整篇小说的叙事视角,王手想通过"我"及我的丈夫所代表的现代浙商与李回珍等代表的农民出身,吃苦耐劳白手起家的传统浙商所产生的矛盾,试图描绘出大部分温州人的商业观、价值观以及伦理情感的流变。

洪治纲　道德困境一直是当下很多小说所探讨的内核,这部小说也不例外。年轻能干、思维清晰、独当一面的周节如,深得老板张国粮的欢心,由"小三"变成了厂里的第三把手。这个第三把手,不仅将张国粮的夫妻关系推入危境,也将工厂发展与世俗伦理置入冲突之中。尤其是当她成为整个工业区的重要人物,甚至比张国粮还能干的时候,人性、伦理和现实之间的各种纠葛,终于将每个人都推到了尴尬之中。

胡殷红　小说的故事并不复杂,作者给"我"赋予了喜剧色彩和戏剧效果,妙趣横生的"我"所看到的其实是非常耐人寻味的人性本质。小说非常真实地反映了温州人艰辛、努力、抠门的致富过程,更深刻的意义还在于改革开放过程中温州人的精神空间、传统习惯、伦理道德和价值观的变化,作者对生活和人性的体悟和了解,以及在现代商业整体发展环境中,对根深蒂固的农民意识、传统价值观与现代价值观、商业管理手段的矛盾的解读和剖析。

贺绍俊 王手的《第三把手》往俗了说，是写了一个当"小三"的女性。但他完全以一种脱俗的方式来讲述这个故事。他并没有按人们习惯性的思维从婚姻伦理道德的角度来理解"小三"问题，不是孤立地对周节如以及张国粮在性爱上的行为进行道德审判，而是将他们的行为放在一个家庭经商创业的过程中来考量。于是，几个人物的刻画变得活色生香，他们的性格和心理得到充分的展现。

未入选作品（排名不分先后）

6票 《一天》
　　　　　（《钟山》2017年第5期）　作者：田　耳

5票 《花满月》
　　　　　（《北京文学》2017年第1期）　作者：方　方

4票 《义乌之囚》
　　　　　（《人民文学》2016年第10期）　作者：陈　河

李国平 陈河的小说，好读、耐读，好读是因为他的叙事吸收通俗文学的元素而又不失精英文学的精致和经典小说的底蕴；耐读，则是因为他总是从形式层面到意义层面建立自然的连接。这篇《义乌之囚》，在传奇、跨国经验、跨时空切换之外，写出了一种精神的谱系或遗存，格瓦拉遗产或精神的复活，似乎是在清理一个时代情结的晦暗不明，又似乎在拷问全球化背景下，人如何寻找拯救之路。所谓"义乌之囚"，非身体之囚，乃精神之囚。

胡殷红 《义乌之囚》看似是一个死亡事件和三个人物命运相关的故事，由此还穿插了各色"国际人物"。小说通过囚禁在义乌的人物经历，紧密地通过故事情节把他们纠缠在一起。作家笔下的"义乌"只是象征性的形式，就像寓言一样，作家想以此揭示现代人面对来自资本，来自生存的困境和难以把握的人生轨迹。"义乌"，一个中国的小县城可以因为一个事件就成为世界中心，具备"世界性的特征"。作品的深意在于，在世界任何一个角落都可能会发生同样的事情。

贺绍俊 《义乌之囚》是一篇阐释义乌经验的小说。义乌充分体现了全球化的特征,一个中国的小县城竟然成为了"世界中心",它的触角伸到了世界的任何角落。陈河具备一种国际视野的优势,他从义乌这一"世界中心"的贸易活动中,发现了资本主义经济与革命之间的关系。小说由此塑造了查理这一令人震惊的人物。陈河通过查理这一人物把今天的"全球化"与历史上曾经令一代年轻人狂热的"世界革命"勾连了起来,并提醒人们要重视"黑暗区"的后果。"黑暗区"不仅仅存在于历史与人心,也存在于文明系统之中。当一种文明照不透的黑暗与人内心的黑暗重叠在一起时,就会出现查理这样的疯子。尽管这篇小说在情节设置上还不是非常圆润,主观性的表达也失之简单,但作者对于中国现实的思考确实与别人不一样。

4票 《沙漠里的叶绿素》

(《青年文学》2017年第7期)　作者:王　凯

孟繁华　这是军营里的小题材,但后面有军人戍边生活的大背景。小说通过几对年轻男女的恋爱折射出当下青年人的价值观。军人的爱情和普通青年的爱情并没有区别,在王凯的笔下尤显真实生动,对男人之间的感情描写得非常精彩,几对男女的情感描写都很打动人心。军营里面没有多少故事,因此更考验谋篇布局的深思熟虑和小说技巧。彭小伟这个人物此前不曾出现过,他对人对事的执拗、认真以及作者对这种执拗认真的表达,显示了王凯对人物的熟悉和塑造人物的能力。

贺绍俊　《沙漠里的叶绿素》充满了军人的阳刚之气,它把我们带到了具有边地景色的巴丹吉林沙漠,只有驻守在这里的军人才会深深体会到这里的孤独和寂寞。王凯写这里的年轻军人,而且他的重点是写年轻军人在这里是如何处理自己的爱情的。爱情不需要孤独,爱情也会驱赶走寂寞。但孤独和寂寞的现实又会成为爱情最残酷的挡路石。当三个年轻军人遭遇到沙漠里的孤独和寂寞时,他们各自以不同的方式来处理自己的爱情。有的是借助爱情而从这个孤独和寂寞的现实脱身而去,有的则选择了"为爱殉情"的方式。这是一篇借爱情来书写军人理想主义的小说,难得的是,作者丝毫不唱高调,不贩卖虚伪的理想主义。爱情是绝对个人化的情感,理想主义则具有集体主义的品质,将二者并置在一起,作家必须处理二者之间的冲突,在处理冲突时作家很容易陷入唱高调的窠臼之中,王凯则是以一种戏谑和喜剧化的方式来处理这种冲突,既真实地展示了理想主义在现实中的尴尬处境,也深刻表现了当代军人复杂丰富的精神世界。

4票 《飞行家》

(《天涯》2017年第1期)　作者:双雪涛

任芙康 作品时空交错着,繁衍开两家人延续数十年的故事。读者亦幸运地通过回环的文字,体会到世事变幻的无常。

杨庆祥 两条故事线索交错进行,特殊年代的故事与记忆里是父辈的悲怆,却也透露着未尽的理想和给子辈的遗产。"寻找姑父和表哥"的故事也是自我寻找的过程,关于生活的意义,关于自我的认知,更关于那些美丽又不切实际的理想。或许也不能叫作理想,对家人来说是引人发笑的幻想,对姑父和表哥来说却是"重新开始"的信仰。"飞行"作为幻想和信仰区分了不同的人群,也鉴别了人际的亲疏,更承载了三代人跨越时空的埋怨与惺惺相惜。双雪涛写出了历史与当下交错而过的缝隙中渗透出的斑驳光影,也写出了"失踪者"隐秘的角落与别样的世界。

贺绍俊 《飞行家》由一个比较简单的故事坯子构成:一个年轻工人怀有设计发明飞行器的理想,他为实现这一理想的艰难、收获以及最后的失败。作家很容易将这个故事坯子处理得很平庸,双雪涛的处理则让一个平庸的故事坯子焕发出神采。他将李明奇的经历分割成两条线索,一条从历史切入,一条直接书写当下。两条线索既有互文的效果,又起到了相互磨损的微妙作用。李明奇发明飞行器的行动称得上是壮志未酬,这样一种体现英雄精神的意志,在互文与相互磨损的状态下,成了反讽的载体。有人说,从这篇小说里读到了村上春树的奇巧构思,王小波的幽默腔调。也许不同的读者会有不同的阅读感受,但如果在阅读小说时能获得如此丰富的感受,那便证明了这篇小说的作者充分运用了不同的小说技法。

4票 《所有的星星都有秘密》
(《人民文学》2017年第7期) 作者:肖 勤

任芙康 在人们熟悉的日常生活场景中,竟然真的刀光剑影了。因此,这算得上是一部险象环生的惊悚小说。但作者是镇定的,始终不动声色地一一道来。因表达的需要,通篇语言以铿锵作响作为主旋律。而故事的构思,则让因果报应生出新阐释。

李云雷 《所有的星星都有秘密》关注的是医疗改革中出现的问题,作者在一波三折的叙述中为我们讲述了发生在大山深处的腐败,这考验着主人公的意志、斗志和勇气,虽然结局是邪不压正,但也引人深思。作者有第一手的生活经验与写作技巧,在讲故事时也为我们呈现出了生活的底色。

4票 《鲜花岭上鲜花开》

(《人民文学》2017年第8期)　作者：徐贵祥

张燕玲　这是一篇令人感动的"为父正名"的故事。小说主人公企业家毕伽索从小生活在父亲"逃兵"的阴影下,当他终于功成名就后,竭尽全力寻找父亲失忆的真相,随着故事层层推进,揭开了父亲是英雄的真相,通过"为父正名"的寻找与发现,父亲的历史改变了他商人的价值观。这是一个人物在追问中与真相一同涅槃重生的故事——无论是英雄毕启发,还是其子企业家毕伽索的自我救赎。扑朔迷离的历史,浮躁复杂的世情,层层递进的史实考辨,瓷实的叙事始终沉潜着尊严与情怀,洋溢着当下难得一见的阳刚之气与理想主义色彩。

胡殷红　小说讲述了一段鲜为人知的历史故事。作为主人公之一的"英雄"韦梦从未登场,但作家笔下这位"超出经验之外的战争和英雄",却对后代人有着巨大的精神影响力。更重要的是作家讲述了当代生活中,毕启发参加革命,毕伽索创办民营教育体系,亓元加入梦为集团等所面对的社会现实,每一段故事都环环相扣。"在叙事的背面坚韧而厚实地支撑着境界、情怀和信仰,巩固和丰富着在新变的情境中正心修身并薪火相传的价值观。"

3票 《六渡桥消失之前》

(《人民文学》2017年第4期)　作者：谢络绎

李云雷　《六渡桥消失之前》写一对老夫妇与他们城市记忆的故事,这是很少有人关注的题材,但作者以饱满的热情与流畅的叙述将之讲述得风生水起,让我们看到了在城市的大拆大建中小人物的故事,武汉风俗的描写与方言的出色运用,让小说充满了乐趣与世俗色彩。

杨庆祥　老城区和老风俗逐渐湮没的故事并不新鲜,技艺丢失和文化失传始终是社会发展进程中不得不面对的"现代伤感"。谢络绎于普通的故事内核中铺陈饱满的细节和幽微的情感,将少男少女的喜和忧,老年夫妻的爱与怨,邻里之间的恨与暖,播撒在一个传统—现代的外壳中任其生长,更以不经意的姿态穿插诸多深沉的哲学拷问。夫妻俩步行回汉口的旅程是偶然的,却也是传统在现代的有力回声。谢络绎巧妙捕捉了其中更深层次的焦灼,时代的脚步无法阻挡也没想要去阻挡,但关于记忆、历史、变化、生死,人心终究要历经情感的千回百转。

3票 《风中事》

（《十月》2016年第4期）　作者：张　楚

李云雷　《风中事》写当代青年的恋爱模式与恋爱故事。在小说中，我们可以看到小说主人公与三个女孩的交往经历，她们不同的个性，以及她们外表之下隐藏的私人生活与个人隐秘，每个人都是复杂的。作者以细腻微妙的笔触写出了对当代生活的理解与忧思，先锋小说的笔法不动声色地融入了现实故事的讲述中。

胡殷红　《风中事》讲述的是有关年轻人恋爱的故事。看上去"它简单、实际，有点浪漫，也有些世俗"，但回味起来五味杂陈，不得已地就想到社会原因和社会现状。主人公先后相亲200次，彼此好似在一个天平上衡量彼此的筹码，"使恋爱成了最复杂也最体勘人性的风暴眼"。作家笔下纷繁纠结的生活和人性的复杂来源于现实生活中对人的理解和观察，但愿这部作品能使恋爱中的年青一代对社会生态有所感悟，对自己有客观认知。

3票 《隐疾》

（《作家》2016年第6期）　作者：裘山山

2票 《水岸云庐》

（《长江文艺》2017年第7期）　作者：蒋　韵

胡殷红　蒋韵的中篇小说《水岸云庐》和她一贯的语言质地一样，短句式，优雅和忧伤浸润在字里行间。作品中的"河口镇"，镇上的风土人情带着浓郁的吕梁历史文化风情。故事中的"红彩云"的传唱，弹三弦琴说书的盲瞽人，石头房石头屋，黄河黄土，在作家独特的语言讲述中，特色鲜明，人物鲜活。

2票 《直立行走》

（《当代》2016年第6期）　作者：宋小词

胡殷红　《直立行走》是现实主义题材作品。小说讲述了农村女孩杨双福进入到城市青年周午马家庭之后的尴尬生活。小说通过杨双福的视角对城市拆迁、城乡差别、悬殊的贫富生活、市民日常的生活细节，撩开各种生活的不易和他们深藏于心的自尊，展现了激烈对撞的城乡冲突之下的人性之痛。作家的视野冷静、全面,却又体现出"文学不应该是无情无义的文学"这一点。

2票 《蛇吻》

(《十月》2017年第6期) 作者:张学东

2票 《摩擦取火》

(《芒种》2017年第9期) 作者:陈　仓

2票 《世上最长的分手距离》

(《舍不得不见你》中国台北大田出版公司2017年8月版)

作者:钟文音(中国台湾)

第五届郁达夫小说奖短篇小说终评备选篇目及审读委成员评语

13票 《滞留于屋檐的雨滴》

（《江南》2017年第3期） 作者：叶兆言

任芙康 小说极像一则替人代言的家史小传。静静地叙说，看起来都是些陈谷子烂芝麻的事，但分明传达出风起云涌的时代回声。

李国平 叶兆言近年的中短篇都非常好，例如《白天不懂夜的黑》《玫瑰的岁月》，耐读，富有生活质感。又体现着他一贯的审美风格。《滞留于屋檐的雨滴》亦如此。小说在时代的变动中、生活的戏剧中写尽了一个人的命运起伏，呈现了丰富的内容。

洪治纲 这是一篇解构性的小说，是一篇对人所欲确定的自我进行不断解构的作品。陆少林的一生中，所有自我确认的努力，最终都被各种现实所解构。他一直笼罩在父爱之中，谁知父亲并非自己的生父，而生父早已不知所终；他读电大，当厨师，练书法，制作砚台，每次都在自我确认中接近成功，但最终都无一例外地被消解，最终走向溃败的生活。这正是命运的吊诡之处。

胡殷红 《滞留于屋檐的雨滴》讲述的是陆少林个人生活波折动荡的过往和现实，但也明确清晰地告诉读者，是时代变化前行的巨轮无情地影响着每个人的个体生活和命运。作品展现了当代中国的极速发展和突变，也描述了在时代浪潮裹挟中的个人命运以及生活状态。显然，作者观察、记录了必定成为历史的现实生活。

贺绍俊 叶兆言写小说的最大特点是：他在写作中保持着清醒和自觉的主体性。《滞留于屋檐的雨滴》很有意思，叶兆言在这个短篇里似乎是要对自己的主体性进行一次确认。小说从陆少林的身世之谜引出了一个时代的变迁，一个人还在犹疑不决时就被时代大潮裹挟而去。在历史巨变下，每个人的身份确认都变得暧昧不清。从这里透露出叶兆言对历史不同寻常的兴趣。他用自己的眼睛看历史，以文学的方式写历史，因此他的小说值得仔细品味。

13票 《火烧云》

(《上海文学》2017年第1期)　作者：鲁　敏

任芙康　一个男居士，在山上过得好好的。又来一个女居士，让日子过得乱乱的。终于有一天，男的远走了。终于有一天，女的烧死了。不太真实的故事，正因其无迹可循，反倒让世间的许多精神寄托，成为一种莫名的嘲讽与遗憾。

张学昕　《火烧云》中的"云"并不是每天飘荡在我们头顶的那一片片流动的气体层，而是一道门，一道矗立在我们每个人内心的门，云门的内外，或隐性或显性地影射着我们的思想和生活，鲁敏写出了俗世中我们内心的隐疾。高速发展的时代，总会有难以承受的压力和纷扰，让人们产生逃离一切的念头。居士曾选择逃离隐居在云门之内，但最终还是无法割舍俗世的羁绊又走出了这道门，而走进去的"女人"却没能再出来。每个人都有选择的权利，跨过一道门也并非难事，难的是我们如何与自己相处，归还心灵的清澈。

张　莉　在有限的篇幅内，这篇小说讲述了关于欲望的故事，人的欲望与人的本身之间的关系。从中，小说烛照出了人性的复杂、灰色与软弱。

李国平　《火烧云》给人以象征性的联想，小说也有隐喻、象征之意味。小说以世俗、世情起笔，然后引向具有信仰意味的对话，男和女，身体和灵魂，世俗和精神，如何完成？如何拯救？读后觉得意味深长。

杨庆祥　男居士在山中旧屋"云门"隐居，一个不请自来的女人打破了此地的清净。在短暂的共处之后，居士下山。数月后，女人和云门一同在大火中消逝。在这个生灭无常的故事里，居士与女人之间潜在的、不同层面的交锋，是支撑小说的结构骨架。交锋常是交谈，在二人断续、琐碎的对话中，女人主说，居士主听。然而说者无心，听者有意，居士从前的种种经历，碎片般在女人的过去中映射。记忆、噩梦、烛光里的身影随之被相继唤起。各执一端的二人互相映照，于有心人想来，处处皆是出与入、空与色的辩证。

胡殷红　小说《火烧云》写的是居士和女人两种人生观的碰撞。他们在"云门"的相遇和交流，在文学表达中呈现出人的肉体和精神的相互关系、相互作用。肉体的存在靠的是过往记忆的延续，心灵则帮助身体治愈而生存。作品想说明的是"有关肉体病痛的这种流动的隐喻，允许人活在永恒的迁徙中"。

贺绍俊 鲁敏是一位对精神层面有着敏锐观察力的作家,她从寺庙里清心寡欲的打坐中察觉到人们内心的躁动和不安。作者的叙述有一种优雅的气质,以及一种并不张扬的抒情性,使这篇小说更加接近郁达夫的文学追求。

11票 《玛多娜生意》

(《作家》2017年第1期)　作者:苏　童

王春林 苏童是写短篇小说的高手,其短篇小说《玛多娜生意》在不长的篇幅内凝练地表现一位名叫庞德的二十世纪八十年代文艺青年的命运变幻。别的且不说,单只是庞德的命名本身,就一方面以戏谑的方式隐隐表达着对现代派诗人庞德的敬意,另一方面却也凸显着主人公既向往文学更向往美国的那样一种性格特点。尤其不容忽视的一点是,苏童竟然腾挪跳跃地在一部篇幅有限的短篇小说中写出了人物在时间长河中的命运感。

任芙康 故事带着神秘与悬念,文字带着弹跳与优雅。一个个苦涩的人生,让人在喟叹中,感受到人性的温情。

张学昕 虽为短篇,却蕴藉了丰厚的故事内容,时间的跨度、情节的曲折和对人物命运的观照,都已经超出了短篇小说的体量,可以说,这对创作者来说是具有一定难度的;但是苏童在这个小说中依然保持了他短篇小说创作的精致和从容,优雅而精到。从某个角度来说,这篇小说可以视为苏童以往小说中"逃亡"主题的续篇,但与以往不同的是,它故乡的背景有意被弱化,而是更加逼近现实。小说的叙述从庞德荒诞的人生,试图探寻现代人精神无根的生活样态,令人沉思和警醒。

张燕玲 广告人庞德荒诞而真实的一生,通过玛多娜这一时代的国际符号起承转合,使个人际遇与历史命运深度融合,从而淋漓尽致地展现了上一代文艺青年,尤其是二十世纪八九十年代诗人们独领风骚的时代传奇。这曲"致青春",在苏童笔下摇曳生姿,体现出令人惊喜的史诗意味。

李国平 《玛多娜生意》是一个充满世俗味、商业味的题目。玛多娜在小说人物那里,则是一个意象。小说中的简玛丽说:"有时候玛多娜是仙女,有时候她就是魔鬼。"《玛多娜生意》展现了商业生活的浮世一角,在表现欲望和情感的搏斗方面,作者显示了很强的掌控能力。

孟繁华 《玛多娜生意》对准世俗万象,写生活中的芸芸众生和生活场景,写广告人庞德真实而荒诞的人生。庞德身上有文艺青年的很多特征,最大的特征就是不靠谱,经不起推敲。小说时间跨度大,内容丰富,文字简练。这是苏童此类人物谱系的集大成写作。

胡殷红 《玛多娜生意》这部小说视野宽阔,涉及广告行业和改革开放窗口城市的现状。简玛丽和庞德这样的人物典型,在故事中呈现的每个细节、每句对话,也都来自作家对社会、对社会中人、对人性中最本质的尊重和好奇。小说里"中年人的身影"显得世故,但这也是一种面对社会现实磨砺出的无奈。正如作家的创作初衷:必须用最世故的目光去寻找最纯洁的世界。这是这部作品体现出的"强烈的自主意识"。

11票 《随园》

(《收获》2016年第5期) 作者:弋 舟

王春林 《随园》所采用的,是第一人称的限制性叙述方式。第一人称叙述者"我",名叫杨洁,作为小说中的主要人物形象之一,是一位生活上饱经沧桑、精神上千疮百孔的知识女性形象。之所以能够饱经沧桑以至于千疮百孔,从根本上说,乃是因为时间因素作祟的缘故。非常明显,只要将"我"、老王以及薛子仪老师这三个主要人物并置在一起,他们当年所拥有过的叛逆骚动,与后来的残破颓败,无疑构成了鲜明的对照与反差。穿越时光的悠长隧道,两相对比,尖锐地揭示了生命存在的空洞与虚无的真相。

弋舟这篇《随园》在透视表达生命的空洞与虚无真相的同时,其实也还有着对于历史隐痛的深切谛视与反省。一个篇幅不大的短篇小说,能够在直击表现生命存在的空洞虚无的同时,对于曾经的历史隐痛做深刻的书写表达,所充分见出的,正是弋舟非同寻常的一种艺术才能。

任芙康 故事情节的惨烈与人物命运的虚妄,可以对照出以往的阅读单调至极。但其真实的质地,对读者精神的摇撼,亦同样堪属前所未有。

张学昕 这是一篇让人读过之后想一读再读的作品。虽然只是一个短篇,但是却触及了人类存在、社会发展的永恒话题。历史包裹在人事的悲凉与沧桑之中,看似混沌的生命却掩盖着人类最孤独的存在,一座随园,戏仿也好,隐喻也罢,搭建起来的是人与世界、人与过去、人与人之间包括人与自己之间的相处方式。这样一篇作品,在创作的过程中或者构思的过程中,应该是比较痛苦折磨的,因为作者最先要明白的是如何与自己和解。

张　莉　《随园》深入知识分子的精神困境。它是一种疾病者对记忆的追忆,对初恋的寻找已不再是对爱情的寻找,还包括对理想的追念。由此,恋人已垂老便有了更深的意味。

李云雷　《随园》写的是一个人的心灵史,也是一个时代的精神史,作者通过对一个问题女生"我"的生活碎片式的描写,展现了"我"的率性不羁与玩世不恭,这既是那个时代的精神写照,也是内在生命孤寂感的外在显示,而时过境迁,当"我"再一次回到启蒙老师的"随园"时,生命便呈现出荒诞的本质。

李国平　《随园》是短篇的形式、中篇的容量。弋舟的小说,一如既往地有某种感伤的抒情性,又有着某种时空跨度和人生沧桑。《随园》显示了将人生内容和历史内含双线并置的能力,在这方面做出了具有深度的表达。

孟繁华　小说以"我"杨洁作为故事的讲述者,也是故事的主角。表面看来是一篇不甚张扬的男女关系的小说,故事的深层却有与宏大历史相关的叙事。小说构思奇崛,叙事讲究。人物如电影不断拉近的镜头,逐渐放大,然后清晰无比。

胡殷红　《随园》是一篇以第一人称叙述的"回忆"小说。杨洁这位知识女性形象,作为小说中的主要人物"我",通过返乡的过程,回忆了二十世纪八十年代到当下,几近二三十年的坎坷、挫折、伤感的生活和心灵创伤。"我"从一个青春少年到饱经沧桑的中年人,时间就像刀一样切割着"我",形成鲜明的变化。这种看似个体回忆里,潜藏着作家对社会历史发展过程中深切的回望与反思。

贺绍俊　在弋舟的小说世界里有着浓郁的孤独感,这种孤独感成为《随园》的灵魂。这是一篇完全由作者精神意象孕育出来的小说,他将古代文学中的一个文化象征"随园"强制性地复原在西北的荒原,以安妥自己的孤独。弋舟在复调式的叙述里一层层剥开孤独的内核,以反省的姿态面对大千世界,并试图寻觅到精神拯救的途径。

11票　《朋霍费尔从五楼纵身一跃》

（《十月》2016年第4期）　作者：蔡　东

王春林　面对着曾经那么富有智慧但现在却然处于失智状态的丈夫乔兰

森,身为妻子的周素格到底该怎么办?蔡东的小说选择的,便是一个如此锐利的切入点。作家以极富艺术张力的笔触写出的,既是周素格个人的内心的犹疑与冲突,更折射了晚年面对疾病与死亡这两种必然的威胁时,人类某种普遍的无奈、困窘与挣扎。观察描写细致入微,尤其是其中人道主义悲悯情怀的从容表达,更是令人动容。

张　莉　关于生之病、生之苦,关于一个人如何终了,一个人如何不受困于他的身体与疾病。这部小说写出了人的爱与伦理的困境。

张燕玲　蔡东的小说创作长于追问家庭里的灵魂依托、心灵希求与自我反省,沿此文脉的《朋霍费尔从五楼纵身一跃》,则深入人到中年近乎无解的家庭困境,丰富了中年劫这一小说传统的文学经验。照料失智丈夫的日常,周而复始的厌恶与责任、挣扎与勇气、残忍与软弱,这份人生困局的纠结、人性深处的幽明,在蔡东有血肉有痛感的笔下,既充满人间烟火,又惊心动魄,更直抵生命之意义。

李云雷　《朋霍费尔从五楼纵身一跃》深入到人生困境之中,对日常生活周而复始的厌恶,在精神上带给人以无望感,小说主人公只能在挣扎徘徊间陷入低沉,作者的书写既有生活气息,又弥漫着一种独特的精神气息,让人看到了人生之艰难与人心的幽暗。

李国平　小说讲述的是一个妻子常年守候一个病残失忆的大学哲学教授丈夫的故事。是一个守候的故事,家庭、感情、亲情是无法回避的主题。将抽象的哲学和切肤的感情连接一起,是为了漫长而突然的唤醒,某种人性的救赎。

杨庆祥　《朋霍费尔从五楼纵身一跃》题目充满哲学的意味,讲述的却是由生老病死而引发的人生困境。小说以蓄谋已久的"海德格尔行动"为玄机,叙写了主人公周素格前后三次的离家行为。在被罹患老年痴呆的丈夫拖垮的烂尾人生里,周素格试图逃离的愿望强烈而又真实。但与一般的"逃离"故事不同的是,周素格的逃跑计划在即将成功之时取消,心力交瘁的灰暗情绪,陡然转向虽然况味复杂,但终归积极的承担。小说不是从问题到问题,而是现实到了极点,从现实中生出了某种抽象的意味,也延展出所谓"向死而生"的一种具体的表现形态。

孟繁华　朋霍费尔是一只猫,有一天从五楼跃下自杀,失智丈夫的病情便越来越糟。周素格长年照顾丈夫,她感到日子一天天失去柔韧性,心绪没来由地恶劣无比,丧失了对生活全部的热情和兴致。日常护理的烦琐和辛劳,精神的孤独和绝望,足以摧毁任何坚强的神经。周素格的精神状况是这个时代精神状况的隐喻,日常生活有如此巨大的力量。

洪治纲 这是一篇充满了绝望感的小说。绝望并不可怕,可怕的是,当人陷入无边无际的绝望感,却又无力独自走出来。周素格就是这样一位女性。她必须每天面对曾经睿智风趣而今却已失智失忆的丈夫;她只能靠记忆来支撑自己,暂时摆脱绝望感,然而她的理智又时刻提醒她,前方等待她的,永远是无望。如何在无望中活出生命应有的自足或从容,是这篇小说直面的一个生存难题。

11票 Silent Night

(《上海文学》2016年第1期)　作者:白先勇

张燕玲 十三年不写小说的白先勇推出了他笔下悲悯的平安夜,厨师乔舅与跑堂阿猛的爱情、余凡与保罗神父父子般的情缘,两个相爱而感伤的小故事,充满人世的艰辛、人性的幽明与人间的善意,丰富而真切的情感和人道,在作者徐缓精准的描述中,颇具文化异质感与文学穿透力。

李云雷 Silent Night写唐人街上两个底层人之间相依为命的生活与感情,小说写出了人性的复杂以及人间的怜悯,作者写神父与贫苦孩子之间的爱,写神圣之爱,也写隐秘的身体之爱,以细腻的笔触深入两人关系的微妙之处,呈现出了异域一段不为人所知的同性情感。

10票 《那边》

(《芙蓉》2017年第1期)　作者:付秀莹

张 莉 关于现代女性幽暗的情感与心事,曲折辗转,自有一段风流。气息流动中有一种迷人的抒情气息。

李云雷 《那边》写一对男女微妙细腻的情感纠缠,这是一个第三者的故事,但叙述中情感的饱满、细节的精妙与节奏的舒缓,让小说超出了故事而具有了一种独特的审美气质,出乎意料的结尾则让人看到了作者出色的叙述能力。

李国平 付秀莹的小说,温婉、细腻,时有淡淡的感伤和哀伤,为乡村叙事注入了新的活力。《那边》采用跨乡村和跨城市的书写,以典型的短篇视角和结构,写出了人性和人心的冲突,映现出了时代变化和人的命运的大主题。

杨庆祥　凭借对纸上故乡"芳村"的经营在新乡土写作中占据一席之地的付秀莹,在《那边》中将乡愁向都市延展,讲述了从"芳村"出走到北京城的知识女性小裳陷入"小三"泥潭的进退两难。在呈现小裳如临深渊的茫然、恐惧、骄傲与不甘中,付秀莹展现出对于女性绵里藏针与百转千回的内心书写的熟稔。"那边"既是相对于"这边"的他者空间,令人坐立难安的"大房",以始终缺席的方式,折射出小裳被压抑的欲望和精神的荒芜;同时又象征着一切在城乡撕裂下无处安放的虚无梦想。小说以半夜里的哭泣开篇,及至结尾"北京的黑夜,真的来临了",或许也是小说家迎向残酷现实的真诚一跃。

孟繁华　小说写一对夫妻日常生活的纠葛和恩怨。出彩的是对生活细节的触摸和呈现,对淹没在日常生活细节中情感危机的揭示真实、生动又触目惊心。手机、短信等随时引爆的情感问题,也喻示了"现代"不仅是时间,同时也让人类的私密不再。

胡殷红　《那边》是一篇描写现代女性生活的小说。在并不复杂的故事里,用主人公小裳的精神困惑和生活纠葛的状态,揭示了新一代知识女性所共同面临的现实的复杂的社会和心理问题,对主人公为了争取立足,对并不喜欢又必须争取的生活产生的自我意识与生存状态不一致所导致的心理纠结进行了解读。小说语言简洁而冷峻,凸显作家卓越的社会认知能力。

10票　《棋语·搏杀》

（《收获》2016年第6期）　作者:储福金

李云雷　《棋语·搏杀》以棋写人、写事,在精彩的棋局中写出了世道人心,小说的故事很精彩,对围棋之道也有深刻的理解,并将二者很好地结合起来,让我们看到了那个特殊年代的社会一角,棋局的千变万化,以及棋道的超越性。

李国平　《棋语·搏杀》是储福金"棋语"系列小说之一,这个系列小说传导着悠长的人生意味,作者对棋人棋事和围棋文化的书写,几乎完全抛弃了技术层面的形似,而抵达精神层面的"神似"。他的小说,总能让人从剑拔弩张回到冲淡平和,体悟到一种东方美学对世界的把握。

贺绍俊　储福金会下围棋,会下围棋的作家很多;储福金也懂棋语,懂棋语的作家就不多了;储福金还能把棋语翻译成小说,能翻译棋语的作家就更是少之又少了。这篇小说通过两个人一次特别的棋赛,生动形象地诠释了棋语"搏杀"。

下棋过程的波澜不惊和人物内心的波涛起伏相互映衬,构成了一种特别的艺术效果。

9票 《小满》

(《作家》2016年第3期) 作者:艾 伟

张学昕 对底层人命运的关注,大抵是中国文学自新文化运动以来的一大重要转向。此后,除了帝王家事,我们更加关心那些无名、失落的,被压抑与被损害的人。《小满》写了四个悲惨的女人:村口徘徊的疯女人,在结尾神奇地消失了;保姆喜妹,她的爱无处安放,间接促成了小满的悲剧;人生最好年纪里的小满,做了有钱人的代孕工具,终于成了第二个疯女人——她被剥夺的不只是作为母亲的权利,更是人生命运的自由选择权;而有钱的太太,却能在痛失爱子后花钱解决一切。在十分克制的叙述中,艾伟透视了整个社会的症候:那些身处泥淖中的女性,她们的感情和诉求根本就不值一提。

张燕玲 艾伟是发掘人性幽微的高手。《小满》外表温婉轻灵,内里暗流涌动,不动声色地把一个"代孕"故事讲得跌宕起伏,尤其对古董商人白先生夫妇的伪善与自私的两面性,女佣喜妹的奴性,小满的天真善良以及母性和妻性,等等,描述得精微细致,不仅人物个性鲜活,而且深入时代深处,显示了作者出色的白描功夫与深刻的现实批判。

洪治纲 乡村少女小满在远亲喜妹的劝说下,为城里的富贵人家代孕生子。事情看起来很圆满,小满家因此摆脱了贫困,城里的先生家也喜得贵子,弥补了人到中年的丧子之痛。然而,小满内心的母性本能,却无法在这种世俗伦理中获得安慰,以至于天真纯朴的少女为此而发疯。小说围绕着一个小生命的出生与归属,展示了家族文化与母性意识的尖锐对抗。

胡殷红 小说利用跌宕起伏的小说情节,描述了当下现实中的"代孕"故事。主人公小满从简单善良到迷茫疯癫,白先生、白太太、喜妹等人物的性格特点都刻画得尤为典型细腻,每个人的形象都鲜活生动,各具特色。人物生存与精神的挣扎,深刻地反映了人们对当代社会现实的追问。

贺绍俊 《小满》讲述了一个"代孕"的故事,具有强烈的现实感。艾伟通过一次代孕事件透视了社会上各色人群的精神世界,重点写了小满这一乡村少女形象,既写了她贫困状态下的幻想,更通过她的遭遇,揭露了在当下社会处境里,女人的母性和妻性无法受到保护的现实，艾伟以一种博大的情怀，不动声色地控诉了人性的复杂和狰狞。

9票 《云柜》

（《当代》2016年第1期） 作者：邱华栋

任芙康 这是一个在高科技前提下，将男女关系调整得极繁复或极简洁的故事。在新颖的描述中，所有传统的道德评判、伦理评判、人性评判，通通管用或通通失灵。于是，读者读到的是动摇惯常认知的故事，并不由自主地同步进入自我审视的思辨境界。

张学昕 这篇小说把故事的场景设置在酒吧、露天汽车电影院等这种现代都市的环境中，以一个"传统男人"与一个"新型女人"之间的代孕故事，探讨了社会科技的发展和女性经济实力的提升，对现代女性思维、人格等各个方面产生的影响；同时，对由此引发的两性关系的变化做出了深刻的思考。经济的独立直接或间接成为施雁翎人格的独立的根本原因，她的强势、果断、聪明、善于算计，是作者笔下"新型女人"的典型性格，突破了男性对女性固有的想象模式。有意味的是，社会科技的发展让两性关系产生了一种性别倒错，与强势的施雁翎相比较，男主人公孔东做事优柔寡断，有点女人气，其实，这一性格特征暗示了男性在社会科技发展中、在两性关系转变中的不适以及由此引发的焦虑与不安。作品的深刻之处在于以现代高端科技云计算隐喻工于心计的现代人，这种依赖高科技的交往方式，并没有使人生向预设的轨道发展，反而使本就充满变数的人生增加了更多的偶然性，作者在结尾处预想的各种结局正体现了人生的诸多可能性以及对科技伦理的质疑。

张 莉 《云柜》探讨的是关于人的生殖繁衍能力的问题，关于人的繁衍能力在今天所遇到的种种障碍，以及人类对这种障碍的试图克服。这篇小说在一个更为宽阔的层面对人和生命意义进行了独到深入的思考。

李云雷 《云柜》关注的是代孕这一新的社会现象，也是新的人际交往模式与情感模式，科技的发展为人类的繁衍提供了新的可能性，也在个体之间构筑了新的交往方式，在这个时代，何为爱，何为人？作者以轻灵的笔墨触及这个重大的问题，也在故事的讲述中融入了自己的思考。

李国平 这是一篇容易被忽视但非常值得重视的小说。高科技、后现代、白领精英,事业成功者似乎是符号,但实际上反映着作者的敏感和敏锐,对具有前沿性的生活方式的捕捉,重要的是通过具象的性格冲突,表达了现代语境下对生命伦理的思考,这个思考是形象的、审美的,有回归意味,但又写出了现代生活情态下的新发现。

8票 《故乡人事》

(《收获》2017年第5期) 作者:莫 言

王春林 在非常认真地读过他的《故乡人事》这三个短篇小说之后,我欣喜地发现,虽然很难简单断言超越与否,但最起码,莫言难能可贵地保持了自己原有的思想艺术水准。他那样一种面对既往历史时的理性与从容,可以给读者留下无尽的想象空间。首先,无论是小说的标题,还是文本的具体内容与题旨,都可以让我们在某种程度上联想到鲁迅先生诸如《故乡》与《祝福》这样的"返乡"之作。尤其是标题的所谓"故乡人事",倘若把"人事"二字去掉,干脆就是"故乡"了。其中,一种向鲁迅先生遥遥致敬的意味,显而易见。不仅是标题,从叙述方式的设定来看,莫言这三个短篇小说,也如同鲁迅先生一样,采用了限制性的第一人称叙述方式。

总括观之,莫言这三个短篇小说的篇幅都不大,作家以特别节制的笔墨,该浓墨重彩时浓墨重彩,该俭省时惜墨如金,最终涂抹出的,乃是关乎历史与人性的一种复杂景观。对于出现于莫言笔端的故乡这些复杂的人事,我们大概只能够由衷地感慨一声:"却道天凉好个秋。"

张学昕 去年莫言连续发表了一组短篇、一个剧本和一组诗歌,这些作品的发表距离莫言得诺贝尔文学奖时隔近五年,这期间几乎没见他发表任何文学作品。但是,归来的莫言,依然还是那个莫言,而《故乡人事》中的"故乡",还是那个熟悉而又陌生的"高密东北乡",只是故事中的"我"有了一些变化。"我"以作家的身份回归故里,甚至在作品中直接提及他以前创作的小说《白狗秋千架》,然后根据眼前的人和事回忆起童年的往事,这样在虚虚实实之间就增添了很多真实性,仿佛是在对"虚构"进行解构。虽然对于当下流行的非虚构创作来说,这样的手法不足为奇,但是,对于莫言来讲,却潜藏着两层重要的意义。其中之一,就作品而言,"我"用回忆拉开了时间的距离,可以从容而理性地呈现出历史与人性的复杂;其二,经历了获奖、舆论、沉寂、沉淀之后的莫言,是在用这个短篇告诉读者,不管历尽怎样的千帆,他依然未变。

张 莉 这篇小说有一种写意性在里面,这种写意性,让人想到中国古代的笔记体小说。我想,这是莫言回到民间、对中国传统文学形式的一种探索。《故乡人事》放松、通达,有意味,有意在言外之美。

胡殷红 莫言再次以第一人称"我"回到他的家乡——高密东北乡。虽然写的是现实生活场景,但深入骨髓的历史过往让这部新作充满历史沧桑的味道。那种割不断的历史与现实,那种撕扯不开的世俗人心,在莫言笔下自然融合自然流淌。《故乡人事》是莫言把记忆中的、现实中的,看到的、想到的和他期望的"高密东北乡"里的人物关系在故事中做了重新结构,并以更深刻的思想、更包容的胸怀挖掘人性的本质。

8票 《祖先与小丑》

(《花城》2017年第3期) 作者:雷 默

李云雷 《祖先与小丑》写生老病死的变幻无常以及人置身其中的悲哀,在父亲的死亡与儿子的新生之间,"我"领悟了人生与世界的真谛,人生并非全是悲观失望的,一个生命结束了,另一个生命开始了,他们之间遥相呼应,构成了生命个体之间的对话,也构成了人类生生不息的内在隐秘。

洪治纲 围绕着死亡与出生,小说以"我"的视角叙述了一个普通家庭的日常生活变化。在那里,父亲的死亡是短暂的,却又是漫长的,它构成了母亲、"我"和妻子的长久思念。当这种思念转化为儿子的出生,似乎完成了生命的延续,也实现了生命的轮回。

贺绍俊 这篇小说将爷爷之死与儿子之生交织在一起,也是将生与死交织在一起,是一个作家对生命与世界的沉思。小说是写实的,又是意象化的,作者不露痕迹地将写实与意象合为一体,将客观与象征互相佐证,使作品富有艺术的质感。

8票 《柯巴芽上山放羊去了》

(《人民文学》2016年12期) 作者:哲 贵

孟繁华 柯巴芽是一个特立独行的、与时代有巨大隔阂的青年。她有几次与男人的肌肤之亲,也有"精神恋爱"的经历,但她没有爱上任何人;她也可以有一份很好的工作,但她就是要离群索居选择了山顶茶园。爱情和工作她都是失败者,但她不是虚无主义者,她是一个现代版的陶渊明或梭罗。

洪治纲 这是一篇有关心灵放逐的小说。衣食无忧的柯巴芽读大学，谈恋爱，在父亲公司工作，考公务员，赴青海支教，不断地进行自我折腾，却始终无法让自己投入全部的生命热情。繁闹而鲜活的现实之中，她却找不到自己心灵的归依之地。由是，她选择了远离都市的茶园，以羊群为伴。这种世外桃源般的生活，可以让她摆脱世俗的烦忧，但是，真的能实现生命的自我救赎？当然，我们也可以认为，放弃所有"意义"的生活，或许才是生命的核心意义之所在。

胡殷红 《柯巴芽上山放羊去了》讲述了一个普通意义上的"挫败者"柯巴芽。这个大学毕业不久的女孩儿本可以在上海或杭州追求所谓的功成名就，但她回到家乡信河街的山顶茶园，养羊放羊。她并不是回避这个喧嚣的时代，而是按照自己心灵意愿回归家乡生活，不被疲于奔命的城市节奏裹挟。作家带着深刻的关于生命、生活的思考，提示人们生活是可以由自己走出另一番天地的。

贺绍俊 哲贵笔下的柯巴芽是一个难得的文学形象，这是一个新世纪的年轻人形象，充分融入了现代的元素，我们很难用过去的形象体系去诠释她。她似乎是一个流行于当下的"佛系"青年，但她又修正了"佛系"的种种消极和负数。她也像一个新版的"励志"青年，但她又给"励志"赋予了生命个体和心灵自由的内涵。

未入选作品（排名不分先后）

6票 《远大前程》

（《上海文学》2016年第3期）　作者：吴君

任芙康 远大前程，并非人人有份。社会结构的日趋固化，将加剧疏离人们的身份与思维，最终成为岁月前行的障碍。拿自己熟悉的周边生活做素材，运用白描式的语言点染光怪陆离的现实生存，是作者多年来一以贯之的写作指向。此篇给人印象尤深。

孟繁华 吴君一直深情地打量着"深圳"这块土地，进城的乡下人是她小说一直书写的对象。刘红宇在深圳生活得富足。在父亲眼中，刘红宇是靠自己打拼出来的"成功人士"。刘红宇却觉得自己毫无成就感甚至是寄人篱下的个人体验，使他无法融入现代都市的生活中。小说写出了新移民的精神困境，非常有当下性。

胡殿红 《远大前程》是一个令人心酸的故事,是描写底层的年轻人在城市拼搏中的屈辱生存。小说里父亲望子成龙,他刻意隐瞒了殷实的家境,用寒门出贵子的观念激励儿子到深圳发展。但儿子历经挫折失败,失去努力的勇气,羡慕奢华的生活,蜷伏在富人门下毫无自尊地靠人施舍生活。而远在家乡的老父亲全然不知,以为自己成功培养了一个优秀人才。作品提示打拼的年轻人和在家的父母:怎样面对迟早面对的真相。

6票 《七层宝塔》

(《钟山》2017年第4期) 作者:朱 辉

洪治纲 这是一篇颇具反思意味的小说。中国的城市化进程,不仅带来了乡村农民生存方式、生存秩序、生存观念的变迁,还引发了社会伦理和个体精神的嬗变。唐老爹和阿虎之间的冲突,便是在这样的现实背景下被不断激化。在冲突激化的过程中,冲突双方的内心也在不断撕裂。这个撕裂的过程,无疑是城市化进程对人们精神上的投影。

6票 《梦中的夏天》

(《湖南文学》2017年第1期) 作者:张惠雯

张燕玲 张惠雯长于在日常生活际遇中开掘人性的幽明,她以颇有质感的语言再次讲述了一个爱情破碎与偶像坍塌之后的人生感伤,现实生活与心灵生活相生相应,浓淡相宜,余味绵长。

洪治纲 这是一篇充满感伤意绪的小说。故事以"我"拜访当年的邻家姐姐为主线,让叙事小心翼翼地沿着自尊的边缘滑行,缓缓地呈现了这位昔日"女神"在异域孤苦、窘迫而又无助的生活,展示了情感与命运博弈后的溃败与苍凉。

5票 《两瓶酒》

(《人民文学》2017年第11期) 作者:毕飞宇

任芙康 极少的篇幅,容纳进极多的内容。两家人的日子,同无数人一样,在岁月的碾轧下了无生趣。两家人的情谊,却比无数人相互间的交往别致、帅气。琼浆两瓶,能让人溢满生命的从容与安详。

张燕玲 两瓶酒,两个家庭,两代人,在亲友情缘与喝酒氛围中做心灵交流,理解与不理解,相识与新发现,一一显示出生活的质地与小说丰富饱满的情感,这也是异于毕飞宇小说惯常的冷静之处,令人耳目一新。

李国平 从题目上看,应该是一篇有故事、有燃点的小说。"两瓶酒"勾连起的是两代人的生活故事,这故事发生于一个时代的急剧转型期,许多变了,但情义、情谊没有变。这篇小说发表在《人民文学》时有卷首语,施战军所写,没有比这段文字更好的表达了:"仿佛《两瓶酒》里有三个父亲,作者才是亲的。如果说毕飞宇的短篇总是有新质素,那么这一次,这个新质素就是感情,亲的、爱的、对人的常情——这又是当今小说里多么匮乏又多么珍贵的物种啊。"

5票 《给灵魂穿白衣》

(《江南》2016年第1期)　作者:田　耳

杨庆祥 《给灵魂穿白衣》讲述了一个等死者的故事。行将就木的山歌老人与乡村的消逝互为隐喻;祖父的死与父亲的落马,又构成彼此牵制的两场宣判。透过孙子小丁的目光,祖父等待的不是死亡,而是一场久久未能到来的庄重的死亡仪式。无论是祖辈的怕死、不肯死,还是子孙在传统习俗"接气"里送老人上路的焦灼与不耐,无一不是对死亡的修习与省思。田耳用语言打造出一座沉默到令人小心翼翼的封闭场所,但充溢其中的与其说是死亡的伤痛,不如说是一种洞明世事的敬重与哀矜。

胡殷红 《给灵魂穿白衣》从孙子小丁的视角讲述奶奶第一次报病危就离世和爷爷久拖病榻间,子女们如何表达"孝顺"的种种行为和心理。故事情节中设置了父亲可能面临接受调查的一笔,小丁的父亲没能在爷爷弥留之际回家为他"接气"。这个情节提示了故事的现实反腐的时间背景,这个故事揭示了所有父母一生是给子女付出的存在,子女却因为种种原因忽视父母的存在的这一社会现实。

4票 《狗叫了一天》

(《收获》2016年第1期)　作者:徐则臣

王春林 近些年来,"70后"领军作家徐则臣的小说写作可谓风生水起,渐入佳境。徐则臣属于那种兼擅于各种小说的作家,不仅长篇小说写得好,而且中短篇小说的写作也都颇有心得。其《狗叫了一天》就是2016年初不容忽视的一个短篇小说佳作。从取材上看,这篇小说明显可归属于徐则臣所持久关注的"北漂"系列,意在凸显挣扎在京城的"北漂"小人物生存的艰难与辛酸。小说的值得关注处在于,作家的犀利笔触,只是通过狗叫这样一件寻常不过的小事,就深深地切入到了"北漂"底层小人物的精神深处,写出了他们艰难的生存处境,更写出了他们内在的某种根本精神焦虑。

张　莉　狗在院子里叫了一天是件不大的事,但是,小说却将它写得风生水起。狗叫不仅仅影响了"北漂"青年们的日常生活,更直抵他们内心的焦虑与不安。由此,小说不只是写"北漂"边缘者们的生活表象,更进入了他们的内心世界。

胡殷红　《狗叫了一天》这篇小说,用冷峻犀利的语言描述犬的狂吠和挣扎在京城的"北漂"精神世界的狂躁不安。从狗叫声引发的对小人物在外漂泊、挣扎、压抑、焦虑的内在挖掘,这是作家发自内心地对这个社会,对这个庞大的底层人群,对人性本质的关注。

4票　《酣酣浮生》
（《香港文学》2016年第1期）　作者：黎翠华

洪治纲　这是一篇非常圆熟的短篇佳构。它以旁观者的视角,成功塑造了一个浪子阿标的丰富形象。阿标既有人伦情怀,又有可贵的率性；既有独特的才华,又不属于功名；既我行我素地游走于全球,又忠孝于亲人好友。他迷恋于美酒美食,却又饱受尘世间的孤独。这个现代"真人",折射了人们对内心理想恪守的艰难。

3票　《人人都应该有一口漂亮的牙齿》
（《江南》2017年第3期）　作者：张　楚

张燕玲　张楚的创作长于探微内心、传达人性；沿此文脉,本小说平中见奇,静水深流。异乡寒冷的风雪夜,欢宴散场的三位初遇青年,在换场的小酒馆里,叙说各自的"牙齿"故事,将人生中的隐秘、遗憾和惆怅以片段呈现,并相知互慰了各自漂泊的孤独身心。意味深长的是出门回家,这三位萍水相逢的男女,连姓名都懒得互询,瞬间就相忘于日常的寒风里。张楚细腻黏稠的文字,叙说着热气腾腾饭局里现代人的无边寂寞,以及在黑夜里孑孓徘徊的身影；聪敏的笔触直入心灵,因为人性才是他小说的世界。张楚于不经意中,灵光闪烁,为我们描述了一幅当下最日常的人生浮世绘,颇具艺术张力。

孟繁华　《人人都应该有一口漂亮的牙齿》,与张楚以前的小说相去甚远。

这是一部与"叙事"有关的小说:关于牙齿,三个人讲了三个故事。三个故事都与情感相关。张楚用非常现代的方式书写了一篇与牙齿有关的世情小说,显示了张楚小说创作的多种能力。

3票 《最短的白日》

(《十月》2017年第3期) 作者:迟子建

王春林 "最短的白日",当然是冬至。作家之所以要采用这样一个标题,乃因为她所描写的故事,正发生在寒冷至极的冬至这一天。在这一天,小说中的三个主要人物,货车司机、维修工小伙子,以及身为肛肠科医生的叙述者"我",都不无辛苦地为了生计的缘故而奔波在路上。货车司机虽然少不了有几分油滑,但他日常生活的辛劳,却是显而易见的一种事实。相比较而言,作家的笔触更多地停留在了小伙子和"我"身上。身为维修工的小伙子,尽管整日价奔忙,但却因母亲的病体拖累而最终丧失了女孩的爱情。上有老下有小的"我",既要奉养年迈的老母,又要承受儿子的不务正业,还得面对酷爱穿着打扮的妻子。生存的重担,同样显而易见。这是一篇有象征意味的短篇小说,表面上看是在实写"我"的一天,实际上,却在隐喻性地虚写"我"的一生。结尾处,就在"我"终于回到故乡哈尔滨的时候,却突然接到电话,因为病人病情反复的缘故而不得不马上返回到大连去。"小伙子挥手与我告别。他拉着行李箱,走进哈尔滨冬至的夜晚,而我则在抵达故乡的一瞬,又开始了夜色中的旅程——我们奔向的都是异乡。"是啊,故乡在何方,某种意义上说,人的一生不就一直在从故乡奔向异乡的路上吗?从这个意义上说,我们也不妨把这篇小说命名为"在路上"。

张学昕 一天与一生,最短的白日却浓缩了最漫长的人生。高速飞奔的列车,如同社会的飞速发展,时代的镜像一闪而过。车上的"我"和列车维修工人,看似在聊天中打发人生中再寻常不过的一段无聊旅程,而实际上,这趟列车、这段对话承载的是他们无处安放的灵魂。结尾处,主人公意味深长地说:"我们奔向的都是异乡。""异乡"无疑是全文的隐喻。踏上现代这趟高速列车,上一幕的景色还没有欣赏,就被下一幕所覆盖,人们根本来不及思考究竟何处才是自己的精神故乡,就被推到下一个陌生的环境,这必然导致精神的无所寄托;而生存的现状又迫使人们沦为金钱的奴隶,灵魂注定要一直在路上漂泊,所到之处皆为异乡。列车可以停靠,但沉重而无奈的现实,只能让灵魂飘荡。迟子建用最短的旅程,写出了一个时代一个人生最长的隐喻。

3票 《谁在我的镜子里》

(《天津文学》2016年第9期)　作者：范小青

任芙康　一场生活的喜剧，从主人公丢失手机拉开序幕。种种阴差阳错，让人忍俊不禁。作者如同相声大师，将一个个包袱，不动声色地抛出来。人们笑过之后，一定会为与"高科技"结伴袭来的无穷困扰，而深觉恐慌乃至悲凉。

胡殷红　小说描写了一位"记性差"的普通上班族老吴的故事。故事看似平淡，没有太多的背景渲染，但小说设计了老吴许多生活细节和心理活动，把一个平凡得微不足道的人的故事写得惟妙惟肖、顺理成章、生动自然。老吴在地铁上打盹醒来，自己拿错了别人的手机和提包，就此产生的一连串的麻烦。小说通过老吴的经历，揭示被智能手机绑架后的群体困扰。

3票 《皮婚》

(《人民文学》2017年第4期)　作者：南飞雁

杨庆祥　《皮婚》讲述的不是贯穿婚姻始终的危机，而是对于危机不动声色的隐忍与渡过。与之相呼应的，是南飞雁举重若轻、充满耐心、沉稳的叙事功底。小公务员穆成泽在七厅八处帮忙的日子，看似波澜不惊实则险象环生，与妻子相互间的瞒与骗未尝损耗牢固的温暖，与女上司的偷情也未必没有深挚的柔情。按部就班，时刻进行着权力交换与帮衬的机关日常的酷烈，南飞雁只在偷情的中年男女血肉模糊的车祸现场展现了一瞬，却足以惹人心惊。《皮婚》最令人印象深刻的，依然是作者对于种种无奈、意外与难测的忍耐之心的经营。就像题目"皮婚"是对三年婚龄的纪念，却始终以一副发黑、褪色的结婚照皮质相框的具体形象，在故事的角落里散发出令人不安的气味。

洪治纲　这篇小说精妙地呈现了人们对现实婚姻乃至机关生活的疲惫之态。无论是穆成泽，还是付晓冉、王雅琳，他们似乎都是被各种秩序牢牢掌控的人；为了反抗这种被掌控的情境，每个人都或明或暗地辗转在几个不同角色之间，穿梭于无序与无奈之中，为利益，也为情感。然而，在经历了各种无序的挣扎，我们发现，他们彼此之间的交流或碰撞，既谈不上有多少浪漫和激情，也说不上有多少功利和欲望，他们所做的一切努力，似乎只是对疲惫生活的小小反抗。

3票 《去崇明岛上看一看》

(《上海文学》2017年第3期)　作者：周嘉宁

杨庆祥 周嘉宁近年来的写作,呈现出不断突破自我的边线,向他人与外部世界眺望的尝试。小说以记者李盼的两次采访为伏线,勾勒出旁观者眼中世纪初年轻人的精神变迁图景。在小说中,"崇明岛"有如一座青春乌托邦,是李盼和友人的一组虚构报道、一次隐秘的出游,也是本土乐队作品中想象性的现实退路。在统摄性的回忆视角下,虽不乏回首青春的困惑与感伤,但更引人注意的是作家对年轻人灵晕的捕捉,以及借由这种灵晕所进行的新鲜、轻盈、向上的美学建构。这是周嘉宁匠心独运的审美发现,也为其小说创作注入了越界的能量。

3票 《檀香插》

(《芙蓉》2017年第2期) 作者:南 翔

任芙康 作品如一首诗意沉郁的挽歌。反腐题材,却出人意料地以如此视角展开,人的多样性、人性的复杂性,因之得以最大化地直面开掘。老到、精确的文字,将作品推上"一览众山小"的高地。

张燕玲 简洁而紧致的篇幅,反讽而审视的笔尖,内聚焦地勾勒了一位常年安之若素的女教师在家变中内心的错乱、惊慌和崩溃的心灵裂变,虽是片段式勾绘,却显示了作者对人世的洞察与心灵捕手的功力,以及把个体际遇融入时代大潮的反思,并隐喻地把圣洁意象的檀香插入丑陋混乱之家,颇具荒诞感与反讽意义。

2票 《欢笑夏侯》

(《北京文学》2016年第5期) 作者:陈世旭

任芙康 面对夏侯阳光一路走来的欢笑,读者却止不住无尽的感伤。小说背景烘托出奇特的官场,冰冷而又温暖,可信而又诡异。作者铺排的故事是独一无二的,塑造的人物是独一无二的,把握现实的分寸、展演现实的技术,无不令人叹为观止。

胡殿红 《欢笑夏侯》毋庸置疑地是一篇思想性极强,同时又兼具艺术造诣的小说。作品尖锐而犀利地批判了当今社会权力腐败这个严峻的社会现实,直戳权力腐败泛滥对人的思想的侵蚀。但作品的巧妙在于,作家把个人对现实的想象,借智力不全的夏侯阳光这个人物口中说出。夏侯阳光是这篇小说的灵魂人物,却是现实生活中被社会忽略不计的人,作品利用这个"小人物"抛给读者一个值得思考的现实:"当权力的逻辑成为一个人全部的行为准则和思维方式的时候,权力才是最可怕的"。

2票 《列文的来路问题》

(《作家》2017年第2期) 作者：陈 九

任芙康 小说中的列文来路问题，不单单是印证某个特定对象的家族历史。二十世纪八十年代，国门大开，中国留学生涌向西方，求学、打工的同时，其中的精英，已"启动"对中外文化来龙去脉的探寻。作者亦属其中的翘楚。这部小说，便是他将种种精神冲突与种种文化纠结的思考，不着痕迹地转化为文学的表达。命运坎坷的人物，扣人心弦的情节，自出机杼的立意，个性鲜明的语言，已成其系列作品的标志特色。

1票 《气球》

(《花城》2017年第1期) 作者：万玛才旦

李国平 一篇洋溢着浓郁的藏族风情的小说。小说构思精巧，人物性格鲜明，在风俗画之上，呈现出了丰富的人性内容和独特的生命哲学。

1票 《白耳夜鹭》

(《收获》2017年第2期) 作者：艾 玛

1票 《隐秘花园》

(《钟山》2017年第2期) 作者：王啸峰

第五届郁达夫小说奖终评综述

2018年10月13日,由浙江省作协《江南》杂志社主办、杭州市富阳区人民政府协办的第五届郁达夫小说奖在杭州萧山举行终评委会议。经过数轮紧张投票,历时六个多月的悬念终被揭开。王安忆《向西,向西,向南》、白先勇 Silent Night 分获中篇小说奖和短篇小说奖,计文君《化城》、王手《第三把手》、孙频《松林夜宴图》获得中篇小说提名奖,蔡东《朋霍费尔从五楼纵身一跃》、邱华栋《云柜》、哲贵《柯巴芽上山放羊去了》则分享短篇小说提名奖。整个奖单中,名家依然稳健坐镇,"70后""80后"作家斩获多席。

郁达夫小说奖每两年举行一次评选,是目前国内颇具影响的针对海内外华语中短篇小说创作的小说类文学奖项。本届郁达夫小说奖于今年4月启动作品征集活动,除继续贯彻"实名投票、评语公开"的透明评奖方式外,通过审读委成员、国内重要文学刊物、专业文学团体、海外和港台文学组织以及网络自荐等途径的推荐,征集到大量参评作品。随后先由评奖办公室根据推荐意向,确定入围作品,再由审读委实名投票,选出15篇中篇小说和13篇短篇小说作为终评备选作品,供终评委审读,以进行最终角逐。这些作品基本汇集了2016年至2017年间最优秀的华语中短篇小说。

本届终评委仍由著名作家、学者和重要文学刊物主编组成,主任为陈建功,八名成员为(按姓氏笔画顺序)马原、李敬泽、苏炜、阿来、张抗抗、施战军、袁敏、程永新。在两个月的时间里,终评委专家认真阅读备选作品,并准备了各自推荐作品的评语。

10月13日上午,除因事而未能到场的评委李敬泽使用邮件投票(二轮采用电话连线投票)外,到会的终评委专家在热烈的气氛中,讨论通过了《第五届郁达夫小说奖获奖作品投票产生办法》,并就终评备选的作品发表意见。根据投票产生办法,每位终评委须以实名方式对终评备选作品进行投票,其中中、短篇小说奖获奖作品须得到终评委票数2/3的同意,而中、短篇小说提名奖则须获得终评委成员总票数1/2以上的认可。随后,在全国媒体的见证下,展开实名投票决选。

在中篇小说大奖的角逐中,首轮投票多篇作品呈胶着状态,在第二轮投票后,王安忆《向西,向西,向南》胜出,问鼎中篇小说奖。而在中篇小说提名奖的投票中,专家意见相对趋同,计文君《化城》、王手《第三把手》、孙频《松林夜宴图》均以超过一半以上的票数拿下提名奖。

在短篇小说大奖的投票中,专家意见出现交锋,经过两轮投票后,白先勇的 Silent Night 高票胜出,赢得本届短篇小说奖,而在短篇小说提名奖的投票中,蔡东《朋霍费尔从五楼纵身一跃》、邱华栋《云柜》、哲贵《柯巴芽上山放羊去了》脱颖而出。

郁达夫小说奖自设立以来,始终坚持以弘扬郁达夫文学精神为主旨,注重作品的文学品位,所以获奖的作品不仅具有较高的艺术水准,也较为契合郁达夫的文学和审美精神。

本届郁达夫小说奖颁奖典礼将于12月7日——郁达夫诞生日在其故乡富阳举行,同时本届获奖作品名单、得票数及终评委评语将在明年第1期《江南》杂志和相关网站上公布。《第五届郁达夫小说奖获奖作品集》也在紧张编辑中,不久将由浙江文艺出版社出版发行。

第五届郁达夫小说奖终评委成员评语

【中篇小说奖】

第一轮投票

4票 《向西,向西,向南》

(《钟山》2017年第1期) 作者:王安忆

张抗抗 这篇小说弥漫着一种人生漂泊无定的忧伤气息,适合"郁达夫文学奖"。依旧是王安忆绵密、冷静的叙事风格,撑起一个空阔的大格局。向西—向南是地球空间的设置,加之十几年生活变迁的时间跨度,成为二维。还有两个女人由生计与困惑渐生的友情,便成三维。人情冷暖家庭变故,国内国外的现世和过往,都被精巧地包裹在一家温暖的小餐馆里,演绎出海外华人在"漂移"中的人生沧桑感。

苏 炜 王安忆也许是当今汉语作家中最勤奋,也最具思考前瞻性的作家。安忆此作的令人惊喜处,不是她一贯保持的针脚绵密的叙述风格,也不是她在每一个场景、每一处着墨都能保持叙述张力,总能保持文学总体呈现的上乘成色,而是她作为当今中国文坛最资深的一支健笔,还能如此深地贴近当下,如此快地切入现实。小说写当今华人群落的拔根漂移,那种种鲜活的现场感、在场感(包括背后隐藏的某种不动声色的思辨色彩,隐喻色彩——比如关于这个"向西,向南"的解读,作者就没有明言),写来别具生面也别具手眼。作为寄居海外之人,我尤其惊叹于此作描写纽约唐人街各种世态人情的有声有色,连血带肉,从场景细节、人物心理到眉眼声口都落到实处,没有废笔,仿若久居海外的"新移民作家"的手笔,这是此作的特别"冒尖"之处。

施战军 视野宽展,笔下绵密,历史与岁月、生活与理想,都在辗转中化为命运的难解和人的难安,但是,这部小说又令人对流转的追望感到踏实,因此也具有了不同于一般作品的高超。

程永新 以工笔写寰宇风云,以素描状离合悲欢,虽然取材于世事万种,取意却在于个性觉醒,且务求尖新——这是王安忆小说的风格与气韵,也彰显着作者的趣旨与心志。这篇小说宛如天外听雷,在缓慢中铺开悬念,寓惊险于平静,将半个世纪以来华人海外奋斗历程与两位女性的个人轨迹熔于一炉,苍凉中见温情,漫漶处有真意。

1票 《空色林澡屋》

(《北京文学》 2016年第8期) 作者:迟子建

袁　敏 尘世纷扰、物欲横流,当社会处处浸淫着钱色和纸醉金迷,人与人之间充斥着虚伪与欺骗、构陷与背叛,《空色林澡屋》像一道明亮的闪电,照亮了人们的心灵。丑陋的皂娘,却拥有最善良美好的人性;远离喧嚣的林中小屋,却珍藏着被这个凉薄遍地的世界遗忘已久的人间真情。小说凄美而苍凉,却能唤起人们心中的爱和温暖。

1票 《借命而生》

(《十月》2017年第6期) 作者:石一枫

1票 《化城》

(《人民文学》2017年第10期) 作者:计文君

阿　来 新生活,新现实,一直是当代文学写作中的一个巨大焦虑。这篇小说中的现实很新。但没有这类新小说迷失于"新"的毛病,因为人是旧的。即便在潮头前端的人,也带着许多旧。冲突、纠结,无论内在还是外在,都因此而起。也因此,小说有了相当的纵深感。

1票 《生死课》

(《十月》2017年第5期) 作者:胡性能

1票 《麦子熟了》

(《人民文学》2016年第10期) 作者:许春樵

陈建功 打工者生活的真实描述,作品直面生活、直面人性的勇气与深度令人钦佩,卑微的生活现实中固有肮脏与粗野,也有可歌可泣的情义与操守。平实的叙事却凸显鲜活的个性,人物逻辑具有底层真实的原色。应属近年中篇小说的上乘之作。

第二轮投票

6票 《向西,向西,向南》

（《钟山》2017年第1期） 作者：王安忆

袁 敏 这部小说与以往阅读王安忆的感觉截然不同。记得陈村曾经说过这样的话，王安忆写一个人穿一条棉毛裤可以写上两千字（大意），而这两千字可以让你读得跌宕起伏，欲罢不能。王安忆是写小说高手，同样的素材，她可以用得十分节俭，取其一点，绵延成篇。而这部小说，明显节奏很快，容量很大，将一部可以写成长篇的内容浓缩成一个几万字的中篇，不像她寻常的风格，紧张，透不过气来。但也许正是这样的节奏和行文处理，恰到好处地描摹了当今社会格局中，中产阶级的生活，触及了这一阶层的人所面临的精神危机和对现实的无力感，写出了他们物质丰富背后精神的荒凉。

（另外评语见前）

2票 《化城》

（《人民文学》2017年第10期） 作者：计文君

陈建功 网络时代的人与人，时代感和新鲜感令人心惊肉跳，其实是写出了资本的力量和网络的本质，写其对人心的摧毁。作家对这一题材的理解和深入令人钦佩。网络语言之纯熟化入也增添了作品的活力。

（另外评语见前）

1票 《生死课》

（《十月》2017年第5期） 作者：胡性能

【中篇小说提名奖】

7票 《化城》

（《人民文学》2017年第10期） 作者：计文君

李敬泽 对当下的复杂经验做了敏锐、机智的表达。这是一种有难度的写作,难度在于,它几乎无法依托既有的成规和路径,它是命名和赋形。计文君于此表现出的雄心、创造力应该得到褒奖。

张抗抗 网络信息时代一切均可虚拟,但人物终究是实的。身份地位呈"梯级"状态的几位"京漂"都市女性,功利的目标已超越情感,成为生存的本能。卑微中的挣扎,自尊与虚荣,友情与反目,烦恼与困顿,故事情节一波三折大起大落,充满"手撕"的犀利与无情。"化城"虚妄,本无一物,似与网络相似却也相反,可幻化为一种微妙的精神象征,意喻当下人的欲壑难填亟待救赎。

施战军 热腾的虚拟接上闹猛的现实,梦与安稳归于何处?充分写实却有寓言特质的《化城》里,有无尽言说。

程永新 同意阿来的意见,计文君的小说题材独特,叙事风生水起,没有套路化、同质化的痕迹,有一股清新的气息。

(另外评语见前)

7票 《第三把手》

(《收获》2017年第3期) 作者:王 手

李敬泽 这部作品体现着王手独特的视角和风格。他是罕见的以"经济"观世情的作家。所谓"经济",不仅是现代意义上的经济生活,更是传统意义上的,风尘俗世、民间江湖的"经济",由此,他为这个时代留下了一份重要的文学叙事。

张抗抗 浓郁的温州地域气息,小企业的氛围及人物性格,惟妙惟肖,极具南方作家的语言特色,展现了作者对现实生活的关注、对社会变化的敏感。昔日的创业者与当下的经营者,"三把手"暗指家庭婚姻中的另一种关系。但在俗常的情感纠葛中,却隐藏了现代企业发展的观念之争,"三把手"这个年轻女子,颠覆了以往作品中既定的"小三"形象,显示出更多新时代的特质。

施战军 江湖淡隐,人间厚德,所谓伊人,自有高格。

袁 敏 温州是中国改革开放最前沿的一座城市,也是市场经济最红火的一方热土。王手作为一个投身其中的亲历者,以其独特的目光和笔触,塑造了一个被传统观念不太能容忍,却具有创新意识和与时俱进理念的另类角色,让人耳目一新。他的小说最出色的亮点,就是生活底蕴的丰厚、人物性格的鲜活,以及细节的真实。

程永新　南方私营小企业在大时代背景下的生存状态是王手小说经常涉及的题材,王手的叙事穿越皮、毛,贴着血肉延伸,最终试图打通任督二脉。小说把两个女人的争斗演绎得不动声色,又惊心动魄。

5票　《松林夜宴图》

(《收获》2017年第4期)　作者:孙　频

李敬泽　这部作品保持着孙频一贯的力量和锐度。对人心的精微分析和怆然苍茫的气象具见性情和才华。

阿　来　在荒芜的西北,艺术从家族遗传爱情对象那里显现出生机,虽然这种生机如此缥缈难以把握。而当主人公逃离那荒芜,在繁华都会,消费的逻辑,使艺术和爱情一样,比戈壁更荒凉、更虚妄。松林夜宴,已成绝唱。

张抗抗　这是一部有历史感和批判意识的小说。"外公"幻觉中的苦难,始终如同影子跟随,在与现实的交叉纠缠中,越发扑朔迷离。李佳音寻找罗梵,也许并不仅仅为了爱情,而是为了内心对艺术的坚守和解惑。这也是一部具有浓郁色彩感的小说:白虎山、大漠、黄沙的荒凉背景,与当下的华丽俗艳,形成强烈反差。无解的《松林夜宴图》,是一种精神与风骨的象征。小说的叙事语言字字精美。

程永新　在"活着之上,艺术之下",孙频笔下的"艺术家"们,追名逐利,潦倒窘迫,却终其一生在与自己的弱点搏斗。她对笔下人物的态度并非讽刺,而是赋予直面人性的勇气、充满同情的关怀,更传达一种来自历史的审视。

【短篇小说奖】

第一轮投票

5票　Silent Night

《上海文学》2016年第1期　作者:白先勇

张抗抗 描写了这个寒冷的世界里互相取暖的人——"两对"恋人于医院的病房相遇,一对在明处,一对在暗处,明暗映衬冷暖互补,在平安夜的凄凉和生命终结处,显示出人间真爱的另一种存在。"我"与神父的隐秘关系,依恋、信赖,处理得含蓄洁净简练。更由于小说叙述者欲说还休的难言之隐,越发令人唏嘘。

苏 炜 我最后选择此作入围提名奖,一是出于对这位广受尊崇的前辈作家久违多年的小说新作的重视和珍惜;二是作品在触及现实语境中仍旧是有所禁忌的题材时,其着墨自然、分寸适度,对此表示由衷敬佩,圣诞平安夜的保罗神父以及围绕他身边的情爱与慈善大爱,都写得微带温热、丝丝入扣,却不"耽美"、不煽情(这本来是此类题材作品的通病);三是作为海外华文作家群体一员的一点"私心"——海外华文写作近年新人辈出,佳作频现,此作是入围作品中唯一一篇海外华文作家之作,所以我要"力挺",也算在"郁奖"中争一个小小"话语权"吧。

陈建功 悲悯与感恩,写人与人之间的扶助。故事一般,但情感的洪流摧枯拉朽。

施战军 基于人的爱和基于临终的关怀,在困境和渴望交织状态下,安然写来,仿若生命之徐行。

袁 敏 小说讲述了一个爱欲与死欲的矛盾故事,通篇弥漫着浪漫和感伤,却又能让你触摸到人性的温暖与良善。白先勇很好地秉承了郁达夫小说中浪漫诗意、感性丰盈的性情写作,以及对汉语叙事传统的继承和创新。

2票 《朋霍费尔从五楼纵身一跃》

(《十月》2016年第4期) 作者:蔡 东

阿 来 社会问题有大有小,这是宏观的角度。但问题具体到个人,就都是大问题。这篇小说的问题就是这样的。对这种生命困境的追问,可以上升到哲学层面。很巧,肯定是作者的有心设定,出问题的人就是弄哲学的、熟悉哲学的。有小遗憾,追问可以因哲学而更深入,结尾的解决方案依然回到道德的层面。

1票 《火烧云》

(《上海文学》2017年第1期) 作者:鲁 敏

1票 《玛多娜生意》

(《作家》2017年第1期) 作者:苏 童

程永新 在短篇小说领域,苏童始终拥有王者风范。几十年间,苏童用他的写作为当代短篇小说的水准不停注入恒温剂。他这些年的短篇,更臻佳境。读过《香草营》的人,一定会被那群鸽子的意象久久缠绕。而在《玛多娜生意》中,玛多娜红唇烈焰、网格黑袜的形象代言了时间,人物的成长变化紧扣时代的演变。苏童说,"载着玛多娜的哈雷摩托呼啸而来,冲垮我们这代人的理念,它毁灭了什么,不知道;建立了什么,也不知道,我们所知道的,一切都显得那么的有力量!"

第二轮投票

8票 Silent Night

(《上海文学》2016年第1期) 作者:白先勇

阿 来 还是当年阅读白先勇的感觉。从容。不动声色的文字下潜流着强烈的情感。繁华都市的角落,荒凉冷酷。漂零的人,畸余的人,互相靠近,寻找爱,寻找温暖。

程永新 先生的文字还是一如既往地柔美、有温度,谈到郁达夫小说奖的精神气质,先生也许是契合度最高的,我不得不改变初衷,毅然决然地把票投给了先生。

(另外评语见前)

1票 《朋霍费尔从五楼纵身一跃》

《十月》2016年第4期 作者:蔡东

(另外评语见前)

0票 《火烧云》

(《上海文学》2017年第1期) 作者:鲁 敏

0票 《玛多娜生意》

(《作家》2017年第1期) 作者:苏 童

(另外评语见前)

【短篇小说提名奖】

8票 《朋霍费尔从五楼纵身一跃》

(《十月》2016年第4期) 作者：蔡东

李敬泽 狭窄，但是激越。这篇小说就选材而言未免稍落窠臼，但是，对于死地绝境中的千回百转、对于人的损耗与自救的书写依然表现出了充沛的才华。我个人熟读朋霍费尔的作品，对这篇含有他的名字的小说不免偏爱，虽然我认为，以朋霍费尔的精神，蔡东可以写出更具规模和力量的小说。

陈建功 老夫妇，一个是患病的哲学家，一个是"不安于室"，希望精神解脱的妻子。展示的是"空巢"家庭里残酷的挣扎和最终不舍的人性辉光，细腻而真切。社会问题是背景，人性的逃遁与归来是难得的浅烛微光。

施战军 人间以扑腾为表象，但以生命做底，生命的样态往往见出作家对人的基本认知，青年作家在终极取向和创作重量方面的可期性确认，可在这篇小说的坚执与决绝的交缠中掂量出来。

程永新 专注于人类永恒之苦，将哲学思考分解在人物的日常行动之中。作者对人物的探究与其理念相结合，在描写现代都市人类生存的身心双重困境中独辟蹊径。

（另外评语见前）

8票 《云柜》

(《当代》2016年第1期) 作者：邱华栋

阿来 西方有种小说分类，叫社会科幻。就是说，小说讨论重点不在未来技术的可能性方面，而是种种技术实现的情形下，社会和人的状况与处境。《云柜》就是这样的小说。敏锐，直接。更重要的，是有示范意义。中国小说太多回顾，太少前瞻。

张抗抗 云计算大数据时代，一切都可以被计算被预设，包括婚姻与生育。小说中具有荒诞及批评意味的"代孕造人"故事，对人类的现状和未来提出了温和的质疑：人是理性控制的一堆数据，还是真实欲望与情感的产物？"精子"是可以谈论的吗？作者的选材新颖独特，其中很多冷幽默的细节令人哑然失笑。

苏　炜　此篇可称之为"高科技荒诞"或"高科技魔幻写实"小说。包裹在"云计算""云柜""云仓""大数据智能平台"这些高科技字眼和语境之下的，是一场关于都市高层白领"剩男""剩女"之间的婚恋与"代孕"的计算和算计。写来亦真亦幻，笔触冰冷而自然，荒诞却可信。尤其是塑造了"施雁翎"这样一个高冷出挑的"云计算女人"，她那些让人惊悚齿冷的人生计算与算计，不由得让人读后重新思考：在当今这个"云计算""大数据智能"时代，人性的空间何在？何处是人生、爱情的"出处"与"归宿"？它实质上触及——"我们从哪里来？要到哪里去？"这个哲学的终极性思考大课题。此作题材新异，叙述流亮多变，所以我把它列为短篇奖的第一候选。

施战军　新世事的寓言被作家在饱胀的信息中点穴把捉，人类的现状与未来在失温的情状下得到体贴指认，敏感而不偏激的叙述，让《云柜》成为一份特别的精神数据和审美收藏。

袁　敏　在当下这个"互联网+"时代，云计算已经无可抵挡地渗透进我们每个人的生活，人们在感觉高科技迅猛发展带来生活便利快捷的同时，似乎也意识到我们正在失去许多原有的快乐。《云柜》通过讲述一对饮食男女，一个在云端，一个在凡间，彼此错位的撕扯，残酷地将现实中这一巨大的矛盾和人类面临的困境，摆在我们面前，读来惊心。

程永新　华栋小说的原点往往在意想不到的地方开始，可以说别出心裁是华栋小说美学的一个重要元素。

8票　《柯巴芽上山放羊去了》
（《人民文学》2016年12期）　作者：哲　贵

阿　来　"富二代"上山放羊去了，以此脱离规定的生活路径，又远至青海支教去了。包括爱情选择，也是脱轨的，不问结果的。这背后意味的似乎就是自由，或者叫对自由的追求。小说写出了一种新的生活态度。好在写出这一切时，能像主人公一样不解释，不戏剧化。还好在能节制地写出欢欣与隐痛。

张抗抗　小说塑造了柯巴芽这个颇具现代女性色彩的人物。柯巴芽大学毕业后，既不知道自己应该做什么，也不知道自己的爱落在何处。作者用线性的叙述,极简的手法,贴肉而又刻骨地讲述她辗转各处寻找"自己"的经历,与几个男子的感情纠葛,云雨之后依旧茫然,西部支教后回到家乡上山放羊,以期获得精神的寄托。

施战军 柯巴芽率性的选择与欢悦的自由,不必小清新,也不必大嗓门,只是以内在的自信和劳动于野的实感,使得流布于当世小局域的"失败青年"形象群,在对面显出了自我力量匮乏的窘相。

袁　敏 这是一篇让人怦然心动的小说。主人公柯巴芽是芸芸众生中一个很普通的女孩子,她不知道自己喜欢什么,也不确定自己的人生选择;她似乎没有都市青年的生存困境,也没有时代弄潮儿的追求和野心;她像蓝天中飘着的云朵,安静、干净、淡泊,在太多人被欲望裹挟而疲于奔命、迷失自我的当下,她却能不为浊世的喧嚣热闹所动,在周遭的嘈杂中,保持自己内心的清明,倾听自己心灵的呼唤,由此让我们窥见了生命的另一番景象。

郁达夫小说奖组委会成员名单
(2018年3月)

主　任　麦　家　浙江省作协主席
副主任　臧　军　浙江省作协党组书记、副主席
成　员　袁　敏　浙江省作协副主席
　　　　　夏　芬　中共杭州市富阳区委常委、宣传部部长
　　　　　曹启文　浙江省作协党组副书记
　　　　　晋杜娟　浙江省作协党组成员、秘书长
　　　　　孙　洁　杭州市富阳区人民政府副区长
　　　　　钟求是　《江南》杂志社主编

图书在版编目(CIP)数据

第五届郁达夫小说奖获奖作品集 / 江南杂志社主编.
—杭州：浙江文艺出版社，2018.12
ISBN 978-7-5339-5472-7

Ⅰ.①第… Ⅱ.①江… Ⅲ.①中篇小说—小说集—中国—当代②短篇小说—小说集—中国—当代 Ⅳ.①I247.7

中国版本图书馆CIP数据核字(2018)第257473号

责任编辑　朱　立
特邀编辑　高亚鸣
装帧设计　卓　辉

第五届郁达夫小说奖获奖作品集
江南杂志社　主编

出版　浙江文艺出版社
地址　杭州市体育场路347号
邮编　310006
网址　www.zjwycbs.cn
经销　浙江省新华书店集团有限公司
印刷　浙江海虹彩色印务有限公司
开本　640毫米×960毫米　1/16
字数　307千字
印张　18.25
插页　5
版次　2018年12月第1版　2018年12月第1次印刷
书号　ISBN 978-7-5339-5472-7
定价　42.00元

版权所有　违者必究
(如有印、装质量问题，请寄承印单位调换)